Friedrich Kreutzwald

Estnische Märchen

Band 1

CLASSIC PAGES

Friedrich Kreutzwald

Estnische Märchen

Band 1

Reihe: classic pages

1. Auflage 2010 | ISBN: 978-3-86741-235-3

© Europäischer Hochschulverlag GmbH & Co KG

www.classic-pages.de

Vorwort

Im dritten Bande der Kinder- und Hausmärchen hat W i l - h e l m   G r i m m auf S. 353 der Ausgabe von 1856 auf die ihm bis zu der Zeit bekannt gewordenen ehstnischen Märchen hingewiesen, und auf S. 385 namentlich die zuerst von F ä h l m a n n im Jahre 1842 in dem ersten Bande der Verhandlungen der gelehrten ehstnischen Gesellschaft zu Dorpat veröffentlichte anmuthige Dichtung Koit und Ämmarik hervorgehoben. In ausführlicherer Fassung ist die letztere später (1854) von Dr. F r i e d r i c h   K r e u t z w a l d mir mitgetheilt und von mir im Bulletin der St. Petersburger Akademie T. XII. Nr. 3, 4 (auch in den Mélanges russes T. II. S. 409) in dem Aufsatz »zur ehstnischen Mythologie« abgedruckt worden. Ebendaselbst habe ich auch auf die Möglichkeit einer Entlehnung dieser Dichtung von einem Nachbarvolke aufmerksam gemacht. An solchen Entlehnungen sind die Ehsten nicht ärmer als andere Völker, und es gewährt ein eigenthümliches Interesse, mehr oder minder anderswoher bekannte Stoffe in ihrer ehstnischen Einkleidung zu betrachten. Allein nicht bloß die Freude an der poetischen Behandlung der einzelnen Märchen ist es, was uns auffordert, denselben unsere Aufmerksamkeit zuzuwenden. Es knüpfen sich eine ganze Anzahl rein ethnographischer und historischer Fragen an die Betrachtung ihres Inhalts.

Der Uebersetzer hat es für angemessen erachtet, auf so manche Züge hinzuweisen, welche die einzelnen Märchen mit der von Dr. K r e u t z w a l d ins Leben gerufenen Dichtung »Kalewipoëg« gemein haben. Manches ist allerdings aus den nicht bloß bei den Ehsten in Umlauf befindlichen Märchen erst in die Sage und daraus in die epischen Lieder gewandert, anderes bietet uns aber treulichst erhaltene Spuren altscandinavischer Mythen dar. Habe ich bereits im Jahre 1860 bei Gelegenheit der Besprechung des Kalewipoëg (Bulletin B. II. S. 273-297 = Mélanges russes B. II. S. 126-161) darauf aufmerksam gemacht, wie im Kalewipoëg vielfach Nachklänge des alten Thor-Cultus vorliegen, so kann man das mit gleichem Recht von den in vorliegender Sammlung dargebotenen Märchen behaupten. Man berücksichtige außer dem von Herrn Löwe S. 2 angeführten z. B. S. 113 die dem Donnerer gehörige Gerte aus Ebereschenholz, sowie auch S. 137 das Ruder aus demselben Holze. Vgl. über die auch S. 18 vorkommende Eberesche als dem Donnerer heilig Mannhardt Germanische My-then S. 13 f.

Als ich im Jahre 1855 über den Mythengehalt der finnischen Märchen (Bullet. hist. philol. T. XII. Nr. 24) kurz berichtete, waren von den ehstnischen Märchen nur sehr wenige bekannt, und die ganze reiche Märchenliteratur der Russen, von der uns die von A f a n a s j e w in den Jahren 1855-1863 erschienene Sammlung in acht Bänden eine Ahnung giebt, war nur in wenigen Proben zugänglich. Bei einem eingehenden Studium der ebengenannten Sammlung dürften nicht allein die finnischen Märchen in einem andern Lichte erscheinen, sondern auch die ehstnischen richtiger gewürdigt werden können. Sicher ist es wenigstens, daß, wenn wir die ehstnischen Märchen betrachten, wir es mit den Einflüssen der verschiedensten Zeiten und Völker zu thun haben.

Manche Züge weisen unverkennbar auf litauische Berührungen hin, andere zahlreichere und wohl auch jüngere auf russische Elemente; da die Küstenstriche Ehstlands und namentlich die zunächst liegenden Inseln schwedische Bevölkerung gehabt und zum Theil auch noch gegenwärtig haben, ist der letzteren nebst manchem Märchen auch mancher aus der ältesten Zeit stammende Mythus entnommen. Aber auch die neueste Zeit hat aus der Kinderstube der deutschen Familien sowohl in der Stadt als auf dem Lande so manches Märchen in die Bauerhütten verpflanzt. Nicht minder haben die aus dem Kriegsdienste heimkehrenden Ehsten so manche Erzählung, die sie früher im schwedischen oder später im russischen Heere vernommen hatten, den hörlustigen Leuten in der Heimath zugetragen.

Außer den von W. G r i m m a. a. O. namhaft gemachten Sammlungen sind verschiedene ehstnische Märchen veröffentlicht worden, namentlich in den Jahrgängen 1846, 1848, 1849, 1852 und 1858 des »Inlands«, im illustrirten revalschen Almanach 1855 und 1856 und anderswo; eine ziemlich genaue Aufzählung derselben wird man in Dr. W i n k e l m a n n s nun im Druck befindlicher Bibliotheca Livoniae historica S. 39 f. finden. Am beachtenswertesten sind die von den auch sonst um die Literatur der Ehsten hochverdienten beiden Männern Heinrich N e u s in Reval und Friedrich K r e u t z w a l d in Werro mitgetheilten Märchen. Der letztere der beiden genannten Herren erhielt auch von der finnischen Literaturgesellschaft in Helsingfors den ehrenvollen Auftrag, eine umfassende Sammlung von ehstnischen Märchen herauszugeben. Diese Sammlung, welche auf 368 Seiten 43 größere und 18 kleinere Stücke umfaßt, erschien im Jahre 1866 zu Helsingfors im Verlage der Literaturgesellschaft mit Bewilligung der letzteren und des Herrn K r e u t z w a l d hat Herr L ö w e, welcher sich während seines Aufenthalts in Ehstland anerkennenswerthe Kenntnisse der ehstnischen Sprache erworben hat, vorliegende Uebersetzung unternommen, die sich durch sich selbst so sehr empfiehlt, daß eine Empfehlung von meiner Seite überflüssig sein dürfte. Die Leser dieser freundlichen Schöpfungen der Volkspoesie werden es nicht minder als ich wünschen, daß baldigst eine Fortsetzung der Uebersetzung erscheine.

Schließlich kann ich die erfreuliche Nachricht mittheilen, daß in kurzer Zeit die Veröffentlichung mehrerer durch die Herren H u r t und J a k o b s o n aus dem Volksmunde aufgezeichneter ehstnischer Märchen in den Schriften der gelehrten ehstnischen Gesellschaft in Dorpat zu erwarten ist.

St. Petersburg, den 8. (20.) Februar 1869.
A. Schiefner.

Inhalt

1. Die Goldspinnerinnen. [1]

Ich will euch eine schöne Geschichte aus dem Erbe der Vorzeit erzählen, welche sich zutrug, als noch die Anger nach alter Weise von der Weisheit-Sprache der Vierfüßer und der Befiederten wiederhallten.

Es lebte einmal vor Zeiten in einem tiefen Walde eine lahme Alte mit drei frischen Töchtern: ihre Hütte lag im Dickicht versteckt. Die Töchter blühten schönen Blumen gleich um der Mutter verdorrten Stumpf; besonders war die jüngste Schwester schön und zierlich wie ein Bohnenschötchen. Aber in dieser Einsamkeit gab es keine andern Beschauer als am Tage die Sonne, und bei Nacht den Mond und die Augen der Sterne.

»Brennend heiß mit Jünglingsaugen
Schien die Sonn' auf ihren Kopfputz,
Glänzte auf den bunten Bändern,
Röthete die bunten Säume.«

Die alte Mutter ließ die Mädchen nicht müßig gehen, noch säumig sein, sondern hielt sie vom Morgen bis zum Abend zur Arbeit an; sie saßen Tag für Tag am Spinnrocken und spannen Goldflachs zu Garn. Den armen Dingern wurde weder Donnerstag noch Sonnabend [2] Abend Muße gegönnt, den Gabenkasten zu bereichern, [3] und wenn nicht in der Dämmerung oder im Mondenschein verstohlener Weise die Stricknadel zur Hand genommen wurde, so blieb der Kasten ohne Zuwachs. War die Kunkel abgesponnen, so wurde sofort eine neue aufgesetzt, und überdies mußte das Garn eben, drall und fein sein. Das fertige Garn verwahrte die Alte hinter Schloß und Riegel in einer geheimen Kammer, wohin die Töchter ihren Fuß nicht setzen durften. Von wo der Goldflachs in's Haus gebracht wurde, oder zu was für einem Gewebe die Garne gesponnen wurden, das war den Spinnerinnen nicht bekannt geworden; die Mutter gab auf solche Fragen niemals Antwort. Zwei oder drei Mal in jedem Sommer machte die Alte eine Reise, man wußte nicht wohin, blieb zuweilen über eine Woche aus und kam immer bei nächtlicher Weile zurück, so daß die Töchter niemals erfuhren, was sie mitgebracht hatte. Ehe sie abreiste, theilte sie jedesmal den Töchtern auf so viel Tage Arbeit aus, als sie auszubleiben gedachte.

Jetzt war wieder die Zeit gekommen, wo die Alte ihre Wanderung unternehmen wollte. Gespinnst auf sechs Tage wurde den Mädchen ausgetheilt, und dabei abermals die alte Ermahnung eingeschärft:»Kinder laßt die Augen nicht schweifen und haltet die Finger geschickt, damit der Faden in der Spule nicht reißt, sonst würde der Glanz des Goldgarns verschwinden und mit eurem Glücke würde es auch aus sein!« Die Mädchen verlachten diese mit Nachdruck gegebene Ermahnung; ehe noch die Mutter auf ihrer Krücke zehn Schritte weit vom Hause gekommen war, fingen sie alle drei an zu höhnen.»Dieses alberne Verbot, das immer wiederholt wird, hätten wir nicht nöthig gehabt,« sagte die jüngste Schwester.»Der Goldgarnfaden reißt nicht beim Zupfen, geschweige denn beim Spinnen.« Die andere Schwester setzte hinzu:»Eben so wenig ist es möglich, daß der Goldglanz sich verliere.« Oft schon hat Mädchen-Vorwitz Manches voreilig verspottet, woraus doch endlich nach vielem Jubel Thränenjammer erwuchs.

Am dritten Tage nach der Mutter Abreise ereignete sich ein unerwarteter Vorfall, der den Töchtern anfangs Schrecken, dann Freude und Glück, auf lange Zeit aber Kummer bereiten sollte. Ein Kalew-Sproß, [4] eines Königs Sohn, war beim Verfolgen des Wildes von seinen Gefährten abgekommen, und hatte sich im Walde so weit verirrt, daß weder das Gebell der Hunde noch das Blasen der Hörner ihm einen Wegweiser herbeischaffte. Alles Rufen fand nur sein eigenes Echo, [5] oder fing sich im dichten Gestrüpp. Ermüdet und verdrießlich stieg der königliche Jüngling endlich vom Pferde und warf sich nieder, um im Schatten eines Gebüsches auszuruhen, während das Pferd sich nach Gefallen auf dem Rasen sein Futter suchen durfte. Als der Königssohn aus dem Schlaf erwachte, stand die Sonne schon niedrig. Als er jetzt von neuem in die Kreuz und in die Quer nach dem Wege suchte, entdeckte er endlich einen kleinen Fußsteig, der ihn zur Hütte der lahmen Alten brachte. Wohl erschracken die Töchter, als sie plötzlich den fremden Mann sahen, dessen Gleichen ihr Auge nie zuvor erblickt hatte. Indeß hatten sie sich nach Vollendung ihres Tagewerks in der Abendkühle mit dem Fremden befreundet, so daß sie gar nicht einmal zur Ruhe gehen mochten. Und als endlich die älteren Schwestern sich schlafen gelegt hatten, saß die jüngste noch mit dem Gaste auf der Thürschwelle, und es kam ihnen diese Nacht kein Schlaf in die Augen.

Während die Beiden im Angesicht des Mondes und der Sterne sich ihr Herz öffnen und süße Gespräche führen, wollen wir uns nach den Jägern umsehen, die ihren Anführer im Walde verloren hatten. Unermüdlich war der ganze Wald nach allen Seiten hin von ihnen durchsucht worden, bis das Dunkel der Nacht dem Suchen ein Ziel setzte. Dann wurden zwei Männer in die Stadt zurückgeschickt, um die traurige Botschaft zu überbringen, während die Uebrigen unter einer breiten ästigen Fichte ihr Nachtlager aufschlugen, um am nächsten Morgen wieder weiter zu suchen. Der König hatte gleich Befehl gegeben, am andern Morgen ein Regiment zu Pferde und eins zu Fuß ausrücken zu lassen, um seinen verlorenen Sohn aufzusuchen. Der lange weite Wald dehnte die Nachforschungen bis zum dritten Tage aus; dann erst wurden in der Frühe Fußstapfen gefunden, die man verfolgte und dadurch den Fußsteig entdeckte, der zur Hütte führte. Dem Königssohne war in Gesellschaft der Mädchen die Zeit nicht lang geworden, noch weniger hatte er Sehnsucht nach Hause gehabt. Ehe er schied, gelobte er der Jüngsten heimlich, daß er in kurzer Zeit wiederkommen und dann, sei es im Guten oder mit Gewalt, sie mit sich nehmen und zu seiner Gemahlin machen wolle. Wenn gleich die ältern Schwestern von dieser Verabredung nichts gehört hatten, so kam die Sache doch heraus und zwar in einer Weise, die Niemand vermuthet hätte.

Nicht gering war nämlich der jüngsten Tochter Bestürzung, als sie, nachdem der Königssohn fortgegangen war, sich an den Rocken setzte und fand, daß der Faden in der Spule gerissen war. Zwar wurden die Enden des Fadens im Kreuzknoten wieder zusammengeknüpft und das Rad in rascheren Gang gebracht, damit emsige Arbeit die im Kosen mit dem Bräutigam verlorene Zeit wieder einbrächte. Allein ein unerhörter und unerklärlicher Umstand machte das Herz des Mädchens beben: das Goldgarn hatte nicht mehr seinen vorigen Glanz. — Da half kein Scheuern, kein Seufzen und kein Benetzen mit Thränen; die Sache war nicht wieder gut zu machen. Das Unglück springt zur Thür in's Haus, kommt durch's Fenster herein und kriecht durch jede Ritze, die es unverstopft findet, sagt ein altes weises Wort; so geschah es auch jetzt.

Die Alte war in der Nacht nach Hause gekommen. Als sie am Morgen in die Stube trat, erkannte sie augenblicklich, daß hier etwas Unrechtes vorgegangen sei. Ihr Herz entbrannte in Zorn; sie ließ die Töchter eine nach der andern vor sich kommen und verlangte Rechenschaft. Mit Leugnen und Ausreden kamen die Mädchen nicht weit, Lügen haben kurze Beine; die schlaue Alte brachte bald heraus, was der Dorfhahn hinter ihrem Rücken der jüngsten Tochter in's Ohr gekräht hatte. Das alte Weib fing nun an so gräulich zu fluchen, als wollte sie Himmel und Erde mit ihren Verwünschungen verfinstern. Zuletzt drohte sie, dem Jüngling den Hals zu brechen und sein Fleisch den wilden Thieren zur Speise vorzuwerfen, wenn er sich gelüsten ließe, noch einmal wieder zu kommen. — Die jüngste Tochter wurde roth wie ein gesottener Krebs, fand den ganzen Tag keine Ruhe und konnte auch die Nacht kein Auge zuthun; immer lag es ihr schwer auf der Seele, daß der Jüngling, wenn er zurück käme, seinen Tod finden könnte. Früh am Morgen, als die Mutter und die Töchter noch im Morgenschlummer lagen, verließ sie heimlich das Haus, um in der Thaueskühle aufzuathmen. Zum Glück hatte sie als Kind von der Alten die Vogelsprache gelernt, und das kam ihr jetzt zu Statten. In der Nähe saß auf einem Fichtenwipfel ein Rabe, der mit dem Schnabel sein Gefieder zurechtzupfte. Das Mädchen rief. »L i e b e r   L i c h t v o g e l ,   k l ü g s t e r   des Vogelgeschlechts! willst du mir zu Hülfe kommen?« »Was für Hülfe begehrst du?« fragte der Rabe. Das Mädchen erwiederte:»Flieg' aus dem Walde heraus über Land, bis dir eine prächtige Stadt mit einem Köuigssitz aufstößt. Suche mit dem Königssohn zusammenzukommen und melde ihm, was für ein Unglück mir widerfahren ist.« Darauf erzählte sie dem Raben die Geschichte ausführlich, vom Reißen des Fadens an bis zu der gräßlichen Drohung der Mutter, und sprach die Bitte aus, daß der Jüngling nicht mehr zurückkommen möchte. Der Rabe versprach, den Auftrag auszurichten, wenn er Jemand fände, der seiner Sprache kundig wäre und flog sogleich davon.

4

Die Mutter ließ die jüngste Tochter nicht mehr am Spinnrocken Platz nehmen, sondern hielt sie an, das gesponnene Garn abzuwickeln. Diese Arbeit wäre dem Mädchen leichter gewesen als die frühere, aber das ewige Fluchen und Zanken der Mutter ließ ihr vom Morgen bis zum Abend keine Ruhe. Versuchte die Jungfrau, sich zu entschuldigen, so wurde die Sache noch ärger. Wenn einem Weibe einmal die Galle überläuft, und der Zorn ihre Kinnladen geöffnet hat, so vermag keine Gewalt sie wieder zu schließen.

Gegen Abend rief der Rabe vom Fichtenwipfel her kraa, kraa! und das gequälte Mädchen eilte hinaus, um den Bescheid zu hören. Der Rabe hatte glücklicherweise in des Königs Garten eines Windzauberers [6] Sohn gefunden, der die Vogelsprache vollkommen verstand. Ihm meldete der schwarze Vogel die von der Jungfrau ihm anvertraute Botschaft, und bat ihn, die Sache dem Königssohn mitzutheilen. Als der Gärtnerbursche dem Königssohn alles erzählt hatte, wurde diesem das Herz schwer, doch pflog er mit seinen Freunden heimlich Rath über die Befreiung der Jungfrau. »Sage dem Raben,« so unterwies er dann des Windzauberer's Sohn — »daß er eilig zurückfliege und der Jungfrau melde: sei wach in der neunten Nacht, dann erscheint ein Retter, der das Küchlein den Klauen des Habichts entreißen wird.« Zum Lohn für die Bestellung erhielt der Rabe ein Stück Fleisch, um seine Flügel zu kräftigen, und dann wurde er wieder zurück geschickt. Die Jungfrau dankte dem schwarzen Vogel für seine Besorgung, verbarg aber das Gehörte in ihrem Herzen, damit die andern nichts davon erführen. Aber je näher der neunte Tag kam, desto schwerer wurde ihr das Herz, wenn sie bedachte, daß ein unvorhergesehenes Unglück alles zu Schanden machen könnte.

In der neunten Nacht, als die alte Mutter und die Schwestern sich zur Ruhe gelegt hatten, schlich die jüngste Schwester auf den Zehen aus dem Hause, und setzte sich unter einen Baum auf den Rasen, um des Bräutigams zu harren. Hoffnung und Furcht erfüllten zugleich ihr Herz. Schon krähte der Hahn zum zweiten Mal, aber vom Walde her war weder ein Geräusch von Tritten noch ein Rufen zu hören. Zwischen dem zweiten und dritten

Hahnenschrei drang von weitem ein Geräusch wie leises Pferdegetrappel an ihr Ohr. Sie ließ sich durch dies Geräusch leiten und ging den Kommenden entgegen, damit deren Annäherung die im Hause Schlafenden nicht wecken möchte. Bald erblickte sie die Kriegerschaar, an deren Spitze der Königssohn selbst als Führer ritt, denn er hatte, als er von hier fortgegangen war, an den Bäumen heimliche Zeichen gemacht, durch die er den rechten Weg erkannte. Als er die Jungfrau gewahr wurde, sprang er vom Pferde, half ihr in den Sattel, setzte sich selbst vor sie hin, damit sie sich an ihn lehne und dann ging es schleunig heimwärts. Der Mond gab zwischen den Bäumen so viel Licht, daß der bezeichnete Pfad ihnen nicht verloren ging. Das Frühroth hatte überall der Vögel Zungen gelöst und ihr Gezwitscher geweckt. Hätte die Jungfrau auf sie zu achten und aus ihrer Zwiesprach Belehrung zu schöpfen gewußt, es hätte den Beiden mehr genügt als die honigsüße Schmeichelrede, welche aus des Königssohnes Munde floß und das Einzige war, was in ihr Ohr drang. Sie hörte und sah nichts Anderes als den Bräutigam, der sie bat, alle eitle Furcht aufzugeben und dreist auf den Schutz der Krieger zu bauen. Als sie in's Freie kamen, stand die Sonne schon ziemlich hoch.

Zum Glück hatte die alte Mutter am Morgen früh der Tochter Flucht nicht gleich bemerkt; erst etwas später, als sie die Garnwinde nicht abgewickelt fand, fragte sie, wohin die jüngste Schwester gegangen sei. Darauf wußte Niemand Antwort zu geben. Aus mancherlei Zeichen ersah jetzt die Mutter, daß die Tochter entflohen war; sofort faßte sie den tückischen Vorsatz, der flüchtigen die Strafe auf dem Fuße nachzusenden. Sie holte vom Boden herunter eine Handvoll aus neunerlei Arten gemischter Hexenkräuter, schüttete Salz, das besprochen war, dazu und band Alles in ein Läppchen, daß es ein Quast wurde; dann hauchte sie Flüche und Verwünschungen darauf und ließ nun das Hexenknäuel mit dem Winde davon ziehen, während sie sang:

»Wirbelwind! verleihe Flügel!
Windesmutter! deinen Fittig!
Treibet dieses Knäulchen vorwärts,
Daß es windesschnell dahin saust,
Daß es todverbreitend hinfährt,
Seuchenbringend weiter fliege!«

Zwischen Mittmorgen und Mittag gelangte der Königssohn mit der Kriegerschaar an das Ufer eines breiten Flusses, über welchen eine schmale Brücke geschlagen war, so daß die Männer nur einzeln herüber konnten. Der Königssohn ritt eben mitten auf der Brücke, als mit dem Winde das Hexenknäuel daher fuhr und wie eine Bremse auf das Pferd traf. Das Pferd schnaubte vor Schreck, stellte sich plötzlich hoch auf die Hinterbeine, und eh' noch jemand zu Hülfe kommen konnte, glitt die Jungfrau vom Sattel herab jählings in den Fluß. Der Königssohn wollte ihr nachspringen, aber die Krieger verhinderten ihn daran, indem sie ihn festhielten; denn der Fluß war grundlos tief und menschliche Hülfe konnte dem Unglück, das einmal geschehen war, doch nicht mehr abhelfen.

Schrecken und tiefe Betrübnis hatten den Königssohn ganz betäubt; die Krieger führten ihn gegen seinen Willen nach Hause zurück, wo er Wochen lang in stiller Kammer über das Unglück trauerte, so daß er anfangs nicht einmal Speise noch Trank zu sich nahm. Der König ließ aus allen Orten von nah und fern Zauberer zusammenrufen, aber keiner konnte die Krankheit erklären, noch wußte einer ein Mittel dagegen anzugeben. Da sagte eines Tages des Windzauberers Sohn, der in des Königs Garten Gärtnerbursch war: »Sendet nur nach Finnland, daß der uralte Zauberer komme, der versteht mehr als die Zauberer eures Landes.«

Alsbald sandte der König eine Botschaft an den alten Zauberer Finnlands, und dieser traf schon nach einer Woche auf Windesflügeln ein. Er sagte zum König: »Geehrter König! die Krankheit ist vom Winde angeweht. Ein böses Hexen-Knäuel hat des Jünglings bessere Herzenshälfte hingerafft, und darüber grämt er sich beständig. Schicket ihn oft in den Wind, damit der Wind die Sorgen in den Wald treibt.« [7]

So kam es auch wirklich; der Königssohn fing an sich zu erholen, Nahrung zu nehmen und Nachts zu schlafen. Zuletzt gestand er seinen Eltern seinen Herzenskummer; der Vater wünschte, daß der Sohn wieder auf die Freite gehen und ein junges Weib nach seinem Sinne heim führen möchte, aber der Sohn wollte nichts davon wissen.

Schon über ein Jahr war dem Jüngling in Trauer verstrichen, als er eines Tages zufällig an die Brücke kam, wo seine Liebste ihr Ende gefunden hatte. Als er sich das Unglück in's Gedächtniß zurückrief, traten ihm bittere Thränen in die Augen. Mit einem Male hörte er einen schönen Gesang anstimmen, obwohl nirgends ein menschliches Wesen zu sehen war. Die Stimme sang:

»Durch der Mutter Fluch beschworen
Nahm das Wasser die Unsel'ge,
Barg das Wellengrab die Kleine,
Deckte Ahti's [8] Fluth das Liebchen.«

Der Königssohn stieg vom Pferde und spähte nach allen Seiten, ob nicht Jemand unter der Brücke versteckt sei, aber soweit sein Auge reichte, war nirgends ein Sänger zu sehen. Auf der Wasserfläche schaukelte zwischen breiten Blättern ein Teichröschen, das war der einzige Gegenstand, den er erblickte. Aber ein schaukelndes Blümchen konnte doch nicht singen, dahinter mußte irgend ein wunderbares Geheimniß stecken. Er band sein Pferd am Ufer an einen Baumstumpf, setzte sich auf die Brücke und lauschte, ob Auge oder Ohr nähere Auskunft geben würden. Eine Zeitlang blieb Alles still, dann sang wieder der unsichtbare Sänger:

»Durch der Mutter Fluch beschworen
Nahm das Wasser die Unsel'ge,
Barg das Wellengrab die Kleine,
Deckte Ahti's Fluth das Liebchen.«

Wie dem Menschen nicht selten ein guter Gedanke unerwartet vom Winde zugeweht wird, so geschah es auch hier. Der Königssohn dachte: wenn ich ungesäumt zur Waldhütte reite, wer weiß, ob mir nicht die Goldspinnerinnen diesen wunderbaren Fall deuten können. So stieg er zu Pferde und schlug den Weg zum Walde ein. An den früheren Zeichen hoffte er sich leicht zurecht zu finden, allein der Wald war gewachsen und er hatte über einen Tag lang zu suchen, ehe er auf den Fußsteig gelangte. In der Nähe der Hütte hielt er an, um zu warten, ob eine der Jungfrauen herauskommen würde. Früh Morgens kam die älteste Schwester zur Quelle, um sich das Gesicht zu waschen. Der Jüngling trat näher, erzählte das Unglück, welches sich voriges Jahr auf der Brücke zugetragen, und was für einen Gesang er vor einigen Tagen dort gehört habe. Die alte Mutter war glücklicher Weise gerade nicht daheim, deßwegen lud die Jungfrau den Königssohn in's Haus. Als die Mädchen die ausführliche Erzählung angehört hatten, begriffen sie ohne Weiteres, daß das Unglück des vorigen Jahres durch ein Hexenknäuel der Mutter entstanden war, und daß die Schwester jetzt noch nicht gestorben sei, sondern in Zauberbanden liege. Die älteste Schwester fragte: »Ist euren Blicken auf dem Wasserspiegel nichts begegnet, was einen Gesang hätte können ertönen lassen?« »Nichts,« erwiederte der Königssohn. »So weit mein Auge reichte, war auf dem Wasserspiegel nichts weiter zu sehen, als ein gelbes Teichröschen zwischen breiten Blättern, aber Blümchen und Blätter können doch nicht singen.« Die Töchter muthmaßten sogleich, daß das Teichröschen nichts Anderes sein könne, als ihre in den Wellen versunkene und durch Hexenkunst in ein Blümchen verwandelte Schwester. Sie wußten, wie die alte Mutter das fluchbehaftete Hexenknäuel hatte fliegen lassen, welches die Schwester, wenn es sie nicht tödtete, in jeglicher Weise verwandeln konnte. Von dieser Vermuthung sagten sie indeß dem Königssohne nichts, denn so lange sie noch nicht Rath wußten zu ihrer Befreiung, wollten sie keine eitle Hoffnung erwecken. Da die Rückkehr der Mutter erst in einigen Tagen erwartet wurde, hatten sie Zeit sich zu berathen.

Die älteste Schwester holte nun am Abend eine Handvoll gehörig gemischter Zauberkräuter vom Boden herunter, zerrieb sie, machte daraus mit Mehl einen Teig, buck einen Kuchen und gab ihn dem Jüngling zu essen, ehe er sich am Abend zur Ruhe legte. Der Königssohn hatte in der Nacht einen wunderbaren Traum, als ob er im Walde unter den Vögeln lebte und die einem jeden derselben eigene Sprache verstünde. Als er am Morgen seinen Traum den Jungfrauen erzähle, sagte die älteste Schwester: »Zur guten Stunde habt ihr euch zu uns aufgemacht, zur guten Stunde habt ihr den Traum gehabt, der euch auf eurem Heimwege zur Wirklichkeit werden wird. Mein Schweinefleischkuchen von gestern, den ich euch zum Frommen buck und zu essen gab, war mit Zauberkräutern gefüllt, welche euch in den Stand setzen, Alles zu verstehen, was die klugen Vögel unter einander reden. In diesen Männlein im Federkleide steckt viel verborgene Weisheit, die den Menschen unbekannt ist, deßhalb gebt scharf Acht, was die Vögelschnäbel verkünden. Und wenn dann eure Leidenszeit vorüber ist, so denkt auch an uns arme Kinder, die wir hier wie in einem ewigen Kerker am Rocken sitzen.«

Der Königssohn dankte den Mädchen für ihre gute Gesinnung und versprach, sie später aus ihrer Knechtschaft zu befreien, sei es für ein Lösegeld oder mit Gewalt; nahm Abschied und trat eilig die Rückreise an. Die Mädchen freuten sich, als sie sahen, daß ihnen der Faden nicht gerissen und der Goldglanz nicht verblichen sei; die alte Mutter konnte, wenn sie heim kam, ihnen nichts vorwerfen.

Um so spaßhafter ging die Sache mit dem Königssohne, der im Walde wie mitten in zahlreicher Gesellschaft dahin ritt, weil der Gesang und das Gezwitscher der Vögel ganz verständlich wie Worte an sein Ohr schlugen. Hier sah er voll Verwunderung, wie viel Weisheit dem Menschen dadurch unbekannt bleibt, daß er die Vogelsprache nicht versteht. Von dem, was das Federvolk anfangs redete, konnte der Wanderer das Meiste nicht recht fassen; es wurde über vielerlei Menschen dies und jenes ausgeplaudert, aber diese Menschen und ihr Treiben waren ihm fremd. Da sah er plötzlich auf einem hohen Föhrenwipfel eine Elster und eine Drossel, deren Unterhaltung auf ihn gemünzt war.

»Die Dummheit der Menschen ist groß,« sagte die Drossel. »Sie wissen auch die geringfügigsten Dinge nicht recht anzufassen. Dort sitzt neben der Brücke in Gestalt einer Teichrose des alten lahmen Weibes Pflegekind schon ein ganzes Jahr, klagt singend den Vorübergehenden ihre Noth, aber Niemand kommt sie zu erlösen. Vor einigen Tagen erst ritt ihr ehemaliger Bräutigam über die Brücke, und hörte den sehnsüchtigen Gesang der Jung-

frau, war aber auch nicht klüger als die Andern.« Die Elster erwiederte: »Und gleichwohl muß das Mädchen um seinetwillen
von der Mutter die Strafe erdulden. Wenn ihm keine größere
Weisheit zu Theil wird, als die, welche er aus dem Munde der
Menschen vernimmt, so bleibt das Mädchen ewig ein Blümlein.«
»Des Mädchens Befreiung würde eine Kleinigkeit sein,« sagte die
Drossel, »wenn die Sache dem alten Zauberer von Finnland
gründlich dargelegt würde. Er könnte die Jungfrau leicht aus
ihrem nassen Kerker und ihrem Blumenzwang befreien.«

Dieses Gespräch machte den Jüngling nachdenklich; indem
er weiter ritt, ging er mit sich zu Rathe, wo er wohl einen Boten
hernähme, den er nach Finnland schicken könnte. Da hörte er
über seinem Haupte, wie eine Schwalbe zur andern sagte:
»Komm, laß uns nach Finnland ziehen, dort ist besser nisten als
hier!«

»Haltet, Freunde!« rief der Königssohn in der Vogelsprache.
»Bringt dem alten Zauberer in Finnland tausend Grüße von mir
und bittet ihn um Bescheid, wie es wohl möglich wäre, eine in
eine Teichrose verwandelte Jungfrau wieder zu einem Men-
schenbilde zu machen.« Die Schwalben versprachen den Auftrag
auszurichten und flogen davon.

Als er an's Ufer des Flusses kam, ließ er sein Pferd ver-
schnaufen und blieb auf der Brücke stehen, um zu horchen, ob
nicht der Gesang sich wieder hören lasse. Aber Schweigen
herrschte ringsum und es war nichts zu hören, als das Rauschen
der Wellen und das Sausen des Windes. Unmuthig setzte sich der
Jüngling wieder zu Pferde, und ritt heim, sagte aber Niemanden
ein Wort von dieser Wanderung und ihrem Abenteuer.

Eine Woche später saß er eines Tages im Garten, und dachte,
die Schwalben müßten seine Botschaft wohl vergessen haben, als
ein großer Adler hoch in den Lüften über seinem Haupte kreiste.
Allmählich stieg der Vogel immer tiefer herunter, bis er sich endlich auf einem Lindenast in der Nähe des Königssohnes niederließ. »Der alte Zauberer in Finnland,« so ließ der Adler sich vernehmen, »sendet euch viele Grüße, und bittet es ihm nicht zu
verübeln, daß er nicht früher Antwort ertheilt hat. Es war gerade

Niemand zu finden, der hierher wollte. Um die Jungfrau aus ihrem Blumenzustande zu erlösen, ist nur dies nöthig: Gehet an das Ufer des Flusses, werfet eure Kleider ab und schmiert euch den Körper über und über mit Schlamm ein, so daß kein weißer Fleck bleibt; dann nehmt die Nasenspitze zwischen die Finger und rufet: »»Aus dem Mann ein Krebs!«« Augenblicklich werdet ihr zum Krebs, dann geht in die Tiefe des Flusses; Ertrinken habt ihr nicht zu befürchten. Drängt euch dreist unter die Wurzeln des Teichröschens, und löset sie von Schlamm und Schilf, so daß sie nirgends mehr fest sitzen. Hängt euch dann mit euren Scheeren an ein Zweiglein der Wurzel an, so wird euch das Wasser sammt dem Blümchen auf die Oberfläche heben. Dann treibet mit dem Strom so lange fort, bis euch links am Ufer eine Eberesche mit beblätterten Zweigen zu Gesicht kommt. Nicht weit von der E-beresche steht ein Stein von der Höhe einer kleinen Badstube. Beim Steine müßt ihr die Worte ausstoßen: »»Aus der Teichrose die Jungfrau, aus dem Krebs der Mann!«« In demselben Augen-blick wird es so geschehen.« Als der Adler geendigt hatte, hob er die Fittige und flog davon. Der Jüngling sah ihm eine Weile nach und wußte nicht, was er davon halten sollte.

Unter zweifelnden Gedanken verstrich ihm über eine Wo-che; er hatte weder Muth noch Vertrauen genug, die Befreiung in dieser Weise zu versuchen. Da hörte er eines Tages aus dem Munde einer Krähe: »Was zögerst du, der Weisung des Alten nachzukommen? Der alte Zauberer hat noch nie falschen Be-scheid geschickt, und auch die Vogelsprache hat noch nie getro-gen. Eile an das Ufer des Flusses und trockne die Sehn-suchtsthränen der Jungfrau.« Die Rede der Krähe machte dem Jünglinge Muth; er dachte: Größeres Unglück kann mir nicht widerfahren als der Tod, aber leichter ist der Tod als unaufhörli-ches Trauern. Er setzte sich zu Pferde und ritt den bekannten Weg zum Ufer des Flusses. Als er an die Brücke kam, hörte er den Gesang:

»Durch der Mutter Fluch beschworen
Muß ich hier im Schlummer liegen,
Muß das junge Kind verwelken,
In der Wellen Schoos hinsiechen.
Feucht und kalt das tiefe Bette
Decket jetzt die zarte Jungfrau.«

Der Königssohn legte seinem Pferde die Fußfessel an, damit
es sich nicht zu weit von der Brücke entfernen könnte, warf die
Kleider ab, schmierte den Körper über und über mit Schlamm, so
daß nirgends ein weißer Fleck blieb, faßte sich dann an die Nasenspitze und sprang in's Wasser mit dem Rufe: »Aus dem Mann
ein Krebs!« Einen Augenblick zischte das Wasser auf, dann war
Alles wieder still wie zuvor.

Das in einen Krebs verwandelte Männlein begann die Wurzeln der Teichrose aus dem Flußbette loszumachen, brauchte aber
viel Zeit dazu. Die Würzelchen saßen im Schlamm und Schilf fest,
so daß der Krebs sieben Tage schwere Arbeit hatte, bis die Sache
von Statten ging. Als die Arbeit beendigt war, hakte das Krebsmännlein seine Scheeren in ein Zweiglein der Wurzel ein, und
das Wasser hob ihn sammt dem Blümchen auf die Oberfläche des
Flusses. Die schaukelnden Wellen trieben Krebs und Teichrose
nur allmählich vorwärts, und wiewohl Bäume und Sträuche genug am Ufer sichtbar wurden, so kam doch immer die Eberesche
mit dem großen Stein nicht zum Vorschein. Endlich sah er links
am Ufer den Baum mit seinem Laube und den rothen Beerenbü-
scheln, und etwas weiterhin stand auch der Fels, der die Höhe
einer kleinen Badstube hatte. Jetzt stieß das Krebsmännlein die
Worte aus: »Aus der Teichrose die Jungfrau, aus dem Krebse der
Mann!« — Augenblicklich schwammen auf dem Wasser zwei
Menschenhäupter, ein männliches und ein weibliches, das Wasser trieb sie an's Ufer, aber Beide waren splitternackt, wie Gott sie
geschaffen.

Die verschämte Jungfrau bat nun: »Lieber Jüngling, ich habe
keine Kleider anzuziehen, darum mag ich nicht aus dem Wasser
steigen.« — Der Jüngling bat dagegen: »Tretet an's Ufer unter die
Eberesche, ich mache so lange die Augen zu, bis ihr hinauf klet-

tert und euch unter dem Baume berget. Dann eile ich zur Brücke, wo ich mein Pferd und meine Kleider ließ, als ich in den Fluß sprang.« Die Jungfrau hatte sich unter der Eberesche verborgen, und der Jüngling eilte zur Brücke, wo er Kleider und Pferd gelassen hatte; aber er fand dort weder das Eine noch das Andere. Daß sein Krebszustand so viele Tage gedauert hatte, wußte er nicht, vielmehr glaubte er nur einige Stunden auf dem Grunde des Wassers gewesen zu sein. Siehe, da kommt ihm am Ufer eine prächtige mit sechs Pferden bespannte Kutsche langsam entgegen. In der Kutsche fand er alles Nöthige, sowohl für sich, wie für die aus dem Wasserkerker erlöste Jungfrau; sogar ein Diener und eine Zofe waren mit der Kutsche angekommen. Den Diener behielt der Königssohn für sich, das Mädchen schickte er mit der Kutsche und den Kleidern dahin, wo sein nacktes Liebchen unter der Eberesche harrte. Es verging über eine Stunde, da kam die hochzeitlich geschmückte Jungfrau in der Kutsche an die Stelle, wo der Königssohn ihrer wartete. Er war gleichfalls prächtig als Bräutigam gekleidet und setzte sich zu ihr in die Kutsche. Sie fuhren gradeswegs zur Stadt und vor die Kirchenthür. Der König und die Königin saßen in Trauerkleidern in der Kirche, denn sie trauerten über den theuren verlorenen Sohn, den man im Flusse ertrunken glaubte, da man Pferd und Kleider am Ufer gefunden hatte. Groß war der Eltern Freude, als der für todt beweinte Sohn lebend an der Seite einer schönen Jungfrau vor sie trat, beide in Prunkgewändern. Der König führte sie selbst zum Altar und sie wurden getraut. Dann wurde ein Hochzeitsfest veranstaltet, das in Saus und Braus sechs Wochen lang dauerte.

Im Gange der Zeit ist zwar kein Stillstand und keine Ruhe, dennoch scheinen die Tage der Freude rascher dahin zu fließen als die Stunden der Trübsal. Nach dem Hochzeitsfeste war der Herbst eingetreten, dann kam Frost und Schnee, so daß das junge Paar nicht viel Lust hatte, den Fuß aus dem Hause zu setzen. Als aber der Frühling wiederkehrte und neue Freuden brachte, ging der Königssohn mit seiner jungen Gattin im Garten spazieren. Da hörten sie, wie eine Elster vom Wipfel eines Baumes herab rief: »O du undankbares Geschöpf, das in den Tagen des Glücks seine hülfreichen Freunde vergessen hat. Sollen die beiden armen Jungfrauen ihr Lebelang Goldgarn spinnen? Die lahme Alte ist nicht die Mutter der Mädchen, sondern eine Zauberhexe, welche die Jungfrauen als Kinder aus fernen Landen gestohlen hat. Der Alten Sünden sind groß, sie verdient keine Barmherzigkeit. Gekochter Schierling wäre für sie das beste Gericht; sonst würde sie wohl das gerettete Kind abermals mit einem Hexenknäuel verfolgen.«

Jetzt fiel es dem Königssohne wieder ein und er bekannte seiner Gattin, wie er zur Waldhütte gegangen sei, die Schwestern um Rath zu fragen, dort die Vogelsprache gelernt und den Jungfrauen versprochen habe, sie aus ihrer Gefangenschaft zu erlösen. Die Gattin bat mit Thränen in den Augen, den Schwestern zu Hülfe zu eilen. Als sie den andern Morgen erwachte, sagte sie: »Ich hatte einen bedeutungsvollen Traum. Die alte Mutter war von Hause gegangen und hatte die Töchter allein gelassen; jetzt wäre gewiß die rechte Zeit ihnen zu Hülfe zu kommen.«

Der Königssohn ließ sofort eine Kriegerschaar sich rüsten und zog mit ihnen zur Waldhütte. Am andern Tage langten sie dort an. Die Mädchen waren, wie der Traum geweissagt hatte, allein zu Hause und kamen mit Freudengeschrei den Errettern entgegen. Einem Kriegsmanne wurde Befehl gegeben, Schierlingswurzeln zu sammeln und daraus für die Alte ein Gericht zu kochen, so daß, wenn sie nach Hause käme und sich daran satt äße, ihr die Lust am Essen für immer verginge. Sie blieben zur Nacht in der Waldhütte und machten sich am andern Morgen in der Frühe mit den Mädchen auf den Weg, so daß sie Abends die Stadt erreichten. Der Schwestern Freude war groß, als sie sich hier nach zwei Jahren wieder vereinigt fanden.

Die Alte war in derselben Nacht nach Hause gekommen; sie verzehrte mit großer Gier die Speise, welche sie auf dem Tische fand und kroch dann in's Bett um zu ruhen, wachte aber nicht wieder auf: der Schierling hatte dem Leben des Unholds ein Ende gemacht. Als der Königssohn eine Woche später einen zuverlässigen Hauptmann hinschickte, sich die Sache anzusehen, fand man die Alte todt. In der heimlichen Kammer wurden funfzig Fuder Goldgarn aufgehäuft gefunden, welche unter die Schwestern vertheilt wurden. Als der Schatz weggeführt war, ließ der Hauptmann den Feuerhahn auf's Dach setzen. Schon streckte der Hahn seinen rothen Kamm zum Rauchloch [9] heraus, als eine große Katze mit glühenden Augen vom Dache her an der Wand herunterkletterte. Die Kriegsleute jagten der Katze nach und wurden ihrer bald habhaft. Ein Vögelchen gab von einem Baumwipfel herab die Weisung: »Heftet der Katze eine Falle an den Schwanz, dann wird Alles an den Tag kommen!« Die Männer thaten es.

»Peinigt mich nicht, ihr Männer!« bat nun die Katze. »Ich bin ein Mensch wie ihr, wenn ich auch jetzt durch Hexenzauber in Katzengestalt gebannt bin. Es war der Lohn für meine Schlechtigkeit, daß ich in eine Katze verwandelt wurde. Ich war weit von hier in einem reichen Königsschlosse Haushälterin, und die Alte war der Königin erste Kammerjungfer. Von Habgier getrieben machten wir mit einander den heimlichen Anschlag, des Königs drei Töchter und außerdem einen großen Schatz zu stehlen und dann zu entfliehen. Nachdem wir allmählich alle goldenen Geräthe bei Seite geschafft hatten, welche die Alte in goldenen Flachs verwandelte, nahmen wir die Kinder, deren ältestes drei Jahre, das jüngste sechs Monate alt war. Die Alte fürchtete dann, daß ich bereuen und anderen Sinnes werden möchte, und verwandelte mich deshalb in eine Katze; zwar wurde mir in ihrer Todesstunde die Zunge gelöst, aber die frühere Gestalt habe ich nicht wieder erhalten.« Der Kriegshauptmann sagte, als die Katze ausgesprochen hatte: »Du brauchst kein besseres Ende zu nehmen, als die Alte!« und ließ sie in's Feuer werfen.

Die beiden Königstöchter aber bekamen bald, wie ihre jüngste Schwester, Königssöhne zu Männern, und das von ihnen in der Waldhütte gesponnene Goldgarn war ihnen reiche Mitgift. Ihr Geburtsort und ihre Eltern blieben unbekannt. Man erzählt sich, daß das alte Weib noch manches Fuder Goldgarn unter der Erde vergraben hatte, aber Niemand konnte die Stelle angeben.

2. Die im Mondschein badenden Jungfrauen.

Es lebte einmal ein Jüngling, der nirgends Ruhe hatte, sondern sich abmühte, alle verborgenen Dinge zu erforschen, die andern Leuten unbekannt geblieben waren. Als er die Vogelsprache und andere geheime Weisheit genugsam erlernt hatte, hörte er zufällig, daß unter der Decke der Nacht sich Manches zutragen solle, was den Augen Sterblicher zu schauen verwehrt sei. Jetzt sehnte er sich darnach, solche Heimlichkeiten der Nacht zu ergründen, und mochte sich nicht eher zufrieden geben, als bis ihm diese verborgene Kunde geworden wäre. Wohl ging er eine Zeit lang von einem Zauberer zum andern, und lag ihnen an, ihm zu seinem Zwecke die Augen zu schärfen, aber keiner konnte helfen. Da kam er durch einen glücklichen Zufall endlich mit einem Mana-Zauberer [10] aus Finnland zusammen, der über diese verborgenen Dinge Auskunft zu geben wußte. Als er diesem seinen Wunsch kund gethan hatte, sagte der Zauberer warnend: »Söhnlein! jage nicht allerlei leerer Weisheit nach, welche dir kein Glück bringen kann, wohl aber Unglück. Manches ist den Augen der Menschen verhüllt, weil es dem Frieden des Herzens ein Ende machen müßte, wenn es erkannt würde. Wer alle geheimen Dinge schauen lernt, der findet keine Freude mehr an dem, was ihm die Alltagswelt vor Augen bringt. Dies bedenke, ehe du später bereuest. — Dennoch will ich, falls du meiner Abmahnung nicht achtest und dein Unglück wünschest, dich unterweisen, wie du die unter der Decke der Nacht geschehenden Dinge gewahr werden kannst. Aber du mußt mehr als Mannesmuth haben, sonst kannst du nie geheimer Weisheit inne werden.« Darauf gab ihm der Zauberer aus Finnland einen Ort an und nannte ihm die, zum Glück nahe bevorstehende Nacht, [11] wo der Schlangenkönig immer nach sieben Jahren mit seinem Hofstaat zusammenkommt, um ein großes Festgelage zu halten. »Der Schlangenkönig hat ein Goldschüsselchen mit Himmelsziegenmilch vor sich; wenn es dir nur gelingt, ein Stückchen Brot in diese Milch zu tunken und den eingetunkten Bissen in den Mund zu stecken, ehe du dich wieder auf die Flucht begiebst, so kannst du alles Geheime schauen, was unter der Decke der Nacht geschieht, ohne daß die Menschen Kunde davon haben. Als einen glücklichen Zufall kannst du es ansehen, daß des Schlangenkönigs Fest gerade in dieses Jahr fällt, sonst hättest du sieben Jahre auf die Wiederkehr desselben warten müssen. Sei aber dreist, beherzt und rasch, sonst geht die Sache schief.« – Der Jüngling dankte für diese Belehrung und ging mit dem festen Vorsatz, derselben nachzukommen, und müßte er auch dabei sein Leben einbüßen. Als nun die bezeichnete Nacht herangekommen war, ging er Abends auf ein großes Moor, wo der Schlangenkönig mit seinen Unterthanen zusammenkommen sollte, um das Fest zu feiern. Obwohl aber der Jüngling seine Augen nach allen Seiten scharf umhergehen ließ, so sah er doch im Mondenschein nichts weiter, als eine Anzahl Rasenhügel, die unbeweglich da lagen. Schon wurde ihm die Zeit lang, Mitternacht konnte nicht mehr fern sein, als plötzlich mitten auf dem Moor ein heller Feuerschein aufstieg, etwa wie wenn ein Stern des Himmels auf einem der Rasenhügel schimmerte. In demselben Augenblicke, wo der Feuerschein aufglänzte, fingen sämmtliche Rasenhügelchen an zu krimmeln und zu wimmeln, und von jedem derselben kamen Hunderte von Schlangen herunter und krochen alle auf den Feuerschein zu – und jetzt war nur noch flaches Moor vorhanden. Die vermeintlichen Hügelchen waren nichts weiter als Haufen lebendiger Schlangen gewesen, die hier ihren König erwartet hatten. Als nun sämmtliche Schlangen sich an der Stelle, wo der Feuerschein glänzte, versammelt und sich dort zu e i n e m Haufen zusammengeknäult hatten, war dieser so hoch und breit wie ein kleiner Heuschober geworden, und auf der Spitze desselben hielt sich der helle Feuerschein. Das Gewirre und Geschwirre in dem Schlangenhaufen war so groß, daß der Jüngling vor Furcht keinen Schritt näher zu treten wagte, sondern lange von weitem stehen blieb, und das Wunder betrachtete. Allmählich aber faßte er sich ein Herz, und ging fein sachte Schritt vor Schritt auf den Zehen vorwärts. Was er da sah, war gräulicher als gräulich, und ging über alle Begriffe. Tausende von Schlangen, groß und klein, von allen Farben, waren hier wie in einem Traubenbündel um eine große Schlange gelagert, deren Körper die Dicke eines tüchtigen Balkens zu haben schien, und die auf dem Kopfe eine prächtige goldene Krone [12] trug, von welcher jener Glanz ausstrahlte. Hunderte und Tausende von Schlangenhäuptern, die aus dem Haufen hervorragten, züngelten und zischten wie böse Gänse und machten ein so arges Geräusch, daß es zum Taubwerden war. Der Jüngling hatte lange nicht das Herz, an den Schlangenhaufen heranzugehen, wo jeder Augenblick ihm Tod drohte; als er aber plötzlich das Goldschüsselchen, von dem er gehört hatte, vor dem Schlangenkönig erblickte und an den daran geknüpften Gewinn dachte, durfte er nicht länger zaudern. Obwohl ihm die Haare zu Berge standen und das Blut im Herzen erstarrte, so stachelte ihn doch sein Verlangen und trieb ihn vorwärts. – O was für ein Gewirr und Geschwirr sich jetzt in dem Schlangenhaufen erhob! Alle die Tausend Köpfe sperrten die Mäuler weit auf und suchten den Mann zu stechen, aber zum Glück konnten sie ihre Leiber nicht so schnell aus dem Knäuel los wickeln. Der Jüngling hatte mit Blitzesschnelle einen Bissen Brot in das Goldschüsselchen getunkt, ihn in den Mund gesteckt und dann Fersengeld gegeben, als ob Feuer hinter ihm drein jagte. Aber der Verfolger war schlimmer als Feuer, darum ließ er sich nicht Zeit, hinter sich zu blicken, obgleich ihm war, als ob Tausende von Feinden ihm auf der Ferse wären und er stets das Geräusch derselben zu hören glaubte. Endlich stockte ihm der Athem und seine Kraft erlahmte; er fiel ohne Bewußtsein auf den Rasen und blieb starr wie ein Todter liegen. Wohl war er in Schlaf gefallen, aber schreckliche Traumbilder ließen die Gefahr noch viel größer erscheinen. So träumte ihm, als wäre der Schlangenkönig mit der funkelnden Goldkrone auf ihn gefallen und wollte ihn verschlingen. Mit lautem Geschrei sprang er auf und zur Seite, um dem Feinde zu entkommen und sah, daß der Strahl der aufgehenden Sonne ihn geweckt hatte. Er riß die Augen weit auf, sah aber nirgends die nächtlichen Feinde, und das Moor, wo er in so großer Gefahr gewesen, mußte zum mindesten eine Meile weit entfernt sein. Sicherlich hatte die Himmelsziegenmilch seine Kraft gestählt, daß er so weit hatte laufen können. Als er dann seine Gliedmaßen prüfte, fand er sie unversehrt; und nun war seine Freude groß, daß er mit heiler Haut davon gekommen war.

Nach Mittag ruhte er mehrere Stunden vom Schrecken und der Ermüdung der vergangenen Nacht aus, dann beschloß er, noch in dieser Nacht in den Wald zu gehen, um den Nutzen der Himmelsziegenmilch zu erproben, ob ihm nun wirklich verborgene Dinge offenbar werden würden. Im Walde sah er alsbald, was noch kein sterbliches Auge gesehen hatte und auch gewiß nicht wieder sehen wird. Unter den Baumwipfeln zeigten sich goldene, röthlich schimmernde Badebänke, silberne Quäste und silberne Eimer fehlten nicht, aber nirgends waren lebende Wesen sichtbar, welche hätten baden wollen. Der Vollmond glänzte und gab so viel Licht, daß der Mann Alles deutlich sehen konnte. Nach einiger Zeit hörte er ein Geräusch im Laube, als ob ein Wind sich erhoben hätte, dann kamen von allen Seiten nackte Jungfrauen, viel schöner und stattlicher anzuschauen, als sie irgendwo in unsern Dörfern aufwachsen. Sie waren alle des Wald-elfen und der Rasenmutter [13] Töchter und kamen, um zu baden. Der hinter dem Gebüsch spähende Jüngling hätte sich diese Nacht hundert Augen gewünscht, denn seine zwei konnten all' die Schönheit nicht erschauen. Endlich, als es schon gegen Morgen ging, verlor der Schauende Badegerüste und badende Jungfrauen aus dem Gesichte, als wären sie in Nebel verschwommen. Er blieb noch, bis die Sonne aufging; dann erst ging er wieder heim. Wohl dehnte sich seinem Sehnen der Tag länger als ein Jahr, bis wieder Abend und Nacht hereinbrachen, wo er hoffte, der im Mondschein badenden Jungfrauen abermals ansichtig zu werden; doch endlich war auch diese Zeit des Sehnens verstrichen. Aber im Walde fand er nichts mehr, weder Badegerüst noch Jungfrauen. Dennoch wurde er nicht müde, Nacht für Nacht hinzugehen, aber jeder Gang war vergeblich. Jetzt nagte der Kummer an ihm, es gab nichts mehr auf der Welt, was ihm hätte Freude machen können; er nahm weder Speise noch Trank zu sich, sondern verzehrte sich vor Sehnsucht. Gewiß ist es für den Menschen ein Glück, wenn er dergleichen Geheimnisse nimmer schaut.

3. Schnellfuß, Flinkhand und Scharfauge.

Es lebte einmal ein wohlhabender Bauerwirth mit seinem Weibe; es mangelte ihnen an Nichts, vielmehr hatte Gott sie mit Allem reichlich gesegnet, so daß sie in den Augen der Menschen als glücklich galten. Aber eins fehlte ihnen doch, was kein Reichthum geben konnte, sie waren kinderlos, wiewohl ihre Ehe schon über zehn Jahre dauerte.

Da geschah es eines Abends, als der Mann von Hause gegangen war und die Frau allein im Zimmer saß, daß ihr die Zeit lang wurde und Unmuth sie überfiel. »Da sind doch die Nachbarweiber viel glücklicher als ich,« dachte die Frau. »Sie haben das Zimmer voll Kinder, um sich die Zeit zu vertreiben; ist auch der Mann einmal von Hause, so brauchen sie doch nicht allein zu sitzen. Ich aber habe Niemand weiter, den ich mein nenne, wie ein verdorrter Baumstamm muß ich allein im leeren Gemache hausen.« Während sie so dachte, traten ihr die Thränen in die Augen, und ich weiß nicht, wie lange die Frau schon so kummervoll da gesessen hatte, ohne zu bemerken, daß ein unerwarteter Gast in's Zimmer getreten war. Plötzlich fühlte sie, daß etwas ihre Fußknöchel kitzele und meinte, es sei die Katze, als sie aber die Augen an den Boden heftete, sah sie einen zierlichen Zwerg zu ihren Füßen. »Ach!« rief sie erschreckt und wollte aufspringen und fliehen, aber des Zwergleins Hände hielten sie fest wie mit eisernen Zangen, so daß sie nicht von der Stelle konnte. »Erschrick nicht, liebes junges Weib!« sagte der Zwerg freundlich — »daß ich ungerufen kam deinen Sinn zu erheitern und deinen Gram zu stillen; du bist allein, der lange Abend schleicht dem Menschen so träge hin, dein Mann ist verreist und kommt erst nach einigen Tagen zurück. Liebes junges Weib.« — Die Frau unterbrach ihn unwillig: »Spotte nur nicht, die Haube, welche ich bei der Hochzeit trug, schimmelt schon über zehn Jahre in der Truhe und beweint, verwaist, die frühere bessere Zeit.« [14] »Was thut's,« erwiederte der Zwerg, »Wenn die Frau noch keinen Schweif hinter sich hat, und noch jugendlich und frisch ist wie du, dann ist sie immer noch »junges Weib«, und du hast ja bis jetzt keine Kinder gehabt, darfst dich also auch so nennen lassen.«

»Ja,« sagte die Frau, »das ist es eben, was mich oft so bekümmert, daß mein Mann mich schon längst gering achtet, da er mich fruchtlos umarmt wie einen dürren Stamm, der keine Zweige mehr treibt.« Der Zwerg aber sagte tröstend: »Sorge nicht, du stehst noch nicht am Abend deiner Tage, und ehe du ein Jahr älter geworden bist, werden deinem Stamm, den du für vertrocknet hältst, drei Zweige entsprießen und den Eltern zur Freude aufwachsen. Du mußt nun aber Alles so machen, wie ich dir jetzt anzeigen werde. Wenn dein Mann wieder nach Hause kommt, so mußt du ihm drei Eier von einer schwarzen Henne sieden und Abends zu essen geben. Wenn er dann schlafen geht, so mache dir etwas auf dem Hofe zu schaffen und verweile dort einige Zeit, bevor du an die Seite deines Mannes ins Bette schlüpfst. Wenn die Zeit da ist, daß meine Worte in Erfüllung gehen, so komme ich wieder. Bis dahin bleibe mein heutiger Besuch Allen ein Geheimniß. Leb' wohl, liebes junges Weib, bis ich wiederkehre und: Mutter! sage.« Darauf entschwand der Zwerg den Blicken der Frau, als wäre er in die Erde gesunken. Das junge Weib – ihr war der Name kränkend – rieb sich lange die Augen, als ob sie hinter die Wahrheit kommen und sehen wollte, ob es Wirklichkeit oder Traum gewesen sei. Wonach der Mensch sich sehnt, das hält er meist für wahr, und so war es auch mit der Frau. Der seltsame Vorfall mit dem Zwerge kam ihr nicht mehr aus dem Sinn, und als der Mann nach einigen Tagen heimkehrte, sott die Frau drei Eier von einer schwarzen Henne gab sie ihm am Abend zu essen und that sonst, wie ihr vorgeschrieben war.

Nach einigen Wochen traf ein, was der Zwerg vorausgesagt hatte. Mann und Frau waren froh und konnten zuletzt kaum die lange Frist abwarten, binnen welcher sich ihr Verlangen erfüllen sollte. Zur rechten Zeit kam die Frau in die Wochen und brachte Drillinge zur Welt, lauter Knaben, schön und gesund. Als die Wöchnerin schon wieder in der Genesung und der Mann eines Tages von Hause gegangen war, um Taufgäste und Gevattern zusammen zu bitten, kam der glückbringende Zwerg, die Wöchnerin zu besuchen. »Guten Tag, Goldmutter!« rief der Zwerg in's Zimmer tretend. »Siehst du jetzt, wie Gott deinen Herzenswunsch mit einem Male erfüllt hat? Du bist Mutter dreier Knaben geworden. Da siehst du, daß meine Prophezeiung keine leere war, und du kannst jetzt um so leichter glauben, was ich dir heute sagen werde. Deine Söhne werden weltberühmte Männer werden und werden dir noch viele Freude machen vor deinem Tode. Zeige mir doch deine Bübchen!« Mit diesen Worten war er wie eine Katze auf den Rand der Wiege geklettert, nahm ein Knäulchen rothen Garns aus der Tasche und band dem einen Knaben einen Faden um beide Fußknöchel, dem andern wieder um die Handgelenke und dem dritten über die Augenlieder um die Schläfen herum. »Diese Fäden,« so lautete des Zwerges Vorschrift, mußt du so lange an ihrer Stelle belassen, bis die Kinder zur Taufe geführt werden; dann verbrenne die Fäden, sammle die Asche in einem kleinen Löffel und netze sie, wenn die Kinder nach Hause gebracht werden, mit etwas Milch aus deiner Brust. Von dieser stärkenden Aschenmilch mußt du jedem Knaben ein Paar Tropfen auf die Zunge gießen, ehe du ihm die Brust reichst. Dadurch wird jeder von ihnen da stark werden, wo der Faden haftete, der eine an den Füßen, der andere an den Händen und der dritte an den Augen, so daß ihres Gleichen nicht sein wird auf der Welt. Jeder wird schon mit seiner eigenen Glücksgabe Ehre und Reichthum finden, wenn sie aber selbdritt etwas unternehmen, so können sie Dinge ausrichten, die man nicht für möglich halten würde, wenn man sie nicht vor Augen sähe. Mich wirst du nicht mehr wiedersehen, aber du wirst dich wohl noch manches Mal dankbar meiner erinnern, wenn deine Knäblein zu Männern herangewachsen sind und dir Freude machen werden. Und jetzt sage ich dir zum letzten Male Lebewohl, liebe junge Mutter! – Mit diesen Worten war der Zwerg wieder, wie das erste Mal, plötzlich verschwunden.

Die Wöchnerin that sorgfältig Alles, was ihr in Betreff der Kinder vorgeschrieben war. Sie verbrannte am Tauftage die rothen Fäden zu Asche, ließ, als die Kinder aus der Kirche nach Hause gebracht wurden, Milch aus ihrer Brust auf die Asche fließen und goß von dieser Kraftmilch jedem Kinde ein Paar Tropfen auf die Zunge, ehe sie ihm die Brust reichte. Doch sagte sie Anfangs weder ihrem Manne noch sonst jemanden ein Wort von den wunderbaren Dingen, die ihr mit dem Zwerge begegnet waren.

Die Kinder wuchsen alle drei blühend heran und gaben, als sie fest auf ihren Füßen standen, Proben großer Klugheit. Doch zeigte sich schon von früh auf, daß bei jedem die durch den Wunderfaden gekräftigten Glieder am tüchtigsten waren: bei dem einen die Augen, bei dem andern die Hände und bei'm dritten die Füße. Deßhalb nannten die Eltern sie später je nach ihrer Hauptstärke, den ersten S c h a r f a u g e , den zweiten F l i n k - h a n d und den dritten S c h n e l l f u ß . Als nach einigen Jahren die Brüder in's Jünglingsalter getreten waren, beschlossen sie, im Einvernehmen mit ihren Eltern, in die Fremde zu ziehen, wo jeder durch seine Stärke und Geschicklichkeit Dienste und Lohn zu finden hoffte. Und zwar wollte jeder der Brüder für sich allein den Weg zum Glücke antreten, der eine gen Morgen, der andere gen Mittag und der dritte gen Abend; nach drei Jahren aber wollten sie alle drei wieder zu den Eltern zurückkommen und melden, wie es ihnen in fremden Landen ergangen sei.

S c h n e l l f u ß nahm den Weg gen Morgen, von ihm müssen wir nun zuerst erzählen. Daß er mit seinen mächtigen Schritten viel rascher vorwärts kam als seine Brüder, das kann Jeder leicht ermessen, denn wo die Meilen einem Manne unter den Füßen schwinden, ohne daß diese ermüden, da wird ihm das Wandern nicht beschwerlich. Gleichwohl sollte er die Erfahrung machen, daß flinke Beine wohl überall einen Menschen aus einer Gefahr befreien können, aber nicht so leicht zu Amt und Brod verhelfen: denn Hände sind aller Orten nöthiger als Füße. S c h n e l l f u ß fand erst nach geraumer Zeit bei einem Könige in Ostland einen festen Dienst. Der König besaß große Roßherden, unter denen viele stätische Renner waren, die kein Mensch fangen konnte, auch nicht einmal zu Roß. Aber mit S c h n e l l f u ß konnte kein Pferd Schritt halten, der Mann war immer schneller als das Roß. Was früher funfzig Pferdehirten zusammen nicht ausrichten konnten, das besorgte er ganz allein und ließ nie ein Pferd von der Herde wegkommen. Darum zahlte ihm der König unweigerlich den Lohn von funfzig Hirten, und machte ihm außerdem noch Geschenke. Die flüchtigen Schritte des neuen Roßhirten hatten Windesschnelle, und wenn er vom Abend bis zum Morgen die ganze Nacht durch oder vom Morgen bis zum Abend den Tag über gelaufen war, ohne auszuruhen, so war er doch nicht müde, sondern konnte am andern und am dritten Tage wieder eben so viel laufen. Es geschah oft, daß die Rosse, bei heißem Wetter von Bremsen gestochen, nach allen Seiten hin auseinander fuhren und viele Meilen weit rannten: aber dennoch war am Abend die ganze Herde wieder beisammen. Da gab einst der König ein großes Gastmahl, zu welchem viele vornehme Herren und Fürsten geladen waren. Während des Festes hatte der König seinen Gästen viel von seinem schnellfüßigen Roßhirten erzählt, so daß alle den Wundermann zu sehen begehrten. Manche meinten, es dürfe wohl nicht Wunder nehmen, wenn die in der Herde aufgezogenen und an den Hirten gewöhnten Rosse sich einfangen ließen; das allerstörrigste Pferd höre auf des Herrn Wort und komme auf dessen Ruf. Aber gebt ihm einmal ein Pferd aus einem fremden Stalle, das ihn nicht kennt, dann werden wir sehen, wie weit die Schnelligkeit des Mannes gegen die des Rosses kommt. Da ließen einige fremde Herren die bestgefütterten und feurigsten Rosse aus ihren Ställen herführen und dann ins Freie treiben, auf daß S c h n e l l f u ß sie einfange. Das war dem Hirten mit den beflügelten Füßen eine Kleinigkeit, denn auch ein gestandenes, wohlgenährtes Pferd kann doch nicht mit Einem um die Wette laufen, der wie ein Vogel des Waldes gewohnt ist, Nacht und Tag sich zu rühren. Die fremden Herrschaften priesen die Schnellfüßigkeit des Mannes und schenkten ihm viel goldene und silberne Münzen, versprachen auch daheim von ihm zu reden, damit man erfahre, wo solch' ein Mann zu finden sei. Bald darauf war im ganzen Ostlande der Name S c h n e l l f u ß berühmt geworden, und wenn irgend ein König einmal einen schnellen Boten brauchte, so wurde S c h n e l l f u ß gemiethet, der dann reichen Lohn und außerdem noch Geschenke erhielt, damit er sich ein anderes Mal wieder willig finden ließe. Als er nach drei Jahren sich aufmachte um in die Heimath zurückzukehren, hatte er soviel Geld und Schätze gesammelt, daß er zwanzig Pferde damit beladen konnte, welche ihm der König geschenkt hatte.

Der zweite Bruder, F l i n k h a n d , der gen Mittag gezogen war, fand aller Orten lohnenden Dienst; alle Meister brauchten seine Arbeit, weil kein anderer Gesell so geschickt war und so viel fertig machte wie er. Obwohl er nicht in einer Zunft ein bestimmtes Handwerk erlernt hatte, so gerieth in seiner geschickten Hand doch jegliche Arbeit; er war Schneider, Schuster, Tischler, Drechsler, Gold- und Grobschmied, oder was sonst dergleichen, und es war auf der Welt kein Meister zu finden, dem er nicht zum Gesellen getaugt hätte. Einmal war er bei einem Schneidermeister auf Stücklohn in Arbeit und nähte in einem Tage zwanzig Paar Hosen, ein anderes Mal machte er für einen Schuster in eben der Zeit ebensoviel Paar Stiefel fertig. Dabei war Alles, was er machte, so vollkommen, daß, wer einmal seine Arbeit kennen gelernt hatte, von derjenigen anderer Meister und Gesellen nichts mehr wissen wollte. F l i n k h a n d hätte bei jedem Handwerk ein reicher Mann werden können, wenn er irgendwo längere Zeit hätte aushalten können, allein er sehnte sich darnach, die weite Welt zu sehen und streifte deßhalb gewöhnlich von einem Ort zum andern. So kam er auch einmal in eine Königsstadt, wo er Alles in großer Bewegung fand. Es sollten Truppen gegen den Feind ausgesandt werden, aber es mangelte an Kleidern, an Fuß- und Kopfbedeckung und auch an Waffen. Und obgleich überall Meister und Gesellen von früh Morgens bis Mitternacht eifrig arbeiteten und sogar Sonntags und Montags nicht feierten, so konnten sie doch in der kurzen Zeit nicht soviel anfertigen, wie der König wollte. Zwar wurde nah und fern nach Gesellen gesucht, die helfen sollten, aber des Fehlenden war so viel, daß all' die Arbeit nicht hinreichend schien, es herzustellen.

Eines Tages nun trat F l i n k h a n d in des Königs Schloß und wünschte den König zu sprechen. Dann sagte er: »Geehrter König! ich höre von den Leuten, daß ihr sehr eilige Arbeiten braucht. Ich bin ein weitgereister Meister und kann vielleicht die Arbeiten übernehmen, wenn wir Handels einig werden und ihr mir die Frist nennt, binnen welcher sie fertig sein müssen.« Als der König die Frist genannt hatte, sagte F l i n k h a n d : »Lasset alle Meister der Stadt zusammenrufen und befragt sie, ob sie bis zu dem genannten Tage mit den Arbeiten fertig werden können, wenn das nicht der Fall ist, so übernehme ich Alles, aber den Arbeitslohn habt ihr dann mir allein zu zahlen.« — »Das wäre schon recht,« erwiederte der König, »wenn ihr so viele Gesellen bekommen könntet, aber das ist ja eben, was unsern städtischen Meistern fehlt, sie finden nicht genug Arbeiter.« — »Das sei meine Sorge,« erwiederte F l i n k h a n d . Den andern Tag wurden alle Meister der Stadt in das Schloß gerufen und gefragt, wann Jeder mit seiner Arbeit fertig zu werden glaube, worauf einige vier und fünf Monate, andere noch mehr Zeit verlangten. »Nun,« sagte F l i n k h a n d zum Könige, »wenn ihr mir für drei Monate den doppelten Lohn versprecht, so will ich allein all' die Arbeit übernehmen, mit der die Andern wohl erst in einem halben Jahre zu Stande kämen.« Das schien indeß dem Könige so wunderbar und so unglaublich, daß er besorgte, man wolle ihm einen Possen spielen und deßhalb fragte: »Was für eine Bürgschaft kannst du mir geben, daß du deine Versprechungen erfüllen wirst?« F l i n k h a n d erwiederte: »Geld und Kostbarkeiten, die ich als Schadenersatz bieten könnte, habe ich freilich nicht, aber wenn ihr mein Leben zum Pfande wollt, so ist unser Handel bald geschlossen. Damit ihr aber auch nicht die Katze im Sack zu kaufen braucht, will ich euch morgen eine Probearbeit bringen.« Das war der König zufrieden. Die Gesellen aber meinten untereinander, wenn er doppelte Zahlung erhält, so muß er uns auch doppelten Arbeitslohn geben, sonst werden wir ihm nicht helfen. Als der König am folgenden Tage die Probearbeit gesehen hatte, war er sehr zufrieden damit, und obwohl alle übrigen Meister vor Neid bersten wollten, konnte doch keiner die Arbeit tadeln. Jetzt machte sich F l i n k h a n d wie ein Mann an's Werk. War ihm auch früher schon alle Arbeit von der Hand geflogen, so war doch die Hurtigkeit, die er jetzt von früh bis spät entfaltete, mehr als wunderbar; kaum nahm er sich soviel Zeit, um zu essen und in der Nacht ein wenig, wie ein Vogel auf dem Ast, zu ruhen. Zwei Wochen vor der bedungenen Frist war aller Bedarf für die Soldaten fertig und dem Könige abgeliefert. Der König zahlte den für drei Monate bedungenen Preis doppelt, und fügte fast eben soviel noch als Geschenk hinzu. Dann sagte er: »Lieber kluger Meister! ich möchte mich von dir nicht so schnell trennen. Hast du nicht Lust mit dem Heere gegen die Feinde zu ziehen? Wer so geschickt alle Arbeiten anzufertigen weiß, aus dem kann sicher auch der allerbeste Kriegsmann werden.« F l i n k h a n d erwiederte: »Vielleicht verhält sich die Sache so, wie ihr, geehrter König, meint, aber aufrichtig gesagt: ich habe, so lang ich lebe, das Kriegshandwerk noch nicht versucht, sondern bis jetzt nur unblutige Arbeit gethan. Ueberdieß rückt auch die Zeit heran, wo

tige Arbeit gethan. Ueberdieß rückt auch die Zeit heran, wo die
Eltern mich zu Hause erwarten; nehmt es darum nicht übel, wenn
ich eurem Verlangen diesmal nicht entsprechen kann.« So schied
er von der Königsstadt, wo er in kurzer Zeit zum reichen Manne
geworden war. Er hatte noch über ein halbes Jahr bis zur Heim-
reise, darum streifte er von einem Orte zum andern und wenn er
sich irgendwo länger aufhielt, so arbeitete er, um das Reisegeld
zusammenzubringen, denn er wollte sein angesammeltes Vermögen nicht angreifen.

Der dritte Bruder, S c h a r f a u g e , der seinen Weg gen A-
bend genommen hatte, schweifte lange von einem Orte zum andern, ohne einen passenden und lohnenden Dienst zu finden. Als
geschickter Schütze konnte er zwar allenthalben soviel erwerben,
um seinen täglichen Unterhalt zu bestreiten, aber was hatte er
dann bei der Heimkehr mit nach Hause zu bringen? Mit der Zeit
war er auf seiner Wanderung in eine große Stadt gerathen, wo
man nur von dem Unglück sprach, das den König schon drei Mal
getroffen hatte, und das Niemand zu begreifen, geschweige zu
verhüten vermochte. Die Sache verhielt sich so. Der König hatte
in seinem Garten einen kostbaren Baum, der wie ein Apfelbaum
aussah, aber goldene Aepfel trug, von denen manche so groß
waren wie ein großes Knäuel Garn, und viele tausend Rubel
werth sein mochten. Es läßt sich denken, daß ein solches Obst
nicht ungezählt blieb, und daß Nacht und Tag Wachen rings umher standen, um jeden Diebstahl zu verhüten. Trotzdem war
schon drei Nächte hintereinander immer einer der größeren
Aepfel gestohlen worden; man schätzte den Werth eines solchen
auf sechstausend Rubel. Die Wachen hatten weder den Dieb gesehen noch seine Spur gefunden. S c h a r f a u g e dachte sich
gleich, daß hier eine ganz besondere List obwalte, die er mit seinem durchdringenden Blick wohl herausbringen könnte. Er
meinte, wenn der Dieb nicht körperlos und unsichtbar zum Baume kommt, so wird er meinem scharfen Auge nicht entgehen. Er
bat deßhalb den König um die Erlaubniß, sich in den Garten begeben zu dürfen, um ohne Vorwissen der Wächter seine Beobach-
tungen anzustellen. Als er die Erlaubniß erhalten hatte, machte er
sich im Wipfel eines hohen Baumes, der nicht weit von dem
Goldapfelbaume stand, ein Versteck zurecht, wo Niemand ihn

gewahr werden konnte, während sein scharfes Auge überall hin reichte und Alles, was vorging, sehen konnte. — Brotsack und Milchfäßchen nahm er mit sich, damit er nicht genöthigt wäre seinen Schlupfwinkel zu verlassen, falls das Wachen sich in die Länge zöge. Den Goldapfelbaum und was rings um denselben vorging, behielt er nun unausgesetzt im Auge. Die Wachtsoldaten hatten um den Baum herum drei so dichte Kreise geschlossen, daß kein Mäuslein unbemerkt hätte durchschlüpfen können. Wenn der Dieb nicht etwa Flügel hatte, auf dem Boden konnte er nicht an den Baum gelangen. Den ganzen Tag über bemerkte Scharfauge nichts, was einem Diebe ähnlich gesehen hätte. Bei Sonnenuntergang flatterte ein kleiner gelber Schmetterling um den Apfelbaum herum, bis er sich endlich auf einen seiner Zweige niederließ, an welchem gerade ein sehr schöner Apfel hing. Daß ein kleiner Schmetterling keinen goldenen Apfel vom Baume fortbringen konnte, begreift Jeder so gut wie S c h a r f a u g e , allein da dieser nichts Größeres gewahr wurde, so verwandte er kein Auge von dem gelben Schmetterling. Die Sonne war längst untergegangen und auch die Abendröthe verschwand allmählich vom Horizont, aber die um den Baum herum aufgestellten Laternen gaben so viel Licht, daß man Alles sehen konnte. Der gelbe Schmetterling saß immer noch unbeweglich auf seinem Zweige. Es mochte um Mitternacht sein, als dem Wächter auf dem Baume die Augen ein wenig zufielen. Wie lange er geschlummert hatte, wußte er nicht, als aber seine Augen wieder auf den Apfelbaum fielen, sah er, daß der gelbe Schmetterling nicht mehr auf dem Zweige saß, — noch mehr erschrak er, als er entdeckte, daß auch der herrliche Goldapfel von diesem Zweige verschwunden war. Ein Diebstahl war geschehen, daran war nicht zu zweifeln, allein wenn der geheime Wächter die Sache erzählt hätte, so würden die Leute ihn für verrückt gehalten haben, denn soviel konnte ein Kind einsehen, daß ein Schmetterling nicht im Stande war, den Goldapfel weg zu tragen. Am Morgen gab es wieder großen Lärm, als man fand, daß ein Apfel fehle, ohne daß einer der Wächter eine Spur vom Diebe gesehen hätte. Da trat S c h a r f - a u g e abermals vor den König und sagte: »Ich habe zwar den Apfeldieb ebensowenig gesehen wie eure Wachen, aber wenn ihr in der Stadt oder in der Nähe derselben einen zauberkundigen

Mann habt, so weiset mich zu ihm, mit seiner Hülfe hoffe ich künftige Nacht des Diebes habhaft zu werden.« Als er erfahren hatte, wo der Zauberer zu finden sei, ging er unverzüglich zu ihm. Die Männer rathschlagten dann, wie sie die Sache wohl am besten anfangen könnten. Nach einiger Zeit rief S c h a r f a u g e »Ich habe einen Plan! kannst du durch Zauber einem Spinngewebe solche Festigkeit geben, daß die Fäden auch das stärkste Geschöpf festhalten, dann legen wir den Dieb in Fesseln, so daß er uns nicht wieder entrinnt.« Der Zauberer sagte, das sei möglich; nahm drei große Kreuzspinnen, machte sie durch Hexenkraft so stark, daß kein Geschöpf sich aus ihrem Gewebe losmachen konnte, that sie in ein Schächtelchen und gab sie dem S c h a r f - a u g e . »Setze diese Spinnen, wohin du willst, und zeige ihnen mit dem Finger an, wie sie ihr Netz ziehen sollen, so spinnen sie alsbald einen Käfig um den Gefangenen, aus welchem nur Mana's [15] Weisheit erlösen kann; übrigens eile ich dir zu Hülfe, wenn es dessen bedarf.«

S c h a r f a u g e schlüpfte mit dem Schächtelchen im Busen wieder auf seinen Baum, um den Verlauf der Sache zu überwachen. Zu derselben Zeit wie gestern sah er den gelben Falter wieder um den Apfelbaum her schweben, aber es dauerte heute viel länger als gestern, ehe sich der Schmetterling auf einen Zweig setzte, an welchem ein großer Goldapfel hing. Sofort ließ sich Scharfauge von seinem Baume herunter, näherte sich dem Goldapfelbaum, ließ eine Leiter anlegen, kletterte sachte hinauf, um den Schmetterling nicht zu scheuchen, und setzte seine kleinen Weber je auf drei Zweige. Eine Spinne kam so einige Spannen über dem Schmetterling, die andere zu seiner Rechten, die dritte zu seiner Linken zu sitzen; dann beschrieb Scharfauge mit dem Finger eine Linie in die Kreuz und die Quer um den Schmetterling herum. Dieser saß mit aufgerichteten Flügeln unbeweglich da. Mit Sonnenuntergang war der Wächter wieder in seinem Baumversteck. Von da aus sah er zu seiner Freude, wie die drei Gesellen um den Schmetterling her von allen Seiten ein Gehege machten, aus welchem das Männlein nicht hoffen durfte zu entkommen, wenn anders die Kraft, deren der Zauberer sich gerühmt hatte, sich bewähren würde. Wohl suchte unser Mann auf seinem Baume sich vor dem Einschlummern zu hüten, aber dennoch waren ihm mit einem Male die Augen zugefallen. Wie lange er geschlummert hatte, wußte er nicht, aber ein großer Lärm hatte ihn plötzlich aufgeweckt. Als er hinsah, nahm er wahr, daß die Wachtsoldaten wie die Ameisen um den Goldapfelbaum herum liefen und tobten; auf dem Baume aber saß ein alter graubärtiger Mann, einen Goldapfel in der Faust, in einem eisernen Netze. Hurtig stieg S c h a r f a u g e von seinem Wipfel herunter, aber ehe er den Goldapfelbaum erreicht hatte, war auch schon der König da, der bei dem Lärm der Wachen aus dem Bette gesprungen und herbeigeeilt war, um zu sehen, was sich Unerwartetes in seinem Garten zutrug. Da saß nun der Dieb im Eisenkäfig und konnte nirgends hin »Geehrter König,« sagte dann S c h a r f a u - g e : »jetzt könnt ihr euch ruhig niederlegen und bis zum hellen Morgen schlafen, der Dieb entkommt uns nicht mehr. Wäre er auch noch so stark, so kann er doch die durch Hexenkraft entstandenen Maschen seines Käfigs nicht zerreißen.« Der König dankte und befahl dem Haupthaufen der Wachtsoldaten ebenfalls schlafen zu gehen, so daß nur noch einige unter dem Baume auf Wache blieben; S c h a r f a u g e , der zwei Nächte und zwei Tage gewacht hatte, ging ebenfalls um auszuschlafen.

Am andern Morgen ging er mit dem Zauberer in des Königs Schloß. Der Zauberer war froh, als er den Dieb im Käfig fand und wollte ihn auch nicht eher herauslassen, als bis das Männlein seine wahre Gestalt gezeigt haben würde. Zu dem Ende schnitt er ihm den halben Bart unter dem Kinne ab, ließ Feuer bringen und fing an die Barthaare zu sengen. O der Pein und Qual, welche der Vogel im Eisenkäfig jetzt auszustehen hatte! [16] Er schrie jämmerlich und überschlug sich vor Schmerz, aber der Zauberer ließ nicht ab, sondern sengte immer mehr Haare, um den Dieb mürber zu machen. Dann rief er: »Bekenne, wer du bist?« Das Männlein antwortete: »Ich bin des Hexenmeisters P i i r i s i l l a Knecht, den sein Herr ausgeschickt hat zu stehlen.« Der Zauberer begann wieder die Barthaare zu sengen. »Au, au!« schrie der Hexenmeister, »laßt mir Zeit, ich will bekennen! Ich bin nicht der Knecht, ich bin des Hexenmeisters Sohn.« Abermals wurden Haare gesengt, da rief der Gefangene heulend: »Ich bin der Hexenmeister Piirisilla selbst.« »Zeige uns deine natürliche Gestalt — oder ich senge wiederum,« befahl der mächtige Zauberer. Da begann das Männlein im Käfig sich zu strecken und auszudehnen, und war in wenig Augenblicken zu einem gewöhnlichen Manne angewachsen, der die Entwendung der Goldäpfel ohne Umschweife eingestand. Jetzt wurde er sammt dem Käfige vom Baume heruntergenommen und gefragt, wo das Gestohlene versteckt sei? Er versprach die Stelle selbst zu zeigen, aber S c h a r f a u g e bat den König, den Dieb ja nicht aus dem Käfig zu lassen, denn sonst könnte er sich wieder in einen Schmetterling verwandeln und ihnen entkommen. Ehe er aber alle Diebslöcher angab, mußte er noch manches Mal gesengt werden, und als endlich alle Goldäpfel herbeigeschafft waren, wurde der böse Dieb im Käfig verbrannt und seine Asche in die Luft gestreut.

Als der König seinen Schatz wieder hatte, zahlte er dem S c h a r f a u g e einen sehr großen Lohn, so daß er auf ein Mal wohl noch reicher ward als seine beiden Brüder. Der König hätte ihn gern in seine Dienste genommen, aber S c h a r f a u g e sagte: »Ich kann jetzt keinen Dienst mehr annehmen, sondern muß nach Hause, um meine Eltern zu sehen.« Darauf schenkte ihm der König Pferde, Wagen und Diener, welche ihm seine Reichthümer nach Hause brachten.

Als nun die Brüder im elterlichen Hause wieder beisammen waren, fanden sie sich so reich, daß sie mehr als ein halbes Königreich hätten kaufen können. Die Mutter erinnerte sich jetzt, wie der glückbringende Zwerg das Alles zu Wege gebracht hatte, aber sie verschwieg den wunderbaren Vorfall. Reichthum war jetzt in solchem Maße vorhanden, daß die Söhne gewiß nicht nöthig gehabt hätten sich einen neuen Dienst zu suchen; aber wo fände man wohl auf der Welt den Reichen, der mit seiner Habe zufrieden wäre und dieselbe nicht immer noch zu mehren suchte? Als die Brüder später erfuhren, daß eines überaus reichen Königs Tochter im Nordlande demjenigen zu Theil werden sollte, der drei besonders schwierige Dinge ausführen könnte, die bis dahin noch keinem möglich gewesen waren — beschlossen sie einmüthig, die Sache zu versuchen. Es waren schon Leute genug von weit und breit erschienen, um sich daran zu versuchen, aber Keiner war im Stande gewesen die Aufgaben zu lösen, denen ihre Kräfte nicht gewachsen waren. Einem Einzelnen zumal war es ganz unmöglich das Verlangte zu vollbringen. Als die Brüder den Entschluß gefaßt hatten, machten sie sich selbdritt auf den Weg, und damit sie rascher vorwärts kämen, trug S c h n e l l f u ß die beiden Andern von Zeit zu Zeit auf seinem Rücken weiter. Weil nun aber die Arbeit von e i n e m Manne gethan werden sollte, so konnten sie nicht alle drei zugleich vor den König treten. S c h n e l l f u ß wurde ausgesandt, Erkundigungen einzuziehen. Die drei Probestücke, welche der künftige Schwiegersohn des Königs ausführen sollte, waren folgende: Erstens sollte er einen Tag mit einer großen Rennthierkuh auf die Weide gehen und Sorge tragen, daß ihm das windschnelle Thier nicht davon laufe; Abends mit Sonnenuntergang sollte er es wieder in den Stall bringen. Zweitens sollte er Abends das Schloßthor verschließen. Das dritte Probestück erschien als das schwerste. Er sollte nämlich mit seinem Bogen einen Apfel wegschießen, dessen Stiel ein Mann auf einem hohen Berge im Munde hielt, ohne daß der Mann Schaden nähme, und so, daß der Pfeil mitten durch den Apfel ginge. Die beiden ersten Arbeiten schienen wohl nicht so schwer, doch hatte Niemand sie bisher ausführen können, und zwar deßhalb, weil es nicht mit rechten Dingen zuging. Die Rennthierkuh besaß nämlich eine so wunderbare Schnelligkeit, daß sie in einem Tage von Sonnenaufgang bis Sonnenuntergang durch die ganze Welt hätte laufen können. Wie konnte ein Mensch mit ihr aushalten? Bei dem zweiten Probestück war Hexerei im Spiel. Eine Hexe hatte sich in den eisernen Pfortenriegel verwandelt, und wenn der Mann die Leiter hinanstieg, um den Riegel anzufassen, so packte sie mit höllischer Kraft die Hand des Unglücklichen, und keine Gewalt konnte sie befreien, bis die Hexe selber los ließ. Das war aber noch nicht Alles — in demselben Augenblicke, wo die Hand festgeklemmt war, fing der Pfortenflügel an, wie vom Winde geschüttelt hin und her zu tanzen. So mußte der an der Hand festgehaltene Mann bis zum Morgen wie ein Glockenschwengel hin und her baumeln, und wenn er endlich losgelassen wurde, war er mehr todt als lebendig. Obendrein lachten der König und die Leute über sein Unglück und er mußte mit Schande abziehen; auch hatten sich Viele die Schultern so verrenkt, daß sie zeitlebens nicht mehr arbeiten konnten. Die dritte Aufgabe konnte nur einem geschickten Schützen gelingen,

dessen Hand und Auge gleich fest und sicher waren. Als Schnellfuß dies Alles erfahren hatte, ging er nicht gleich zum Könige,
sondern suchte erst seine Brüder wieder auf, die ihn vor der Stadt
erwarteten. Nachdem sich die Männer berathen hatten, fanden
sie, daß sie zu Dreien diese Dinge wohl zu Stande bringen könnten, das Verdrießliche war nur, daß sie in den Augen des Königs
als Einer erscheinen mußten, wenn sie den versprochenen
Kampflohn erringen wollten. Die schlauen [17] Brüder beschnit-
ten also ihre Bärte auf gleiche Weise, so daß keinem weder auf
der Oberlippe noch unter dem Kinn die Haare dichter standen als
dem andern; und da sie als Söhne einer Mutter und als Drillinge
an Körperbildnug und Geberde wenig verschieden waren, so
konnte ein fremdes Auge den Betrug nicht herausfinden. Sie ließen sich dann einen gar prächtigen fürstlichen Anzug machen,
der aus Seide und dem kostbarsten Sammet bestand und mit
Gold und blitzenden Edelsteinen verziert war, so daß Alles glänzte und schimmerte, wie der Sternenhimmel in einer klaren Winternacht. Ehe sie sich anschickten, die Probearbeiten zu unternehmen, gelobten sich die Brüder mit einem Eide, daß nur das
Loos entscheiden solle, wer von ihnen des Königs Schwiegersohn
werden sollte. Da nun die starken Brüder auf diese Weise allen
künftigen Mißhelligkeiten vorgebeugt hatten, schmückten sie
eines Tages S c h n e l l f u ß mit den prächtigen Kleidern und
schickten ihn zum Könige, damit er die Rennthierkuh auf die
Weide führe. Ging die Sache nach Wunsch, so war der erste große
Stein hinweggewälzt, der bis jetzt alle dreier verhindert hatte, die
Brautkammer zu betreten.

S c h n e l l f u ß trat so stolz vor den König hin, als wäre er
ein geborener Königssohn, grüßte mit Anstand und bat um Erlaubniß, das Probestück am andern Morgen zu versuchen. Der
König gab sie, fügte aber hinzu:»Gut wäre es, wenn ihr schlechtere Kleider anzöget, denn unsere Rennthierkuh läuft unbeküm-
mert durch Sumpf und Moor, immer gerade aus, da könntet ihr
die theuren Kleider verderben.« S c h n e l l f u ß erwiederte:
»Wer eure Tochter freien will, was macht sich der aus Kleidern?«
und ging dann zur Ruhe, um den andern Tag desto munterer zu
sein. Des Königs Tochter, die heimlich durch eine Thürspalte
nach dem stattlichen Manne gespäht hatte, sagte seufzend:

»Wenn ich doch dem Rennthier Fußfesseln anlegen könnte, ich thäte es, um diesen Mann zum Gemahle zu erhalten.«

Als den andern Morgen die Sonne aufgegangen war, band S c h n e l l f u ß der Rennthierkuh einen Halfterstrang [18] um den Hals und nahm das andere Ende in die Faust, damit die Kuh sich nicht zu weit entfernen könnte. Als die Stallthür geöffnet wurde, schoß die Kuh wie der Wind davon, der Hirte aber lief den Halfter festhaltend neben ihr her, und blieb keinen Schritt zurück. Der König und die Zuschauer aus der Stadt erstaunten über die wunderbare Schnelligkeit des Mannes, denn bis hierzu hatte noch Keiner auch nur ein paar hundert Schritt weit neben der Kuh herlaufen können. Wiewohl S c h n e l l f u ß sobald keine Ermüdung zu fürchten hatte, so hielt er es doch für gerathen, die Kuh zu besteigen, sobald er den Leuten aus den Augen war. Er sprang auf den Rücken des Thieres, hielt sich am Halfter fest und ließ sich weiter tragen. Es war noch früh am Morgen, als die Rennthierkuh schon merkte, daß von diesem Hirten nicht loszukommen sei; sie hielt den Schritt an und rupfte das Gras vom Boden. S c h n e l l f u ß sprang ab und warf sich unter einen Busch, um auszuruhen, hielt aber den Halfter fest, damit die Kuh nicht davon liefe. Als die Sonne um Mittag brannte, legte sich auch die Kuh neben ihn in den Schatten und fing an wiederzukäuen. Nach Mittag versuchte das Thier noch einige Mal die Schnelligkeit seiner Beine, um dem Hirten zu entkommen, aber dieser war wie der Wind wieder auf dem Rücken der Kuh, so daß er seine Beine nicht anzustrengen brauchte. Sehr groß war das Erstaunen des Königs und der Leute, als sie bei Sonnenuntergang sahen, wie die störrige Rennthierkuh gleich dem frömmsten Lamme mit ihrem Hirten heim kehrte. S c h n e l l f u ß führte sie in den Stall, verschloß die Thür und speiste dann auf Einladung des Königs an dessen Tafel. Nach dem Abendessen verabschiedete er sich, indem er sagte, er wollte zeitig zur Ruhe gehen, um die Ermüdung des Tages los zu werden.

Allein er ging nicht zur Ruhe, sondern begab sich zu seinen Brüdern, die seiner im Walde harrten. Den anderen Tag sollte F l i n k h a n d die prächtigen Kleider anziehen und zum Könige gehen, um das zweite Probestück auszuführen. Der König, welcher ihn für den Mann von gestern hielt, lobte seine Hirtenarbeit und wünschte ihm Glück zu seiner heutigen Aufgabe, nämlich am Abend die Pforte zu verschließen. Des Königs Tochter hatte wieder durch die Thürspalte nach dem stattlichen Manne gespäht und sagte seufzend: »Wenn ich könnte, ich schaffte die böse Hexe von der Pforte fort, damit diesem theuren Jünglinge kein Leid geschähe, den ich mir zum Gemahl wünsche.«

F l i n k h a n d , der genau wußte, wie es sich mit dem Pfortenriegel verhielt, ging vom Könige gerades Wegs zum Schmied und ließ sich eine starke eiserne Hand machen. Als am Abend alle Welt im Schlosse zur Ruhe gegangen war, machte er Feuer an und ließ darin die Eisenhand rothglühend werden. Darauf stellte er eine Leiter gegen die Pforte, denn seine Körperlänge reichte nicht hinan. Von der Leiter aus legte er die glühende Eisenhand an den Riegel, und in demselben Augenblick hatte die Hexe, die darin steckte, zugepackt und die Hand ergriffen, welche sie für eine natürliche hielt. Als sie aber den brennenden Schmerz fühlte, fing sie so an zu brüllen, daß alle Wände bebten und viele Schläfer im Schloß durch den Lärm aufgeweckt wurden. Aber F l i n k h a n d hatte in demselben Augenblick, wo die Eisenhand ihn selbst vor dem Griffe der Hexe geschützt hatte, den Riegel vorgeschoben, so daß die Pforte verschlossen war. Gleichwohl blieb er wach, bis der König am Morgen aufstand und die Sache selbst in Augenschein nahm. Die Pforte war noch verriegelt. Der König lobte die Geschicklichkeit des Jünglings, der schon zwei schwierige Arbeiten ausgeführt hatte und lud ihn zu Mittag zu Gaste. F l i n k h a n d aß sich an des Königs Tafel satt und wußte sich auch angenehm zu unterhalten, bis er endlich um Erlaubniß bat, nach Hause zu gehen, und auszuruhen, da er die ganze vorige Nacht kein Auge zugethan, auch noch mancherlei Vorbereitungen für den kommenden Tag zu treffen habe. Er ging dann in den Wald, wo die Brüder ihn längst erwarteten und wissen wollten, wie das Probestück abgelaufen wäre. Da nun die starken Brüder sich einander nicht beneideten und keiner voraus wissen konnte, wen endlich das Glück treffen würde, Schwiegersohn des Königs zu werden, so freuten sie sich gemeinschaftlich des gelungenen Werkes.

Am folgenden Morgen wurde S c h a r f a u g e mit dem prächtigen königlichen Anzuge bekleidet und ausgeschickt, um das dritte Probestück auszuführen. Nicht minder stolz und anmuthig wie die beiden andern Brüder trat er vor den König, und bat um die Erlaubniß, das letzte Probestück zu unternehmen. Der König sagte: »Ich freue mich sehr, daß es euch möglich gewesen ist zwei Arbeiten zu vollbringen, welche bis auf den heutigen Tag noch Keiner ausführen konnte, so viel ihrer auch von allen Seiten zusammenströmten, um den Versuch zu machen. Dennoch fürchte ich, daß ihr die dritte Arbeit nicht zu Stande bringen werdet, denn das Ziel, welches ihr treffen müßt, steht sehr hoch und ist ein kleiner Körper.« S c h a r f a u g e erwiederte: »Wer euer Schwiegersohn werden will, der darf nichts für schwer achten, denn so großes Glück fällt Niemanden im Schlafe zu.« Darauf gab der König die Erlaubniß, am folgenden Morgen das Probestück zu unternehmen. Aber des Königs Tochter, welche wiederum durch die Thürspalte nach dem Jüngling gespäht hatte, seufzte mit Thränen in den Augen: »Könnte ich etwas für diesen Jüngling thun, daß er morgen zum dritten Male Sieger bliebe, ich gäbe Hab' und Gut dafür — um ihn zum Gemahl zu erhalten.«

War schon das erste und zweite Mal eine große Menge Volks von allen Seiten herbei gekommen, um die Wunderwerke zu sehen, so waren heute die Tausende gar nicht mehr zu zählen. Auf dem Gipfel eines Berges stand der Apfelträger, der in solcher Höhe nicht viel größer aussah als eine Krähe, und ihm sollte S c h a r f a u g e den Apfel vom Munde weg schießen, so daß der Pfeil ihn in der Mitte spaltete. Niemand hielt die Sache für möglich. Gleichwohl fürchtete der Mann oben, der den Apfel am Stiele im Munde zu halten hatte, der Schütze könnte doch vielleicht in's Ziel treffen, darum beschloß er in seinem mißgünstigen Sinne, dem Schützen die an sich schwere Aufgabe noch schwerer zu machen. Er faßte nicht, wie vorgeschrieben war, den Apfel mit den Zähnen am Stiele, sondern steckte den halben Apfel in den Mund und dachte: je kleiner ich den Gegenstand mache, auf den er zielen muß, desto weniger kann er sehen und treffen. Aber für S c h a r f a u g e war der halbe Apfel nicht minder deutlich als der ganze. Er zielte einige Augenblicke mit seinem durchdringenden Blicke, schnellte den Pfeil vom Bogen und o Wunder! der

Apfel war mitten durchgespalten, so daß beide Hälften genau gleiche Größe hatten. Der neidische Apfelhüter hatte zugleich den verdienten Lohn für seine Bosheit erhalten, denn da S c h a r f a u g e gerade auf die Mitte des Apfels gezielt hatte, der Mann aber dessen größere Hälfte im Munde hielt, so hatte der Pfeil von beiden Seiten des Mundes ein Stück Fleisch mit weggerissen. Als der entzwei geschossene Apfel dem Könige zum Beweise überreicht wurde, brach die Menge in ein Freudengeschrei aus. Ein solches Wunder hatte sich noch nicht begeben. Des Königs Tochter vergoß Freudenthränen, da ihres Herzens Wunsch in Erfüllung gegangen war; der König aber lud S c h a r f a u g e ein, zu ihm zu kommen, damit er ihn sofort seiner Tochter verloben könne. Scharfauge lehnte es ehrfurchtsvoll ab mit den Worten: »Vergönnt mir, den heutigen Tag mich nach der Arbeit zu erholen! morgen wollen wir uns der Freude ergeben!« Er wollte sich nämlich keines Fehls gegen seine Brüder schuldig machen, welche gleich ihm ihren Theil der Arbeit gethan hätten: das Loos mußte entscheiden, welchem von ihnen der Lohn zufallen sollte.

Als Scharfauge zu seinen Brüdern kam, erzählte er ihnen den Hergang, und sie freuten sich erst noch mit einander wie die Kinder, ehe sie das Loos warfen. Nach Gottes Fügung brachte das Loos dem S c h a r f a u g e Glück; er sollte nun des Königs Schwiegersohn werden. Noch einmal schliefen die Brüder beisammen, dann schlug die bittere Trennungsstuude, S c h a r f - a u g e begab sich in die Königsstadt, S c h n e l l f u ß und F l i n k h a n d machten sich in die Heimath zu ihren Eltern auf.

Nach ihrer Rückkehr kauften die beiden reichen Brüder sich viele Güter und Ländereien, so daß ihr Gebiet bald einem kleinen Königreiche glich. S c h a r f a u g e hatte Alles seinen Eltern und Brüdern geschenkt, da er, als Schwiegersohn des Königs, seines eigenen Vermögens nicht mehr bedurfte. Die Eltern freuten sich über das Glück ihrer Kinder, nur war der Mutter das Herz oft schwer, weil ihr dritter Sohn so weit von ihnen in der Fremde lebte, daß sie nicht hoffen durfte ihn wieder zu sehen. Als aber die Eltern später gestorben waren, da hatten S c h n e l l f u ß und F l i n k h a n d keine Ruhe mehr in der Heimath, sie verpachteten ihre Besitzungen und streiften wieder in fremden Landen umher, um neue Reichthümer und Schätze durch ihre Gaben zu erwerben. Wie weit ihre Wanderung reichte, was für Thaten sie auf derselben verrichteten und ob sie später wieder in die Heimath zurückkehrten, darüber kann ich euch nichts weiter melden. Aber S c h a r f a u g e ' s Geschlecht muß noch heutiges Tages in dem Lande wohnen, wo der Stammvater einst das Glück hatte, Schwiegersohn des Königs zu werden.

4. Der Tontlawald.

Zu alten Zeiten stand in Allentacken [19] ein schöner Hain, der Tontlawald hieß, den aber kein Mensch zu betreten wagte. Dreistere, die zufällig einmal näher gekommen waren und gespäht hatten, erzählten, sie hätten unter dichten Bäumen ein verfallenes Haus gesehen und um dasselbe herum menschenähnliche Wesen, von denen der Rasen wie von einem Ameisenhaufen wimmelte. Die Geschöpfe hätten rußig und zerlumpt ausgesehen wie die Zigeuner, und es wären namentlich viel alte Weiber und halbnackte Kinder darunter gewesen. Als einst ein Bauer, der in finsterer Nacht von einem Schmause nach Hause ging, etwas tiefer in den Tontlawald hineingerathen war, hatte er seltsame Dinge gesehen. Um ein helles Feuer war eine Unzahl Weiber und Kinder versammelt, einige saßen am Boden, die andern tanzten auf dem Plan. Ein altes Weib hatte einen breiten eisernen Schöpflöffel in der Hand, mit welchem sie von Zeit zu Zeit die glühende Asche über den Rasen hinstreute, worauf die Kinder mit Geschrei in die Luft hinauf fuhren und wie Nachteulen um den aufsteigenden Rauch flatterten, bis sie zuletzt wieder herabkamen. Dann trat aus dem Walde ein kleiner alter langbärtiger Mann, der auf dem Rücken einen Sack trug, der länger war als er selbst. Weiber und Kinder liefen dem Männlein lärmend entgegen, tanzten um ihn herum und suchten ihm den Sack vom Rücken zu reißen, aber der Alte machte sich von ihnen los. Jetzt sprang eine schwarze Katze, so groß wie ein Fohlen, die mit glühenden Augen auf der Thürschwelle gesessen, auf des Alten Sack und verschwand dann in der Hütte. Weil aber dem Zuschauer schon der Kopf brannte und es ihm vor den Augen flimmerte, so blieb auch seine Erzählung unsicher, und man konnte nicht recht dahinter kommen, was daran wahr und was falsch sei. Auffallend war es, daß von Geschlecht zu Geschlecht solche Dinge vom Tontlawalde erzählt wurden; aber Niemand wußte genauere Auskunft zu geben. Der Schwedenkönig hatte mehr als einmal befohlen, den gefürchteten Wald zu fällen, aber die Leute wagten es nicht den Befehl zu vollziehen. Einmal hieb ein dreister Mann mit einer Axt in einige Bäume, da floß sogleich Blut und man hörte Jammergeschrei wie von gequälten Menschen. [20] Der erschreckte Holzfäl-

ler nahm zitternd und bebend die Flucht; seitdem war kein noch
so strenger Befehl, kein noch so reichlicher Lohn im Stande, wieder einen Holzfäller in den Tontlawald zu locken. —Sehr wunderbar erschien es auch, daß weder ein Weg aus dem Walde heraus noch einer hinein führte; auch sah man das ganze Jahr durch
keinen Rauch aufsteigen, der das Dasein menschlicher Wohnstät-
ten verrathen hätte. Groß war der Wald nicht, und rings um ihn
her war flaches Feld, so daß man freien Ausblick auf den Wald
hatte. Hausten wirklich hier von Alters her lebende Wesen, so
konnten sie doch nicht anders in dem Walde ein- und ausgehen
als auf unterirdischen Schlupfwegen, oder sie mußten auch wie
die Hexen bei nächtlicher Weile, wo Alles ringsum schlief, durch
die Luft fahren. Das Letztere ist, dem Erzählten zufolge, das
Wahrscheinlichere. Vielleicht erhalten wir über diese Wundervö-
gel mehr Auskunft, wenn wir den Wagen der Erzählung etwas
weiterlenken und im nächsten Dorfe ausruhen.

Einige Werst vom Tontlawalde lag ein großes Dorf. Ein ver-
wittweter Bauer hatte unlängst wieder ein junges Weib genommen und, wie das wohl oft vorkommt, ein rechtes Schüreisen in's
Haus gebracht, so daß Verdruß und Zank kein Ende nahmen. Das
von der ersten Frau nachgebliebene siebenjährige Mädchen, mit
Namen Else, war ein kluges sinniges Geschöpf. Dieser Armen
machte aber die böse Stiefmutter das Leben ärger als die Hölle,
sie puffte und knuffte das Kind vom Morgen bis zum Abend und
gab ihm schlechteres Essen als den Hunden. Da die Frau die Hosen anhatte, so konnte die Tochter sich auf ihren Vater nicht stüt-
zen: der Hansdampf mußte ja selbst nach des Weibes Pfeife tanzen. Länger als zwei Jahre hatte Else dieses schwere Leben ertragen und hatte viele Thränen vergossen. Da ging sie eines Sonntags mit andern Dorfkindern aus, um Beeren zu pflücken.
Schlendernd, nach Kinderart, waren sie unvermerkt an den Rand
des Tontlawaldes gekommen, wo sehr schöne Erdbeeren wuchsen, so daß der Rasen ganz roth davon war. Die Kinder aßen von
den süßen Beeren und pflückten noch soviel in ihre Körbchen, als
jedes konnte. Plötzlich rief ein älterer Knabe, der die gefürchtete
Stelle erkannt hatte: »Fliehet, fliehet! wir sind im Tontlawalde!«
Dies Wort war schlimmer als Donner und Blitz, alle Kinder nahmen Reißaus, als wären ihnen die Tontla-Unholde schon auf den

Fersen. Else, welche etwas weiter gegangen war als die Andern, und unter den Bäumen sehr schöne Beeren gefunden hatte, hörte wohl das Rufen des Knaben, mochte sich aber nicht von dem Beerenfleck trennen. Sie dachte wohl: Die Tontla-Bewohner können doch nicht schlimmer sein als meine Stiefmutter daheim. Da kam ein kleiner schwarzer Hund mit einem silbernen Glöcklein um den Hals bellend auf sie zu. Auf dies Gebell eilte ein kleines Mädchen in prächtigen seidenen Kleidern herbei, verwies den Hund zur Ruhe und sagte dann zur Else: »Sehr gut, daß du nicht mit den andern Kindern davongelaufen bist. Bleibe mir zur Gesellschaft hier, dann wollen wir gar schöne Spiele spielen und alle Tage miteinander gehen Beeren zu pflücken; die Mutter wird es mir gewiß nicht abschlagen, wenn ich sie darum bitte. Komm, laß uns sogleich zu ihr gehen!« Damit faßte das prächtige fremde Kind Else bei der Hand und führte sie tiefer in den Wald hinein. Der kleine schwarze Hund bellte jetzt vor Vergnügen, sprang an Elsen herauf und leckte ihr die Hand, als wären sie alte Bekannte.

Ach du liebe Zeit, was für Wunder und Herrlichkeit tauchten jetzt vor Else's Augen auf. Sie glaubte sich im Himmel zu befinden. Ein prächtiger Garten, mit Obstbäumen und Beerensträuchern angefüllt, stand vor ihnen; auf den Zweigen der Bäume saßen Vögel, bunter als die schönsten Schmetterlinge, manche mit Gold- und Silberfedern bedeckt. Und die Vögel waren nicht scheu, die Kinder konnten sie nach Belieben in die Hand nehmen. Mitten im Garten stand das Wohnhaus, aus Glas und Edelsteinen aufgeführt, so daß Wände und Dach glänzten wie die Sonne. Eine Frau in prächtigen Kleidern saß vor der Thür auf einer Bank und fragte die Tochter: »Was bringst du da für einen Gast?« Die Tochter antwortete: »Ich fand sie allein im Walde und nahm sie mir zur Gesellschaft mit. Erlaubst du, daß sie hier bleibt?« Die Mutter lächelte, sagte aber kein Wort, sondern musterte Else mit scharfem Blick vom Kopf bis zu den Füßen. Dann hieß sie Else näher treten, streichelte ihre Wangen und fragte freundlich, wo sie zu Hause sei, ob ihre Eltern noch lebten, und ob sie den Wunsch habe, hier zu bleiben? Else küßte der Frau die Hand, fiel vor ihr nieder, umfaßte ihre Kniee und erwiederte dann unter Thränen:

»Die Mutter ruht schon lange unter dem Rasen.
Mutter ward hinweg getragen
Liebe zog mit ihr von dannen!« [21]

Der Vater lebt wohl noch, aber was hilft mir das, die Stiefmutter haßt mich und schlägt mich unbarmherzig alle Tage.
Nichts kann ich ihr recht machen. Bitte, Goldfrauchen, laßt mich
hier bleiben! Laßt mich die Herde hüten, oder gebt mir andere
Arbeit, ich will Alles thun und euch gehorchen, aber schickt mich
nur nicht zur Stiefmutter zurück! Sie schlüge mich halb todt, weil
ich nicht mit den anderen Dorfkindern gekommen bin.« Die Frau
lächelte und sagte: »Wir wollen sehen, was mit dir zu machen
ist.« Dann erhob sie sich von der Bank und trat in's Haus. Die
Tochter aber sagte zur Else: »Sei getrost, meine Mutter ist freundlich! Ich sah an ihrem Blicke, daß sie unsere Bitte gewähren wird,
wenn sie die Sache näher überlegt hat.« Sie ging dann ihrer Mutter nach und hieß Else warten. Diese bebte zwischen Furcht und
Hoffnung, und ungeduldig harrte sie des Bescheides, den die
Tochter bringe würde.

Nach einer Weile kam die Tochter mit einem Schächtelchen
in der Hand zurück und sagte: »Die Mutter will, daß wir heute
mit einander spielen, derweil sie deinetwegen Weiteres beschlie-
ßen wird. Ich hoffe, du bleibst uns, ich möchte dich nicht mehr
von mir lassen. Bist du schon zur See gefahren?« Else machte
große Augen und fragte dann: »Zur See? was ist das? davon habe
ich noch nie etwas gehört.« »Du sollst es sogleich sehen,« erwiederte das Fräulein und nahm den Deckel vom Schächtelchen. Da
lagen ein Blatt von Frauenmantel, eine Muschelschale und zwei
Fischgräten; auf dem Blatte schimmerten ein Paar Tropfen, diese
schüttete das Kind auf den Rasen. Augenblicklich waren Garten,
Rasen und was sonst noch da gestanden hatte, verschwunden, als
hätte die Erde es verschlungen: und soweit das Auge reichte, war
nur Wasser sichtbar, das in der Ferne mit dem Himmel zusam-
menzustoßen schien. Nur unter ihren Füßen war ein kleiner Fleck
trocken geblieben. Jetzt setzte das Fräulein die Muschelschale
auf's Wasser und nahm die Fischgräten zur Hand. Die Muschelschale schwoll an, und dehnte sich zu einem hübschen Nachen
aus, worin ein Duzend Kinder und wohl noch mehr Platz gehabt

hätten. Die Kinder setzten sich nun selbander in den Nachen, Else mit Zagen, das Fräulein aber lachte; die Gräten, welche sie hielt, wurden zu Rudern. Von den Wellen wurden die Mädchen fortgeschaukelt, wie in einer Wiege; nach und nach kamen andere Kähne in ihre Nähe, in jedem saßen Menschen, welche sangen und fröhlich waren. »Wir müssen ihren Gesang beantworten,« sagte das Fräulein, aber Else verstand nicht zu singen. Um so schöner sang das Fräulein. Von dem, was die andern sangen, konnte Else nicht viel verstehen, nur ein Wort kehrte immer wieder, nämlich »Kiisike.« Else fragte, was es bedeute, und das Fräulein antwortete: »Das ist mein Name.« Ich weiß nicht, wie lange sie so spazieren gefahren waren, da hörten sie rufen: »Kinder, kommt nach Hause, es wird Abend.« Kiisike nahm ihr Körbchen aus der Tasche, in welchem das Blatt lag, und tauchte es in's Wasser, so daß einige Tropfen daran hängen blieben, — augenblicklich waren sie in der Nähe des prächtigen Hauses, mitten im Garten; Alles ringsum erschien trocken und fest wie zuvor, Wasser war nirgends. Die Muschelschale und die Fischgräten wurden sammt dem Blatte in's Körbchen gelegt, und die Kinder gingen in's Haus.

In einem großen Gemache saßen um einen Eßtisch vier und zwanzig Frauen, alle in prächtigen Kleidern, als wären sie auf einer Hochzeit. Oben am Tische saß die Herrin auf einem goldenen Stuhle.

Else wußte nicht, woher die Augen nehmen, um all die Herrlichkeit zu betrachten, die ihr hier entgegenschimmerte. Auf dem Tische standen dreizehn Gerichte, alle in goldenen und silbernen Schüsseln; ein Gericht aber blieb unberührt und wurde abgetragen, wie es aufgetragen war, ohne daß man den Deckel gelüftet hätte. Else aß von den köstlichen Speisen, die noch besser schmeckten als Kuchen, und es kam ihr wieder vor, als müßte sie im Himmel sein; auf Erden konnte sie sich dergleichen nicht denken. Bei Tische wurde leise gesprochen, aber in einer fremden Sprache, von der Else kein Wort verstand. Die Frau sagte jetzt einige Worte zu einer Magd, die hinter ihrem Stuhle stand; die Magd eilte hinaus und kam bald mit einem kleinen alten Manne wieder, dessen Bart länger war als er selber. Der Alte machte einen Bückling und blieb am Thürpfosten stehen. Die Frau deute te mit dem Finger auf Else und sagte: »Betrachte dir dieses Bauermädchen, ich will es als Pflegekind annehmen. Forme mir ein Abbild von ihr, welches wir morgen statt ihrer in's Dorf schicken können.« Der Alte sah Else scharf an, als wolle er das Maaß nehmen, verbeugte sich dann wieder vor der Frau und verließ das Gemach. Nach Tische sagte die Frau freundlich zu Else: »Kiisike hat mich gebeten, ich möchte dich ihr zur Gesellschaft hier behalten und du selbst sagtest, du hättest Lust hier zu bleiben. Ist dem nun wirklich so?« Else fiel auf die Kniee, und küßte der Frau Hände und Füße zum Dank für die barmherzige Rettung aus den Klauen der bösen Stiefmutter. Die Frau aber hob sie vom Boden auf, streichelte ihr den Kopf und die thränenfeuchten Wangen und sagte: »Wenn du immer ein folgsames gutes Kind bleibst, so wird es dir gut gehen, ich will für dich sorgen und dir allen nöthigen Unterricht geben lassen, bis du erwachsen bist und dich selbst fortbringen kannst. Meine Fräulein, welche Kiisike unterrichten, werden auch dir behilflich sein, alle feinen Handarbeiten zu erlernen und dir andere Kenntnisse zu erwerben.«

Nach einem Weilchen kam der Alte zurück mit einer langen mit Lehm gefüllten Mulde auf der Schulter, und einem kleinen Deckelkörbchen in der linken Hand. Er setzte Mulde und Körbchen an die Erde, nahm ein Stück Lehm und machte daraus eine Puppe, welche Menschengestalt hatte. In den Leib, der hohl geblieben war, legte der Alte drei gesalzene Strömlinge und ein Stückchen Brot. Dann machte er in der Brust der Puppe ein Loch, nahm aus dem Korbe einen ellenlangen schwarzen Wurm und ließ ihn durch das Loch hineinkriechen. Die Schlange zischte und wand sich mit dem Schwanze, als sträubte sie sich, aber sie mußte doch hinein. Nachdem die Frau die Puppe von allen Seiten betrachtet hatte, sagte der Alte: »Jetzt brauchen wir nichts weiter als ein Tröpflein von dem Blute des Bauermädchens.« Else wurde blaß vor Schrecken, als sie das hörte; sie meinte ihre Seele damit dem Bösen zu verkaufen. [22] Aber die Frau tröstete sie: »Fürchte nichts! Wir wollen dein Blut nicht zu etwas Bösem sondern lediglich zu etwas Gutem und zu deinem künftigen Glücke.« Dann nahm sie eine kleine goldene Nadel, stach damit der Else in den Arm und gab die Nadel dem Alten, der sie in das Herz der Puppe bohrte. Darauf legte er diese in den Korb, damit sie darin wachse und versprach, am nächsten Morgen der Frau zu zeigen, was für ein Werk aus seinen Händen hervorgegangen sei. Man ging hernach zur Ruhe, und auch Else wurde von einer Stubenmagd in ihre Schlafkammer gebracht, wo ihr ein weiches Bett bereitet wurde.

Als sie am andern Morgen in dem seidenen Bette auf weichem Pfühl erwachte und ihre Augen weit auf machte, fand sie sich mit einem feinen Hemde bekleidet und sah reiche Gewänder auf einem Stuhle vor dem Bette liegen. Dann trat ein Mädchen in's Zimmer und hieß Else sich waschen und kämmen, worauf es sie vom Kopf bis zum Fuß mit den schönen Kleidern schmückte, als wäre sie das stolzeste deutsche Kind. Nichts machte Elsen so viel Freude als die Schuhe. Sie war ja bis jetzt fast immer barfuß gegangen. Nach Else's Meinung konnten auch des Königs Töchter keine schöneren Schuhe haben. In ihrer Freude über die Schuhe hatte sie nicht Zeit die übrigen Stücke des Anzugs zu beachten, obschon Alles prachtvoll war. Die Bauernkleider, welche sie mitgebracht hatte, waren in der Nacht fortgenommen worden, weshalb? das sollte sie später erfahren. Ihre Kleider waren nämlich der Lehmpuppe angelegt worden, welche an ihrer Statt in's Dorf gehen sollte. Die Puppe war in der Nacht in ihrem Behälter angeschwollen und am Morgen ein vollständiges Ebenbild der Else geworden, und ging einher wie ein von Gott geschaffenes Wesen. Else erschrack, als sie die Puppe erblickte, die ganz so aussah, wie sie selbst gestern ausgesehen hatte. Als die Frau Else's Erschrecken bemerkte, sagte sie: »Fürchte dich nicht, Kind! Das Lehmbild kann dir keinen Schaden zufügen, wir jagen es zu deiner Stiefmutter, damit es ihr als Prügelklotz diene! Mag sie es schlagen, so viel sie will, das steinharte Lehmbild fühlt keinen Schmerz. Aber wenn das böse Weib nicht andern Sinnes wird, so kann dein Ebenbild einmal die verdiente Strafe an ihr vollziehen.«

Von diesem Tage an lebte Else so glücklich wie ein verwöhntes deutsches Kind, das in goldener Wiege geschaukelt worden; sie hatte weder Sorge noch Mühe; das Lernen wurde ihr von Tag zu Tage leichter und das vorige harte Leben im Dorfe erschien ihr nur noch wie ein böser Traum. Aber je tiefer sie das Glück dieses

Lebens empfand, desto wunderbarer erschien ihr auch Alles. Auf
natürliche Weise konnte es nicht zugehen – es mußte eine unbe-
kannte unerklärliche Macht hier walten. Auf dem Hofe stand ein
Granitblock etwa zwanzig Schritt vom Hause. Wenn die Essens-
zeit heranrückte, ging der Alte mit dem langen Barte an den
Block, zog ein silbernes Stäbchen aus dem Busen und klopfte
damit dreimal an, so daß es hell wiederklang. Dann sprang ein
großer goldener Hahn heraus und setzte sich auf den Block. So
oft er in dieser Stellung mit den Flügeln schlug und krähte, kam
aus dem Block etwas hervor, zuerst ein langer gedeckter Tisch,
auf dem so viel Teller standen als essende Personen waren; der
Tisch ging von selbst in's Haus, als trügen ihn des Windes Flügel.
Wenn der Hahn zum zweiten Male krähte, kamen Stühle dem
Tische nachgegangen; darauf eine Schüssel mit Speise nach der
andern – Alles sprang aus dem Block heraus und flog wie der
Wind zum Eßtisch. Desgleichen Methflaschen, Aepfel und Beeren; Alles schien beseelt, so daß Niemand zu heben noch zu tragen brauchte. Wenn Alle sich satt gegessen hatten, klopfte der
Alte zum zweiten Male mit dem Silberstäbchen an den Block,
und dann krähte der goldene Hahn Flaschen, Schüsseln, Teller,
Stühle und Tisch wieder in den Block hinein. Wenn aber die dreizehnte Schüssel kam, aus welcher niemals gegessen wurde, so lief
eine große schwarze Katze der Schüssel nach, und beide blieben
auf dem Block neben dem Hahn, bis der Alte sie forttrug. Er
nahm die Schüssel in die Hand, die Katze in den Arm und den
goldenen Hahn auf die Schulter, und verschwand mit ihnen unter
dem Block. Nicht nur Speisen und Getränke, sondern auch alle
übrigen Bedürfnisse des Haushalts, selbst Kleider kamen auf das
Krähen des Hahns aus dem Block hervor. – Obwohl bei Tische
wenig und immer in einer fremden Sprache gesprochen wurde,
welche Else nicht verstand, so wurde dafür desto mehr geredet
und gesungen, wenn die Frau mit ihren Fräulein in Zimmer und
Garten weilte. Allmählich lernte Else auch die Sprache ihrer Ge-
fährtinnen auffassen; sie verstand fast Alles, was gesagt wurde,
aber Jahre verstrichen, ehe ihre eigne Zunge sich den fremden
Lauten gewöhnte. Einst hatte Else die Kiisike gefragt, warum die
dreizehnte Schüssel täglich auf den Tisch komme, da doch Niemand daraus esse, aber Kiisike konnte es ihr nicht erklären. Sie

mußte es aber ihrer Mutter gesagt haben, denn nach einigen Tagen ließ diese Elsen zu sich rufen und sprach zu ihr mit ernstem Ausdruck: »Beschwere dein Herz nicht mit unnützen Grübeleien. Du möchtest wissen, warum wir niemals aus der dreizehnten Schüssel essen. Sieh, liebes Kind, das ist die Schüssel v e r b o r - g e n e n Segens; wir dürfen sie nicht anrühren, sonst würde es mit unserem glücklichen Leben zu Ende sein. Auch mit den Menschen würde es auf dieser Welt viel besser stehn, wenn sie nicht in ihrer Habsucht alle Gaben an sich rissen, ohne dem himmlischen Segenspender irgend etwas zum Danke zu lassen. [23] Habsucht ist der Menschen größter Fehler!«

Die Jahre verstrichen Elsen in ihrem Glücke pfeilgeschwind, sie war zur blühenden Jungfrau herangewachsen und hatte Vieles gelernt, womit sie in ihrem Dorfe ihr Leben lang nicht bekannt geworden wäre. Kiisike aber war immer noch dasselbe kleine Kind wie an dem Tage, wo sie das erste Mal mit Elsen im Walde zusammen getroffen war. Die Fräulein, welche bei der Frau vom Hause lebten, mußten Kiisike und Else täglich einige Stunden im Lesen und Schreiben und in allerlei feinen Handarbeiten unterweisen. Else begriff Alles gut, aber Kiisike hatte mehr Sinn für kindliche Spiele als für nützliche Beschäftigung. Wenn ihr die Laune kam, so warf sie die Arbeit weg, nahm ihr Schächtelchen und lief in's Freie, um See zu spielen, was ihr Niemand übel nahm. Manchmal sagte sie zu Elsen: »Schade, daß du so groß geworden bist, du kannst nun nicht mehr mit mir spielen.«

Als jetzt neun Jahre in dieser Weise verflossen waren, ließ die Frau eines Abends Else in ihr Schlafzimmer rufen. Else wunderte sich darüber, denn um diese Zeit hatte die Frau sie noch niemals zu sich kommen lassen. Das Herz schlug ihr so heftig, daß es zu springen drohte. Als sie über die Schwelle trat, sah sie, daß die Wangen der Frau geröthet waren, ihre Augen voll Thränen standen, welche sie rasch trocknete, als wollte sie dieselben vor Elsen verbergen. »Liebes Pflegkind,« begann die Frau, »die Zeit ist gekommen, wo wir scheiden müssen.« »S c h e i d e n ?« rief Else und warf sich schluchzend der Frau zu Füßen. »Nein, theure Frau, das kann nimmermehr geschehen, bis uns einst der Tod trennt. Ihr habt mich einmal huldreich aufgenommen, darum verstoßt mich nicht wieder!« Die Frau sagte beschwichtigend: »Kind, sei ruhig! Du weißt ja noch gar nicht, was ich für dein Glück thun will. Du bist herangewachsen und ich darf dich hier nicht länger in Haft halten. Du mußt wieder unter Menschen gehen, wo Glückspfade deiner warten.« Else aber bat flehentlich: »Theure Frau, verstoßet mich nicht. Ich sehne mich nach keinem anderen Glücke, als bei euch zu leben und zu sterben. Macht mich zur Stubenmagd oder gebt mir andere Arbeit, nach eurem Belieben, aber schickt mich nicht fort in die weite Welt. Da wäre es besser gewesen, ihr hättet mich bei der Stiefmutter im Dorfe gelassen, als daß ihr mich auf so viele Jahre in den Himmel brachtet, um mich jetzt wieder in die Hölle zu stoßen.« »Still, liebes Kind!« sagte die Frau — »du begreifst nicht, was ich zu deinem Glücke zu thun verpflichtet bin, wie sehr es mich auch schmerzt. Aber Alles muß so sein, wie ich es mache. Du bist ein sterbliches Menschenkind, deine Jahre nehmen zu ihrer Zeit ein Ende und deshalb darfst du nicht länger hier bleiben. Ich und die mich umgeben haben wohl Menschengestalt, aber wir sind nicht Menschen, wie ihr, sondern Geschöpfe höherer Art und euch unbegreiflich. Du wirst in der Ferne einen lieben Gemahl finden, der für dich geschaffen ist, und wirst glücklich mit ihm sein, bis eure Tage sich zu Ende neigen. Die Trennung von dir wird mir nicht leicht, aber es muß sein, und deßhalb mußt du dich ruhig darein fügen.« Dann strich sie mit ihrem goldenen Kamme durch Elsens Haar und hieß sie zu Bette gehen; aber wo sollte die arme Else in dieser Nacht den Schlaf hernehmen? Das Leben kam ihr vor wie ein dunkler sternenloser Nachthimmel.

Während wir Else ihrem Kummer überlassen, wollen wir uns ins Dorf begeben, um zu sehen, wie die Sachen auf dem väterlichen Hofe gehen, wo das L e h m b i l d an ihrer Statt der Prügelklotz ihrer Stiefmutter war. Daß ein böses Weib im Alter nicht besser wird, ist eine bekannte Sache; man erfährt wohl, daß aus einem hitzigen Jünglinge im Alter ein frommes Lamm wird, aber kommt ein Mädchen, das kein gutes Herz hat, unter die Haube, so wird sie auf die alten Tage wie ein reißender Wolf. Wie ein Höllenbrand quälte die Stiefmutter das Lehmbild Tag und Nacht, aber dem starren Geschöpfe, dessen Körper keinen Schmerz empfand, schadete es nicht. Wollte der Mann einmal dem Kinde zu Hülfe kommen, so setzte es für ihn gleichfalls Prügel, zum Lohn für seinen Versuch Frieden zu stiften. Eines Tages hatte die Stiefmutter ihre Lehmtochter wieder fürchterlich geschlagen und drohte ihr dann, sie umzubringen. Wüthend packte sie das Lehmbild mit beiden Händen an der Gurgel, um es zu erwürgen, siehe, da fuhr eine schwarze Schlange zischend aus des Kindes Munde, und stach der Stiefmutter in die Zunge, so daß sie todt niederfiel, ohne einen Laut von sich zu geben. Als der Mann Abends nach Hause kam, fand er die todte Frau dick aufgeschwollen am Boden liegen; die Tochter war nirgends zu finden. Auf sein Geschrei kamen die Dorfbewohner herbei. Die Nachbarn hatten wohl um Mittag einen großen Lärm im Hause gehört, aber da so etwas fast täglich dort vorfiel, war Niemand hingegangen. Nachmittags war Alles still geblieben, aber Niemand hatte die Tochter erblickt. Der Körper der todten Frau wurde nun gewaschen und gekleidet, und es wurden für die Todtenwächter zur Nacht Erbsen in Salz gekocht. Der müde Mann ging in seine Kammer, um zu ruhen, und dankte sicherlich seinem Glücke, daß er diesen Höllenbrand los war. Auf dem Tische fand er drei gesalzene Strömlinge und einen Bissen Brot, verzehrte Beides und legte sich zu Bette. Am andern Morgen wurde er todt auf dem Platze gefunden, und zwar ebenso aufgeschwollen wie die Frau. Nach einigen Tagen wurden beide in ein Grab gelegt, wo sie einander kein Leid mehr anthun konnten. Von der verschwundenen Tochter erfuhren die Bauern seitdem nichts weiter.

Else hatte die ganze Nacht kein Auge zugethan, sie weinte und beklagte die harte Notwendigkeit, so schnell und unerwartet von ihrem Glücke scheiden zu müssen. Am Morgen steckte ihr die Frau einen goldenen Siegelring an den Finger und hing ihr eine kleine goldene Schachtel an einem seidenen Bande um den Hals, rief dann den Alten, zeigte mit der Hand auf Else, und nahm darauf mit betrübter Miene von ihr Abschied. Eben wollte Else danken, als der Alte dreimal mit seinem Silberstäbchen sanft ihren Kopf berührte. Else fühlte alsbald, daß sie zum Vogel geworden war; aus den Armen wurden Flügel und aus den Beinen Adlerfüße mit langen Klauen, aus der Nase ein krummer Schnabel, Federn bedeckten den ganzen Leib. Dann hob sie sich plötzlich in die Luft und schwebte ganz wie ein aus dem Ei gebrüteter Adler unter den Wolken dahin. So war sie schon mehrere Tage gen Süden geflogen und hatte wohl zuweilen gerastet, wenn die Flügel ermatteten, aber Hunger hatte sie nicht gefühlt. Da geschah es, daß sie eines Tages über einem niedrigen Walde schwebte, wo Jagdhunde sie anbellten, die freilich dem Vogel nichts anhaben konnten, weil ihnen Flügel fehlten. Mit einem Male fühlte sie ihr Gefieder von einem scharfen Pfeile durchbohrt und fiel zu Boden. Vor Schrecken war sie ohnmächtig geworden.

Als Else aus ihrer Ohnmacht erwachte und die Augen weit öffnete, fand sie sich in menschlicher Gestalt unter einem Gebüsche. Wie sie dahin gekommen und was ihr sonst Seltsames begegnet war, lag wie ein Traum hinter ihr. Da kam ein stolzer junger Königssohn daher geritten, sprang vom Pferde und bot Elsen freundlich die Hand, indem er sagte: »Zur glücklichen Stunde bin ich heute Morgen ausgeritten! Von euch, theures Fräulein, träumte mir ein halbes Jahr lang jede Nacht, daß ich euch hier im Walde finden würde. Obschon ich den Weg wohl hundert Mal umsonst gemacht hatte, ließ doch meine Sehnsucht und meine Hoffnung nicht nach. Heute schoß ich einen großen Adler, der hierher gefallen sein mußte; ich ging der erlegten Beute nach und fand statt des Adlers — euch.« Dann half er Elsen auf's Pferd und ritt mit ihr zur Stadt, wo der alte König sie freudig empfing. Einige Tage später ward eine prachtvolle Hochzeit gefeiert; am Morgen des Hochzeitstages waren funfzig Fuder mit Kostbarkeiten angekommen, welche die liebe Pflegemutter Elsen geschickt hatte. Nach des alten Königs Tode wurde Else Königin und hat dann im Alter die Ereignisse ihrer Jugend selbst erzählt. Aber vom Tontlawald hat man seitdem Nichts mehr gesehen noch gehört.

5. Der Waise Handmühle.

Ein armes elternloses Mädchen war allein nachgeblieben wie ein Lamm, und dann als Pflegekind in eine böse Wirthschaft gekommen, wo es keinen andern Freund hatte als den Hofhund, dem es zuweilen eine Brotrinde gab. Das Mädchen mußte vom Morgen bis zum Abend für die Wirthin auf der Handmühle mahlen, und stand einmal die Mühle stille, weil die müde Hand ausruhen wollte, so war gleich der Stock da, um das arme Kind anzutreiben. Des Abends waren die Hande der Waise so starr wie die Klötze. Das Gnadenbrot, welches die Waisen essen, muß fast immer mit Schweiß und Blut bezahlt werden. Gott im Himmel allein hört die Seufzer der Waisen und zählt die Thränen, die von ihren Wangen rollen! – Eines Tages, als das schwache Mädchen wieder die schwere Mühle drehte und voller Unmuth war, weil die Wirthin sie den Morgen nüchtern gelassen hatte, kam ein hinkender einäugiger Bettler in zerlumpten Kleidern heran. Es war aber kein wirklicher Bettler, sondern ein berühmter Zauberer aus Finnland, der sich, um nicht erkannt zu werden, in einen Bettler verwandelt hatte. Der Bettler setzte sich auf die Schwelle, sah sich die schwere Arbeit des Kindes an, nahm ein Stück Brot aus seinem Schultersack, steckte es dem Kinde in den Mund und sagte: »Mittag ist noch weit, iß etwas Brot zur Stärkung.« Die Waise nahm den trockenen Bissen und er schmeckte ihr besser als Weißbrot, auch fühlte sie gleich ihre Kräfte wieder zunehmen. Der Bettler sagte dann: »Dir Armen müssen wohl von dem ewigen Umdrehen der schweren Mühle die Hände recht müde sein?« Das Mädchen sah den Alten ungewiß an, wie um zu forschen, ob seine Frage ernsthaft oder spöttisch gemeint sei. Da sie aber fand, daß sein Antlitz einen liebreichen und ernsthaften Ausdruck hatte, so erwiderte sie: »Wer kümmert sich um die Hände einer Waise? Das Blut dringt mir immer unter die Nägel, und der Stock fährt mir über den Rücken, wenn ich nicht so viel arbeiten kann, als die Wirthin verlangt.« Der Bettler ließ sich nun ausführlich erzählen, was für ein Leben das Kind führe. Als die Waise geendigt hatte, nahm der Alte aus seinem Sacke ein altes Tuch, gab es ihr und sagte: »Wenn du dich heut Abend schlafen legst, so binde dies Tuch um deinen Kopf und seufze aus der Tiefe des Herzens:

»Süßer Traum, trage mich dahin, wo ich eine Handmühle finde, welche von selbst mahlt, so daß ich mich nicht mehr abmühen darf!« Die Waise steckte das Tuch in ihren Busen und dankte dem Alten, der sich sogleich entfernte. Als sich das Waisenkind A- bends schlafen legte, that es nach Vorschrift des Bettlers, band das Tuch um den Kopf und stieß unter Seufzern und Thränen seinen Wunsch aus, obgleich es selber nicht viel Hoffnung darauf setzte. Dennoch schlief es leichteren Herzens ein, als sonst. Ein wunderbarer Traum führte das Mädchen in weite Fernen und ließ es auf seiner Wanderung viel seltsame Dinge erleben. Zuletzt kam es tief unter die Erde, und da mochte wohl die Hölle sein, denn alles sah schauerlich und fremd aus. Die Hofthore standen weit offen und kein lebendes Wesen rührte sich. Als das Mäd- chen weiter ging, ließ sich ein Geräusch vernehmen, wie wenn eine Handmühle gemahlen würde. Dem Geräusch folgend ging das Waisenkind schüchternen Schrittes vorwärts, bis es unter dem Abschauer einer Klete [24] einen großen Kasten fand, aus welchem das Geräusch einer Mühle an sein Ohr drang. Das Kind war nicht stark genug den Kasten zu rühren, geschweige denn von der Stelle zu bringen. Da sah es im Stalle ein weißes Pferd an der Krippe und kam auf den guten Einfall, das Pferd aus dem Stalle zu ziehen, es mit Stricken vor den Kasten zu spannen, und ihn so fortzuführen. Gedacht, gethan: die Waise schirrte das Pferd an, setzte sich auf den Deckel des Kastens, ergriff eine lange Ru- the und jagte in vollem Galop nach Hause.

Als sie am andern Morgen erwachte, fiel ihr der bedeutsame Traum wieder ein, und zwar stand er so lebendig vor ihr, als wäre sie wirklich eine Strecke weit auf dem Deckel gefahren. Als sie die Augen aufriß, erblickte sie den Kasten an ihrem Lager. Sie sprang auf, nahm ein halbes Loof (Scheffel) Gerste, das vom A- bend nachgeblieben war, schüttete es in die Oeffnung, die sie im Deckel des Kastens fand und siehe das freudige Wunder: die Steine fingen augenblicklich an zu lärmen. Es dauerte nicht lange, so war das fertige Mehl im Sacke. [25] Jetzt hatte die Waise einen leichten Stand; die Mühle im Kasten mahlte Alles, was man ihr bot, und das Mädchen hatte weiter keine Mühe, als das Getraide oben hineinzuschütten und das Mehl unten herauszunehmen. Den Deckel des Kastens durfte sie aber nicht öffnen, der Bettler hatte es ihr streng verboten, indem er hinzufügte: das würde dein Tod sein!

Die Wirthin kam bald dahinter, daß der Kasten dem Waisenkinde beim Mahlen half, sie beschloß daher das Mädchen aus dem Hause zu jagen und dafür den Mahlkasten zu behalten, der kein Futter verlangen würde. Zuerst wollte sie sich aber mit dem Dinge näher bekannt machen, um zu sehen, wo denn der Wundermüller eigentlich stecke. Die Begierde, das Geheimniß herauszubringen, stachelte das Weib Tag und Nacht. An einem Sonntag Morgen schickte sie das Waisenkind zur Kirche, und sagte, sie selbst wolle da bleiben, um das Haus zu hüten. Ein so freundliches Anerbieten hatte die Waise noch niemals vernommen; vergnügt zog sie ein reines Hemd und etwas bessere Kleider an, und machte sich eilig auf den Weg. Die Wirthin lauerte so lange hinter der Thür, bis ihr das Mädchen aus dem Gesichte war, dann nahm sie aus der Klete ein halb Loof Getraide und schüttete es auf den Deckel, damit der Kasten es mahle, aber der Kasten that es nicht. Erst als eine Hand voll in das Loch des Deckels kam, machten sich die Steine an's Werk; aber nun kostete es dem Weibe noch viel Mühe und Arbeit, den schweren Kastendeckel los zu machen. Endlich ging er so weit auf, daß die Alte den Kopf hineinzustecken wagte, — aber o weh! eine lichte Lohe schlug aus dem Kasten heraus und verbrannte die Wirthin, als wär's eine Hedekunkel; es blieb nichts weiter von ihr übrig als eine Handvoll Asche.

Als der Wittwer späterhin eine andere Frau nehmen wollte, fiel ihm ein, daß sein Pflegekind, die Waise, vollständig erwachsen war, so daß er nicht erst anderswo auf die Freite zu gehen brauche. Die Hochzeit wurde still gefeiert, und als sich die Nachbaren am Abend entfernt hatten, ging der Mann mit seiner jungen Frau zu Bette. Als diese den andern Morgen in die Klete ging, war der Kasten mit der Handmühle verschwunden, ohne daß man die Spuren eines Diebes fand. Obgleich nun überall gesucht und nah und fern angefragt wurde, ob der vermißte Gegenstand irgend Jemanden zu Gesicht gekommen sei, so hat man doch bis auf den heutigen Tag nichts entdeckt. Der wunderbare Handmühlen-Kasten, den einst ein Traum aus der Tiefe der Erde herausgeholt hatte, mußte wohl in eben so wunderbarer Weise dahin zurückgekehrt sein.

6. Die zwölf Töchter.

Es war einmal ein armer Käthner, der zwölf Töchter hatte, unter ihnen zwei Paar Zwillinge. Die hübschen Mädchen waren alle gesund und frisch und von zierlichem Wesen. Da die Eltern es so knapp hatten, mochte es manchem unbegreiflich sein, wie sie den vielen Kindern Nahrung und Kleidung schaffen konnten; die Kinder waren täglich gewaschen und gekämmt und trugen immer reine Hemden, wie deutsche Kinder. Einige meinten, der Käthner habe einen heimlichen Schatzträger, [26] Andere hielten ihn für einen Hexenmeister, wieder Andere für einen Windzauberer, [27] der im Wirbelwinde einen verborgenen Schatz zusammen zu raffen wußte. In Wahrheit aber verhielt sich die Sache ganz anders. Die Frau des Käthners hatte eine heimliche Gegenspenderin, welche die Kinder nährte, säuberte und kämmte. Als sie nämlich noch als Mädchen aus einem fremden Bauerhofe diente, sah sie drei Nächte hinter einander im Traume eine stattliche Frau, welche zu ihr trat und ihr befahl, [28] in der Johannisnacht zur Quelle des Dorfes zu gehen. Sie hätte nun wohl auf diesen Traum nicht weiter geachtet, wenn nicht am Johannisabend ein Stimmchen ihr immerwährend wie eine Mücke in's Ohr gesummt hätte: »Geh zur Quelle, geh zur Quelle, wo deines Glückes Wasseradern rieseln!« Obgleich sie den heimlichen Rathschlag nicht ohne Schrecken vernahm, faßte sie sich doch endlich ein Herz, verließ die andern Mädchen, die bei der Fiedel um das Feuer herum lärmten und schritt auf die Quelle zu. Aber je näher sie kam, desto bänger wurde ihr um's Herz; sie wäre umgekehrt, wenn ihr das Mückenstimmchen Ruhe gelassen hätte; unwillkürlich ging sie weiter. Als sie hinkam, sah sie eine Frau in weißen Kleidern, die auf einem Steine an der Quelle saß. Als die Frau des Mädchens Furcht gewahrte, ging sie demselben einige Schritte entgegen, bot ihm die Hand zum Gruß und sagte: »Fürchte dich nicht, liebes Kind, ich thue dir ja nichts zu Leide! Merke auf und behalte genau, was ich dir sage. Auf den Herbst wird man um dich freien; der Mann ist so arm wie du, aber mach' dir deshalb keine Sorge, sondern nimm seinen Branntwein an. [29] Da ihr beide gut seid, will ich euch Glück bringen und euch forthelfen; aber lasset darum Sorgsamkeit und Arbeit nicht dahinten, sonst kann kein Glück Dauer haben. Nimm dieses Säckchen und stecke es in die Tasche, es sind nur einige Steinchen darin. [30] Nachdem du das erste Kind zur Welt gebracht hast, wirf ein Steinchen in den Brunnen, damit ich komme dich zu sehen. Wenn das Kind zur Taufe geführt wird, will ich zu Gevatter stehen. Von unserer nächtlichen Zusammenkunft laß gegen Niemanden etwas verlauten — für dieses Mal sage ich dir Lebe wohl!« Mit diesen Worten war die wunderbare Fremde dem Mädchen entschwunden, als wäre sie unter die Erde gesunken. Vielleicht hätte das Mädchen auch diesen Vorfall für einen Traum gehalten, wenn nicht das Säckchen in ihrer Hand das Gegentheil bezeugt hätte; sie fand darin zwölf Steinchen.

Die Prophezeiung traf ein, das Mädchen wurde im Herbst verheirathet und der Mann war ein armer Knecht. Im folgenden Jahre brachte die junge Frau die erste Tochter zur Welt, besann sich auf das, was ihr in der Johannisnacht begegnet war, stand heimlich aus dem Bette auf, ging an den Brunnen und warf ein Steinchen hinein. Plumps fiel es in's Wasser! Sofort stand die freundliche Frau weiß gekleidet vor ihr und sagte: »Ich danke dir, daß du mich nicht vergessen hast. Sonntag über vierzehn Tage laß das Kind zur Taufe bringen, dann komme ich auch in die Kirche und will beim Kinde Gevatter stehen.« Als an dem bezeichneten Tage das Kind in die Kirche gebracht wurde, trat eine fremde Dame hinzu, nahm es auf den Schoos und ließ es taufen. Als dies geschehen war, band sie einen silbernen Rubel in die Windel des Kindes und sandte es der Mutter zurück. Ganz ebenso geschah es später bei jeder neuen Taufe, bis das Dutzend voll war. Bei der Geburt des letzten Kindes hatte die Frau zur Mutter gesagt: »Von heute an wird dein Auge mich nicht mehr schauen, obwohl ich ungesehen täglich um dich und deine Kinder sein werde. Das Wasser des Brunnens wird den Kindern mehr Gedeihen bringen als die beste Kost. Wenn die Zeit herankommt, daß deine Töchter heirathen, so mußt du einer Jeden den Rubel mitgeben, den ich zum Pathengeschenk brachte. So lange sie ledig sind, sollen sie keinen größeren Staat machen, als daß sie Alltags und Sonntags saubere Hemden und Tücher tragen.«

Die Kinder wuchsen und gediehen, daß es eine Lust war anzusehen; Brot gab es im Hause zur Genüge, auch zuweilen dünne Zukost, doch am meisten wurden Eltern und Kinder offenbar durch das Brunnenwasser gestärkt. Die älteste Tochter wurde dann an einen wohlhabenden Wirthssohn verheirathet. Wiewohl sie ihm außer der nothdürftigsten Kleidung nichts zubrachte, so wurde doch ein Brautkasten gemacht und Kleider und Pathen-Rubel hineingelegt. Als die Männer den Kasten auf den Wagen hoben, fanden sie ihn so schwer, daß sie glaubten es seien Steine darin, denn der arme Käthner hatte doch seiner Tochter sonst nichts Werthvolles mitzugeben. Weit mehr aber war die junge Frau erstaunt, als sie im Hause des Bräutigam's den Kasten öffnete, und ihn mit Stücken Leinewand angefüllt und auf dem Grunde einen ledernen Beutel mit hundert Silberrubeln fand. Dasselbe wiederholte sich nachher bei jeder neuen Verheirathung; und die Töchter wurden bald alle weggeholt, als es bekannt geworden war, welch' einen Brautschatz eine jede mitbekam.

Einer der Schwiegersöhne war aber sehr habsüchtig und mochte sich mit der Mitgift seiner Frau nicht zufrieden geben. Er dachte nämlich: die Eltern müssen wohl selbst noch vielen Reichthum besitzen, wenn sie schon jeder Tochter so viel mitgeben konnten. Er ging daher eines Tages zu seinem Schwiegervater und suchte ihm den Schatz abzuzwacken. Der Käthner sagte ganz der Wahrheit gemäß: »Ich habe Nichts hinter Leib und Seele, und auch meinen Töchtern konnte ich nichts weiter mitgeben als den Kasten. Was jede in ihrem Kasten gefunden hat, das rührt nicht von mir her, sondern war die Pathengabe der Taufmutter, welche jedem Kinde an seinem Tauftage einen Rubel schenkte. Diese Liebesgabe hat sich im Kasten vervielfältigt.« Der habsüchtige Schwiegersohn glaubte indessen den Worten des Schwiegervaters nicht, sondern drohte vor Gericht die Anklage zu erheben, daß der Alte ein Hexenmeister und ein Windbeschwörer sei, der mit Hülfe des Bösen einen großen Schatz zusammengebracht habe. Da der Käthner ein reines Gewissen hatte, so flößte ihm die Drohung seines Schwiegersohnes keine Furcht ein. Dieser aber klagte wirklich. Das Gericht ließ darauf die andern Schwiegersöhne des Käthners vorfordern und befragte sie, ob jeder von ihnen dieselbe Mitgift erhalten habe. Die Männer sagten aus, daß Jeder einen Kasten voll Leinewand und hundert Silberrubel erhalten habe. Das erregte große Verwunderung, denn die ganze Nachbarschaft wußte recht gut, daß der Käthner arm war und keinen andern Schatz hatte als zwölf hübsche Töchter. Daß diese Töchter von klein auf stets reine weiße Hemden getragen hatten, wußten die Leute wohl, aber Niemand hatte sonst einen Prunk an ihnen bemerkt, weder Brustspangen noch bunte Halstücher. Die Richter beschlossen jetzt, die wunderliche Sache näher zu untersuchen, um herauszubringen, ob der Alte wirklich ein Hexenmeister sei.

Eines Tages verließen die Richter, von einer Häscherschaar begleitet, die Stadt. Sie wollten das Haus des Käthners mit Wachen umstellen, damit Niemand heraus und kein Schatz auf die Seite gebracht werden könne. Der habsüchtige Schwiegersohn machte den Führer. Als sie an den Wald gekommen waren, in welchem die Hütte des Käthners stand, wurden von allen Seiten Wachen aufgestellt, die keinen Menschen durchlasse sollten, bis die Sache aufgeklärt sei. Man ließ hier die Pferde zurück und schlug den Fußsteig zur Hütte ein. Der Schwiegersohn mahnte zu leisem Auftreten und zum Schweigen, damit der Hexenmeister nicht aufmerksam werde und sich auf Windesflügeln davon mache. Schon waren sie nahe bei der Hütte, als plötzlich ein wunderbarer Glanz sie blendete, der durch die Bäume drang. Als sie weiter gingen, wurde ein großes schönes Haus sichtbar; es war ganz von Glas und viele hundert Kerzen brannten darin, obgleich die Sonne schien und Helligkeit genug gab. Vor der Thür standen zwei Krieger Wache, die ganz in Erz gehüllt waren und lange bloße Schwerter in der Hand hielten. Die Gerichtsherrn wußten nicht, was sie denken sollten, Alles schien ihnen mehr Traum als Wirklichkeit zu sein. Da öffnete sich die Thür: ein schmucker Jüngling in seidenen Kleidern trat heraus und sagte: »Unsere Königin hat befohlen, daß der oberste Gerichtsherr vor ihr erscheine.« Obgleich dieser einige Furcht empfand, folgte er doch dem Jüngling in's Haus.

Wer beschriebe die Pracht und Herrlichkeit, die sich vor seinen Augen aufthat. In der prächtigen Halle, welche die Größe einer Kirche hatte, saß auf einem Throne eine mit Seide, Sammet und Gold geschmückte Frau. Einige Fuß tiefer saßen auf kleineren goldenen Sesseln zwölf schöne Fräulein, ebenso prächtig geschmückt wie die Königin, nur daß sie keine goldene Krone trugen. Zu beiden Seiten standen zahlreiche Diener, alle in hellen seidenen Kleidern, mit goldenen Ketten um den Hals. Als der oberste Gerichtsherr unter Verbeugungen näher trat, fragte die Königin: »Weßhalb seid ihr heute mit einer Schaar von Häschern gekommen, als hättet ihr Uebelthäter einzufangen?« Der Gerichtsherr wollte antworten, aber der Schrecken band ihm die Zunge, so daß er kein Wörtchen vorbringen konnte. »Ich kenne die boshafte und lügnerische Anklage,« fuhr die Frau fort, »denn meinen Augen bleibt nichts verborgen. Lasset den falschen Kläger hereinkommen, aber legt ihm zuvor Hände und Füße in Ketten, dann will ich ihm Recht sprechen. Auch die übrigen Richter und die Diener sollen eintreten, damit die Sache offenkundig wird und sie bezeugen können, daß hier Niemanden Unrecht geschieht.« Einer ihrer Diener eilte hinaus, um den Befehl zu vollziehen. Nach einiger Zeit wurde der Kläger vorgeführt, an Händen und Füßen gefesselt und von sechs Geharnischten bewacht. Die anderen Gerichtsherren und deren Diener folgten. Dann begann die Königin also:

»Bevor ich über das Unrecht die verdiente Strafe verhänge, muß ich euch kurz erklären, wie die Sache zusammenhängt. Ich bin die oberste Wasserbeherrscherin, [31] alle Wasseradern, welche aus der Erde quillen, stehen unter meiner Botmäßigkeit. Des Windkönigs ältester Sohn war mein Liebster, aber da sein Vater ihm nicht erlaubte eine Frau zu nehmen, so mußten wir unsere Ehe geheim halten, so lange der Vater lebte. Da ich nun meine Kinder nicht zu Hause aufziehen konnte, so vertauschte ich jedesmal, wenn des Käthners Frau niederkam, sein Kind gegen das meinige. Des Käthners Kinder aber wuchsen als Pfleglinge auf dem Hofe meiner Tante auf. Kam die Zeit, daß eine von den Töchtern des Käthners heirathen wollte, so wurde ein abermaliger Tausch vorgenommen. Jedesmal ließ ich die Nacht vor der Hochzeit meine Tochter wegholen und dafür des Käthners Kind hinbringen. Der alte Windkönig lag schon lange krank darnieder, so daß er von unserem Betruge nichts merkte. Am Tauftage schenkte ich jedem Kinde ein Rubelstück, welches die Mitgift im Kasten hecken sollte. Die Schwiegersöhne waren denn auch alle mit ihren jungen Frauen und dem, was sie mitbrachten, zufrieden, nur dieser habgierige Frevler, den ihr hier in Ketten seht, unterfing sich, falsche Klage gegen seinen Schwiegervater zu führen, in der Hoffnung sich dadurch zu bereichern. Vor zwei Wochen ist nun der alte Windkönig gestorben und mein Gemahl zur Herrschaft gelangt. Jetzt brauchen wir unsere Ehe und unsere Kinder nicht länger zu verheimlichen. Hier vor euch sitzen meine zwölf Töchter, deren Pflegeeltern, der Käthner und sein Weib, bis an ihren Tod bei mir das Gnadenbrot essen werden. Aber du verworfener Bösewicht, den ich habe fesseln lassen, sollst sogleich den verdienten Lohn erhalten. In deinen Ketten sollst du in einem Goldberge gefangen sitzen, damit deine gierigen Augen das Gold beständig sehen, ohne daß dir ein Körnchen davon zu Theil wird. Siebenhundert Jahre sollst du diese Qual erdulden, ehe der Tod Macht erhält dich zur Ruhe zu bringen. Das ist mein Richterspruch.«

Als die Königin bis dahin gesprochen hatte, entstand ein Gekrach wie ein starker Donnerschlag, so daß die Erde bebte und die Richter sammt ihren Dienern betäubt niederfielen. Als sie wieder zu sich kamen, fanden sie sich zwar in dem Walde, zu welchem der Führer sie geleitet hatte, aber da, wo eben noch das gläserne Haus in aller Pracht gestanden hatte, sprudelte jetzt aus einer kleinen Quelle klares kaltes Wasser hervor. — »Von dem Käthner, seiner Frau und dem habsüchtigen Schwiegersohne ist später nie mehr etwas vernommen worden; des letzteren Wittwe hatte im Herbst einen anderen Mann geheirathet, mit dem sie glücklich lebte bis an ihr Ende.

7. Wie eine Waise unverhofft ihr Glück fand.

Einmal lebte ein armer Tagelöhner, der sich mit seiner Frau kümmerlich von einem Tage zum andern durchbrachte. Von drei Kindern war ihnen das jüngste, ein Sohn, geblieben, der neun Jahr alt war, als man erst den Vater und dann die Mutter begrub. Dem Knaben blieb nichts übrig, als vor den Thüren guter Menschen sein Brot zu suchen. Nach Jahresfrist gerieth er auf den Hof eines wohlhabenden Bauerwirths, wo man gerade einen Hüterknaben brauchte. Der Wirth war nicht eben böse, aber das Weib hatte die Hosen an und regierte im Hause wie ein böser Drache (»Schüreisen«). Wie es dem armen Waisenknaben da erging, läßt sich denken. Die Prügel, die er alle Tage bekam, wären dreimal mehr als genug gewesen, Brot aber wurde nie soviel gereicht, daß er satt geworden wäre. Da aber das Waisenkind nichts Besseres zu hoffen hatte, mußte es sein Elend ertragen. Zum Unglück verlor sich eines Tages eine Kuh von der Herde; wohl lief der Knabe bis Sonnenuntergang den Wald entlang, von einer Stelle zur andern, aber er fand die verlorene Kuh nicht wieder. Obwohl er wußte, was seinem Rücken zu Hause bevorstand, mußte er doch jetzt nach Sonnenuntergang die Herde zusammentreiben. Die Sonne war noch nicht lange unter dem Horizont, da hörte er schon der Wirthin Stimme: »Fauler Hund! wo bleibst du mit der Herde?« Da half kein Zaudern, nur rasch nach Hause unter den Stock. Zwar dämmerte es schon, als die Herde zur Pforte hereinkam, aber das scharfe Auge der Wirthin hatte sogleich entdeckt, daß eine Kuh fehle. Ohne ein Wort zu sagen, riß sie den nächsten Staken aus dem Zaun und begann damit den Rücken des Knaben zu bearbeiten, als wollte sie ihn zu Brei stampfen. In der Wuth hätte sie ihn auch zu Tode geprügelt oder ihn auf Zeit Lebens zum Krüppel gemacht, wenn der Wirth, der das Schreien und Schluchzen hörte, dem Armen nicht mitleidig zu Hülfe gekommen wäre. Da er die Gemüthsart des tückischen Weibes genau kannte, so wollte er sich nicht geradezu dazwischen legen, sondern suchte zu vermitteln. Er sagte halb in bittendem Tone: »Brich ihm lieber die Beine nicht entzwei, damit er doch die verlorene Kuh suchen kann. Davon werden wir mehr Nutzen haben, als wenn er umkommt.« »Wahr,« sagte die Wirthin, »das Aas kann auch die theure Kuh nicht ersetzen,« – zählte ihm noch ein Paar tüchtige Hiebe auf und schickte ihn dann fort, die Kuh zu suchen. »Wenn du ohne die Kuh zurückkommst,« – setzte sie drohend hinzu, –»so schlage ich dich todt.« Weinend und stöhnend ging der Knabe zur Pforte hinaus und geradeswegs in den Wald, wo er Tages mit der Herde gewesen war, suchte die ganze Nacht, fand aber nirgends eine Spur von der Kuh. Als am andern Morgen die Sonne sich aus dem Schoße der Morgenröthe erhoben hatte, war des Knaben Entschluß gefaßt. »Werde aus mir, was da wolle, nach Hause gehe ich nicht wieder.« Mit diesen Worten nahm er Reißaus und lief in einem Athem vorwärts, so daß er das Haus bald weit hinter sich hatte. Wie lange und wie weit er so gelaufen war, wußte er selber nicht, als ihm aber zulegt die Kraft ausging und er wie todt niederfiel, stand die Sonne fast schon in Mittagshöhe. Als er aus einem langen schweren Schlafe erwachte, kam es ihm vor, als ob er etwas Flüssiges im Munde gehabt habe, und er sah einen kleinen alten Mann mit langem grauen Barte vor sich stehen, der eben im Begriffe war, den Spund wieder auf den Lägel (Milchfäßchen) zu setzen. »Gieb mir noch zu trinken!« bat der Knabe. »Für heute hast du genug,« erwiederte der alte Vater, »wenn mein Weg mich nicht zufällig hierher geführt hätte, so wäre es sicher dein letzter Schlaf gewesen, denn als ich dich fand, warst du schon halb todt.« Dann befragte der Alte den Knaben, wer er wäre und wohin er wollte. Der Knabe erzählte Alles, was er erlebt hatte so lange er sich erinnern konnte, bis zu den Schlägen von gestern Abend. Schweigend und nachdenklich hatte der Alte die Erzählung angehört, und nachdem der Knabe schon eine Weile verstummt war, sagte jener ernsthaft: »Mein liebes Kind! dir ist es nicht besser noch schlimmer ergangen als so Manchen, deren liebe Pfleger und Tröster im Sarge unter der Erde ruhen. Zurückkehren kannst du nicht mehr. Da du einmal fortgegangen bist, so mußt du dir ein neues Glück in der Welt suchen. Da ich weder Haus noch Hof, weder Weib noch Kind habe, so kann ich auch nicht weiter für dich sorgen, aber einen guten Rath will ich dir umsonst geben. Schlafe diese Nacht hier ruhig aus; wenn morgen die Sonne aufgeht, so merke dir genau die Stelle, wo sie emporstieg. In dieser Richtung mußt du wandern, so daß dir die Sonne jeden Morgen in's Gesicht und jeden Abend in den Nacken scheint. Deine Kraft wird von Tage zu Tage wachsen. Nach sieben Jahren wird ein mächtiger Berg vor dir stehen, der so hoch ist, daß sein Gipfel bis an die Wolken reicht. Dort wird dein künftiges Glück blühen. Nimm meinen Brotsack und mein Fäßchen, du wirst darin täglich soviel Speise und Trank finden, als du bedarfst. Aber hüte dich davor, jemals ein Krümchen Brot oder ein Tröpfchen vom Trank unnütz zu vergeuden, sonst könnte deine Nahrungsquelle leicht versiegen. Einem hungrigen Vogel und einem durstigen Thiere darfst du reichlich geben: Gott sieht es gern, wenn ein Geschöpf dem andern Gutes thut. Auf dem Grunde des Brotsacks wirst du ein zusammengerolltes Klettenblatt finden; das mußt du sehr sorgfältig in Acht nehmen. Wenn du auf deinem Wege an einen Fluß oder einen See kommst, so breite das Klettenblatt auf dem Wasser aus, es wird sich sofort in einen Nachen verwandeln und dich über die Flut tragen. Dann wickele das Blatt wieder zusammen und stecke es in deinen Brotsack.« Nach dieser Unterweisung gab er dem Knaben Sack und Fäßchen und rief: »Gott befohlen!« Im nächsten Augenblick war er den Augen des Knaben entschwunden.

Der Knabe hätte Alles für einen Traum gehalten, wenn nicht Sack und Fäßchen in seiner Hand die Wirklichkeit des Geschehenen bezeugt hätten. Er ging jetzt daran, den Brotsack zu prüfen und fand darin: ein halbes Brot, ein Schächtelchen voll gesalzener Strömlinge, ein anderes mit Butter und dazu noch ein hübsches Stückchen Speckschwarte. Als der Knabe sich satt gegessen hatte, legte er sich schlafen, Sack und Fäßchen unter dem Kopfe, damit kein Dieb sie wegnehmen könne. Den andern Morgen wachte er mit der Sonne auf, stärkte seinen Körper durch Speise und Trank und machte sich dann auf die Wanderung. Wunderbarer Weise fühlte er gar keine Müdigkeit in seinen Beinen; erst der leere Magen mahnte ihn daran, daß die Mittagszeit gekommen war. Er sättigte sich mit der guten Kost, that ein Schläfchen und wanderte weiter. Daß er den rechten Weg eingeschlagen hatte, sagte ihm die untergehende Sonne, die ihm gerade im Nacken stand. So war er viele Tage in derselben Richtung vorwärts gegangen, als er einen kleinen See vor sich erblickte. Hier konnte er die Kraft seines Klettenblattes prüfen. Wie es der alte Mann vorausgesagt hatte, so geschah es: ein kleines Boot mit Rudern lag vor ihm auf dem Wasser. Er stieg ein, und einige tüchtige Ruderschläge führten ihn an's andere Ufer. Dort verwandelte sich das Boot wieder in ein Klettenblatt, und dieses ward in den Sack gesteckt. [32]

So war der Knabe schon manches Jahr gewandert, ohne daß die Nahrung im Brotsack und im Fäßchen abgenommen hätte. Sieben Jahre konnten recht gut verstrichen sein, denn er war zu einem kräftigen Jüngling herangewachsen; da sah er eines Tages von weitem einen hohen Berg, der bis in die Wolken hinein zu ragen schien. Es verging aber noch eine Woche, ehe er den Berg erreichte. Dann setzte er sich am Fuße des Berges nieder, um auszuruhen und zu sehen, ob die Prophezeiungen des alten Mannes in Erfüllung gehen würden. Er hatte noch nicht lange gesessen, als ein eigentümliches Zischen sein Ohr berührte: gleich darauf wurde eine große Schlange sichtbar, welche mindestens zwölf Klafter lang war und sich dicht bei dem jungen Manne vorbeiwand. Schrecken lähmte seine Glieder, so daß er nicht fliehen konnte; aber im Nu war auch die Schlange vorüber. Dann blieb ein Weilchen Alles still. Darauf schien es ihm, als käme aus der Ferne ein schwerer Körper in einzelnen Sätzen herangehüpft. Es war eine große Kröte, so groß wie ein zweijähriges Füllen. Auch dieses häßliche Geschöpf zog an dem Jüngling vorüber, ohne ihn gewahr zu werden. Sodann vernahm er in der Höhe ein starkes Rauschen, als wenn ein schweres Gewitter sich erhebe. Als er hinauf sah, flog hoch über seinem Haupte ein großer Adler in derselben Richtung, welche vorher die Schlange und die Kröte genommen hatten. »Das sind wunderbare Dinge, die mir Glück bringen sollen!« dachte der Jüngling. Da sieht er plötzlich einen Mann auf einem schwarzen Pferde auf sich zu kommen. Das Pferd schien Flügel an den Füßen zu haben, denn es flog mit Windesschnelle. Als der Mann den Jüngling am Berge sitzen sah, hielt er sein Pferd an und fragte, »Wer ist hier vorübergekommen?« Der Jüngling erwiederte: »Erstens eine große Schlange, wohl zwölf Klafter lang, dann eine große Kröte von der Größe eines zweijährigen Füllens und endlich ein großer Adler hoch über meinem Kopfe. Wie groß er war, konnte ich nicht abschätzen, aber sein Flügelschlag rauschte wie ein Gewitter daher.« — »Du hast recht gesehen,« sagte der Fremde, »es sind meine schlimmsten Feinde, und ich jage ihnen jetzt eben nach. Dich könnte ich in meinem Dienste brauchen, wenn du nichts Besseres vor hast. Klettere über den Berg, so kommst du gerade in mein Haus. Ich werde dort mit dir zugleich anlangen, wenn nicht noch früher.« – Der junge Mann versprach zu kommen, worauf der Fremde wie der Wind davon ritt.

Es war nicht leicht, den Berg zu erklimmen. Unser Wanderer brauchte drei Tage, ehe er den Gipfel erreichte, und dann wieder drei Tage, ehe er auf der andern Seite an den Fuß des Berges gelangte. Der Wirth stand schon vor seinem Hause und erzählte, daß er Schlange und Kröte glücklich erschlagen habe, des Adlers aber nicht habhaft geworden sei. Dann fragte er den jungen Mann, ob er Lust habe, als Knecht bei ihm einzutreten. »Gutes Essen bekommst du täglich, soviel du willst, und auch mit dem Lohne will ich nicht geizen, wenn du dein Amt getreulich verwaltest.« Der Vertrag wurde abgeschlossen und der Wirth führte den neuen Knecht im Hause umher, und zeigte ihm, was er zu thun habe. Es war dort ein Keller im Felsen angebracht und durch dreifache Eisenthüren verschlossen. »In diesem Keller sind meine bösen Hunde angekettet,« sagte der Wirth, »du mußt dafür sorgen, daß sie sich nicht unterhalb der Thür mit den Pfoten herausgraben. Denn wisse: wenn auch nur einer dieser Hunde frei würde, so wäre es nicht mehr möglich, die beiden anderen fest zu halten, sondern sie würden nacheinander dem Führer folgen und alles Lebendige auf Erden vertilgen. Wenn endlich der letzte Hund ausbräche, so wäre das Ende der Welt da, und die Sonne hätte zum letzten Male geschienen.« Darauf führte er den Knecht an einen Berg, den Gott nicht geschaffen hatte, sondern der von Menschenhänden aus mächtigen Felsblöcken aufgethürmt war. »Diese Steine« – sagte der Wirth – »sind deßwegen zusammengetragen, damit immer wieder ein neuer Stein hingewälzt werden kann, so oft die Hunde ein Loch ausgraben. Die Ochsen, welche den Stein führen sollen, will ich dir im Stalle zeigen, und dir auch alles Uebrige mittheilen, was du dabei zu beobachten hast.«

Im Stalle fanden sie an hundert schwarze Ochsen, deren jeder sieben Hörner hatte; sie waren reichlich zwei Mal so groß wie die größesten Ukrainer Ochsen. »Sechs Paar Ochsen vor die Steinfuhre gespannt, führen einen Stein mit Leichtigkeit weg. Ich werde dir eine Brechstange geben, wenn du den Stein damit berührst, rollt er von selbst auf den Wagen. Du siehst, deine Arbeit ist so mühsam nicht, desto größer muß deine Wachsamkeit sein. Drei Mal bei Tage und ein Mal bei Nacht mußt du nach der Thür sehen, damit kein Unglück geschieht, der Schade könnte sonst größer sein, als du vor mir verantworten könntest.«

Bald hatte unser Freund Alles begriffen und sein neues Amt war ganz nach seinem Sinne: alle Tage das beste Essen und Trinken, wie es ein Mensch nur begehren konnte. Nach zwei bis drei Monaten hatten die Hunde ein Loch unter der Thür gekratzt, groß genug, um die Schnauze durchzustecken, aber sogleich wurde ein Stein davor gestemmt, und die Hunde mußten ihre Arbeit von neuem beginnen.

So waren viele Jahre verstrichen und unser Knecht hatte sich ein hübsches Stück Geld gesammelt. Da erwachte in ihm das Verlangen, ein Mal wieder unter andere Menschen zu kommen; er hatte so lange in kein anderes Menschenantlitz gesehen, als in das seines Herrn. War der Herr auch gut, so wurde dem Knecht doch die Zeit entsetzlich lang, zumal wenn den Herrn die Lust anwandelte, einen langen Schlaf zu halten. Dann schlief er immer sieben Wochen lang ohne Unterbrechung und ohne sich sehen zu lassen.

Wieder war einmal eine solche Schlaflaune über den Wirth gekommen, als eines Tages ein großer Adler sich auf dem Berge niederließ und so zu sprechen anhub: »Bist du nicht ein großer Thor, daß du dein schönes Leben für gute Kost hinopferst? Dein zusammengespartes Geld nützt dir nichts, denn es sind ja keine Menschen hier, die es brauchen. Nimm des Wirthes windschnelles Roß aus dem Stalle, binde ihm deinen Geldsack um den Hals, setze dich auf und reite in der Richtung fort, wo die Sonne untergeht, so kommst du nach wenig Wochen wieder unter Menschen. Du mußt aber das Pferd an einer eisernen Kette fest binden, damit es nicht davon laufen kann, sonst kehrt es zu seiner gewohnten Stätte zurück und der Wirth kann kommen, um dich anzufechten. Wenn er aber das Pferd nicht hat, so kann er nicht von der Stelle.« »Wer soll denn hier die Hunde bewachen, wenn ich weggehe, während der Wirth schläft?« fragte der Knecht. »Ein

Thor bist du, und ein Thor bleibst du!« erwiederte der Adler. »Hast du denn noch nicht begriffen, daß der liebe Gott ihn dazu geschaffen hat, daß er die Höllenhunde bewache? Es ist reine Faulheit, daß er sieben Wochen schläft. Wenn er keinen fremden Knecht mehr hat, so wird er sich aufraffen und seines Amtes selber warten.«

Der Rath gefiel dem Knechte sehr. Er that, wie der Adler gesagt hatte, nahm das Pferd, band ihm den Geldsack um, setzte sich auf und ritt davon. Noch war er nicht gar weit vom Berge, als er schon hinter sich den Wirth rufen hörte: »Halt an! Halt an! Geh' in Gottes Namen mit deinem Gelde, aber laß mir mein Pferd.« Der Knecht hörte nicht darauf, sondern ritt immer weiter, bis er nach einigen Wochen wieder zu sterblichen Menschen kam. Dort baute er sich ein hübsches Haus, freite ein junges Weib, und lebte glücklich als reicher Mann. Wenn er nicht gestorben ist, so muß er noch heute leben; aber das windschnelle Roß ist schon längst verschieden.

8. Schlaukopf. [33]

In den Tagen des Kalew-Sohnes lebte im Kungla-Lande [34] ein sehr reicher König, der seinen Unterthanen alle sieben Jahre in der Mitte des Sommers ein großes Gelage gab, das jedesmal zwei, auch drei Wochen hintereinander dauerte. Das Jahr eines solchen Festes war wieder herangekommen und man erwartete den Beginn desselben binnen einigen Monaten; aber die Leute schienen dies Mal noch unsicher in ihren Hoffnungen, weil ihnen nämlich schon zwei Mal, vor vierzehn und vor sieben Jahren, die erwartete Freude zu Wasser geworden war. Von Seiten des Königs war beide Male hinlänglich für die nöthigen Vorräthe gesorgt worden, aber keines Menschen Zunge war dazu gekommen, sie zu kosten. Wohl schien die Sache wunderbar und unglaublich, aber es fanden sich aller Orten viele Menschen, welche die Wahrheit derselben als Augenzeugen bekräftigten. Beide Male, — so wurde erzählt — als die Gäste der hergerichteten Speisen und Getränke warteten, war ein unbekannter fremder Mann zum Oberkoch gekommen und hatte ihn gebeten, von Speise und Trank ein paar Mundvoll kosten zu dürfen; aber das bloße Eintunken des Löffels in den Suppenkessel und das Heben der Bierkanne zum Munde hatte hingereicht, um mit wunderbarer Gewalt alle Vorrathskammern, Schaffereien und Keller leer zu machen, so daß auch kein Körnchen und kein Tröpfchen übrig blieb. [35] Köche und Küchenjungen hatten alle den Vorfall gesehen und beschworen; gleichwohl war des Volkes Zorn über die zerstörte Festfreude so groß, daß der König, um die Leute zu besänftigen, vor sieben Jahren den Oberkoch hatte aufhängen lassen, weil er dem Fremden die verlangte Erlaubnis gegeben hatte. Damit nun jetzt nicht abermals ein solches Aergerniß entstünde, war von Seiten des Königs demjenigen, der die Herstellung des Festes übernähme, eine reiche Belohnung zugesichert worden: und als gleichwohl Niemand die Verantwortlichkeit auf sich nehmen wollte, versprach der König endlich dem Uebernehmer seine jüngste Tochter zur Gemahlin; wenn aber die Sache unglücklich ausfiele, sollte er mit seinem Leben für den Schaden büßen.

An der Grenze des Reichs, weit von der Königsstadt, wohnte ein wohlhabender Bauer mit drei Söhnen, von denen der jüngste schon von klein auf einen scharfen Verstand zeigte, weil die Rasenmutter [36] ihn aufgezogen und ihn gar oft heimlich an ihrer Brust gesäugt hatte. Der Vater nannte diesen Sohn deshalb S c h l a u k o p f . Er pflegte zu seinen Söhnen zu sagen: »Ihr, die beiden älteren Brüder, müsset durch Körperkraft und Händearbeit euch das tägliche Brod verdienen; du, kleiner Schlaukopf, kannst durch deinen Verstand in der Welt fortkommen und dich einmal über deine Brüder emporschwingen.« – Vor seinem Tode teilte er Aecker und Wiesen zu gleichen Theilen unter seine beiden älteren Söhne. Dem jüngsten gab er so viel Reisegeld, daß er in die weite Welt gehen konnte, um sein Glück zu versuchen. Noch war des Vaters Leiche auf dem Tische nicht kalt geworden, als auch die älteren Brüder ihrem jüngsten Alles bis auf den letzten Kopeken wegnahmen, dann warfen sie ihn zur Thür hinaus und riefen ihm höhnisch nach: »Du schlauer Kopf sollst dich über uns erheben und blos durch deinen Verstand in der Welt fortkommen, drum könnte das Geld dir lästig sein!«

Der jüngste Bruder schlug sich die Mißgunst seiner beiden Brüder aus dem Sinne und machte sich sorglos auf den Weg. »Gott giebt wohl schon Glück!« den Spruch hatte er sich zum Trost und Begleiter aus dem Vaterhause mitgenommen; er pfiff die trüben Gedanken fort und ging leichten Schrittes weiter. Als er anfing Hunger zu verspüren, traf er zufällig mit zwei reisenden Handwerksgesellen zusammen. Sein angenehmes Wesen und seine Scherzreden gefielen den Gesellen, sie gaben ihm, als Rast gehalten wurde, von ihrer Kost ab, und so brachte Schlaukopf den ersten Tag glücklich zu Ende. Er trennte sich vor Abend von den Gesellen und ging vergnügt fürbaß, denn das Gefühl der Sättigung ließ keine Sorge für den nächsten Tag aufkommen. Ein Nachtlager bot sich ihm überall, wo der grüne Rasen die Diele unter ihm und der blaue Himmel das Dach über ihm bildete; ein Stein unter dem Haupte diente als weiches Schlafkissen. Am folgenden Tage kam er Vormittags an ein einsames Gehöft. Vor der Thür saß eine junge Frau und weinte kläglich. Schlaukopf fragte, was sie so sehr bekümmere, und erfuhr Folgendes: »Ich habe einen schlimmen Mann, der mich alle Tage schlägt, wenn ich seine tollen Launen nicht befriedigen kann. Heute befahl er mir, ihm zur Nacht einen Fisch zu kochen, der kein Fisch sein dürfe, und der wohl Augen, aber nicht am Kopfe habe. Wo auf der Welt soll ich ein solches Thier finden?« — »Weine nicht, junges Weibchen« — tröstete sie Schlaukopf: »dein Mann will einen Krebs, der zwar im Wasser lebt, aber kein Fisch ist, und der auch Augen hat, aber nicht im Kopfe.« [37] Die Frau dankte für die gute Belehrung, gab ihm zu essen und noch einen Brotsack mit auf die Reise, von dem er manchen Tag leben konnte. Da ihm nun diese unvermuthete Hülfe geworden war, beschloß er sogleich in die Königsstadt zu gehen, wo Klugheit am Meisten werth sein müsse, und wo er sicher sein Glück zu finden hoffte.

Ueberall, wohin er kam, hörte er von nichts Anderem sprechen, als von dem Sommerfeste des Königs. Als er erfuhr, was für ein Lohn demjenigen verheißen war, der das Fest herstellen werde, ging er mit sich zu Rathe, ob es nicht möglich sei, die Sache zu übernehmen. Gelingt es — so sprach er zu sich selbst — so bin ich mit einem Male auf dem Wege zum Glücke. Was sollte ich wohl fürchten? Im allerschlimmsten Falle würde ich mein Leben verlieren, allein sterben müssen wir doch einmal, sei es früher oder später. Wenn ich's beim rechten Ende anfange, warum sollte es nicht gehen? Vielleicht habe ich mehr Glück als die Andern. Und gäbe mir dann auch der König seine Tochter nicht, so muß er mir doch den versprochenen Lohn an Gelde auszahlen, der mich zum reichen Manne macht. Unter diesen Gedanken schritt er vorwärts, sang und pfiff wie eine Lerche, ruhte zuweilen im Schatten eines Busches von des Tages Hitze aus, schlief die Nacht unter einem Baume oder im Freien, und langte glücklich an einem Abend in der Königsstadt an, nachdem er am Morgen seinen Brotsack bis auf den Grund geleert hatte. Am folgenden Tage erbat er sich Zutritt zum Könige. Dieser sah, daß er es mit einem gescheuten und unternehmenden Menschen zu thun hatte und so wurde man leicht Handels einig. Dann fragte der König: »Wie heißt du?« Der Mann von Kopf erwiederte: »Mein Taufname ist Nikodemus, aber zu Hause wurde ich immer S c h l a u k o p f genannt, um anzudeuten, daß ich nicht auf den Kopf gefallen bin.« »Ich will dir diesen Namen lassen,« — sagte der König, — »denn dein Kopf muß mir für allen Schaden einstehen, wenn die

Sache schief geht!«

Schlaukopf bat sich vom Könige siebenhundert Arbeiter aus und machte sich ungesäumt an die Vorbereitungen zum Feste. Er ließ zwanzig große Riegen [38] aufführen, die nach Art gutsherrlicher Viehställe im Viereck zu stehen kamen, so daß ein weiter Hofraum in der Mitte blieb, zu welchem eine einzige große Pforte hineinführte. In den heizbaren Räumen ließ er große Kochgrapen und Kessel einmauern, und die Oefen mit Eisenrosten versehen, um darauf Fleisch, Blutklöße und Würste zu braten. Andere Riegen wurden mit Kesseln und großen Kufen zum Bierbrauen versehen, so daß oben die Kessel, unten die Kufen standen. Noch andere Häuser ohne Feuerstellen wurden aufgeführt, um zu Schaffereien für kalte Speisen zu dienen, die eine um Schwarzbrot, die andere um Hefenbrot [39], die dritte um Weißbrot u. s. w. aufzubewahren. Alle nöthigen Vorräthe, wie Mehl, Grütze, Fleisch, Salz, Fett. Butter u. dgl. wurden auf dem Hofraum aufgestapelt, und dann wurden funfzig Soldaten als Wache vor die Pforte gestellt, damit kein Diebesfinger etwas antasten könnte. Der König besichtigte alle Tage die Zurüstungen und rühmte Schlaukopfs Geschick und Klugheit. Außer dem wurden noch einige Dutzend Backöfen im Freien erbaut, und vor jedem Ofen eine eigene Abtheilung Wachtsoldaten aufgestellt. Für das Fest wurden geschlachtet tausend Mastochsen, zweihundert Kälber, fünfhundert Schweine und Ferkel, zehntausend Schafe und noch viel anderes Kleinvieh, das herdenweise von allen Seiten zusammengetrieben wurde. Auf den Flüssen sah man Kähne und Böte, auf den Landstraßen Frachtwagen unaufhörlich Proviant zuführen, und zwar waren die Fuhren nun schon seit Wochen in Bewegung. An Bier allein wurden siebentausend Ahm gebraut. Wiewohl die siebenhundert Gehülfen von früh bis spät arbeiteten, und ab und zu auch noch Tagelöhner angenommen wurden, so lastete doch die meiste Sorge und Mühe auf Schlaukopf, weil seine Einsicht die Andern in allen Stücken leiten mußte. Den Köchen, Bäckern und Brauern hatte er aufs strengste eingeschärft, nicht zuzulassen, daß ein fremder Mund von den Speisen und Getränken koste; wer gegen diesen Befehl handle, dem war der Galgen angedroht. Sollte sich aber irgendwo so ein naschhafter Fremder zeigen, so müsse derselbe augenblicklich vor den obersten Anordner des Festes gebracht werden.

Am Morgen des ersten Festtages erhielt S c h l a u k o p f Nachricht, daß ein unbekannter alter Mann in eine Küche gekommen sei und den Koch um Erlaubniß gebeten habe, aus dem Suppengrapen mit dem Schöpflöffel ein wenig zu kosten, was ihm der Koch nun also auf eigene Hand nicht gestatten durfte. S c h l a u k o p f befahl, den Fremden vorzuführen, und bald erschien ein kleiner alter Mann mit grauen Haaren, welcher demüthig um Erlaubniß bat, die Festspeisen und das Getränk schmecken zu dürfen. S c h l a u k o p f hieß ihn in eine der Küchen mitkommen, dort wolle er, wenn es möglich sei, den ausgesprochenen Wunsch erfüllen. Während sie gingen, sah er scharf hin, ob an dem Alten nicht irgend etwas Absonderliches zu entdecken sei. Da erblickte er einen glänzenden goldenen Ring an dem Ringfinger der linken Hand des Alten. Als sie in die Küche getreten waren, fragte S c h l a u k o p f: »Was für ein Pfand kannst du mir geben, daß kein Schaden entsteht, wenn ich dich die Speise kosten lasse?« »Gnädiger Herr,« — erwiederte der Fremde — »ich habe dir nichts zum Pfande zu geben.« S c h l a u k o p f zeigte auf den schönen goldenen Ring und verlangte ihn zum Pfande. [40] Dagegen sträubte sich der alte Schelm, indem er versicherte, der Ring sei ein Andenken seiner verstorbenen Frau und er dürfe ihn einem Gelübde zufolge niemals aus der Hand geben, weil sonst Unglück kommen könnte. »Dann ist es mir auch nicht möglich, dein Verlangen zu erfüllen,« sagte S c h l a u k o p f — »ohne Pfand kann ich Niemanden weder Festes noch Flüssiges schmecken lassen.« Den Alten stachelte die Lüsternheit so sehr, daß er endlich seinen Ring zum Pfande gab. Als er jetzt den Löffel in den Kessel tunken wollte, versetzte ihm S c h l a u k o p f von hinten mit dem Rücken eines Beiles einen so gewaltigen Schlag auf den Kopf, daß der stärkste Mastochse davon umgefallen wäre, aber der alte Schelm sank nicht, sondern taumelte nur ein Bischen. S c h l a u k o p f packte ihn jetzt mit beiden Händen am Barte und ließ starke Stricke bringen, mit denen dem Alten Hände und Füße festgebunden wurden, worauf er bei den Beinen an einem Balken in die Höhe gezogen wurde. S c h l a u k o p f rief ihm spottend zu: »Da warte nun, bis die Festtage vorüber sind, dann wollen wir weiter miteinander abrechnen. Der Ring, in welchem deine Kraft steckt, bleibt mir inzwischen als Pfand.« Der Alte mußte sich wohl oder übel zufrieden geben; er konnte, gefesselt wie er war, nicht Hand noch Fuß bewegen.

Jetzt begann das Gelage, zu welchem die Leute zu Tausenden von allen Seiten herbeigeströmt waren. Obwohl die Gasterei volle drei Wochen dauerte, so mangelte es doch weder an Speise noch an Trank, vielmehr blieb von Allem noch ein gut Theil übrig.

Das Volk war voll Dank und Preis für den König und den Hersteller des Festes. Als der König diesem den bedungenen Lohn ausbezahlen wollte, sagte S c h l a u k o p f : »Ich habe noch mit dem Fremden ein kleines Geschäft abzumachen, ehe ich meinen Lohn in Empfang nehme.« Dann nahm er sieben starke Männer mit sich, die er mit tüchtigen Knütteln versorgen ließ, und führte sie dahin, wo er den Alten vor drei Wochen an einen Balken aufgehängt hatte. »Ihr Männer! Fasset die Knüttel fest in die Faust und verarbeitet mir den Alten, daß er dieses Bad und unser Gastgebot in seinem Leben nicht vergesse!« — Die Männer begannen nun alle sieben den Alten greulich durchzugerben, so daß sie ihm fast das Leben genommen hätten; aber von ihren harten Schlägen riß endlich der Strick. Das Männlein fiel herunter und verschwand im Nu unter der Erde, hinterließ aber eine breite Oeffnung. Schlaukopf sagte: »Ich habe ein Pfand, mit welchem ich ihm folgen muß. Bringet dem Könige viele tausend Grüße und saget ihm, er möge, wenn ich nicht zurück kommen sollte, meinen Lohn unter die Armen vertheilen.«

Er kroch nun durch dasselbe Schlupfloch, durch welches der Alte verschwunden war, in die Tiefe. Anfangs fand er den Weg sehr eng, aber einige Klafter tiefer wurde er viel breiter, so daß man leicht vorwärts kommen konnte. Eingehauene Stufen bewahrten den Fuß davor, daß er trotz der Finsterniß nicht glitt. S c h l a u k o p f war eine Weile gegangen, als er an eine Thür kam. Er lugte durch eine kleine Oeffnung und sah drei junge Mädchen sitzen und den ihm wohlbekannten Alten, dessen Kopf dem einen der Mädchen im Schooße lag. Das Mädchen sagte:

»Wenn ich noch ein Paar Mal die Beule mit der Klinge presse, so vergeht Geschwulst und Schmerz.« S c h l a u k o p f dachte, das ist gewiß die Stelle, die ich vor drei Wochen mit dem Rücken des Beils gezeichnet habe. Er nahm sich vor, so lange hinter der Thür zu warten, bis der Hausherr sich schlafen gelegt habe und das Feuer ausgelöscht sei. Der Alte bat: »Helft mir in die Kammer, daß ich mich zu Bette lege, mein Körper ist ganz aus den Gelenken, ich kann nicht Hand noch Fuß regen.« Darauf wurde er in die Schlafkammer geführt. Während der Dämmerung, als die Mädchen das Gemach verlassen hatten, schlich S c h l a u k o p f herein und fand ein Versteck hinter dem Biertönnchen. [41]

Die Mädchen kamen bald zurück und sprachen leise miteinander, um den alten Papa nicht aufzuwecken. »Die Kopfbeule hätte nichts zu sagen,« meinte die eine, – »und der verrenkte Körper würde sich auch schon wieder herstellen, aber der verlorene Kraftring ist ein unersetzlicher Schade, und der quält den Alten wohl mehr als sein körperlicher Schmerz.« Als man später den Alten schnarchen hörte, trat S c h l a u k o p f aus seinem Versteck hervor und befreundete sich mit den Mädchen. Anfangs sahen diese wohl erschrocken drein, aber der verschlagene Jüngling wußte ihre Furcht zu beschwichtigen, so daß sie ihn zur Nacht da bleiben ließen. Er hatte von den Mädchen herausgebracht, daß der Alte zwei ganz besondere Dinge besitze, ein berühmtes Schwert und eine Gerte vom Ebereschenbaum, [42] und er gedachte beides mit zu nehmen. Die Gerte schuf auf dem Meere eine Brücke vor ihrem Besitzer her, und mit dem Schwerte ließ sich das zahlreichste Heer vernichten. Den folgenden Abend hatte sich S c h l a u k o p f richtig des Schwertes und der Gerte bemächtigt, und war vor Tagesanbruch mit Hülfe des jüngsten Mädchens entkommen. Aber vor der Thür fand er das alte Schlupfloch nicht mehr, sondern einen großen Hofplatz und weiterhin wogte das Meer hinter der Koppel.

Unter den Mädchen hatte sich nach seinem Scheiden ein Wortwechsel erhoben, der so heftig wurde, daß der Alte von dem Lärm erwachte. Aus ihrem Zanke wurde ihm klar, daß ein Fremder hier verkehrt hatte, er stand zornig auf und fand Schwert und Gerte entwendet. »Mein bester Schatz ist mir geraubt!« brüllte er,

vergaß allen Körperschmerz und stürmte hinaus. S c h l a u -
k o p f saß noch immer am Meeresufer und sann darüber, ob er
die Kraft der Gerte erproben oder sich einen trockenen Weg suchen solle. Plötzlich hört er hinter sich ein Sausen wie von einer
Windsbraut. Als er sich umsieht, erblickt er den Alten, der wie
toll gerade auf ihn los rennt. Er springt auf und hat eben noch
Zeit, mit der Gerte auf die Wellen zu schlagen und zu rufen:
»Brücke vorn, Wasser hinten!« [43] Kaum hat er das Wort gesprochen, so befindet er sich auf einer Brücke im Meere, schon eine
Strecke vom Ufer entfernt.

Der Alte kommt ächzend und keuchend an's Ufer und bleibt
stehen, als er den Dieb auf der Brücke über dem Meere sieht.
Schnaufend ruft er: [44] »Nikodemus, Söhnchen! wo willst du
hin?« – »Nach Hause, Papachen!« war die Antwort. »Nikode-
mus, Söhnchen! du hast mir mit dem Beil auf den Kopf geschla-
gen und mich bei den Beinen am Balken ausgehängt?« – »Ja,
Papachen.« »Nikodemus, Söhnchen! hast du mich von sieben
Mann durchprügeln lassen und meinen goldenen Ring geraubt?«
– »Ja, Papachen!« »Nikodemus, Söhnchen! hast du dich mit mei-
nen Töchtern befreundet?« – »Ja, Papachen.« »Nikodemus,
Söhnchen! hast du das Schwert und die Gerte gestohlen?« – »Ja,
Papachen.« »Nikodemus, Söhnchen! willst du zurück kommen?«
– »Ja, Papachen!« gab S c h l a u k o p f wieder zur Antwort.
Inzwischen war er auf der Brücke so weit gekommen, daß er des
Alten Rede nicht mehr hören konnte. Als er über das Meer hin-
übergelangt war, erfragte er den nächsten Weg zur Stadt des Kö-
nigs und eilte dahin, um seinen Lohn zu fordern.

Aber siehe da! er fand hier Alles ganz anders als er gehofft
hatte. Seine Brüder standen beide im Dienste des Königs, der eine
als Kutscher, der andere als Kammerdiener. Beide lebten gar lus-
tig: sie waren reiche Leute. Als Schlaukopf sich vom Könige seinen Lohn ausbat, sagte dieser: »Ich hatte dich ein ganzes Jahr
lang erwartet, da aber nichts von dir zu hören noch zu sehen war,
so hielt ich dich für todt, und wollte deinen Lohn unter die Armen vertheilen lassen nach deinem Geheiß. Da kamen aber eines
Tages deine älteren Brüder, um diesen Lohn zu erben. Ich übergab die Sache dem Gericht, welches ihnen den Lohn zuerkannte,

wie sich's auch gebührte, weil man glaubte, du seiest nicht mehr am Leben. Später traten deine Brüder in meinen Dienst, und stehen noch darin.« Als S c h l a u k o p f diese Rede des Königs hörte, glaubte er zu träumen, denn seines Bedünkens war er nicht länger als zwei Nächte in der unterirdischen Behausung des Alten gewesen, und hatte dann einige Tage gebraucht, um heimzukehren; jetzt zeigte sich's aber, daß jede Nacht Jahreslänge gehabt hatte. Er wollte seine Brüder nicht verklagen, ließ ihnen das Geld, dankte Gott, daß er mit dem Leben davon gekommen war und sah sich nach einem neuen Dienste um. Der königliche Koch nahm ihn als Küchenjungen an, und er mußte jetzt alle Tage den Braten am Spieße drehen. Seine Brüder verachteten ihn wegen dieser geringen Handthierung und mochten nicht mit ihm umgehen, er aber hatte sie doch lieb. So hatte er ihnen auch eines Abends Manches von dem erzählt, was er in der Unterwelt gesehen hatte, wo die Gänse und Enten goldenes und silbernes Gefieder trugen. Die Brüder hinterbrachten das Gehörte dem Könige und baten ihn, er möge ihren jüngsten Bruder doch hinschicken, damit er die seltenen Vögel herbringe. Der König ließ den Küchenjungen rufen und befahl ihm, sich am nächsten Morgen aufzumachen, um die Vögel mit dem kostbaren Gefieder zu holen.

Mit schwerem Herzen machte sich S c h l a u k o p f auf den Weg, nahm aber Ring, Gerte und Schwert, die er heimlich bewahrt hatte, mit sich. Nach einigen Tagen kam er an den Meeresstrand und sah an der Stelle, wo er auf seiner Flucht an's Land gestiegen war, einen alten Mann an einem Steine sitzen. Als er näher trat, fragte ihn der Mann, der einen langen grauen Bart hatte: »Weßhalb bist du so verdrießlich, Freundchen?« S c h l a u - k o p f erzählte ihm den schlimmen Handel. Der Alte hieß ihn gutes Muths und ohne Sorge sein und sagte: »So lange der Kraftring in deiner Hand ist, kann dir nichts Böses geschehen.« Dann erhielt S c h l a u k o p f eine Muschel von ihm und wurde bedeutet, mit der Zaubergerte die Brücke bis in die Mitte des Meeres zu schlagen; alsdann solle er mit dem linken Fuße auf die Muschel treten, so werde er dadurch in die Unterwelt gelangen, wo das Gesinde gerade schlafen werde. Weiter hieß er ihn aus Spinnegewebe [45] einen Sack nähen, um die silber- und goldgefiederten Schwimmvögel hineinzuthun; dann solle er unverzüglich zurück kommen. S c h l a u k o p f dankte für die erwünschte Anleitung und eilte fort. Die Sache ging so, wie vorhergesagt war; aber kaum war er mit seiner Beute bis an's Meeresufer gelangt, so hörte er den alten Burschen hinterdrein keuchen und vernahm auch, wie er auf die Brücke trat, wieder dieselben Fragen als das erste Mal: »Nikodemus, Söhnchen! Du hast mir mit dem Rücken des Beils auf den Kopf geschlagen und hast mich bei den Beinen am Balken aufgehängt?« u. s. w. bis zuletzt noch die Frage hinzukam, welche den an den Schwimmvögeln verübten Diebstahl betraf. S c h l a u k o p f antwortete auf jede Frage »ja« und eilte weiter.

So wie ihm der Freund mit dem grauen Barte vorausgesagt hatte, kam er am Abend mit seiner kostbaren Vogellast in der Stadt des Königs an; der Sack aus Spinnegewebe hielt die Thiere so fest, daß keines heraus konnte. Der König schenkte ihm ein Trinkgeld und befahl ihm, am folgenden Tage wieder hinzugehen, denn er hatte von den älteren Brüdern gehört, der Herr der Unterwelt besitze sehr viele goldene und silberne Hausgeräthe, und diese begehrte der König für sich. S c h l a u k o p f wagte nicht sich dem Befehle zu widersetzen, aber er ging unmuthig von dannen, weil er nicht vorher wissen konnte, wie die Sache ablaufen würde. Am Meeresufer aber kam ihm der Mann mit dem grauen Barte freundlich entgegen und fragte ihn nach der Ursache seiner Betrübniß. Alsdann erhielt S c h l a u k o p f wiederum eine Muschel und noch eine Handvoll kleiner Steinchen nebst folgender Anweisung: »Wenn du nach Mittag hin kommst, so liegt der Wirth im Bette, um zu verdauen, die Töchter spinnen in der Stube, und die Großmutter scheuert in der Küche die goldenen und silbernen Gefäße blank. Klettere dann behend auf den Schornstein, wirf die in ein Läppchen eingebundenen Steinchen der Alten an den Hals, folge selbst schleunigst nach, stecke die kostbaren Geräthe in den Sack von Spinnegewebe und dann lauf', was die Beine halten wollen.« S c h l a u k o p f dankte und machte es ganz, wie vorgeschrieben war. Als er aber das Läppchen mit den Steinchen fahren ließ, dehnte es sich zu einem sechslöfigen mit Kieselsteinen gefüllten Sacke aus, der die Alte zu Boden schmetterte. Flugs hatte S c h l a u k o p f alle goldenen und silbernen Gefäße in den Sack von Spinnegewebe gepackt und war davon gejagt. [46] Der »alte Bursche« meinte, als er das Gepolter des Sackes hörte, der Schornstein sei eingestürzt und getraute sich nicht gleich nachzusehen. Als er aber die Großmutter lange vergeblich gerufen hatte, mußte er endlich selbst gehen. Als er das Unglück entdeckte, eilte er, dem Diebe nachzusetzen, der noch nicht weit sein konnte. S c h l a u k o p f war schon auf dem Meere, als der Verfolger ächzend und keuchend an's Ufer kam. »Nikodemus, Söhnchen!« u. s. w. wiederholte der alte Bursche alle früheren fragen der Reihe nach. Die letzte Frage war: »Nikodemus, Söhnchen! hast du mir mein Gold- und Silbergeräth gestohlen?« »Freilich, Papachen!« war die Antwort. »Nikodemus, Söhnchen! versprichst du noch wiederzukommen?« — »Nein, Papachen!« antwortete S c h l a u k o p f und lief auf der Brücke vorwärts. Obwohl der alte Bursche hinter dem Diebe her schimpfte und fluchte, so konnte er seiner doch nicht habhaft werden, weil alle Zauberwerkzeuge in den Händen des Diebes waren.

S c h l a u k o p f fand den Alten mit dem grauen Barte wieder am Strande, warf den schweren Sack mit den Gold- und Silbersachen, den er nur mit Hülfe des Kraftringes hatte fortbringen können, ab, und setzte sich dann, um die müden Glieder auszuruhen. Im Gespräch erfuhr er nun von dem alten Manne Manches, was ihn erschreckte. Der Alte sagte: »Die Brüder hassen dich und trachten, dir auf alle Weise das Garaus zu machen, — wenn du ihrem bösen Anschlag nicht zuvorkommst. Sie werden den König hetzen, dir solche Arbeit aufzutragen bei der du leicht den Tod finden kannst. Wenn du nun heute Abend mit der reichen Last vor den König trittst, so wird er freundlich gegen dich sein, dann erbitte dir als einzigen Gnadenlohn, daß die Tochter des Königs Abends heimlich hinter die Thür gebracht werde, um zu hören, was deine Brüder untereinander sprechen.«

Als S c h l a u k o p f darnach mit der reichen Habe, die man wenigstens auf zehn Pferdelasten schätzen konnte, vor den König trat, fand er diesen sehr freundlich und gütig. S c h l a u k o p f bat nun um den von dem Alten angegebenen Gnadenlohn. Der König war froh, daß der Schatzbringer keinen größeren Lohn verlangte und befahl seiner Tochter, sich Abends heimlich hinter die Thür zu begeben, um zu hören, was der Kutscher und der

Kammerdiener miteinander sprächen. Durch das Wohlleben ü-
bermüthig geworden, prahlten die Brüder mit ihrem Glücke, und
was noch einfältiger war, sie beschimpften dabei lügenhafter
Weise des Königs Tochter. Der Kutscher sagte: »Sie ist viele Mal
des Nachts zu mir gekommen, um bei mir zu schlafen.« Der
Kammerdiener erwiederte lachend: »Das kam daher, weil ich sie
nicht mehr wollte und meine Thür vor ihr zuschloß, sonst würde
sie jede Nacht in meinem Bette sein.« Roth vor Scham und Zorn
kam die Tochter zu ihrem Vater, erzählte weinend, welche eine
schamlose Lüge sie mit ihren eigenen Ohren von den Dienern
hatte aussprechen hören, und bat, die Frevler zu bestrafen. Der
König ließ die Beiden alsbald in's Gefängniß werfen und am andern Tage, nachdem sie vor Gericht ihre Schuld eingestanden
hatten, hinrichten. S c h l a u k o p f wurde zum Rathgeber des
Königs erhoben.

Nach einiger Zeit fiel ein fremder König mit einem großen
Heere in's Land, und S c h l a u k o p f ward gegen den Feind in's
Feld geschickt. Da zog er sein aus der Unterwelt geholtes Schwert
[47] zum ersten Mal aus der Scheide und begann das feindliche
Heer niederzumähen, bis nach kurzer Zeit Alle auf der blutigen
Wahlstatt den Tod gefunden hatten. Der König freute sich über
diesen Sieg so sehr, daß er S c h l a u k o p f zum Schwiegersohn
nahm.

9. Der Donnersohn. [48]

Der Donnersohn schloß mit dem Teufel einen Vertrag auf sieben Jahre, laut dessen der Teufel ihm als Knecht dienen und unweigerlich in allen Stücken des Herrn Willen erfüllen sollte; zum Lohn für treue Dienste versprach ihm der Donnersohn seine Seele zu geben. Der Teufel that seine Schuldigkeit gegen seinen Herrn, er scheute nicht die schwerste Arbeit und murrte nimmer über das Essen, denn er wußte ja, was für einen Lohn er nach sieben Jahren von Rechtswegen erhalten sollte. Sechs Jahre waren vorüber, und das siebente hatte begonnen, aber der Donnersohn hatte durchaus keine Lust, dem bösen Geist seine Seele so wohlfeilen Kaufes zu überlassen, und hoffte deshalb durch irgend eine List den Klauen des Feindes zu entrinnen. Schon beim Abschluß des Vertrages hatte er dem alten Burschen den Streich gespielt, daß er ihm statt des eigenen Blutes Hahnenblut [49] zur Besiegelung gab, und der kurzsichtige hatte den Betrug nicht gemerkt. Und doch war eben dadurch das Band, welches die Seele des Donnersohns unauflöslich verstricken sollte ganz locker geworden. Obgleich indeß das Ende der Dienstzeit immer näher rückte, hatte der Donnersohn sich immer noch keinen Kunstgriff ersonnen, der ihn frei machen konnte. Da traf es sich, daß an einem heißen Tage von Mittag her eine schwarze Wetterwolke aufstieg, die den Ausbruch eines schweren Gewitters drohte. Der alte Bursche verkroch sich sogleich in der Tiefe der Erde, zu welchem Behuf er immer ein Schlupfloch unter einem Steine bereit hatte. »Komm Brüderchen, und leiste mir Gesellschaft, bis das Ungewitter vorüber ist!« bat der Teufel seinen Herrn mit honigsüßer Zunge. »Was versprichst du mir, wenn ich deine Bitte erfülle?« fragte der Donnersohn. Der Teufel meinte, darüber könne man sich unten einigen, denn hier oben mochte er die Bedingungen nicht mehr besprechen, da die Wolke ihm jeden Augenblick über den Hals zu kommen drohte. Der Donnersohn dachte: heute hat die Furcht den alten Burschen ganz mürbe gemacht; wer weiß, ob es mir nicht glückt, mich von ihm los zu machen. So ging er denn mit ihm in die Höhle. Das Gewitter dauerte sehr lange, Krach folgte auf Krach, daß die Erde zitterte und die Felsen erbebten. Bei jeder Erschütterung drückte sich der alte Bursche die Fäuste gegen die Ohren und kniff die Augen fest zu; kalter Schweiß bedeckte seine zitternden Glieder, und er konnte kein Wort hervorbringen. Gegen Abend, als das Gewitter vorüber war, sagte er zum Donnersohn: »Wenn der alte Vater nicht dann und wann so viel Lärm und Getöse [50] machte, so könnte ich mit ihm schon durchkommen und könnte ruhig leben, da mir seine Pfeile unter der Erde nicht schaden können. Aber sein gräßliches Getöse greift mich so an, daß ich gleich die Besinnung verliere und nicht mehr weiß, was ich thue. Denjenigen, der mich von diesem Drangsal befreite, würde ich reichlich belohnen.« Der Donnersohn erwiederte: »Da ist kein besserer Rath, als dem alten Papa das Donnergeräth heimlich wegzunehmen.« »Ich würde es schon entwenden,« antwortete der Teufel, »wenn die Sache möglich wäre, aber der alte Kõu [51] ist stets wachsam, er läßt weder Tag noch Nacht das Donnerwerkzeug aus den Augen, wie wäre da ein Entwenden möglich?« Der Donnersohn blieb aber dabei, daß sich die Sache wohl machen ließe. »Ja, wenn du mir helfen würdest,« rief der Teufel, »dann könnte der Anschlag vielleicht gelingen, ich allein komme damit nicht zu Gange.« Der Donnersohn versprach nun sein Helfershelfer zu werden, verlangte aber dafür keinen geringeren Lohn, als daß der Teufel den Seelenkauf rückgängig mache. »Meinethalben nimm drei Seelen, wenn du mich von dieser gräßlichen Noth und Angst befreist!« rief der Teufel vergnügt. Nun setzte ihm der Donnersohn auseinander, in welcher Weise er die Entwendung für möglich halte, wenn sie sich Beide einmüthig und mit vereinten Kräften an's Werk machten. »Aber,« so schloß er, »wir müssen so lange warten, bis der alte Papa sich wieder einmal so sehr ermüdet, daß er in tiefen Schlaf fällt, denn gewöhnlich schläft er ja wie der Hase mit offenen Augen.«

Einige Zeit nach dieser Berathung brach ein schweres Gewitter aus, das lange anhielt. Der Teufel saß wieder mit dem Donnersohn in seinem Schlupfwinkel unter dem Steine. Die Furcht hatte den alten Burschen so betäubt, daß er kein Wort von dem hörte, was sein Gefährte sprach. Am Abend aber erstiegen Beide einen hohen Berg, wo der alte Bursche den Donnersohn auf seine Schultern hob und sich dann selber durch Zauber immer weiter in die Höhe reckte, [52] wobei er sang:

»Recke, Brüderchen, dich aufwärts,
Wachse, Freundchen, in die Höhe!«

bis er zur Wolkengrenze hinaufgewachsen war. Als der
Donnersohn über den Wolkenrand [53] hinüber spähte, sah er
den Papa Kõu ruhig schlafen, den Kopf auf zusammengeballte
Wolken gestützt, aber die rechte Hand lag quer über das Donnergeräth ausgestreckt. Man konnte das Instrument nicht fortneh-
men, weil das Berühren der Hand den Schlafenden geweckt haben würde. Der Donnersohn kroch nun von der Schulter des alten Burschen in die Wolken hinein, schlich leise wie eine Katze
näher und suchte sich durch List zu helfen. Er holte hinter seinem
Ohre eine Laus hervor und setzte sie dem Papa Kõu zum Kitzeln
auf die Nase. Der Alte nahm alsbald die Hand, um seine Nase zu
kratzen, in demselben Augenblick aber packte der Donnersohn
das frei gewordene Donnerwerkzeug und sprang vom Wolkenrand auf den Nacken des Teufels zurück, der mit ihm den Berg
hinunter rannte, als hätte er Feuer hinter sich. Der alte Bursche
hielt auch nicht eher an, als bis er die Hölle erreicht hatte. Hier
verschloß er seinen Raub in eiserner Kammer hinter sieben
Schlössern, dankte dem Donnersohn für die treffliche Hülfe und
leistete auf dessen Seele völlig Verzicht.

Jetzt aber brach über die Welt und die Menschen ein Unglück herein, welches der Donnersohn nicht hatte vorhersehen
können: die Wolken spendeten keinen Tropfen Feuchtigkeit
mehr, und Alles welkte in der Dürre hin. – Habe ich leichtsinni-
ger Weise dieses unerwartete Elend über die Leute gebracht, so
muß ich suchen, die Sache, soweit möglich, wieder gut zu machen, – dachte der Donnersohn und überlegte, wie der Noth
abzuhelfen sei. Er zog gen Norden an die finnische Grenze, wo
ein berühmter Zauberer wohnte, entdeckte ihm den Raub und
gab auch an, wo das Donnerwerkzeug gegenwärtig versteckt sei.
Da sagte der Zauberer: »Zunächst muß dem alten Vater Kõu
Kunde werde, wo sein Donnergeräth festgehalten wird, er findet
dann selbst wohl Mittel und Wege, wieder zu seinem Eigenthu-
me zu gelangen.« Und er schickte dem alten Wolkenvater Botschaft durch den Adler des Nordens. Gleich am folgenden Morgen kam Kõu zum Zauberer, um ihm dafür zu danken, daß er die

Spur des Diebstahls nachgewiesen hatte. Sodann verwandelte sich der Donnerer in einen Knaben, suchte einen Fischer auf und verdingte sich bei demselben als Sommerarbeiter. Er wußte nämlich, daß der Teufel häufig an den See kam, um Fische zu raffen, und hoffte ihn dort einmal zu treffen. Wiewohl nun der Knabe Pikker [54] Tag und Nacht kein Auge von seinen Netzen verwandte, so verging doch eine Weile, ehe er des Feindes ansichtig wurde. Dem Fischer war es längst aufgefallen, daß oftmals die bei Nacht in den See gelassenen Netze am Morgen leer heraufgezogen wurden, aber er konnte die Ursache nicht erklären. Sein Knabe wußte freilich recht gut, wer der Fischdieb sei, aber er wollte nicht früher sprechen, als bis er seinem Herrn den Dieb auch zeigen könnte.

In einer mondhellen Nacht, als er mit seinem Herrn an den See kam, um nach den Netzen zu sehen, traf es sich, daß der Dieb gerade bei der Arbeit war. Als sie über den Rand ihres Kahnes in's Wasser blickten, sahen sie Beide, wie der alte Bursche aus den Maschen des Netzes Fische heraus holte und in seinen Schultersack stopfte. Am folgenden Tage ging der Fischer einen berühmten Zauberer um Hülfe an und bat ihn, den Dieb durch seine Kunst dermaßen an das Netz zu bannen, daß er ohne Willen des Besitzers sich nicht los machen könne. Das geschah denn auch ganz nach des Fischers Wunsch. Als man am folgenden Tage das Netz aus dem See herauf wand, kam auch der alte Bursche mit an die Oberfläche und wurde an's Ufer gebracht. Hei! was er da vom Fischer und Fischerknaben durchgegerbt wurde! Da er ohne Willen des Zauberers vom Netze nicht loskommen konnte, so mußte er alle Hiebe ruhig hinnehmen. Die Fischer zerschlugen ihm wohl ein Fuder Prügelstecken auf dem Leibe, ohne hinzusehen auf welchen Körpertheil die Schläge fielen. Des alten Burschen Kopf blutete und war dick aufgeschwollen, die Augäpfel traten aus ihren Höhlen, — es war ein gräßlicher Anblick — aber der Fischer und sein Knabe hatten kein Erbarmen mit dem gemarterten Teufel, sondern ruhten nur von Zeit zu Zeit aus, um von neuem darauf los zu dreschen. Als klägliches Bitten nicht half, bot der alte Bursche endlich ein hohes Lösegeld, ja er versprach dem Fischer die Hälfte seiner Habe und noch mehr, wenn der Bann gelöst würde. Der erzürnte Fischer ließ sich aber nicht eher auf den

Handel ein, als bis ihm die letzte Kraft ausging, so daß er keinen Stock mehr rühren konnte. Endlich kam, nachdem ein Vertrag geschlossen worden, der alte Bursche mit Hülfe des Zauberers vom Netze los, worauf er den Fischer bat, er möge nebst seinem Knaben mit ihm kommen, um das Lösegeld abzuholen. Wer weiß, ob er nicht hoffte, sie noch durch irgend eine List zu betrügen.

Im Höllenhofe wurde den Gästen ein prächtiges Fest bereitet, das über eine Woche dauerte und bei welchem es an nichts fehlte. Der alte Wirth zeigte den Gästen seine Schatzkammern und geheimnisvollen Geräthe, und ließ von seinen Spielleuten dem Fischer zur Erheiterung die schönsten Weisen aufspielen. Eines Morgens sprach der Knabe Pikker heimlich zum Fischer: »Wenn du heute wieder bewirthet und geehrt wirst, so bitte dir aus, daß man das Instrument bringe, welche in der Eisenkammer hinter sieben Schlössern liegt.« Bei Tische, als die Männer schon einen halben Rausch hatten, bat der Fischer, man möge ihm das Instrument aus der geheimen Kammer zeigen. Der Teufel zeigte sich willig, holte das Instrument herbei und fing selbst an darauf zu spielen. Allein obgleich er aus Leibeskräften hineinblies und die Finger an der Röhre auf und ab bewegte, so war der Ton, den er herausbrachte, doch nicht besser als das Geschrei einer Katze, die in den Schwanz gekniffen wird, oder das Gequieke eines Ferkels, das man auf die Wolfsjagd nimmt. [55] Lachend sagte der Fischer: »Quälet euch nicht umsonst ab! ich sehe wohl, daß aus euch doch kein Dudelsackbläser mehr wird. Mein Hüterknabe wurde es besser machen.« »Oho!« rief der Teufel. — »Ihr meint vielleicht, das Blasen auf dem Dudelsack sei ungefähr wie das Flöten auf einem Weidenrohr, und haltet es für ein Kinderspiel? Komm, Freundchen, versuch' es erst, und wenn du oder dein Hüterknabe etwas wie einen Ton auf dem Instrumente hervorbringen könnt, so will ich nicht länger der Höllenwirth heißen.« »Da versuch's!« rief er und reichte das Instrument dem Knaben hin. Der Knabe Pikker nahm es, als er aber den Mund an die Röhre setzte und hineinblies, da erbebten die Wände der Hölle, der Teufel und sein Gesinde fielen ohnmächtig hin und lagen wie todt da. Plötzlich stand an Stelle des Knaben der alte Vater Donnerer selbst neben dem Fischer, dankte für geleistete Hülfe und sagte: »Künftig, wenn mein Instrument wieder aus den Wolken ertönt, soll deinen Netzen reiche Gabe beschieden sein.« Dann trat er eilig die Heimkehr an.

Unterwegs kam ihm der Donnersohn entgegen, fiel auf die Knie, bereute seine Schuld und bat demüthig um Verzeihung. Der Vater Kōu sagte: »Oft genug vergeht sich des Menschen Leichtsinn gegen die Weisheit des Himmels; danke drum deinem Glücke, Söhnchen, daß ich wieder Macht habe, die Spuren des Elends zu vertilgen, welches deine Thorheit über die Leute gebracht hat.« Mit diesen Worten setzte er sich auf einen Stein und blies das Donnerinstrument, bis die Regenpforten sich aufthaten und die Erde tränkten. Den Donnersohn nahm der alte Kōu als Knecht zu sich, und da muß er noch sein.

10. Pikne's Dudelsack.

In der Urzeit hatte Altvater gar viel zu thun, die Welt in
Ordnung zu bringen, und das nahm ihm vom Morgen bis zum
Abend alle seine Zeit, so daß er Manches nicht beachtete, was hier
und da hinter seinem Rücken vorging. Riesen standen schon von
Anbeginn der Welt wider einander, was gar oft die Ruhe störte.
So hatten Pikne und der alte Tühi [56] eine Zeitlang ihre Kraft
aneinander versucht und darum gekämpft, wer von Beiden die
Oberhand gewänne. Obwohl die Männer Tag und Nacht einander auflauerten und sich schier die Köpfe zerbrachen, ob sie einen
Gewaltstreich verüben oder List anwenden sollten — so hatten
sie doch noch nicht den passenden Augenblick zur Ausführung
ihrer Anschläge gefunden. Da traf es sich einmal, daß Pikne, von
dem beständigen Wachen müde geworden, eingenickt war und
bald wie ein Sack schlief; unglücklicherweise hatte er vergessen,
sich seinen Dudelsack zu Häupten zu legen, wo das Instrument
sonst immer seinen Platz fand. Der tiefe Schlaf verschloß ihm
Augen und Ohren so fest, daß der Mann weder sah noch hörte,
was in seiner Nähe vorging. Der alte Tühi, der dem Feinde fast
immer auf Schritt und Tritt nachspürte, fand den Pikne schlafend,
trat sachte auf den Zehen heran, nahm den Dudelsack von der
Seite des Schlafenden und machte sich mit seinem Raube auf die
Socken. Dadurch hoffte er jetzt des Donnerer's Vater am meisten
zu ärgern und die Macht desselben zu schwächen, daß er das
Werkzeug versteckte, welches bis dahin das schlimmste Züchti-
gungsmittel für die Bewohner der Hölle gewesen war. Als nun
Pikne, aus dem Schlafe erwachend, die Augen weit aufsperrte,
sah er alsbald, welch einen Verlust ihm, derweil er schlief, der
Feind verursacht hatte. Daß kein Andrer als der alte Tühi den
Dudelsack hatte stehlen können, das war ihm gleich klar; allein
wie sollte er es anfangen, das ihm gestohlene Eigenthum den
Klauen des Diebes wieder zu entreißen? Wohl hätte er Altvater
die Sache mit den Diebstahl klagen und ihn um Hülfe bitten können, aber dadurch hätte er seine eigene Sorglosigkeit verrathen,
und Altvater hätte ihn im Zorn noch obendrein gezüchtigt. Diese
Gedanken machten dem Pikne eine Zeitlang viel Sorge, und er
flüchtete sich meist an einsame Orte, wo Niemand ihn zu Gesicht

bekam. Der alte Tühi nun, der sonst ungeschlacht wie ein Kalb und in allen Stücken einfältig war, hatte doch seine Haut immer vor Pikne zu wahren gewußt. Sonst fürchtete er Pikne's Dudelsack wie die Pest, so daß er schon von weitem davon lief; jetzt aber konnte er schon etwas mehr wagen. Er kannte manches heimliche Schlupfloch, wo Pikne's Pfeile ihm nichts anhaben konnten: auf dem Meeresgrunde konnte er vor Pikne ohne Sorge sein. Pikne dachte gleich, als er des alten Tühi Tagelang nicht ansichtig wurde, daß er irgendwo unter dem Wasser versteckt säße, doch fand er immer keinen zweckmäßigen Plan, wie er des Feindes habhaft werden und ihm den Dudelsack wieder abnehmen könnte. Da hatte er eines Tages plötzlich einen prächtigen Einfall, mit dessen Ausführung er auch nicht säumte. Er nahm die Gestalt eines kleinen Knaben an, ging früh Morgens in ein Dorf am Strande und forschte dort nach, ob es nicht möglich sei, irgendwo bei einem Fischer in Dienst zu treten.

Ein wohlhabender Fischer, Namens Lijon, sagte, nachdem er des feinen Knaben Rede angehört: »Eine Viehherde habe ich nun zwar nicht, wo ich deinesgleichen brauchen könnte, aber ich will dich auf Probe nehmen, ob man aus dir nicht mit der Zeit einen Gehülfen beim Fischfang machen kann. Du siehst mir ganz aus wie ein Geschöpf von klugem Geiste, wenn du nun auch fleißig und folgsam sein wirst, so können wir leicht Handels einig werden.« Als er am folgenden Morgen an den See ging, nahm er den Knaben mit, und lehrte ihn mit Angel und Netzen umzugehen und alle übrigen Obliegenheiten eines Fischers zu besorgen. Schon nach einigen Tagen fand er, daß ihm der muntere Lehrling von Nutzen war, der alle Handgriffe leicht auffaßte und seinem Herrn auf jedem Schritt behülflich zu sein wußte. Allmälig wurde der Knabe gleichsam seine rechte Hand, so daß der Fischer gar nicht mehr allein auf den Fischfang ging. Die anderen Fischer nannten den Knaben spöttisch Lijon's Pudel. Der Knabe aber nahm den Spitznamen gar nicht übel, sondern freute sich des unverhofften Glückes, daß er jetzt täglich vom Morgen bis zum Abend auf dem Wasser fahren konnte, wo der Feind sich doch sicher irgendwo auf dem Grunde versteckt hielt.

Jetzt traf es sich, daß der alte Tühi seinem Sohne Hochzeit

machen und den Hochzeitsgästen prächtige Feste geben wollte, so daß die Leute noch lange von seinem Reichthum zu erzählen hätten; — Eitelkeit ist für den Teufel der schlimmste Kitzel! Der alte Höllenvater streckte die Pfoten überall hin, wo er einen Fang zu thun hoffte, am meisten aber trachtete er, das Getreide von solchen Feldern zu schneiden, auf welchen Andere gesäet hatten, so daß er keine weitere Mühe hatte, als den Fleiß Anderer einzusacken. So gerieth er eines Tages auch an den See, dahin, wo der Fischer in der Nacht seine Netze ausgelegt hatte. Er holte sich eben gemächlich die Fische aus den Maschen heraus, als der Fischer mit dem Knaben kam, um die Netze herauszuziehen. Des Knaben Luchsauge hatte mit Blitzesschnelle schon von weitem den Feind unter dem Wasser erblickt. Er zog seinen Herrn bei Seite und flüsterte ihm in's Ohr, woran es läge, daß ihr Fang in den letzten Tagen so schlecht ausgefallen sei. »Eine Diebshand fuschelt jetzt eben am Netze herum« — sagte er, indem er mit ausgestrecktem Finger des Wirths Auge auf den Dieb lenkte, der eben auf dem Grunde des See's bei der Arbeit war und die Kommenden nicht bemerkte. Aber Lijon war ein gewiegter Zauberkünstler, der eine Diebspfote auf frischer That zu bannen wußte, so daß der Dieb nicht hoffen konnte, ohne ihn wieder loszukommen. Als er alle geheimen Bräuche der Ordnung nach vollzogen hatte, ging er mit dem Knaben wieder heim und sagte scherzend: »Mag er bis morgen früh die Fische zahlen, wie viel ihrer in's Netz gegangen sind!« Als man am andern Morgen an den See kam, um die Netze herauszuziehen, wurde Altväterchen Tühi in der Schlinge festgemacht gefunden, und konnte sich nicht losmachen, sondern war genötigt, dem Fischer unter die Augen zu treten. Als nun sein Kopf mit dem Netze auf die Oberfläche des Wassers stieg, versetzte ihm der Fischer mit dem Ruder von Ebereschenholz gleich einige Hiebe zum Gruß, daß dem Männlein die Ohren sausten. Am Ufer nahmen dann Beide, der Fischer und sein Knabe, die Knüttel zur Hand und machten sich daran, dem Diebe seinen Lohn auszuzahlen. Obgleich der Knabe von schmächtigem Körperbau zu sein schien, so schmeckten doch seine Hiebe so bitter, daß sie dem alten Tühi durch Mark und Bein gingen und ihm den Athem zu benehmen drohten. Da begann Tühi zu schreien und zu flehen: »Vergieb mir diesmal, Brüderchen, und höre nur meine Entschuldigung an. Noth treibt den Ochsen an den Brunnen, und Noth trieb auch mich Armen jetzt an dein Netz. Mir steht zu Hause des Sohnes Hochzeit bevor, die, wie du wohl weißt, sich ohne Fische nicht ausrichten läßt. Und da ich selbst keine Netze hatte, mußte ich schon einige Fische aus deinen Netzen auf Borg nehmen. Dies war mein erstes Vergehen gegen dich und soll auch mein letztes bleiben. Ich will mein Lebtag das Bad nicht vergessen, das ihr mir heute eingeheizt habt. Dein Knabe hat mich so wacker gequästet, daß ich meine Knochen nicht fühle und nicht Hand noch Fuß regen kann.« Der Fischer erwiederte: »Mag denn unser Handel diesmal abgemacht sein. Du kennst jetzt meine Netze und wirst dich sicherlich ein ander Mal vor ihnen zu hüten wissen. Nimm den Fischsack auf den Rücken, und dann geh mir flink aus den Augen, daß ich deine Fersen nicht mehr sehe, oder aber — !« Bei diesen Worten zeigte er ihm den Stock. Der alte Tühi küßte dem Fischer die Füße zum Dank dafür, daß er so leichten Kaufes losgekommen war. Obwohl er aber schon über ein Fuder fremder Fische im Sacke hatte, so gelüstete es ihn doch, noch einen Fisch zu fangen, den er für das allerköstlichste Gericht hielt. Mit Honigworten begann er den Fischer zu bitten, auf seines Sohnes Hochzeit zu Gast zu kommen, denn er hoffte dort mit Gewalt oder mit List der Seele des Fischers habhaft zu werden. Der Fischer versprach zu kommen, wenn er auch den Knaben mitbringen könnte. Der alte Tühi dachte: »Vortrefflich, das Glück scheint mir günstiger zu sein, als ich mir vorstellte, hier werden mir zwei für einen geboten.« »Meinethalben bringe den Bengel mit, wenn du allein nicht kommen willst!« rief er Abschied nehmend und schleppte seine vor Schmerz steif gewordenen Glieder weiter.

Obwohl der alte Tühi nun gewöhnlich durch und durch ein Filz ist, so richtete er doch seinem Sohne eine prächtige Hochzeit aus, wo es an Nichts fehlte, sondern Ueberfluß, Glanz und Jubel auf Schritt und Tritt sich vor den Augen der Gäste entfalteten. Tühi zeigte ihnen seinen unermeßlichen Reichthum an Geld und Schätzen, womit in seinen Speichern Kisten und Kasten bis zum Rande angefüllt waren. Er ließ auch mancherlei wundersame Instrumente spielen und noch wundersamere Tänze aufführen, wie es Niemand sonst verstand, als eben nur sein Hausgesinde.

»Bitte ihn doch, daß er den Dudelsack herausnimmt, der hinter sieben Schlössern liegt, und uns darauf eine Weise vorspielen läßt!« sagte der Knabe heimlich zu seinem Herrn. Der Fischer kam seinem Wunsche nach und begann sofort dem Höllenvater anzuliegen, daß er ihnen seinen wunderbaren Dudelsack zeige und den Hochzeitsgästen zur Lust ein Stücklein darauf spielen lasse.

Der alte Tühi ging, ohne etwas zu ahnen, zum zweitenmal in die Halle. Er holte des Himmelsdonnerers Dudelsack hinter sieben Schlössern hervor, legte seine fünf Finger an den Hals desselben und fing an aus Leibeskräften zu blasen. Aber sein Spiel gab einen gräulichen Klang. »Werdet nicht böse und nehmt es nicht übel, wenn ich euch geradeaus sage, daß aus euch kein Meister auf dem Dudelsack mehr wird; mein Hirtenknabe könnte es wohl besser machen. Ja ihr könntet bei ihm noch alle Tage in die Lehre gehen.« Tühi, der keinen Betrug witterte, gab dem Knaben den Dudelsack in die Hand. Ob man da ein Wunder sah! Statt des Knaben steht plötzlich der alte Pikne selber da und bläst den Dudelsack so gewaltig, daß der böse Geist mit sammt seinem Gesinde zu Boden stürzt. Pikne eilte darauf mit dem Fischer von dannen, sehr erfreut, daß ihnen die List so vortrefflich gelungen war.

Als sie eine Strecke Weges zurückgelegt hatten, setzten sie sich Beide auf den Rand eines breiten Steines, um auszuruhen. Hier begann Pikne zur Lust den Dudelsack zu blasen, worauf er dann dem Fischer erzählte, was für Listen er angewandt, um seinen Dudelsack dem alten Tühi wieder abzunehmen. Während des Gespräches fiel plötzlich Regen, welcher die ausgetrocknete Erde nach sieben Monden wieder erfrischte. Pikne dankte, als er schied, seinem gewesenen Brotherrn und versprach, dessen Gebet immer zu erhören. Von der Zeit an ist Lijon der Mittelsmann zwischen Göttern und Menschen geworden und bis auf diesen Tag in diesem Ehrenamte geblieben.

11. Der Zwerge [57] Streit.

Es ging einmal ein Mann durch einen Wald und stieß auf eine kleine Lichtung, wo drei Zwerge in argem Streite miteinander begriffen waren. Sie schlugen, stießen, bissen einander, traten sich mit Füßen und packten sich an den Haaren, daß es gräulich anzusehen war. Der Mann trat näher und fragte, worüber ihr Zank sich entsponnen. »Sehr gut, Bauer, daß du gekommen bist,« schrieen die Zwerge – »du kannst Richter sein und unsern Zank schlichten!« Der Mann sagte: »Erst erzählt mir die Ursache eures Streites, damit ich Recht sprechen kann. Aber schreit nicht Alle zugleich, sondern Einer rede zur Zeit und deutlich, damit ich aus dem, was ihr vorbringt, klug werde.« – »Sehr wohl,« erwiederte Einer der Zwerge. »Ich will dir den Ursprung unserer Streitigkeit erklären. Sieh! Gestern starb unser Vater und wir drei Brüder wollten jetzt seine Erbschaft untereinander theilen; und daraus entstand der Zank.« Der Mann fragte: »Was für eine Erbschaft hinterließ euch denn der Vater?« – »Hier ist seine ganze Verlassenschaft,« erwiederte der wortführende Zwerg, und zeigte dem Manne einen alten Filzhut, ein Paar Bastschuhe und einen tüchtigen Knüttel.

»Seid doch nicht unvernünftig,« sagte der Mann, »sind denn diese unnützen Dinge des Zankes werth? Ein Klügerer würde sie alle zusammen auf einen Misthaufen werfen. Da ihr das aber nicht wollt, so theilt denn. Ihr seid eurer drei und drei Dinge hat der Vater hinterlassen, also nehme Einer den Hut, der Andere die Bastschuhe und der Dritte den Stock, so ist die Sache in Ordnung.« »Das geht nicht!« schrieen die Zwerge. »Diese Dinge darf Niemand theilen, sonst schwindet die geheime Kraft daraus; die Dinge müssen ungetrennt bleiben.« Der Mann erkundigte sich nun weiter, warum man diese unnützen Dinge nicht trennen dürfe, und Einer der Zwerge gab ihm folgenden Bescheid:

»Der alte unscheinbare verknitterte Hut, den ihr da sehet, ist für den, der ihn trägt, der größte Schatz. [58] Wenn er den Hut auf hat, so sieht er Alles, was auf der Welt vorgeht, es sei nah oder fern, sichtbar oder unsichtbar; – ja der Besitzer des Hutes erkennt dann sogar die Gedanken der Menschen. Legt er dann noch die Bastschuhe an und sagt: Ich will nach Kurland oder Polen, so braucht er nichts weiter zu thun, als den Fuß aufzuheben: augenblicklich gelangt er an die gewünschte Stätte. Nimmt der Träger des Hutes und der Bastschuhe dann den Stock in die Hand und schlägt damit durch die Luft, so muß Alles vor ihm schmelzen, es sei Freund oder Feind. Ja starre Felsen, Berge und selbst böse Geister müssen vor diesem Stocke schwinden, denn er ist noch mächtiger als der Donnerkeil, Pikne's Pfeil. Ihr sehet nun selbst, daß man diese drei Dinge nicht trennen darf, sondern wir müssen uns ihrer der Reihe nach bedienen, der Eine heute, der Andere morgen und der Dritte übermorgen.«

»Die Sache scheint spaßhaft genug,« sagte der Mann, dem beim Anhören dieser Erzählung ein guter Gedanke aufstieg. »Wenn ich aber euren Erbschaftsstreit schlichten soll, so muß ich erst probiren, ob auch Alles wahr ist, was ihr sagt.« – »Das kannst du thun,« riefen die Zwerge wie aus einem Munde, »aber beeile dich. Heute wird in Kurland gerade eine prächtige Hochzeit gefeiert, und unsere ganze Freundschaft und Sippschaft hat sich dort versammelt. Wir möchten auch dahin.« Der Mann erwiederte: »Das könnt ihr ja leicht machen, wenn die gerühmte Zauberkraft wirklich in den Dingen steckt.« Darauf nahm er zuerst den alten verknitterten Hut zur Hand, und sah, daß derselbe nicht aus Filz gemacht war, sondern vielmehr aus menschlichen Nägelschnitzeln [59] bestand. Als er den Hut aufsetzte, ward er die prächtige Hochzeit in Kurland gewahr und Alles, was sonst noch in der weiten Welt geschah. Drauf sagte er zu den Zwergen: »Legt mir nun die Bastschuhe an und gebt mir den Stock, dann stellt euch alle drei in eine Reihe, den Rücken zu mir und das Gesicht gegen Morgen gewendet, aber seht euch nicht eher um, als bis ich euch den Bescheid ertheile, wie ihr eure Zauberdinge dem Willen des Vaters gemäß theilen müsset.« – Die einfältigen Zwerge erfüllten ohne Widerrede des Richters Geheiß, kehrten das Gesicht nach Morgen und wandten ihm den Rücken zu. Als der Mann den Hut auf dem Kopfe und die Bastschuhe an den Füßen hatte, schwang er den Knüttel ein paar Mal in der Luft um und ließ ihn dann hart auf die Zwerge fallen. Augenblicklich waren diese wie weggefegt, und es war keine Spur weiter von ihnen geblieben, als drei Tropfen Wasser auf dem Frauenmantel-

Blatt, [60] auf welchem die Männlein gestanden hatten.

Da ihm das erste Probestück so gut gelungen war, beschloß der Mann sich nach Kurland zur Hochzeit zu begeben. Mit diesem Wunsche hob er den Fuß auf und rief: »Zur kurischen Hochzeit!« und war in demselben Augenblicke auf dem Feste angekommen. Da fand er eine große Menge Menschen versammelt, Hohe und Niedere, denn der Hochzeitgeber war ein vielgenannter reicher Wirth. Da der Mann mit dem Zauberhute Verborgenes eben so gut gewahrte, wie Offenbares, so sah er, als er die Augen zur Decke emporhob, daß sich an derselben und auf den Dörrstangen [61] ein Schwarm kleiner Gäste befand, deren Menge viel größer zu sein schien, als die der eingeladenen Gäste unten. Außer ihm aber konnte niemand das kleine Volk sehen. Die Kleinen flüsterten: »Seht doch! der alte Ohm ist auch zur Hochzeit gekommen.« — »Nein!« riefen andere dagegen, — »der fremde Mann hat wohl des Ohms Hut, Bastschuhe und Stock, aber der Ohm selbst ist nicht hier.« Inzwischen wurden die Schüsseln mit den Speisen aufgetragen, und zwar lagen Deckel darauf. Da sah der Allsichtige, was von den Uebrigen niemand bemerkte, daß mit einer wunderbaren Geschwindigkeit die guten Speisen aus den Schüsseln herausgenommen und schlechtere dafür hineingethan wurden. [62] Eben so ging es mit den Kannen und Flaschen. Jetzt fragte der Allsichtige nach dem Hausherrn, trat mit schicklichem Gruß zu ihm und sagte: »Nehmt es nicht übel, daß ich als unbekannter Fremder unerwartet zu eurem Feste gekommen bin.« »Seid willkommen,« entgegnete der Wirth —»Speise und Trank haben wir genug, so daß uns ein und der andere ungeladene Gast nicht lästig fallen kann.« Der Allsichtige versetzte: »Ich will es glauben, daß ein Gast mehr oder weniger hier nicht lästig fällt, wenn aber die Zahl der ungebetenen Gäste die der gebetenen übersteigt, da kann doch auch der reichste Wirth zu kurz kommen.« »Ich verstehe eure Rede nicht,« sagte der Wirth. Der Fremde gab ihm seinen Hut und sagte: »Setzet meinen Hut auf und hebt die Augen zur Decke hinauf, da werdet ihr schon sehen.« Der Wirth that es, und als er sah, was für Streiche die kleinen Gäste mit der Mahlzeit verübten, wurde er todtenbleich und rief mit zitternder Stimme: »Ei, Freundchen! von diesen Gästen hat meine Seele nichts gewußt; und da ich euren Hut wieder abnehme, sind sie verschwunden. Wie könnte ich sie wohl los werden?« Der Eigner des Hutes erwiederte:»Ich will euch die kleinen Gäste bald vom Halse schaffen, wenn ihr die geladenen Gäste auf kurze Zeit hinausführen, Thüren und Fenster sorgfältig verschließen und dafür sorgen wollt, daß nirgends ein Astloch oder ein Spalt in der Wand unverstopft bleibt.« Obwohl der Festgeber dem Dinge nicht recht traute, so that er doch was der Fremde gewünscht hatte, und bat ihn, die kleinen Windbeutel hinauszujagen.

Nach einer kleinen Weile war das Gemach von den geladenen Gästen geräumt, Thüren, Fenster und andere Oeffnungen sorgfältig verschlossen, und der Allsichtige war mit den kleinen Gästen allein. Da begann er seinen Knüttel gegen die Decke und in den Zimmerecken zu schwingen, daß es eine Lust war zu sehen! In wenigen Augenblicken war die ganze Schaar der kleinen Gäste vernichtet, und an der Diele lagen so viele Wassertropfen, als wenn es stark geregnet hätte. Nur ein Bohrloch war zufällig unverstopft geblieben, dahinaus schlüpfte eins der Zwerglein, wiewohl der Knüttel den Flüchtling noch gestreift hatte. Dieser stöhnte auf dem Hofe:»Ai, ai, was für ein Schmerz! Schon manches Mal habe ich die Pfeile des alten Papa Pikne geschmeckt, aber das war nichts gegen diesen Knüttel.«

Als der Wirth mit Hülfe des Wunderhutes sich überzeugt hatte, daß das Gemach von den Zwerglein gereinigt war, bat er die Gäste wieder einzutreten. Bei Tische durchschaute der Allsichtige die geheimen Gedanken der Hochzeitsgäste, und erfuhr Manches, wovon die Andern nichts ahndeten. Der Bräutigam trug mehr Verlangen nach der Habe seines Schwiegervaters, als nach seiner jungen Frau; diese, welche als Mädchen mit dem Junker des Gutes zu thun gehabt hatte, hoffte durch ihren Mann und ihre Haube ihre Schande zu bedecken. — Jammerschade, daß in unsern Tagen solche Hüte nirgends mehr zu finden sind.

12. Die Galgenmännlein.

Ein Prediger suchte schon seit einiger Zeit einen Knecht, der neben seinen andern Geschäften auch die Verpflichtung übernehmen sollte, allmitternächtlich die Kirchenglocke zu läuten. Zwar hatten schon viele und zum Theil sehr brauchbare Männer den Dienst angenommen, allein sobald sie sich aufgemacht hatten, um das nächtliche Läuten zu besorgen, waren sie plötzlich wie in die Erde gesunken; kein Glockenschlag war zu hören, und kein Glöckner kam zurück. Der Prediger hielt die Sache sehr geheim, aber das plötzliche Verschwinden so vieler Menschen wurde doch allmählich ruchbar, und es wollte Niemand mehr bei ihm dienen.

Je bekannter die Sache wurde, desto bedenklicher schüttelten die Leute den Kopf, und es fehlte auch nicht an bösen Zungen, welche aussprengten, daß der Prediger selber die Knechte umgebracht habe. Nothgedrungen hatte er jetzt verdoppelten Lohn nebst guter Kost angeboten. Monate lang hatte er jeden Sonntag nach der Predigt von der Kanzel herab verkündet: »Ich brauche einen tüchtigen Knecht, verspreche reichlichen Lohn, gute Nahrung u. s. w.« — es war aber immer erfolglos geblieben. Da kommt eines Tages der schlaue Hans und bietet sich an; er hatte zuletzt bei einem geizigen Herrn gedient, darum zog ihn das Versprechen guter Nahrung zu dem Geistlichen, und er wollte den Dienst gleich antreten. »Ganz wohl, mein Sohn,« sagte der Prediger: »wenn es dir an Muth und Gottvertrauen nicht fehlt, so kannst du schon diese Nacht dein Probestück ablegen. Morgen wollen wir dann den Dienstvertrag abschließen.«

Hans war damit zufrieden, ging in die Gesinde-Stube und machte sich um seinen neuen Dienst keine Sorge. Der Prediger war ein Geizhals und ward immer verdrießlich, wenn das Gesinde zu viel aß, deßhalb kam er meist während der Mahlzeit herein, weil er hoffte, die Leute würden in seiner Gegenwart weniger dreist zulangen. Er ermahnte das Gesinde, zwischen dem Essen recht oft zu trinken, denn er meinte, je mehr Flüssiges Einer im Magen habe, desto weniger Platz werde für Brot und Zukost übrig bleiben. Hans aber war schlauer als sein Herr, er leerte den

Krug auf einen Zug und sagte: »Das macht noch einmal so viel Platz für die Speise.« Der Prediger wähnte, daß sich die Sache wirklich so verhalte, und forderte seitdem seine Leute nicht mehr zum Trinken auf. Hans aber lachte innerlich, daß ihm das Schelmstück gelungen war.

Etwa eine Stunde vor Mitternacht ging Hans in die Kirche. Er fand sie inwendig erleuchtet und war ein wenig verwundert, als er beim Eintreten eine zahlreiche Gesellschaft vorfand, welche nicht die Andacht hier zusammengeführt hatte. Die Leute saßen um einen langen Tisch und spielten Karten. Hans empfand keine Furcht, oder, wenn er etwas davon verspürte, so war er doch klug genug, es sich nicht merken zu lassen. Er ging dreist an den Tisch und setzte sich zu den Spielern. Einer derselben bemerkte ihn und fragte: »Freundchen, was hast du hier zu suchen?« Hans sah ihn eine Weile groß an und sagte dann lachend: »Du Naseweis solltest dir lieber das Maul stopfen! Wenn Jemand hier ein Recht hat zu fragen, so meine ich es zu sein. Wenn ich mich meines Rechtes nicht bediene, so wäre es für euch gewiß das Gescheuteste, euer vorlautes Maul zu stopfen!«

Darauf nahm Hans Karten zur Hand und spielte mit den unbekannten Männern, als wären es seine besten Freunde. Er hatte viel Glück, denn sein Einsatz verdoppelte sich ihm, und dadurch wurden manchem seiner Mitspieler die Taschen geleert. Da hörte man einen Hahnenschrei, Mitternacht mußte angebrochen sein, plötzlich erloschen die Lichter und im Nu waren die Spieler sammt Tisch und Bänken verschwunden. Hans mußte in der dunklen Kirche eine Zeitlang herumtappen, bis er endlich den Eingang zur Thurmtreppe fand.

Als er den ersten Absatz hinauf geklettert war, sah er auf der obersten Stufe ein Männlein sitzen, dem der Kopf fehlte. »Hoho, mein Kleiner, was hast du hier zu suchen?« fragte Hans, und versetzte ihm, ohne die Antwort abzuwarten, einen so derben Fußtritt in den Nacken, daß das Männlein die lange Treppe hinunter rollte. Auf der zweiten, dritten und vierten Treppe fand er eben solche stumme Wächter, und ließ sie einen nach dem andern hinunterpurzeln, daß ihnen alle Knochen im Leibe knackten.

Endlich war Hans ungehindert zur Glocke gelangt. Als er hinauf sah, um sich zu überzeugen, daß Alles in gehörigem Stande sei, erblickte er noch ein kopfloses Männlein, das zusammengekauert in der Glocke saß. Es hatte den Glockenklöppel losgemacht und schien darauf zu warten, daß Hans den Glockenstrang anzöge, um ihm dann den schweren Klöppel auf den Kopf zu schmeißen, was dem Glöckner sicher den Tod gebracht hätte.

»Halt, Freundchen!« rief Hans — »so haben wir nicht gewettet. Du hast wohl gesehen, wie ich deine kleinen Kameraden, ohne ihre eigenen Beinchen zu bemühen, die Treppe habe hinunter rollen lassen? Gleich sollst du hinter ihnen her fliegen. Aber weil du am höchsten sitzest, sollst du auch die stolzeste Fahrt machen, ich will dich zur Luke hinauswerfen, daß dir die Lust vergehen soll, wiederzukommen.«

Mit diesen Worten setzte er die Leiter an, um den Kleinen aus der Glocke heraus zu holen und seine Drohung wahr zu machen. Das Männlein erkannte die Gefahr, in der es schwebte, und fing an zu bitten: »Brüderchen! schone mein armes Leben! Dafür will ich dir fest versprechen, daß weder ich noch meine Kameraden dich je wieder beim nächtlichen Läuten stören sollen. Wohl bin ich klein und unansehnlich, allein wer weiß, ob es sich nicht einmal fügt, daß ich dir für deine Wohlthat mehr erstatten kann, als einen Bettlerdank.«

»Du winziger Knirps!« lachte Hans. »Deine Dankesgabe wird eine Mücke auf ihrem Schwanze fortbringen können! Aber da ich heute gerade bei guter Laune bin, so magst du am Leben bleiben. Doch hüte dich, mir wieder in die Quere zu kommen, ich möchte sonst ein zweites Mal nicht mit dir spaßen.« Das kopflose Männlein dankte demüthig, kletterte wie ein Eichhörnchen an dem Glockenstrang herab und lief die Thurmtreppe herunter, als hätte es Feuer in der Tasche. Hans läutete jetzt nach Herzenslust.

Als der Pfarrer um Mitternacht die Kirchenglocke hörte, verwunderte er sich und war froh, daß er doch endlich einen Knecht gefunden, der das Probestück glücklich zu Stande gebracht hatte. Hans ging nach gethaner Arbeit auf den Heuboden und legte sich schlafen.

Der Pfarrer pflegte früh am Morgen aufzustehen, um nachzusehen, ob die Leute bei ihrer Arbeit seien. Alle waren an ihrem
Platze, nur der neue Knecht fehlte, und keiner wollte ihn gesehen
haben. Als nun Mittmorgen [63] vorüber war, und es eilf Uhr
wurde und Hans noch immer nicht erschien, da ward dem Pfarrer bange und er glaubte nicht anders, als daß der Glöckner sein
Ende gefunden habe, wie seine Vorgänger. Als aber das Gesinde
durch das Klopfbrett zum Mittagessen zusammengerufen wurde,
kam auch Hans zum Vorschein. »Wo bist du den ganzen Vormit-
tag gewesen?« fragte der Pfarrer. »Ich habe geschlafen,« antwortete Hans gähnend.

»Geschlafen!« rief der Pfarrer erstaunt. »Du wirst doch nicht
meinen, daß du alle Tage bis Mittag schlafen kannst?«

»Ich meine,« erwiederte Hans, »das ist so klar wie Quellwas-
ser. Niemand kann zweien Herren dienen. Wer Nachts arbeitet,
der muß am Tage schlafen, so wie für den Tagarbeiter die Nacht
zur Ruhe gemacht ist. Nehmt mir das nächtliche Glockenläuten
ab, so bin ich bereit, mit Sonnenaufgang an die Arbeit zu gehen.
Wenn ich aber Nachts die Glocke läuten soll, so muß ich am Tage
schlafen, zum allermindesten bis Mittag.«

Nachdem sie lange hin und her gestritten hatten, wurden sie
endlich über folgende Bedingungen einig. Hans sollte von dem
nächtlichen Läuten befreit werden, und von Sonnenaufgang bis
Sonnenuntergang arbeiten, nach Mittmorgen eine halbe und nach
dem Mittagsessen eine ganze Stunde schlafen; den Sonntag aber
ganz frei sein. »Aber,« sagte der Pfarrer, »bisweilen könnten doch
noch Kleinigkeiten vorfallen, besonders im Winter, wo die Tage
kurz sind, und die Arbeit würde dann länger dauern.« —»Mit
nichten,« rief Hans, — »dafür sind im Sommer die Tage wieder
lang. [64] Ich werde nicht mehr thun, als wozu ich verpflichtet
bin, nämlich an Werkeltagen von Sonnenaufgang bis Sonnenuntergang arbeiten.«

Einige Zeit darauf wurde der Pfarrer gebeten, zu einer großen Kindtaufe zur Stadt zu kommen. Die Stadt war nur einige
Stunden weit vom Pfarrhof, dennoch nahm Hans den Brotsack
mit. »Weswegen thust du das?« fragte der Prediger, »wir werden

ja zum Abend in der Stadt sein.« Hans antwortete: »Wer kann Alles vorher wissen? unterwegs kann so Manches vorfallen, was unsere Fahrt verzögert, und ihr kennt unsern Contract, nach welchem ich nur bis Sonnenuntergang verpflichtet bin, euch zu bedienen. Sollte die Sonne untergehen, ehe wir die Stadt erreichen, so müßtet ihr schon allein weiter fahren.«

Da der Pfarrer diese Rede für Scherz hielt, gab er ihm keine Antwort, und sie fuhren ab. Kurz vorher war frischer Schnee gefallen, den der Wind zusammengeweht hatte, so daß der Weg stellenweise verschüttet war und schnelles Fahren unmöglich machte. Unweit der Stadt mußten sie durch einen großen Wald. Als sie ihn erreicht hatten, lag die Sonne schon auf den Wipfeln der Bäume. Die Pferde schleppten sich langsam Schritt für Schritt durch den tiefen Schnee, und Hans drehte sich öfter nach der Sonne um. »Warum siehst du so oft hinter dich?« fragte der Pfarrer. »Weil ich im Nacken keine Augen habe,« erwiederte Hans. »Laß jetzt deine Narrenspossen,« sagte der Pfarrer, »und sieh¹ zu, daß wir in die Stadt kommen, ehe es ganz finster wird.« Hans fuhr weiter, ohne ein Wort zu verlieren, unterließ aber nicht, von Zeit zu Zeit die Sonne zu beobachten.

Sie mochten etwa in der Mitte des Waldes sein, als die Sonne unterging. Hans hielt die Pferde an, nahm seinen Brotsack und stieg aus dem Schlitten. »Nun Hans, bist du toll geworden? was machst du?« fragte der Seelenhirt. Aber Hans gab ruhig zur Antwort: »Ich will mir hier ein Nachtlager zurecht machen, die Sonne ist untergegangen, und meine Arbeitszeit ist um.« Sein Brotherr that alles Mögliche, er bat und drohte abwechselnd, als aber Alles nichts half, versprach er ihm zuletzt ein gutes Trinkgeld und eine Zulage zum Jahreslohn. »Schämt ihr euch nicht, Herr Pastor!« sagte Hans —»wollt ihr der Versucher sein und mich vom rechten Wege abbringen, so daß ich gegen die Abmachung handle? Alle Schätze der Welt können mich dazu nicht verlocken; man faßt den Mann beim Wort, wie den Ochsen beim Horn. Wollt ihr noch heut Abend zur Stadt, so fahret in Gottes Namen allein, ich kann nicht weiter mit euch kommen, denn meine Dienst-Stunden sind abgelaufen.«

»Mein lieber Hans, Goldjunge!« sagte jetzt der Pfarrer, »ich darf dich hier nicht allein lassen. Blick' nur um dich, so wirst du sehen, in welche Gefahr du dich muthwillig begiebst. Dort ist der Richtplatz mit dem Galgen, es hängen zwei Missethäter daran, deren Seelen in der Hölle brennen. Du wirst doch nicht in der Nähe solcher Gesellen die Nacht zubringen wollen?« »Warum denn nicht?« fragte Hans. »Die Galgenvögel hängen oben in der Luft, ich nehme mein Nachtlager unten auf der Erde, da können wir uns einander nichts anhaben.« Mit diesen Worten kehrte er seinem Herrn den Rücken und ging mit seinem Brotsack davon.

Wollte der Pfarrer die Taufgebühren nicht einbüßen, so mußte er allein zur Stadt fahren. Hier war man nicht wenig erstaunt, ihn ohne Kutscher ankommen zu sehen; als er aber seine wunderliche Unterhaltung mit Hans erzählt hatte, wußten die Leute nicht, wen sie für den größten Thoren halten sollten, ob den Herrn oder den Diener.

Hansen war es gleichgültig, was die Leute von ihm dachten oder sagten. Mit Hülfe seines Brotsacks hatte er die Forderungen seines Magens befriedigt, dann zündete er sich seinen Nasenwärmer (Pfeife) an, machte unter einer breiten ästigen Fichte sein Lager zurecht, wickelte sich in seinen warmen Pelz und schlief ein. Einige Stunden mochte er geschlafen haben, als ein plötzlicher Lärm ihn aufweckte. Die Nacht war mondhell. Dicht neben seinem Lager standen zwei kopflose Männlein unter der Fichte und führten zornige Reden. Hans richtete sich in die Höhe, um besser zu sehen, aber in demselben Augenblick riefen die Männlein: »Er ist es, er ist es!« Der eine trat dann näher an Hansen's Lager und sagte: »Alter Freund! ein glücklicher Zufall führt uns zusammen. Meine Knochen thun mir noch weh von der Thurmtreppe her in der Kirche, du hast wohl die Geschichte nicht vergessen? dafür sollen heute deine Knochen dermaßen bearbeitet werden, daß du Wochenlang an unser Zusammentreffen denken sollst. He! Gesellen! Holt aus und macht euch dran!«

Wie ein dichter Mückenschwarm sprangen nun von allen Seiten die kopflosen Männlein herbei, Alle mit tüchtigen prügeln bewaffnet, die größer waren als ihre Träger. Die Masse dieser kleinen Feinde drohte Gefahr, denn ihre Schläge fielen so hart, daß ein starker Mann kaum bessere hätte führen können. Hans glaubte, sein letztes Stündlein sei gekommen; einem so zahlreichen Feindeshaufen konnte er keinen Widerstand leisten. Sein Glück war es, daß gerade, als das Prügeln im besten Gange war, noch ein Männlein dazu kam. »Haltet ein, haltet ein, Kameraden!« rief er den Seinigen zu. »Dieser Mann war einst mein Wohlthäter und ich bin sein Schuldner. Er schenkte mir das Leben, als ich in seiner Gewalt war. Hat er einige von euch unsanft die Treppe hinunter geworfen, so ist doch glücklicher Weise keiner lahm geworden. Das warme Bad hat die zerschlagenen Glieder längst wieder geschmeidigt, darum verzeiht ihm und geht nach Hause.«

Die kopflosen Männlein ließen sich leicht durch ihren Kameraden beschwichtigen und gingen still fort. Hans erkannte jetzt in seinem Retter den nächtlichen Geist in der Kirchenglocke. Dieser setzte sich nun unter der Fichte neben Hans nieder und sagte: »Damals verlachtest du mich, als ich dir sagte, vielleicht komme einmal eine Zeit, wo ich dir nützlich werden könnte. Heute ist ein solcher Augenblick nun eingetreten, und daraus lerne, daß man auch das kleinste Geschöpf auf der Welt nicht verachten darf.« »Ich danke dir von Herzen,« sagte Hans — »meine Knochen sind von ihren Schlägen wie zermalmt, und ich hätte das Bad leicht mit dem Leben bezahlen können, wenn du nicht zu rechter Zeit dazu gekommen wärest.«

Das kopflose Männlein fuhr fort: »Meine Schuld wäre jetzt getilgt; aber ich will mehr thun und dir für die erhaltenen Schläge noch Schmerzensgeld zahlen. Du brauchst dich nicht länger als Knecht bei einem geizigen Pastor zu quälen. Wenn du morgen nach Hause kommst, so geh' gleich zur nördlichen Kirchenecke, da wirst du einen großen Stein eingemauert finden, der nicht wie die andern mit Kalk getüncht ist. Uebermorgen Nacht haben wir Vollmond: dann brich um Mitternacht den bezeichneten Stein mit der Brechstange aus der Mauer heraus. Unter dem Steine wirst du einen unermeßlichen Schatz finden, an dem viele Geschlechter gesammelt haben: goldenes und silbernes Kirchengeräthe und sehr viel baares Geld wurde hier, als einst eine Kriegsnoth herrschte, vergraben. Diejenigen, welche den Schatz hier verbargen, sind schon vor mehr als hundert Jahren alle gestorben, und keine Seele weiß jetzt um die Sache. Ein Drittel des Geldes mußt du unter die Kirchspiels-Armen vertheilen, alles Andere ist von Rechtswegen dein Eigenthum, womit du verfahren kannst, wie es dir beliebt.« In diesem Augenblicke hörte man aus dem fernen Dorfe den Hahnenschrei und plötzlich war das kopflose Männlein wie weggefegt. Hans konnte lange vor Schmerz in den Gliedern nicht einschlafen und dachte viel über den verborgenen Schatz; erst gegen Morgen verfiel er in Schlummer.

Die Sonne stand schon hoch am Himmel, als sein Brotherr aus der Stadt zurückkam. »Hans, du warst gestern ein großer Thor, daß du nicht mit mir fuhrst,« sagte der Pfarrer. »Sieh', ich habe gut gegessen und getrunken und überdies noch Geld in der Tasche.« Indem er so sprach, klapperte er mit dem Gelde, um dem Knecht das Herz noch schwerer zu machen. Hans aber erwiederte ruhig: »Ihr, geehrter Herr Pastor, habt für das Bischen Geld die Nacht wachen müssen, während ich im Schlafe hundertmal mehr verdient habe.« »Zeige mir doch, was hast du verdient?« fragte der Prediger. Aber Hans antwortete: »Die Narren prahlen mit ihren Kopeken, aber die Klugen verstecken ihre Rubel.«

Zu Hause angelangt, besorgte Hans rasch, was ihm oblag, spannte die Pferde aus und warf ihnen Futter vor, ging dann um die Kirche herum und fand an der bezeichneten Stelle den nicht getünchten Mauerstein.

In der ersten Nacht des Vollmonds, als die Andern alle schliefen, verließ er heimlich mit einer Brechstange das Haus, brach mit vieler Mühe den Stein heraus und fand in der That die Grube mit dem Gelde, ganz wie das Männlein gesagt hatte. Am Sonntage vertheilte er den dritten Theil unter die Armen des Kirchspiels, kündigte dann dem Prediger auf, und da er für die kurze Zeit keinen Lohn verlangte, so wurde er ohne Widerrede entlassen. Hans aber zog weit weg, kaufte sich einen schönen Bauerhof, nahm ein junges Weib und lebte dann noch viele Jahre glücklich und in Frieden.

Zu der Zeit, als mein Großvater Hüterknabe war, lebten in unserm Dorfe noch viele alte Leute, welche den Hans gekannt hatten und die Wahrheit dieser Geschichte bezeugen konnten.

13. Wie eine Königstochter sieben Jahre geschlafen.

Einmal war eines großen Königs Tochter plötzlich gestorben, und Trauer und Wehklagen erfüllte das ganze Land. An dem Tage, wo die Todte eingesargt werden sollte, kam aus fernen Landen ein weiser Mann (Zauberer) in die trauernde Königsstadt. Er schloß aus der allgemeinen Bekümmerniß, daß hier etwas Besonderes vorgefallen sein müsse und fragte, was denn die Bewohner so sehr drücke. Als er Auskunft erhalten hatte, begab er sich in den königlichen Palast, nannte sich einen weisen Arzt und bat um Zutritt zum Könige. Schon auf der Schwelle rief er mit starker Stimme: »Die Jungfrau ist nicht todt, sondern nur müde, laßt sie eine Zeitlang ruhen.« Als der König diesen Ausspruch gehört hatte, befahl er dem Fremden, näher zu treten. Der Zauberer aber sagte: »Die Jungfrau darf nicht zu Grabe gebracht werden. Ich werde einen Glaskasten machen, darin wollen wir sie betten und ruhig schlafen lassen, bis die Zeit des Erwachens heran kommt.«

Der König war höchlich erfreut über diese Rede und versprach dem Zauberer reichen Lohn, wenn seine Verheißung sich erfüllen würde. Dieser machte darauf einen großen Glaskasten, legte seidene Kissen hinein, bettete die Königstochter darauf, schloß den Deckel und ließ den Kasten in ein großes Gemach tragen, jedoch Wachen vor die Thür stellen, damit Niemand die Schlafende wecke.

Nachdem dies geschehen war, sagte der Zauberer zum Könige: »Sendet jetzt überall hin und lasset allen Glasvorrath aufkaufen, dann werde ich einen Ofen bauen, der größer sein wird als eure Königsstadt, und in welchem wir unser Glas zu einem Berge zusammenschmelzen wollen. Wenn sechs Jahre verstrichen sind, und der Lerchensang den siebenten Sommer ankündigt, dann sendet Boten nach allen Richtungen hin, und lasset bekannt machen, daß es jedem jungen Manne erlaubt sei, sich als Bewerber um eure Tochter einzufinden. Wer von den Freiern dann, sei es zu Pferde, oder auf seinen eigenen Füßen, des Glasberges Gipfel erklimmt, der muß euer Schwiegersohn werden. Wenn nämlich der auserkorene Mann kommt, was binnen sieben Jahren und sieben Tagen geschehen wird, dann wird eure Tochter aus dem Schlafe erwachen und dem Jüngling einen goldenen Ring geben. Wer euch diesen Ring bringt, und wäre es der geringste eurer Unterthanen, ja auch eines Tagelöhner's Sohn, dem müßt ihr eure Tochter zur Gemahlin geben, sonst wird sie in ewigen Schlaf versinken.«

Der König versprach, sich in allen Stücken nach dieser Vorschrift zu richten, und gab sofort Befehl, in allen angränzenden Ländern den Glasvorrath anzukaufen. Als das sechste Jahr ablief, war so viel Glas beisammen, daß es eine Fläche von einer Meile sieben Klafter hoch bedeckte.

Inzwischen hatte der Zauberer seinen Schmelzofen fertig, der so hoch war, daß er fast an die unterste Wolkenschicht reichte. Der König stellte ihm zweitausend Arbeiter zur Verfügung, welche das Glas in den Ofen thaten. Hier schmolz es, und die Hitze wurde so stark, daß Sümpfe, Flüsse und kleine Seen austrockneten, ja selbst in Quellen und tiefen Brunnen eine Abnahme des Wassers zu bemerken war.

Während nun der Zauberer seinen Glasberg zusammenschmilzt, wollen wir in eine Bauernhütte treten, die nicht weit von der Königsstadt liegt, und wo ein alter Vater mit seinen drei Söhnen wohnt. Die beiden älteren Brüder waren gescheute, gewiegte Bursche, der jüngste aber etwas einfältig. Als der Vater erkrankte und sein Ende herannahen fühlte, ließ er seine Söhne vor sein Lager treten und sprach folgendermaßen:»Ich fühle, daß mein Heimgang herannaht, deßhalb will ich euch meinen letzten Willen kund thun. Ihr, meine lieben älteren Söhne, sollt gemeinschaftlich Haus und Acker bestellen, so lange ihr nicht beide heirathet. Die Herrschaft zweier Herdesköniginnen würde einen Riß in's Hauswesen bringen. Denn ein altes wahres Wort sagt: »Wo sieben unbeweibte Brüder friedlich bei einander leben, da wird es zweien Frauen zu eng; sie müssen sich zausen.« Tritt aber dieser Fall ein, so sollt ihr Haus und Felder unter einander theilen. Euer jüngster Bruder aber, der weder zum Wirth noch zum Knecht taugt, soll bei euch Obdach und Nahrung finden, so lange er lebt. Zu diesem Behufe vermache ich euch beiden meinen Geldkasten.

Euer jüngster Bruder ist zwar etwas kurz von Verstande, aber er hat ein gutes Herz, und wird euch eben so willig gehorchen, wie er mir immer gehorcht hat.« Die älteren Brüder versprachen mit trockenem Auge und geläufiger Zunge des Vaters Willen zu erfüllen, der jüngste sprach kein Wort und weinte bitterlich. »Noch Eins will ich sagen,« fuhr der Vater fort — »wenn ich todt bin und ihr mich begraben habt, so erweiset mir als letzten kleinen Liebesdienst, daß jeder von euch eine Nacht an meinem Grabe wacht.« Beide älteren Brüder versprachen mit trockenem Auge und geläufiger Zunge, des Vaters Willen zu erfüllen, der jüngste sagte kein Wort und weinte bitterlich. Bald nach dieser Unterredung hatte der Vater seine Augen auf immer geschlossen.

Die beiden älteren Brüder richteten ein großes Gastmahl an und luden viele Gäste ein, damit der todte Vater mit allen Ehren bestattet werde. Sie selbst waren guter Dinge und aßen und tranken wie auf einer Hochzeit, während ihr dritter Bruder still weinend am Sarge des Vaters stand; als der Sarg dann weggetragen und in's Grab gesenkt wurde, da war dem jüngsten Sohne zu Muthe, als wären nun alle Freuden abgestorben und mit dem Vater begraben.

Spät am Abend, als die letzten Gäste fortgegangen waren, fragte der jüngste Bruder, wer die erste Nacht am Grabe des Vaters wachen würde. Die andern sagten: »Wir sind müde von der Besorgung des Begräbnisses, wir können heute Nacht nicht wachen, aber du hast nichts Besseres zu thun, also geh du und halte Wache.«

Der jüngste Bruder ging ohne ein Wort zu sagen zum Grabe des Vaters, wo Alles still war und nur die Grille zirpte. Um nicht einzuschlafen, ging er leisen Schrittes auf und ab. Es mochte um Mitternacht sein, als es wie von einer klagenden Stimme aus dem Grabe tönte: [65]

»Wessen Schritt ist's, der da schüttet
Groben Kiessand auf die Augen,
Schwarze Erde auf die Brauen.«

Der Sohn verstand die Frage und antwortete:

»Das ist ja dein jüngster Knabe,
Dessen Schritt ist's, der da schüttet
Groben Kiessand auf die Augen,
Schwarze Erde auf die Brauen.«

Die Stimme fragte weiter, warum die älteren Brüder nicht zuerst zur Wacht gekommen seien, worauf der jüngste sie entschuldigte, sie hätten, ermüdet von der Beerdigung, heute nicht kommen können.

Wieder hob des Vaters Stimme an: »Jeder Arbeiter ist seines Lohnes werth, darum will ich dir auch deinen Lohn nicht vorenthalten. Es wird bald eine Zeit kommen, wo du dir bessere Kleider wünschen wirst, um in die Gesellschaft vornehmer Leute kommen zu können. Dann tritt an mein Grab, stampfe mit deiner linken Ferse dreimal auf den Grabhügel und sprich: »Lieber Vater, ich bitte um meinen Lohn für die e r s t e nächtliche Wacht.« Dann wirst du einen Anzug und ein Pferd erhalten. Aber sage deinen Brüdern nichts davon.«

Mit Tagesanbruch ging der Grabeswächter heim, frühstückte etwas, um sich zu stärken, und legte sich dann nieder, um zu ruhen.

Als am Abend die Zeit herankam, fragte er bei den Brüdern an, wer von ihnen die Nacht am Grabe des Vaters wachen würde. Die Brüder antworteten spöttisch: »Nun es wird wohl Niemand kommen, um den Vater aus dem Grabe zu stehlen. Wenn du aber Lust hast, so kannst du ja auch diese Nacht dort wachen. Aber mit all deinem Wachen wirst du den Vater nicht wieder ins Leben zurückrufen.« Der jüngste Bruder wurde über diese lieblose Rede noch betrübter und verließ mit Thränen in den Augen das Gemach.

Auf dem Grabe des Vaters war Alles ruhig, wie gestern Nacht, nur die Grille zirpte im Grase. Damit er nicht einschliefe, ging er leisen Schrittes auf und ab. Es mochte wohl Mitternacht sein, die Hähne hatten schon zweimal gekräht, als eine klagende Stimme aus dem Grabe sich vernehmen ließ:

»Wessen Schritt ist's, der da schüttet
Groben Kiessand auf die Augen,
Schwarze Erde auf die Brauen?«

Der Sohn verstand die Frage und erwiederte:

»Das ist ja dein jüngster Knabe,
Dessen Schritt ist's, der da schüttet
Groben Kiessand auf die Augen,
Schwarze Erde auf die Brauen.«

Die Stimme fragte weiter, warum keiner der älteren Brüder gekommen sei, und der jüngste entschuldigte sie, sie seien von dem Tagewerk zu ermüdet, um zu wachen.

Wieder hob des Vaters Stimme an: »Jeder Arbeiter ist seines Lohnes werth, darum werde ich dir auch deinen Lohn nicht vorenthalten. Bald wird eine Zeit kommen, wo du dir einen noch besseren Anzug wünschen wirst, als den, welchen du dir gestern verdient hast. Dann tritt nur dreist an mein Grab, stampfe mit deiner linken Ferse dreimal auf den Grabhügel und sprich: »Lieber Vater, ich bitte um meinen Lohn für die z w e i t e nächtliche Wacht!« Sofort wirst du einen prächtigeren Anzug und ein schöneres Pferd erhalten, so daß die Leute ihre Augen nicht von dir wegwenden mögen. Aber sage deinen Brüdern nichts davon.«

Mit Tagesanbruch ging er von der Grabeswacht nach Hause, fand die beiden älteren Brüder noch schlafend, frühstückte etwas, um sich zu stärken, streckte sich dann auf die Ofenbank hin und schlief, bis die Sonne schon etwas über Mittag stand.

Als am Abend die Zeit wieder herannahte, fragte er die Brüder, wer von ihnen die Nacht am Grabe des Vaters wachen würde? Sie lachten und antworteten spöttisch: »Wer die wohlfeile Arbeit zwei Nächte gethan hat, der kann sie auch die dritte Nacht thun. Der Vater wird aus seinem Grabe nicht davonlaufen, und noch weniger werden die Leute kommen, ihn zu stehlen. Wäre er noch bei vollem Verstande gewesen, so hätte er einen Wunsch dieser Art gar nicht geäußert.« Der jüngste Bruder war sehr betrübt über ihre lieblose Rede, und ging wieder mit thränenden

Augen davon.

Auf dem Grabe des Vaters war Alles still, wie die beiden Nächte zuvor, nur die Grille zirpte im Grase, und die Schnepfe [66] meckerte unter hohem Himmel. Um nicht einzuschlafen, ging der Grabeswächter leisen Schrittes auf und ab. Es mochte Mitternacht sein, die Hähne hatten schon zweimal gekräht, da rief wieder die klagende Stimme aus dem Grabe:

»Wessen Schritt ist's, der da schüttet
Groben Kiessand auf die Augen,
Schwarze Erde auf die Brauen?«

Der Sohn verstand die Frage und erwiederte:

»Das ist ja dein jüngster Knabe,
Dessen Schritt ist's, der da schüttet
Groben Kiessand auf die Augen,
Schwarze Erde auf die Brauen.«

Die Stimme fragte wieder, weßwegen die älteren Brüder nicht gekommen seien, und erhielt dieselbe Antwort wie gestern.

Aber des Vaters Stimme hob wieder an: »Jeder Arbeiter ist seines Lohnes werth, ich will dir den deinigen nicht vorenthalten. Bald wird eine Zeit kommen, wo du an dir selbst erfahren wirst, daß der Mensch, je mehr er hat, desto mehr begehrt. Einem guten Sohne aber, der seinem Vater auch nach dem Tode noch Liebe erwies, müssen alle Wünsche erfüllt werden. Anfangs wollte ich meine verborgenen Schätze unter deine Brüder theilen, jetzt bist du mein einziger Erbe. Wenn dir deine prächtigen Kleider und Pferde, die ich dir für die erste und zweite nächtliche Wacht zum Lohne versprach, nicht mehr gefallen, so tritt dreist an mein Grab, stampfe mit deiner linken Ferse dreimal auf den Grabhügel und sprich: »Lieber Vater, ich bitte um meinen Lohn für die d r i t t e nächtliche Wacht!« und augenblicklich wirst du die allerprächtigsten Kleider und die allerkostbarsten Pferde erhalten. Alle Welt wird mit Bewunderung auf dich blicken, deine älteren Brüder werden dich beneiden und ein großer König wird dich zum Schwiegersohne wählen. Aber sage deinen Brüdern nichts davon.«

Mit Tagesanbruch ging der Grabeswächter nach Hause und dachte bei sich selbst: so eine Zeit wird für mich Armen wohl niemals kommen. Als er dann ein wenig gefrühstückt hatte, um sich zu stärken, streckte er sich auf die Ofenbank, schlief ein und erwachte erst, als die Sonne schon in den Wipfeln des Waldes stand.

Während er schlief, sprachen die älteren Brüder untereinander: »Dieser Nachtwacher und Tagschläfer wird uns nie zu was nützen, wozu füttern wir ihn? Wir thäten besser, das Futter einem Schweine zu geben, das wir zu Weihnacht schlachten können.« Der älteste Bruder setzte hinzu: »Werfen wir ihn aus dem Hause, er kann vor fremder Leute Thüren sein Brod betteln.« Da meinte aber der andere, das würde doch nicht gut angehen, und würde ihnen selber Schande bringen, wenn sie, als wohlhabende Leute, den Bruder betteln gehen ließen. »Lieber wollen wir ihm die Brosamen von unserm Tische hinwerfen, satt soll er nicht dabei werden, aber auch nicht Hungers sterben.«

Inzwischen hatte der Zauberer seinen Glasberg fertig geschmolzen, und der König hatte überall bekannt machen lassen, daß jeder junge Mann kommen dürfe, sich um seine Tochter zu bewerben, daß aber nur demjenigen die Jungfrau ihre Hand reichen würde, der zu Pferde oder auf eigenen Füßen den Gipfel des Glasberges erklimmen würde.

Der König ließ nun ein großes Gelage anrichten für alle die Gäste, die sich einfinden würden. Das Gelage sollte drei Tage währen; für jeden Tag wurden hundert Ochsen und siebenhundert Schweine geschlachtet, und fünfhundert Fässer Bier gebraut. Die aufgestapelten Würste ragten gleich Wänden, die Hefenbröte [67] und Kuchen bildeten Haufen, so hoch wie die größten Heuschober.

Die schlafende Königstochter wurde in ihrem Glaskasten auf den Gipfel des Glasberges getragen. Von allen Seiten strömten Fremde herbei, theils um das Wagestück zu versuchen, theils um das Wunder mit anzusehen. Der glänzende Berg strahlte wie eine zweite Sonne, so daß man ihn schon viele Meilen weit aus der Ferne erblickte.

Unsere alten Bekannten, die beiden älteren Brüder, hatten sich Festkleider machen lassen und gingen auch zum Gastmahl. Der jüngste mußte zu Hause bleiben, damit er in seinem elenden Aufzuge den schmucken Brüdern keine Schande mache. Aber kaum hatten sich die älteren Brüder auf den Weg gemacht, so ging der jüngste an des Vaters Grab, that, wie die Stimme ihn gelehrt hatte, und sprach: »Lieber Vater, ich bitte um meinen Lohn für die e r s t e nächtliche Wacht!« – In dem nämlichen Augenblicke, wo die Bitte über seine Lippen kam, stand ein ehernes Roß da mit ehernem Zaum, und auf dem Sattel lag die schönste glänzende Rüstung, vollständig vom Scheitel bis zur Sohle, und Alles paßte so gut, als wäre es auf seinen Leib gemacht.

Um Mittag kam der eherne Mann auf seinem ehernen Pferde an den Glasberg, wo Hunderte und Tausende standen, aber kein Einziger war im Stande, auch nur einige Schritte den glatten Berg hinauf zu kommen. Der eherne Reiter drängte sich durch die Menge, ritt ein Drittel des Berges hinauf, als wäre es geschwendetes Land, kehrte dann um, grüßte den König und verschwand wieder. Manche Zuschauer wollten bemerkt haben, daß die schlafende Königstochter ihre Hand regte, als der eherne Mann hinaufritt.

Beide Brüder konnten am Abend nicht genug von der wunderbaren That des ehernen Mannes und seines ehernen Pferdes erzählen. Der jüngste Bruder hörte ihre Reden schweigend an, ließ sich aber nicht merken, daß er selber der Mann gewesen war.

Am andern Morgen gingen die Brüder mit Sonnenaufgang wieder fort, um die Gasterei nicht zu versäumen. Die Sonne stand in Südost, als der jüngste Bruder an das Grab des Vaters kam; er that nach der Vorschrift und sagte: »Lieber Vater, ich bitte um meinen Lohn für die z w e i t e nächtliche Wacht!« In dem nämlichen Augenblicke, wo die Bitte über seine Lippen kam, stand ein silbernes Pferd da mit silbernem Zaum und Sattel, und auf dem Sattel lag die prächtigste glänzendste silberne Rüstung, vollständig vom Scheitel bis zur Sohle, und Alles paßte so gut, als wäre es auf seinen Leib gemacht.

Am Mittag kam der silberne Mann mit seinem Silberpferde an den Glasberg, wo Hunderte und Tausende standen; aber kein Einziger war im Stande, auch nur einige Schritte auf den glatten Berg hinaufzukommen. Der silberne Reiter drängte sich durch die Menge, ritt ein gut Stück über die Hälfte den Glasberg hinauf, der für die Hufe seines Pferdes wie geschwendetes Land zu sein schien, kehrte um, grüßte den König und war gleich darauf wieder verschwunden. Heute hatten die Leute deutlich gesehen, daß die schlafende Königstochter bei der Annäherung des silbernen Mannes ihren Kopf bewegt hatte.

Die Brüder waren am Abend nach Hause gekommen, und konnten nicht genug Rühmens machen von des silbernen Mannes und seines Silberpferdes wunderbarer That, meinten aber doch zuletzt, es könne kein wirklicher Mensch sein, sondern Alles sei nur ein Zauberblendwerk. Der jüngste Bruder hörte ihren Reden still zu, ließ sich aber nichts davon merken, daß er selbst der Mann gewesen war.

Am andern Morgen waren beide älteren Brüder mit Tagesanbruch wieder fortgegangen. An diesem Tage hatte sich noch mehr Volks versammelt, weil heute die sieben Jahre und sieben Tage um waren, nach deren Ablauf die Königstochter aus ihrem langen Schlafe erwachen sollte. Die Sonne stand schon ziemlich hoch, als der jüngste Bruder an des Vaters Grab ging. Er that nach der Vorschrift und sprach: »Lieber Vater, ich bitte um meinen Lohn für die d r i t t e nächtliche Wacht.« In demselben Augenblicke, wo diese Bitte über seine Lippen kam, stand ein goldenes Pferd da mit goldenem Zaum und Sattel, und auf dem Sattel lag die schönste goldene Rüstung, vollständig vom Scheitel bis zur Sohle, und Alles paßte so gut, als wäre es auf seinen Leib gemacht.

Um Mittag kam der goldene Mann mit seinem Goldpferde an den Glasberg, wo Hunderte und Tausende standen, doch kein Einziger war im Stande, auch nur einige Schritte den glatten Berg hinaufzukommen. Weder der eherne Reiter noch der silberne hatten Spuren auf dem Berge zurückgelassen, der glatt geblieben war wie zuvor. Der goldene Reiter drängte sich durch die Menge, ritt den Berg hinauf bis zum Gipfel, und der Berg schien für die

Hufe seines Pferdes wie geschwendetes Land zu sein. Als er oben angekommen war, sprang der Deckel des Kastens von selbst auf, die schlafende Königstochter richtete sich empor, zog einen goldenen Ring von ihrem Finger und gab ihn dem goldenen Reiter. Dieser aber hob die Jungfrau auf sein Goldpferd und ritt mit ihr langsam den Berg hinunter. Dann legte er sie in des Königs Arme, grüßte anmuthig und war im nächsten Augenblick verschwunden, als wäre er in die Erde gesunken.

Des Königs Freude könnt ihr euch leicht vorstellen. Am andern Tage hatte er, dem Rathe des weisen Mannes zufolge, überall bekannt machen lassen, daß der, welcher der Prinzessin goldenen Ring zurückbringen würde, sein Schwiegersohn werden sollte. Von den Gästen waren die meisten zur Nacht dageblieben, um zu sehen, wie die Sache ablaufen werde. Auch unsere alten Freunde, die älteren Brüder, waren darunter und ließen sich die Bewirthung trefflich munden. Aber ihr Erstaunen war nicht gering, als sie sahen, wie ein schlecht gekleideter Mann, in dem sie bald ihren verschmähten Bruder erkannten, an den König herantrat. Dieser Bettler trug in der That den Ring der Königstochter an seiner Hand. Da bereute der König seine Zusage, denn so etwas hatte er nicht ahnden können.

Aber der Zauberer sagte zum Könige: »Der Jüngling, den ihr seines schlechten Auszuges wegen für einen Bettler haltet, ist der Sohn eines mächtigen Königs, dessen Land weit entfernt liegt. Er wurde drei Tage nach seiner Geburt von einer bösen Frau des Rõugutaja [68] mit einem Bauernsohne vertauscht; dieser starb jedoch schon im ersten Monate, während der gestohlene Königssohn in einer Bauernhütte aufwuchs und seinem vermeintlichen Vater immer gehorsam war.«

Der König war durch diese Auskunft zufriedengestellt, und ließ einen großen Hochzeitsschmaus anrichten, der vier Wochen dauerte. Später vererbte er alle seine Reiche auf seinen Schwiegersohn. Sobald dieser nur die Bauernkleider abgelegt hatte, benahm er sich gar nicht mehr einfältig, sondern seinem Stande gemäß und als kluger Herr. Seine Einfalt war ihm ja nicht angeboren, sondern das böse Weib hatte sie ihm angethan. Sonntags zeigte er sich dem Volke in seiner Goldrüstung auf seinem goldenen Roß. Seine vermeintlichen Brüder waren vor Neid und Wuth gestorben.

14. Der dankbare Königssohn.

Einmal hatte sich ein König des Goldlandes [69] im Walde verirrt und konnte, trotz alles Suchens und hin und her Streifens, den Ausweg nicht finden. Da trat ein fremder Mann zu ihm und fragte: »Was suchst du, Brüderchen, hier im dunklen Walde, wo nur wilde Thiere hausen?« Der König erwiederte: »Ich habe mich verirrt und suche den Weg nach Hause.« »Versprecht mir zum Eigenthum, was euch zuerst auf eurem Hofe entgegenkommen wird, so will ich euch den rechten Weg zeigen,« sagte der Fremde.

Der König sann eine Weile nach und erwiederte dann: »Warum soll ich wohl meinen guten Jagdhund einbüßen? Ich finde mich wohl auch noch selbst nach Hause.« Da ging der fremde Mann fort, der König aber irrte noch drei Tage im Walde umher, bis sein Speisevorrath zu Ende ging; dem rechten Wege konnte er nicht auf die Spur kommen. Da kam der Fremde zum zweiten Mal zu ihm und sagte: »Versprecht ihr mir zum Eigenthum, was euch auf eurem Hofe zuerst entgegenkommt?« Da der König aber sehr halsstarrig war, wollte er auch dies Mal noch nichts versprechen. Unmuthig durchstreifte er wieder den Wald in die Kreuz und die Quer, bis er zuletzt erschöpft unter einem Baume niedersank und seine Todesstunde gekommen glaubte. Da erschien der Fremde — es war kein anderer als der »alte Bursche« selber — zum dritten Male vor dem Könige und sagte: »Seid doch nur kein Thor! Was kann euch an einem Hunde so viel gelegen sein, daß ihr ihn nicht hingeben mögt, um euer Leben zu retten? Versprecht mir den geforderten Führerlohn, und ihr sollt eurer Noth ledig werden und am Leben bleiben.« »Mein Leben ist mehr werth, als tausend Hunde!« entgegnete der König. »Es hängt daran ein ganzes Reich mit Land und Leuten. Sei es denn, ich will dein Verlangen erfüllen, führe mich nach Hause!« Kaum hatte er das Versprechen über die Zunge gebracht, so befand er sich auch schon am Saum des Waldes und konnte in der Ferne sein Schloß sehen. Er eilte hin und das Erste, was ihm an der Pforte entgegen kam, war die Amme mit dem königlichen Säugling, der dem Vater die Arme entgegenstreckte. Der König erschrack, schalt die

Amme und befahl, das Kind eiligst hinweg zu bringen. Darauf kam sein treuer Hund wedelnd angelaufen, wurde aber zum Lohn für seine Anhänglichkeit mit dem Fuße fortgestoßen. So müssen schuldlose Untergebene gar oft ausbaden, was die oberen in tollem Wahne Verkehrtes gethan haben.

Als des Königs Zorn etwas verraucht war, ließ er sein Kind, einen schmucken Knaben, gegen die Tochter eines armen Bauern vertauschen, und so wuchs der Königssohn am Herde armer Leute auf, während des Bauern Tochter in der königlichen Wiege in seidenen Kleidern schlief. Nach Jahresfrist kam der alte Bursche, um seine Forderung einzuziehen und nahm das kleine Mädchen mit sich, welches er für das echte Kind des Königs hielt, weil er von der betrügerischen Vertauschung der Kinder nichts erfahren hatte. Der König aber freute sich seiner gelungenen List, ließ ein großes Freudenmahl anrichten, und den Eltern des geraubten Kindes ansehnliche Geschenke zukommen, damit es seinem Sohne in der Hütte an Nichts fehlen möge. Den Sohn wieder zu sich zu nehmen, getraute er sich nicht, weil er fürchtete, der Betrug könnte dann heraus kommen. Die Bauernfamilie war mit dem Tausche sehr zufrieden; sie hatten einen Esser weniger am Tische und Brot und Geld im Ueberfluß.

Inzwischen war der Königssohn zum Jüngling herangewachsen, und führte im Hause seiner Pflege-Eltern ein herrliches Leben. Aber er konnte dessen doch nicht recht froh werden. Denn als er vernommen hatte, wie es gelungen war, ihn zu befreien, war er sehr unwillig darüber, daß ein armes unschuldiges Mädchen statt seiner büßen mußte, was seines Vaters Leichtsinn verschuldet hatte. Er nahm sich daher fest vor, entweder, wenn irgend möglich, das arme Mädchen frei zu machen, oder mit demselben umzukommen. Auf Kosten einer Jungfrau König zu werden, war ihm zu drückend. Eines Tages legte er heimlich die Tracht eines Bauernknechtes an, lud einen Sack Erbsen auf die Schulter und ging in jenen Wald, wo sein Vater sich vor achtzehn Jahren verirrt hatte.

Im Walde fing er laut an zu jammern. »O ich Armer, wie bin ich irre gegangen! Wer wird mir den Weg aus diesem Walde zeigen? Hier ist ja weit und breit keine Menschenseele zu treffen!«

Bald darauf kam ein fremder Mann mit langem grauen Barte und einem Lederbeutel am Gürtel, wie ein Tatar, grüßte freundlich und sagte: »Mir ist die Gegend hier bekannt, und ich kann euch dahin führen, wohin euch verlangt, wenn ihr mir eine gute Belohnung versprecht.« »Was kann ich armer Schlucker euch wohl versprechen,« erwiederte der schlaue Königssohn, »ich habe nichts weiter als mein junges Leben, sogar der Rock auf meinem Leibe gehört meinem Brotherrn, dem ich für Nahrung und Kleidung dienen muß.« Der Fremde bemerkte den Erbsensack auf der Schulter des Andern und sagte: »Ohne alle Habe müßt ihr doch nicht sein, ihr tragt ja da einen Sack, der recht schwer zu sein scheint.« »In dem Sacke sind Erbsen,« war die Antwort. »Meine alte Tante ist vergangene Nacht gestorben und hat nicht so viel hinterlassen, daß man den Todtenwächtern nach Landesbrauch gequollene Erbsen vorsetzen kann. Ich habe mir die Erbsen von meinem Wirthe um Gottes Lohn ausgebeten, und wollte sie eben hinbringen; um den Weg abzukürzen, schlug ich einen Waldpfad ein, der mich nun, wie ihr seht, irre geführt hat.« »Also bist du, aus deinen Reden zu schließen, eine Waise,« sagte der Fremde grinsend. »Möchtest du nicht in meinen Dienst treten, ich suche gerade einen flinken Knecht für mein kleines Hauswesen, und du gefällst mir.« »Warum nicht, wenn wir Handels einig werden,« antwortete der Königssohn. Zum Knecht bin ich geboren, fremdes Brot schmeckt überall bitter, da ist es mir denn ziemlich einerlei, welchem Wirth ich gehorchen muß. Welchen Jahreslohn versprecht ihr mir?« »Nun,« sagte der Fremde, »alle Tage frisches Essen, zwei Mal wöchentlich Fleisch, wenn außer Hause gearbeitet wird, Butter oder Strömlinge als Zukost, vollständige Sommer- und Winterkleidung, und außerdem noch zwei Külimit [70]-Theil Land zu eigener Nutznießung.« »Damit bin ich zufrieden,« sagte der schlaue Königssohn. »Die Tante können auch Andere in die Erde bringen, ich gehe mit euch.«

Der alte Bursche schien mit diesem vorteilhaften Handel sehr zufrieden zu sein, er drehte sich wie ein Kreisel auf einem Fuße herum, und trällerte so laut, daß der Wald davon wiederhallte. Alsdann machte er sich mit seinem neuen Knechte auf den Weg, wobei er bemüht war, die Zeit durch angenehme Plaudereien zu verkürzen, ohne zu bemerken, daß sein Gefährte je nach zehn und funfzehn Schritten immer eine Erbse aus dem Sack fallen ließ. Ihr Nachtlager hielten die Wanderer im Walde unter einer breiten Fichte, und setzten am andern Morgen ihre Reise fort. Als die Sonne schon hoch stand, gelangten sie an einen großen Stein. Hier machte der Alte Halt, spähte überall scharf umher, pfiff in den Wald hinein und stampfte dann mit dem Hacken des linken Fußes dreimal gegen den Boden. Plötzlich that sich unter dem Stein eine geheime Pforte auf, und es wurde ein Eingang sichtbar, welcher der Mündung einer Höhle glich. Jetzt faßte der alte Bursche den Königssohn beim Arm und befahl in strengem Tone: »Folge mir!«

Dicke Finsterniß umgab sie hier, doch kam es dem Königssohne vor, als ob ihr Weg immer weiter in die Tiefe führe. Nach einer guten Weile zeigte sich wieder ein Schimmer, aber das Licht war weder dem der Sonne, noch dem des Mondes zu vergleichen. Scheu erhob der Königssohn den Blick, aber er sah weder einen Himmel noch eine Sonne; nur eine leuchtende Nebelwolke schwebte über ihnen und schien diese neue Welt zu bedecken, in der Alles ein fremdartiges Gepräge trug. Erde und Wasser, Bäume und Kräuter, Thiere und Vögel, Alles erschien anders, als er es früher gesehen hatte. Was ihn aber am meisten befremdete, war die wunderbare Stille ringsum; nirgends war eine Stimme oder ein Geräusch zu vernehmen. Alles war still wie im Grabe; nicht einmal seine eigenen Schritte verursachten ein Geräusch. Man sah wohl hie und da einen Vogel auf dem Aste sitzen mit lang gerecktem Halse und aufgeblähter Kehle, als ob ein Laut heraus komme, aber das Ohr vernahm ihn nicht. Die Hunde sperrten die Mäuler auf, wie zum Bellen, die Ochsen hoben, wie sie pflegen, den Kopf in die Höhe, als ob sie brüllten, aber weder Gebell noch Gebrüll wurde hörbar. Das Wasser floß ohne zu rauschen über die Kiesel des flachen Grundes, der Wind bog die Wipfel des Waldes, ohne daß man ein Säuseln hörte, Fliege und Käfer flogen ohne zu summen. Der alte Bursche sprach kein Wort, und wenn sein Gefährte zuweilen zu sprechen versuchte, so fühlte er gleich, daß ihm die Stimme im Munde erstarb. [71]

So waren sie, wer weiß wie lange, in dieser unheimlichen stillen Welt dahin gezogen, die Angst schnürte dem Königssohne das Herz zu und sträubte sein Haar wie Borsten empor, Schauerfrost schüttelte seine Glieder – als endlich, o Wonne! das erste Geräusch sein lauschendes Ohr traf, und dieses Schattenleben zu einem wirklichen zu machen schien. Es kam ihm vor, als ob eine große Roßherde sich durch Moorgruud durcharbeitete. Nun that auch der alte Bursche seinen Mund auf und sagte, indem er sich die Lippen leckte: »Der Breikessel siedet, man erwartet uns zu Hause!« Wieder waren sie eine Weile weiter gegangen, als der Königssohn das Dröhnen einer Sägemühle zu hören glaubte, in der mindestens ein Paar Dutzend Sägen zu arbeiten schienen, der Wirth aber sagte: »Die alte Großmutter schläft schon, sie schnarcht.«

Sie erreichten dann den Gipfel eines Hügels, und der Königssohn entdeckte in einiger Entfernung den Hof seines Wirthes; der Gebäude waren so viele, daß man das Ganze eher für ein Dorf oder eine kleine Vorstadt hätte halten können, als für die Wohnung e i n e s Besitzers. Endlich kamen sie an, und fanden an der Pforte ein leeres Hundehäuschen. »Krieche hinein,« herrschte der Wirth, »und verhalte dich ruhig, bis ich mit der Großmutter deinetwegen gesprochen habe. Sie ist, wie die alten Leute fast alle, sehr eigensinnig, und duldet keinen Fremden im Hause.« Der Königssohn kroch zitternd in's Hundehäuschen und begann schon seine Ueberkühnheit, die ihn in diese Klemme gebracht hatte, zu bereuen.

Erst nach einer Weile kam der Wirth wieder, rief ihn aus seinem Schlupfwinkel heraus und sagte mit verdrießlichem Gesicht: »Merke dir jetzt genau unsere Hausordnung und hüte dich, dagegen zu verstoßen, sonst könnte es dir hier recht schlecht gehen:

»Augen, Ohren halte offen,
Mundes Pforte stets verriegelt!
Ohne Weigerung gehorche,
Hege, wie du willst, Gedanken,
Rede nimmer, wenn gefragt nicht.«

Als der Königssohn über die Schwelle trat, erblickte er ein junges Mädchen von großer Schönheit, mit braunen Augen und lockigem Haar. Er dachte in seinem Sinne: Wenn der Alte solcher

Töchter viele hätte, so möchte ich gern sein Eidam werden! Das Mädchen ist ganz nach meinem Geschmack.« Die schöne Maid ordnete nun, ohne ein Wort zu sprechen, den Tisch, trug die Speisen auf und nahm dann bescheiden ihren Sitz am Herde ein, als ob sie den fremden Mann gar nicht bemerkt hätte. Sie nahm Garn und Nadeln und fing an, ihren Strumpf zu stricken. Der Wirth setzte sich allein zu Tisch, und lud weder Knecht noch Magd dazu, auch die alte Großmutter war nirgends zu sehen. Des alten Burschen Appetit war grenzenlos; binnen Kurzem machte er reine Bahn mit Allem, was er auf dem Tische fand, und davon hätten doch wenigstens ein Dutzend Menschen satt werden können. Nachdem er endlich seinen Kinnladen Ruhe gegönnt hatte, sagte er zur Jungfrau: »Kehre jetzt aus, was auf dem Boden der Kessel und Grapen ist, und sättiget euch mit den Resten, die Knochen aber werfet dem Hunde vor.« [72]

Der Königssohn verzog wohl den Mund über das angekündigte Kesselbodenkehrichtsmahl, welches er mit dem hübschen Mädchen und dem Hunde zusammen verzehren sollte. Aber bald erheiterte sich sein Gesicht wieder, als er fand, daß die Reste ein ganz leckeres Mahl auf den Tisch lieferten. Während des Essens sah er unverwandt das Mädchen verstohlener Weise an, und hätte wer weiß wie viel darum gegeben, wenn er einige Worte mit ihr hätte sprechen dürfen. Aber sobald er nur den Mund zum Sprechen öffnen wollte, begegnete ihm der flehende Blick des Mädchens, der zu sagen schien: »Schweige!« So ließ denn der Jüngling seine Augen reden, und gab dieser stummen Sprache durch seinen guten Appetit Nachdruck, denn die Jungfrau hatte ja doch die Speisen bereitet, und es mußte ihr angenehm sein, wenn der Gast brav zulangte und ihre Küche nicht verschmähte. Der Alte hatte sich auf der Ofenbank ausgestreckt und machte seinem vollen Magen dermaßen Luft, daß die Wände davon dröhnten.

Nach der Abend-Mahlzeit sagte der Alte zum Königssohn: »Zwei Tage kannst du von der langen Reise ausruhen, und dich im Hause umsehen. Uebermorgen Abend aber mußt du zu mir kommen, damit ich dir die Arbeit für den folgenden Tag anweisen kann; denn mein Gesinde muß immer früher bei der Arbeit sein, als ich selber aufstehe. Das Mädchen wird dir deine Schlafstätte zeigen.« Der Königssohn nahm einen Ansatz zum Sprechen, aber o weh! der alte Bursche fuhr wie ein Donnerwetter auf ihn los und schrie: »Du Hund von einem Knecht! Wenn du die Hausordnung übertrittst, so kannst du ohne Weiteres um einen Kopf kürzer gemacht werden. Halt das Maul und jetzt scher' dich zur Ruhe!«

Das Mädchen winkte ihm, mitzukommen, schloß dann eine Thür auf und bedeutete ihn, hineinzutreten. Der Königssohn glaubte eine Thräne in dem Auge des Mädchens quillen zu sehen und wäre gar zu gern noch auf der Schwelle stehen geblieben, aber er fürchtete den Alten und wagte nicht länger zu zögern. »Das schöne Mädchen kann doch unmöglich seine Tochter sein,« dachte der Königssohn, denn sie hat ein gutes Herz. Sie ist am Ende gar dasselbe arme Mädchen, welches statt meiner hierhergethan wurde, und um dessen willen ich das tolle Wagstück unternahm.« Es dauerte lange, ehe er den Schlaf auf seinem Lager fand, und dann ließen ihm bange Träume keine Ruhe; er träumte von allerlei Gefahr, die ihn umstrickte, und überall war es die Gestalt der schönen Jungfrau, die ihm zu Hülfe eilte.

Als er am andern Morgen erwachte, war sein erster Gedanke, daß er Alles thun wolle, was er der Schönen an den Augen absehen könnte. Er fand das fleißige Mädchen schon bei der Arbeit, half ihr Wasser aus dem Brunnen heraufwinden und in's Haus tragen, Holz spalten, das Feuer unter den Grapen schüren, und ging ihr bei allen andern Arbeiten zur Hand. Nachmittags trat er hinaus, um seine neue Wohnstätte näher in Augenschein zu nehmen, und wunderte sich sehr, daß er die alte Großmutter nirgends zu Gesicht bekam. Im Stalle fand er ein weißes Pferd, [73] im Pfahlland eine schwarze Kuh mit einem weißköpfigen Kalbe, in andern verschlossenen Ställen glaubte er Gänse, Enten, Hühner und anderes Fasel zu hören. Frühstück und Mittagsessen waren eben so schmackhaft gewesen, als Abends zuvor, und er hätte mit seiner Lage ganz zufrieden sein können, wenn es ihm nicht so sehr schwer geworden wäre, dem Mädchen gegenüber seine Zunge im Zaume zu halten. Am Abend des zweiten Tages ging er zum Wirth, um die Arbeit für den kommenden Tag zu erfahren.

Der Alte sagte: »Für morgen will ich dir eine leichte Arbeit geben. Nimm die Sense zur Hand, mähe so viel Gras, als das weiße Pferd zu seinem Tagesfutter braucht, und miste den Stall aus. Wenn ich hin käme und die Krippe leer oder auf der Diele Mist fände, so könnte es dir bitterbös bekommen. Hüte dich davor!«

Der Königssohn war ganz vergnügt, denn er dachte in seinem Sinn: »Mit dem Bischen Arbeit komme ich schon zu Gange; wenn ich auch bis jetzt weder Pflug noch Sense geführt habe, so sah ich doch oft, wie leicht die Landleute mit diesen Werkzeugen umgehen, und Kraft genug habe ich.« Als er sich eben auf's Lager hinstrecken wollte, kam das Mädchen leise hereingeschlichen, und fragte ihn mit gedämpfter Stimme: »Was für eine Arbeit hast du bekommen?« »Morgen« — erwiederte der Königssohn — »habe ich eine leichte Arbeit; ich soll für das weiße Pferd Futtergras mähen und den Stall säubern, das ist Alles.« »Ach du unglückseliges Geschöpf!« seufzte das Mädchen: »wie könntest du die Arbeit vollbringen? Das weiße Pferd, des Wirthes Großmutter, ist ein unersättliches Geschöpf, welchem zwanzig Mäher kaum das tägliche Futter liefern könnten, und andere zwanzig hätten vom Morgen bis Abend zu thun, den Mist aus dem Stalle zu führen. Wie würdest du denn allein mit Beidem zu Stande kommen? Merke auf meinen Rath und befolge ihn genau. Wenn du dem Pferde einige Schooß voll Gras in die Krippe geschüttet hast, so mußt du aus Weidenreisern einen starken Reif flechten, und aus festem Holze einen Keil schnitzen, und zwar so, daß das Pferd sieht, was du thust. Es wird dich sogleich fragen, wozu die Dinge dienen sollen, und dann mußt du ihm also antworten: Mit diesem Reifen binde ich dir das Maul fest, wenn du mehr fressen wolltest, als ich dir hinschütte, und mit diesem Pflock werde ich dir den After verkeilen, wenn du mehr solltest fallen lassen, als ich Lust hätte fortzuschaffen.« Nachdem das Mädchen dies gesprochen, schlich es auf den Zehen eben so leise wieder hinaus, wie es gekommen war, ohne dem Jüngling Zeit zum Dank zu lassen. Er prägte sich des Mädchens Worte ein, wiederholte sich Alles noch einmal, um nichts zu vergessen, und legte sich dann schlafen.

Früh am andern Morgen machte er sich an die Arbeit. Er ließ die Sense wacker im Grase tanzen und hatte zu seiner Freude nach kurzer Zeit so viel gemäht, daß er einige Schooß voll zusammenharken konnte. Als er dem Pferde den ersten Schooß voll hingeworfen hatte, und gleich darauf mit dem zweiten Schooß voll in den Stall trat, fand er zu seinem Schrecken die Krippe schon leer, und über ein halbes Fuder Mist auf der Diele. Jetzt sah er ein, daß er ohne des Mädchens klugen Rath verloren gewesen wäre, und beschloß, denselben sogleich zu benutzen. Er begann den Reifen zu flechten: das Pferd wandte den Kopf nach ihm hin und fragte verwundert: »Söhnchen, was willst du mit diesem Reifen machen?« »Gar nichts,« entgegnete der Königssohn,»ich flechte ihn nur, um dir die Kinnladen damit fest zu klemmen, falls es dir in den Sinn käme, mehr zu fressen, als ich Lust habe dir aufzuschütten.« Das weiße Pferd seufzte tief auf und hielt augenblicklich mit Kauen inne.

Der Jüngling reinigte jetzt den Stall, und dann machte er sich daran, den Keil zu schnitzen. »Was willst du mit diesem Keil machen?« fragte das Pferd wieder. »Gar nichts,« war die Antwort. »Ich mache ihn nur fertig, um ihn im Nothfalle als Spunt für die Ausleerungspforte zu gebrauchen, damit dir das Futter nicht zu rasch durch die Knochen schießt.« Das Pferd sah ihn wieder seufzend an, und hatte ihn sicher verstanden, denn als Mittag längst vorüber war, hatte das weiße Pferd noch Futter in der Krippe, und die Diele war rein geblieben. Da kam der Wirth, um nachzusehen, und als er Alles in bester Ordnung fand, fragte er etwas erstaunt: »Bist du selber so klug, oder hast du kluge Rathgeber?« Der schlaue Königssohn erwiederte schnell: »Ich habe Niemand, als meinen schwachen Kopf und einen mächtigen Gott im Himmel.« Der Alte warf unwillig die Lippen auf und verließ brummend den Stall; der Königssohn aber freute sich, daß Alles gelungen war.

Am Abend sagte der Wirth: »Morgen hast du keine eigentliche Arbeit, da aber die Magd manches Andere im Hause zu besorgen hat, so mußt du unsere schwarze Kuh melken. Hüte dich aber, daß keine Milch im Euter zurückbleibt. Fände ich das, so könnte es dir das Leben kosten.« Der Königssohn dachte, als er hinausging: »wenn dahinter nicht etwa wieder eine Tücke steckt, so kann mir die Arbeit nicht schwer werden; ich habe, Gottlob, starke Finger, und will die Zitzen schon so pressen, daß kein Tropfen Milch darin bleiben soll.« Als er sich eben zur Ruhe legen wollte, kam das Mädchen wieder zu ihm und fragte: »Was für eine Arbeit hast du morgen?« »Morgen habe ich Gesellentag« — antwortete der Königssohn. »Ich bin morgen den ganzen Tag frei, und habe nichts weiter zu thun, als die schwarze Kuh zu melken, so daß kein Tropfen Milch im Euter zurückbleibt.« »O du unglückseliges Geschöpf! wie wolltest du das zu Stande bringen,« sagte das Mädchen seufzend. »Du mußt wissen, lieber unbekannter Jüngling, daß, wenn du auch vom Morgen bis zum Abend ununterbrochen melken würdest, du doch nimmer das Euter der schwarzen Kuh leeren könntest; die Milch strömt gleich einer Wasserader ununterbrochen. Ich sehe wohl, daß der Alte dich verderben will. Aber sei unbesorgt, so lange ich am Leben bin, soll dir kein Haar gekrümmt werden. Achte auf meinen Rath und befolge ihn pünktlich, so wirst du der Gefahr entgehen. Wenn du zum Melken gehst, so nimm einen Topf voll glühender Kohlen und eine Schmiedezange mit. Im Stalle lege die Zange in die Kohlen und blase diese zu heller Flamme an. Wenn die schwarze Kuh dich dann fragt, weßhalb du das thust, so antworte ihr, was ich dir jetzt in's Ohr sagen werde.« Das Mädchen flüsterte ihm einige Worte in's Ohr, und schlich dann auf den Zehen, wie sie gekommen war, aus dem Zimmer. Der Königssohn legte sich schlafen.

Kaum strahlte die Morgenröthe am Himmel, als er sich schon von seinem Lager erhob, den Melkkübel in die eine und den Kohlentopf in die andere Hand nahm und in den Stall ging. Er machte Alles so, wie das Mädchen am Abend zuvor angegeben hatte. Befremdet sah die schwarze Kuh seinem Treiben eine Weile zu, dann fragte sie: »Was machst du da, Söhnchen?« »Gar nichts,« war die Antwort. »Ich will die Zange nur rothglühend machen, weil manche Kuh die niederträchtige Gewohnheit hat, nach dem Melken noch Milch im Euter zu behalten, und da ist kein besserer Rath, als ihr die Zitzen mit einer glühenden Zange zusammenzukneifen, damit sich die Milch nicht unnütz in's Euter ergieße.« Die schwarz Kuh seufzte tief auf und sah den Melkenden scheu an. Der Königssohn nahm den Kübel, melkte das Euter aus, und als er es nach einer Weile wieder anzog, fand er nicht einen Tropfen Milch. Später kam der Wirth in den Stall, zog und drückte wiederholt an den Zitzen, fand aber keine Milch, und fragte mit böser Miene: »Bist du selbst so klug, oder hast du kluge Rathgeber?« Der Königssohn antwortete: »Ich habe Niemand, als meinen schwachen Kopf und einen mächtigen Gott im Himmel.« Der Alte ging aufgebracht fort.

Als der Königssohn sich am Abend beim Wirth nach seiner Arbeit erkundigte, sagte dieser: »Ich habe noch ein Schoberchen Heu auf der Wiese stehen, das ich bei trockener Witterung unter Dach bringen möchte. Führe mir morgen das Heu ein, aber hüte dich, daß nicht das Mindeste zurückbleibt, sonst könntest du dein Leben einbüßen.« Der Königssohn verließ vergnügt das Zimmer und dachte: »Heu führen ist keine große Arbeit, ich habe weiter keine Mühe, als aufzuladen, das Pferd muß ziehen. Ich werde die Großmutter dieses Wirths nicht schonen.« Abends kam das Mädchen wieder zu ihm geschlichen, und fragte ihn nach seiner Arbeit für morgen. Der Königssohn sagte lachend: »Hier lerne ich alle Arten von Bauernarbeit, morgen soll ich ein Schoberchen Heu einführen, und nur darauf achten, daß nicht das Mindeste zurückbleibt; das ist mein ganzes Tagewerk.« »Ach du unglückseliges Geschöpf,« seufzte das Mädchen: »wie könntest du das vollbringen? Wolltest du auch mit allen Leuten eines noch so großen Gebiets eine ganze Woche lang Heu führen, so würdest du doch dieses Schoberchen nicht fortschaffen. Was von oben her weggenommen wird, das wächst vom Grunde auf wieder nach. Merke wohl, was ich dir sage: du mußt morgen vor Tagesanbruch aufstehen, das weiße Pferd aus dem Stalle ziehen, und einige starke Stricke mitnehmen. Dann geh an den Heuschober, lege die Stricke herum, und schirre das Pferd an die Stricke. Wenn du damit fertig bist, so klettere auf den Schober hinauf, und fang' an zu zählen: eins, zwei, drei, vier, fünf, sechs und so weiter. Das Pferd wird dich sogleich fragen, was du da zählst, dann mußt du antworten, was ich dir in's Ohr sage.« Das Mädchen flüsterte ihm das Geheimniß zu, und verließ das Zimmer; der Königssohn wußte nichts Besseres zu thun, als zu Bette zu gehen.

Als er den andern Morgen erwachte, fiel ihm sogleich des Mädchens guter Rath von gestern ein; er nahm starke Stricke, eilte in den Stall, führte das weiße Pferd heraus, schwang sich darauf und ritt zum Heuschober, der aber mindestens an funfzig Fuder hielt, also kein »Schoberchen« zu nennen war. Der Königssohn that Alles, was ihm das Mädchen geheißen hatte, und als er endlich, oben auf dem Heuschober sitzend, bis zwanzig gezählt hatte, fragte das weiße Pferd verwundert: »Was zählst du da, Söhnchen?« »Gar nichts,« war die Antwort. »Ich machte mir nur den Spaß, die Wolfsherde dort am Walde zu zählen, aber es sind ihrer so viel, daß ich nicht damit fertig werde.« Kaum hatte er das Wort »Wolfsherde« heraus, als auch das weiße Pferd wie der Wind davon schoß, so daß es in einigen Augenblicken mit dem Schober zu Hause war. Des Wirths Erstaunen war nicht gering, als er nach dem Frühstück hinauskam, und das Tagewerk des Knechts schon gethan fand. »Bist du selber so klug, oder hast du kluge Rathgeber?« fragte der Alte, worauf der Königssohn erwiederte: »Ich habe Niemand, als meinen schwachen Kopf und einen mächtigen Gott im Himmel.« Der Alte ging kopfschüttelnd und fluchend von dannen.

In der Abenddämmerung ging der Königssohn wieder zu ihm, nach seiner Arbeit zu fragen. Der Wirth sagte: »Morgen mußt du mir das weißköpfige Kalb auf die Weide führen, doch hüte dich, daß es sich nicht verläuft, sonst könntest du leicht dein Leben einbüßen.« Der Königssohn dachte bei sich: »mancher zehnjährige Bauerbursch muß eine ganze Herde hüten, da kann mir doch die Hut eines einzigen Kalbes nicht schwer werden.« Als er sich eben schlafen legen wollte, kam das Mädchen wieder in seine Kammer geschlichen und fragte, was für eine Arbeit er morgen habe. »Morgen habe ich Faullenzerarbeit,« sagte der Königssohn, »ich soll mit dem weißköpfigen Kalbe auf die Weide gehen.« »O du unglückseliges Geschöpf,« seufzte das Mädchen: »damit wirst du wohl nimmer durchkommen. Du mußt wissen, daß dieses Kalb eine solche Rennwuth hat, daß es an einem Tage dreimal um die Welt laufen könnte. Merke dir genau, was ich dir jetzt sagen will. Nimm diesen Seidenfaden, binde das eine Ende an das linke Vorderbein des Kalbes, und das andere Ende an den kleinen Zeh deines linken Fußes, dann wird das Kalb keinen

127

Schritt von deiner Seite weichen, gleichviel ob du gehst, stehst oder liegst.« Darauf ging das Mädchen fort, und der Königssohn legte sich schlafen, aber es ärgerte ihn, daß er wieder vergessen hatte, für den guten Rath zu danken.

Den andern Morgen that er pünktlich, was ihm das gute Mädchen vorgeschrieben hatte, und führte das Kalb an dem seidenen Faden auf die Weide, wo es, wie ein treues Hündlein, keinen Schritt von seiner Seite wich. Bei Sonnenuntergang führte er es wieder in den Stall, als ihm der Wirth auch schon entgegenkam und mit zornfunkelndem Blick fragte: »Bist du selber so klug, oder hast du kluge Rathgeber?« Der Königssohn erwiderte: »Ich habe Niemand, als meinen schwachen Kopf und einen mächtigen Gott im Himmel.« Wieder ging der Alte wüthend davon, und der Königssohn glaubte nun darüber im Reinen zu sein, daß die Nennung des göttlichen Namens den alten Burschen jedesmal in Harnisch brachte.

Spät Abends ging er wieder zum Wirth, um dessen Befehle für den folgenden Tag einzuholen. Der Wirth gab ihm ein Säckchen mit Gerste und sagte:»Morgen hast du einen Feiertag und kannst ausschlafen, aber dafür mußt du dich heute Nacht brav rühren. Säe mir sogleich diese Gerste aus, sie wird rasch wachsen und reifen; dann schneidest du sie, drischst sie und windigest sie, so daß du sie mälzen und mahlen kannst. Aus dem erhaltenen Malzmehl mußt du mir Bier brauen, und morgen früh, wenn ich erwache, mir eine Kanne frischen Biers zum Morgentrunk bringen. Hab' Acht, daß meine Befehle genau befolgt werden, sonst könntest du leicht das Leben einbüßen.«

Niedergeschlagen, mit sorgenschwerem Herzen verließ der Königssohn das Gemach, blieb draußen stehen und weinte bitterlich. Er sprach zu sich selbst:»Die heutige Nacht ist meine letzte, solch' eine Arbeit kann kein Sterblicher vollbringen, und ebensowenig kann mir des klugen Mädchens Rath hier helfen. O ich unglückseliges Geschöpf! warum habe ich leichtsinnig das Königsschloß verlassen und mich in Gefahren verstrickt. Nicht einmal den Sternen des Himmels kann ich mein bitteres Leid klagen, denn hier sieht man weder Himmel noch Sterne, doch haben wir einen Gott, der überall ist.« Als er mit seinem Gerstensäcklein dastand, öffnete sich die Hausthür und das liebe Mädchen trat zu ihm heraus. Sie fragte, was ihn so betrübe, und der Jüngling antwortete mit Thränen in den Augen: »Ach, meine letzte Stunde ist gekommen, wir müssen auf immer scheiden. Vernimm denn noch Alles, ehe ich scheide: ich bin eines mächtigen Königs einziger Sohn, dem der Vater einst ein großes Reich hinterlassen sollte; aber nun ist Alles hin, Glück und Hoffnung.« Dann erzählte er ihr unter häufigen Thränen, was für eine Arbeit der Wirth ihm für die Nacht aufgegeben habe, aber es verdroß ihn, zu sehen, daß das Mädchen sich aus seiner Betrübniß nicht viel machte. Als er endlich seinen langen Bericht geschlossen hatte, sagte die Jungfrau lachend: »Heute Nacht kannst du denn, mein lieber Königssohn, ganz ruhig schlafen, und morgen den ganzen Tag feiern. Merke genau auf meinen Rath und verschmähe ihn nicht, weil er aus dem Munde einer niedrig geborenen Magd kommt. Nimm diesen kleinen Schlüssel, er schließt den dritten Faselstall auf, worin des Alten dienende Geister wohnen. Wirf den Gerstensack in den Stall und schärfe ihnen Wort für Wort den Befehl ein, den dir der Wirth für die Nacht gegeben hat; füge aber hinzu: Wenn ihr ein Haar breit von meiner Vorschrift abweicht, so müßt ihr allesammt sterben; solltet ihr aber Hülfe brauchen, so wird heut' Nacht die Thür des siebenten Stalles offen stehen, in welchem des Wirths mächtigste Geister wohnen.«

Der Königssohn richtete Alles nach Vorschrift aus, und legte sich schlafen. Als er am folgenden Morgen aufwachte und in der Brauküche nachsah, fand er die Bierkufen in voller Gährung, so daß der Schaum über den Rand floß. Er kostete das Bier, füllte dann eine große Kanne mit dem schäumenden Trank an, und brachte sie dem Wirthe, der sich eben auf seinem Lager aufrichtete. Aber statt des erwarteten Dankes sagte der Wirth ungehalten: »Das kommt nicht aus deinem Kopfe! Ich merke, du hast gute Freunde und Rathgeber gefunden. Schon gut, heut' Abend wollen wir weiter sprechen.«

Am Abend sagte der Alte: »Morgen habe ich dir keine Arbeit aufzutragen, du mußt nur, wenn ich erwache, vor mein Bett treten, und mir zum Gruße die Hand reichen.« Der Königssohn spottete innerlich über des Alten wunderliche Grille, und lachend setzte er das Mädchen davon in Kenntniß. Dieses aber wurde sehr ernst und sagte: »Wahre deine Haut! Der Alte will dich morgen früh auffressen. Nur Eins kann dich retten. Du mußt eine eiserne Schaufel im Ofen rothglühend machen, und ihm statt deiner Hand das glühende Eisen zum Morgengruß darbieten.« [74] Damit eilte sie davon, und der Königssohn ging zu Bette. Am Morgen hatte er die Schaufel schon rothglühend gemacht, ehe noch der alte Bursche aufwachte. Endlich hörte er ihn rufen: »Fauler Knecht, wo bleibst du? komm' und grüße!« Als darauf der Königssohn mit der glühenden Schaufel eintrat, rief der Alte ihm mit kläglicher Stimme zu: »Ich bin heute sehr krank und kann deine Hand nicht fassen. Aber komm' heute Abend wieder, damit ich dir meine Befehle geben kann.«

Der Königssohn schlenderte nun den ganzen Tag umher, und ging dann am Abend zum Wirth, um sich von ihm die Arbeit für den folgenden Tag auftragen zu lassen. Der Wirth war sehr freundlich und sagte schmunzelnd: Ich bin mit dir sehr zufrieden! komm Morgen früh mit dem Mädchen zu mir, ich weiß, daß ihr euch schon längst lieb habt, und will euch als Mann und Frau zusammengeben!«

Der Königssohn hätte vor Freude jauchzen und in die Höhe springen mögen, aber glücklicher Weise fiel ihm noch zu rechter Zeit die strenge Hausordnung ein, deßhalb blieb er ruhig. Als er vor Schlafengehen der Geliebten von seinem Glücke erzählte und von ihr eine gleiche Freude erwartete, sah er zu seinem großen Erstaunen, daß das Mädchen vor Schrecken bleich wurde wie eine getünchte Wand, und ihr die Zunge wie gelähmt war. Als sie sich wieder erholt hatte, sagte sie. »Der alte Bursche ist dahinter gekommen, daß ich deine Rathgeberin gewesen bin, und will uns Beide verderben. Wir müssen noch diese Nacht die Flucht ergreifen, sonst sind wir verloren. Nimm ein Beil, geh' in den Stall und schlage dem weißköpfigen Kalbe mit einem kräftigen Hiebe den Kopf ab, mit einem zweiten Hiebe spalte den Schädel entzwei. Im Hirn des Kalbes findest du ein glänzend rothes Knäulchen, das bringe mir, Alles was sonst nöthig ist, werde ich selbst besorgen. Der Königssohn dachte: »lieber tödte ich ein unschuldiges Kalb, als daß ich mich selbst und das liebe Mädchen umbringen lasse;

gelingt uns die Flucht, so sehe ich meine Heimath wieder. Die Erbsen, welche ich ausstreute, müssen jetzt aufgegangen sein, so daß wir den Weg nicht verfehlen werden.«

Darauf ging er in den Stall. Die Kuh lag neben dem Kalbe hingestreckt, und beide schliefen so fest, daß sie ihn nicht kommen hörten. Als er aber dem Kalbe den Kopf abhieb, stöhnte die Kuh so schauerlich, als hätte sie einen schweren Traum. Rasch führte er den zweiten Hieb, der den Schädel spaltete. Siehe! da wurde der Stall plötzlich hell, wie am Tage. Das rothe Knäulchen fiel aus dem Gehirn heraus und leuchtete wie eine kleine Sonne. Der Königssohn wickelte das Knäulchen behutsam in ein Tuch und steckte es in seinen Busen. Es war ein Glück, daß die Kuh nicht aufwachte, sonst hätte sie angefangen zu brüllen, und dadurch hätte auch der Wirth geweckt werden können.

An der Pforte fand der Königssohn das Mädchen schon reisefertig, ein Bündelchen am Arme. »Wo ist dein Knäulchen?« fragte sie. »Hier!« antwortete der Jüngling, und gab es ihr. »Wir müssen schnell fliehen!« sagte sie, und wickelte einen kleinen Theil des Knäulchens aus dem Tuche heraus, damit der leuchtende Schein gleich einer Laterne das nächtliche Dunkel ihres Pfades erhelle. Die Erbsen waren, wie der Königssohn vermuthet hatte, alle aufgegangen, so daß sie sicher waren, den Weg nicht zu verfehlen. Unterwegs erzählte ihm die Jungfrau, daß sie einmal ein Gespräch zwischen dem Alten und seiner Großmutter belauscht und daraus erfahren habe, daß sie eine Königstochter sei, welche der alte Bursche ihren Eltern mit List abgenommen habe. Der Königssohn wußte freilich die Sache besser, schwieg aber und war nur von Herzen froh, daß es ihm gelungen war, das arme Mädchen zu befreien. So mochten die Wanderer eine gute Strecke zurückgelegt haben, als es begann zu tagen.

Der alte Bursche erwachte erst spät am Morgen und rieb sich lange die Augen, bis der Schlaf abfiel, dann weidete er sich im Voraus an dem Gedanken, daß er die Beiden bald verzehren würde. Nachdem er ziemlich lange auf sie gewartet hatte, sagte er für sich: »Sie sind wohl noch nicht mit ihrem Hochzeitsstaat fertig!« Als ihm aber das Warten doch zu lange dauerte, rief er: »Knecht und Magd, he! wo bleibt ihr?« Fluchend und schreiend wiederholte er den Ruf noch einige Mal, aber weder Knecht noch Magd ließen sich sehen. Endlich kletterte er zornig aus dem Bette und ging die Säumigen zu suchen. Aber er fand das Haus menschenleer, und bemerkte auch, daß diese Nacht die Lagerstätten unberührt geblieben waren. Jetzt stürzte er in den Stall ... als er hier das Kalb getödtet und das Zauberknäulchen entwendet fand, begriff er Alles. Er fluchte, daß Alles schwarz wurde, öffnete rasch den dritten Geisterstall und schickte seine Gehülfen aus, die Entflohenen zu suchen. »Bringt sie mir, wie ihr sie findet, ich muß ihrer habhaft werden!« So sprach der alte Bursche und seine Geister stoben wie der Wind davon.

Die Flüchtlinge befanden sich gerade auf einer großen Fläche, als das Mädchen den Schritt anhielt und sagte: »Es ist nicht Alles, wie es sein sollte. Das Knäulchen bewegt sich in meiner Hand, gewiß werden wir verfolgt!« Als sie hinter sich sahen, erblickten sie eine schwarze Wolke, welche mit großer Geschwindigkeit näher kam. Das Mädchen drehte das Knäulchen dreimal in der Hand um und sprach:

»Höre Knäulchen, höre Knäulchen!
Würde gern alsbald zum Bächlein,
Mein Gefährte auch zum Fischlein!«

Augenblicklich waren beide verwandelt. Das Mädchen floß als Bächlein dahin, und der Königssohn schwamm als Fischlein im Wasser. Die Geister sausten vorüber, kehrten nach einer Weile um, und flogen wieder heim, aber Bächlein und Fischlein ließen sie unangetastet. Sobald die Verfolger fort waren, verwandelte sich das Bächlein wieder in ein Mädchen und machte das Fischlein zum Jüngling, und dann setzten sie in menschlicher Gestalt ihre Reise fort.

Als die Geister müde und mit leeren Händen zurückkehrten, fragte sie der alte Bursche, ob ihnen denn beim Suchen nichts Besonderes aufgefallen wäre? »Gar nichts!« war die Antwort: »nur ein Bächlein floß in der Ebene, und ein einziges Fischlein schwamm darin.« Wüthend brüllte der Alte: »Schafsköpfe. Das waren sie ja, das waren sie ja!« Schnell riß er die Thüren des fünften Stalles auf, ließ die Geister heraus und befahl ihnen, des Bächleins Wasser auszutrinken und das Fischlein zu fangen. Die Geister stoben wie der Wind von dannen.

Unsere Wanderer näherten sich eben dem Saum eines Waldes, da blieb das Mädchen stehen und sagte: »Es ist nicht Alles, wie es sein soll. Das Knäulchen bewegt sich wieder in meiner Hand.« Als sie sich umsahen, erblicken sie abermals eine Wolke am Himmel, dunkler als die erste und mit rothen Rändern. »Das sind unsere Verfolger!« rief die Jungfrau und drehte das Knäulchen dreimal in der Hand um, indem sie sprach:

»Höre Knäulchen, höre Knäulchen!
Wandele uns alle Beide:
Mich zum wilden Rosenstrauche,
Ihn zur Blüthe an dem Strauche.«

Augenblicklich waren sie verwandelt. Aus dem Mädchen ward ein wilder Rosenstrauch, und der Jüngling hing als Rose am Stock. Sausend zogen die Geister über ihnen hin und kehrten erst nach einer guten Weile wieder um; da sie weder Bächlein noch Fischlein gefunden hatten, kümmerten sie sich nicht um den Rosenstrauch. Sobald die Verfolger vorüber waren, verwandelten sich Strauch und Blume wieder in Mädchen und Jüngling, welche nach der kurzen Ruhe rasch weiter eilten.

»Habt ihr sie gefunden?« fragte der Alte, als er seine Gesellen keuchend wiederkehren sah. »Nein,« antwortete der Anführer der Geister. »Wir fanden weder Bächlein noch Fischlein in der Ebene.« »Habt ihr denn sonst nichts Besonderes unterwegs gesehen?« fuhr der Alte auf. Der Anführer antwortete: »Dicht am Saume des Waldes stand ein wilder Rosenstrauch an dem eine Rose hing.« Schafsköpfe!« schrie der Alte, »das waren sie ja, das waren sie ja!« Er schloß darauf den siebenten Stall auf und schickte seine mächtigsten Geister aus, sie zu suchen. »Bringt sie mir, wie ihr sie findet, todt oder lebendig! ich muß ihrer habhaft werden. Reißt den verfluchten Rosenstrauch mit den Wurzeln heraus, und nehmt Alles mit, was euch Befremdliches aufstößt.« Wie der Sturmwind flogen die Geister davon.

Die Flüchtlinge ruhten eben im Schatten eines Waldes aus, und stärkten die ermüdeten Glieder durch Speise und Trank.

Plötzlich rief das Mädchen. »Alles ist nicht, wie es sein soll; das Knäulchen will mit Gewalt aus meinem Busen. Gewiß verfolgt man uns wieder, und die Gefahr ist nahe, aber der Wald verbirgt uns unsere Feinde noch.« Dann nahm sie das Knäulchen aus dem Busen, drehte es dreimal in der Hand herum und sprach:

»Höre Knäulchen, höre Knäulchen!
Mache mich alsbald zum Lüftchen,
Den Gefährten mein zum Mücklein!«

Augenblicklich waren beide verwandelt. Das Mädchen löste sich in Luft aus, der Königssohn aber schwebte darin als Mücklein. Die mächtige Geisterschaar brauste wie ein Sturm über sie hin, und kehrte nach einiger Zeit wieder um, weil sie weder einen Rosenstrauch noch sonst etwas Befremdliches gefunden hatten. Aber kaum waren die Geister vorüber, so verwandelte der Lufthauch sich wieder in das Mädchen, und machte aus der Mücke den Jüngling. »Jetzt müssen wir eilen,« rief das Holdchen, »bevor der Alte selber kommt zu suchen — der wird uns in jeder Verwandlung erkennen.«

Sie liefen nun eine gute Strecke vorwärts, bis sie den dunklen Gang erreichten, in welchem sie bei dem hellen Schein des Knäulchens ungehindert emporstiegen. Erschöpft und athemlos kamen sie endlich an den großen Stein. Hier wurde das Knäulchen wiederum dreimal gedreht, wobei die kluge Jungfrau sprach:

»Höre Knäulchen, höre Knäulchen!
Laß den Stein empor sich heben,
Eine Pforte sich bereiten!«

Augenblicklich hob sich der Stein weg, und sie waren glücklich wieder auf der Erde. »Gott sei Dank!« rief das Mädchen aus: »wir sind gerettet. Hier hat der alte Bursche keine Macht mehr über uns, und vor seiner List wollen wir uns hüten. Aber jetzt, Freund, müssen wir uns trennen. Du gehst zu deinen Eltern, und ich will die meinigen aufsuchen.« — »Mit nichten,« erwiederte der Königssohn: »ich kann mich nicht mehr von dir trennen, du mußt mit mir kommen und mein Weib werden. Du hast Leidenstage mit mir ertragen, darum ist es billig, daß du nun auch

Freudentage mit mir theilst.« Zwar sträubte sich das Mädchen Anfangs, aber endlich ging sie doch mit dem Jüngling.

Im Walde trafen sie einen Holzhacker, von dem sie erfuhren, daß im Schlosse, wie im ganzen Lande, große Trauer herrsche über das unbegreifliche Verschwinden des Königssohnes, von dem seit Jahren jede Spur verloren sei. Mit Hülfe des Zauberknäulchens schaffte das Mädchen dem heimkehrenden Sohne seine früheren Kleider wieder, damit er vor seinem Vater erscheinen könne. Sie selbst aber blieb einstweilen in einer Bauernhütte zurück, bis der Königssohn Alles mit seinem Vater besprochen hätte.

Aber der alte König war noch vor dem Eintreffen seines Sohnes dahin geschieden: der Kummer über den Verlust des einzigen Sohnes hatte sein Ende beschleunigt. Noch auf seinem Todbette hatte er sein leichtsinniges Versprechen und seinen Betrug bereut, daß er dem alten Burschen ein armes unschuldiges Mädchen überlieferte, wofür Gott ihn durch den Verlust des Sohnes gezüchtigt habe. Der Königssohn beweinte, wie es einem guten Sohne geziemt, den Tod seines Vaters und ließ ihn mit großen Ehren bestatten. Dann trauerte er drei Tage, ohne Speise und Trank zu sich zu nehmen. Am vierten Morgen aber zeigte er sich dem Volke als neuer Herrscher, versammelte seine Räthe und theilte ihnen mit, was für wunderbare Dinge er in des alten Burschen Behausung gesehen und ertragen habe, vergaß auch nicht zu erzählen, wie die kluge Jungfrau seine Lebensretterin geworden.

Da riefen die Räthe wie aus einem Munde: »Sie muß eure Gemahlin und unsere Herrscherin werden.«

Als der junge König sich nun aufmachte, um seine Braut einzuholen, erstaunte er sehr, als ihm die Jungfrau in königlicher Pracht entgegenkam. Mit Hülfe des Zauberknäulchens hatte sie sich alles Nöthige verschafft, weßhalb auch das ganze Land glaubte, daß sie die Tochter eines unermeßlich reichen Königs und aus fernen Landen gekommen sei. Darauf wurde die Hochzeit ausgerichtet, welche vier Wochen dauerte, und sie lebten danach glücklich und zufrieden noch manches liebe Jahr.

15. Rõugatajas Tochter.

Es lebte einmal vor Zeiten in einer breiten Waldlichtung der alte Rõugataja [75] mit seinem Weibe. Sie hatten auch eine Tochter, die nicht in natürlicher Beschaffenheit zur Welt gekommen war, dennoch bemühte sich die Mutter, sie nach Art der Menschenkinder aufzuziehen, um späterhin einen Schwiegersohn zu bekommen. Es ging die Rede, daß das Mägdlein, so viel davon sichtbar wurde, wohl menschliche Haut hatte, daß aber unter dem Gewande Tannenrinde statt der Haut den Körper deckte. Nichtsdestoweniger hoffte die Mutter, sie mit der Zeit an den Mann zu bringen, und schickte deßhalb das Mädchen überall hin unter die Leute, wo nur in den Dörfern eine Gasterei oder Festlichkeit vorkam. Der Tochter schöne Kleider, vielfach gewundene Perlenschnüre, Halsgeschmeide von vergoldeten Münzen, große Brustspange und Seidenbänder stachen den jungen Burschen wohl in die Augen, aber Freier zogen sie doch nicht in's Haus. Die Burschen lachten und spotteten: oben hübsch und glatt, unterhalb rauh wie Krötenhaut.

Damit nun das Töchterchen nicht zuletzt daheim als alte Jungfer verschimmele, suchte die Mutter bei einer Hexenmutter Hülfe und ließ von ihr einen geheimnißvollen Trank bereiten, der, sobald ein Junggeselle unversehens davon kostete, ihn unfehlbar trieb, dem Mädchen nachzugehen, er mochte nun wollen oder nicht. Die Mutter gab der alten Hexe ein Bündelchen mit Achselhaaren nebst andern Heimlichkeiten von ihrer Tochter, womit die Hexe das Reizmittel für die Burschen bereiten sollte. Als der Wundertrank gekocht war, sagte die Hexe:»Von diesem Naß sieben Tropfen, in Speise oder Trank geträufelt, bethören jeden Burschen, der davon kostet.«

Darnach wurde auf dem Hofe des Rõugataja ein großer Gastschmaus angerichtet, zu welchem von allen Seiten Mengen zusammengebeten wurden, besonders zahlreich aber Junggesellen, damit die Jungfer aus der Schaar derselben einen wählen könnte, der vor allen andern nach ihrem Geschmack wäre. Als das Gelage nun schon zwei Tage im Gange war, zeigte die Tochter ihrer Mutter einen jungen Mann, den sie sich gar sehr zum

Ehgemahl ersehnte. Die schlaue Mutter that heimlich sieben Tropfen vom Zaubertrank in einen Kuchen und gab ihn dem Burschen zu essen, worauf der arme Schelm nirgends mehr seines Bleibens fand, sondern, wie das Kätzchen nach dem Strohhalm, der Tochter Rõugataja's nachlaufen mußte, da er sonst weder Tag noch Nacht Ruhe hatte. Bald darauf erschien er als Freier, und sein Branntwein wurde freundlich angenommen. Einige Wochen später wurde ein prächtiges Hochzeitsmahl angerichtet, so daß noch Kinder und Kindeskinder der Pracht und Herrlichkeit gedachten. Aber was half das Alles? Als das junge Paar Abends in die Kammer geführt wurde, um zu Bette zu gehen, fand der Bräutigam unter der Decke so viel Unheimliches, daß ihm das Blut im Herzen gerann; noch in derselben Nacht nahm er die Flucht und ließ die junge Frau als Wittwe zurück. Mutter und Tochter warteten wohl noch eine Zeitlang, daß der Liebestrank der Hexenmutter den jungen Mann wieder herlocken würde; aber wer nicht kam, war der entwichene Bräutigam. Als noch eine Woche verstrichen war, und der Mann gleichwohl ausblieb, regten sich allerdings Zweifel in ihnen. Endlich kam die Nachricht, daß der entwichene Mann eine andere Frau gefreit hatte, und damit nahm denn ihr Harren und Hoffen ein Ende.

Ein Jahr später hörte die alte Frau des Rõugataja, daß ihres vormaligen Schwiegersohnes Frau einen Knaben geboren hatte. Da reizte ein böser Anschlag ihr Herz, daß sie nirgends mehr Ruhe fand, bis mit Hülfe der Hexe des Kindes Mutter in einen Wärwolf verwandelt war. Sodann schaffte sie heimlich ihre Tochter an Stelle der Wöchnerin in's Bett. Da aber die Tochter keine Brust hatte, wie Frauen sie sonst haben, so konnte sie auch das Kind nicht säugen. Wohl goß sie Kuhmilch in die künstlich aus Bork geformte Brust, allein das Kind nahm sie nicht in den Mund, sondern schrie Tag und Nacht vor Hunger, daß der Zeter kein Ende nahm. Es wurden zwar Kindesbaderinnen und Thränenstillerinnen von nah und fern zusammengeholt, allein was konnte es helfen? Das Kind ließ nicht ab zu schreien. Eines Tages rief der Vater in zornigem Muthe: »Tragt den Schreihals aus der Stube, sonst sprengt er mir die Ohren: ich kann sein Geschrei nicht länger aushalten.« Die Wärterin ging mit dem Kinde hinaus, da kam auf dessen Geschrei aus einem Erlenbusch eine Wölfin hervor, entriß der Wärterin das Kind mit Gewalt, that aber weder ihr noch dem Kinde ein Leides, sondern legte fein säuberlich das Kleine sich an die Brust und säugte es. Als das Kind darauf süß eingeschlummert war, brachte die Wärterin es nach Haus und legte es in die Wiege, wo es bis zum andern Tage ganz ruhig lag. Die Wärterin ließ nichts verlauten von dem Vorfall mit der Wölfin, ging aber den folgenden Tag wieder auf's Feld, wo sich Alles ganz so begab, wie Tags zuvor. Dabei war die Wärterin guter Laune, denn sie hatte es jetzt leicht, und auch der Vater des Kindes war seines Lebens wieder froher geworden, weil kein Geschrei mehr im Hause war, wiewohl die Wöchnerin noch immer schwer krank zu Bette lag und vorgab, weder Hand noch Fuß rühren zu können. Als nun am dritten Tage die Wärterin wieder ging, dem Kinde seine Amme zu suchen, sagte die Wölfin. »Ich darf nicht jeden Tag so öffentlich in's Freie kommen, das Kind zu säugen. Wenn du es aber alle Morgen an den Erlenbusch am Ukkofelsen bringst, so will ich es säugen; doch mußt du, so lang' ich es säuge, am Rande des Busches Wache halten, damit nicht Jemand plötzlich dazu komme und sehe, wie ich das Kind säuge. Und auch du selbst darfst nicht eher nach dem Kinde kommen, als bis ich dich rufe.« Die Wärterin that, wie geboten war, und die Sache ging über eine Woche lang vortrefflich; das Kind gedieh zusehends, schlief ruhig ohne Geschrei, und erwachte aus dem Schlafe mit freundlich lächelndem Antlitz.

Eines Tages dünkte der Wärterin das Säugen der Wölfin allzulange zu dauern, und das Verbot übertretend ging sie heimlich zu spähen, was wohl die Amme mit dem Kinde machen möchte. Ein wunderbares Ding war es denn freilich, was sie da erblickte. Am Ukkofels saß eine junge nackte Frau, das Kind auf ihrem Schooße, welches sie zärtlich liebkoste und auf den Armen schaukelte. Endlich nahm sie eine Wolfshaut vom Felsen, schlüpfte hinein und rief dann die Wärterin, daß sie käme, das Kind zu nehmen. Als die Wärterin drei Tage nach der Reihe diese wunderbare Säugung des Kindes beobachtet hatte, konnte sie zu Hause nicht mehr reinen Mund halten, sondern that dem Vater Alles kund, was bisher täglich mit dem Kinde geschehen war, sowohl das Säugen durch die Wölfin, als auch die Gestalt der Frau, die aus der Wolfshaut herausgeschlüpft war. Der Mann schloß sofort, daß es hier nicht mit rechten Dingen zugehen könne; er verbot der Wärterin das Geheimniß irgend Jemand weiter zu sagen, und eilte selbst zu einem berühmten weisen Manne, um Rath und Hülfe zu suchen.

Der weise Mann sagte, als er die Erzählung gehört hatte: »Hier scheint einer bösen Hexe Werk dahinter zu stecken, was ich sofort ganz aufzuklären nicht im Stande bin; aber wir müssen versuchen, durch List die Wolfshaut zu erlangen und zu vernichten, dann werden wir schon sehen, was für ein Betrug hier verübt ist.« Dann befahl er dem Manne, in der Nacht den Ukkofels glühend heiß zu machen, damit, wenn die Wölfin die Haut wieder auf den Fels werfen würde, diese versengt und zum Anziehen untauglich gemacht würde. Der Mann führte den andern Tag, als des Kindes Säugerin sich in den Wald zurückgezogen hatte, ein Paar Fuder Holz um den Fels her und auf denselben, und zündete dann in der Nacht das Holz an, wodurch der Ukkofels gluthroth wurde, wie die Glühsteine eines Badstubenofens. Als dann die Zeit herannahte, wo des Kindes Säugerin zu kommen pflegte, räumte er Brände und Asche bei Seite und schlüpfte selbst hinter das Gebüsch in ein Versteck, wo er Alles sehen konnte, ohne selbst gesehen zu werden. Auf des Kindes Geschrei kam die Wölfin aus dem Walde gerufen, nahm der Wärterin das Kind ab, und legte es dann so lange in's Gras, bis sie die Wolfshaut abgezogen und auf den Felsrand geworfen hatte. Dann nahm sie das Kind auf den Schooß und begann es zu säugen. Je schärfer der Mann die Säugende ansah, desto bekannter wurden ihm Gesicht und Gestalt der Frau. Ja — er erkannte in der Säugerin des Kindes sein Weib und begriff jetzt, weßhalb die Wöchnerin noch immer zu Hause im dunkeln Zimmer saß. Er sprang nun aus dem Gebüsch hervor und eilte auf die Frau zu. Diese schrie vor Schrecken auf, legte das Kind in's Gras und wollte ihre Wolfshaut wieder vom Felsen nehmen und anziehen, aber das Fell war ganz verbrannt, und nur ein zusammengeschrumpftes Ende davon nachgeblieben. Auch dieses warf jetzt der Mann auf die allerheißeste Stelle, wo nun die letzten Fetzen zu Asche verbrannten. Dann zog er seinen Rock aus, gab ihn der Frau, sich damit zu bedecken, und bat sie, so lange mit dem Kinde da zu bleiben, bis er nach Hause ginge, die Badstube zu heizen. Zu

Hause ging er mit freundlicher Ansprache zur Wöchnerin und sagte: »Du mußt heute in die Badstube gehn, Liebchen, dann wirst du schneller gesund werden.« Die Frau sträubte sich zwar mit aller Macht dagegen; sie könne den Luftzug nicht vertragen; wie könne sie so über den Hof in die Badstube gehn. »Wenn ich so über den Hof ginge, so würde ich draußen ohnmächtig werden und mir den Tod holen.« Der Mann erwiederte: »Das hat gar nichts zu sagen, wir wickeln dir Mund und Augen in eine wollene Decke, so daß der Luftzug deinem zarten Körper nicht schaden kann.« Damit war die Frau ganz zufrieden, denn sie fürchtete nicht den Luftzug, sondern des Mannes Auge, der den Betrug gleich erkannt haben würde.

Als die in die Decke gewickelte Wöchnerin mit Hülfe des Mannes in die Badstube gebracht worden war, machte der Mann die Thür so fest zu, daß keine lebende Seele herein noch heraus kommen konnte, setzte sich dann zu Pferde und jagte im Galopp nach Rõugataja's Hof. In die Stube tretend rief er mit freundlicher Stimme: »Guten Tag, liebe Schwiegermutter. Ich komme euch zu danken, daß ihr mir ein gutes Weib erzogen und mich von der Ofengabel von Frau losgemacht habt, die ich in meinem einfältigen Sinn gefreit hatte. Wir leben glücklich mit einander, und deßhalb wünscht die Tochter euch zu sehen, damit ihr euch selbst von unserer Zufriedenheit überzeugen könnt.« Rõugatajas Frau merkte den Betrug nicht, sondern freute sich, daß die Sache so gut gegangen war. Der Schwiegersohn spannte an, setzte sich mit der Schwiegermutter auf den Wagen und fuhr nach Haus. Hier sagte er: »Die junge Frau ist in die Badstube gegangen, sich zu baden, habt ihr nicht auch Lust hineinzugehen, um den Staub der Fahrt abzuwaschen?« »Warum nicht!« erwiederte die Mutter. Der Mann ließ sie in die Badstube treten, verschloß die Thür und warf dann den rothen Hahn auf's Dach. Da verbrannte denn die Badstube sammt Rõugataja's Frau und ihrer Tochter. – Da jetzt das Haus von der bösen Sippschaft gereinigt war, nahm der Mann Weib und Kind zu sich, und sie lebten ungestört bis an ihr Ende.

16. Die Meermaid.

In der alten glücklichen Zeit gab es auf Erden viel bessere Menschen als jetzt, darum ließ ihnen der himmlische Vater auch manche Wunder offenbar werden, welche heut' zu Tage entweder ganz verborgen bleiben, oder nur selten einmal einem Glückskinde erscheinen. Zwar die Vögel singen nach alter Weise, und die Thiere tauschen ihre Laute aus, aber leider verstehen wir ihre Sprache nicht, und was sie sagen, bringt uns weder Lehre noch Nutzen.

In der W i e k wohnte vor Zeiten am Strande eine schöne Meermaid, die sich den Leuten oftmals zeigte; noch meines Großvaters Vetter, der in dieser Gegend aufwuchs, hatte sie zuweilen auf einem Steine sitzen sehen, aber das Bürschlein hatte nicht gewagt näher zu treten. Die Jungfrau erschien in mancherlei Gestalten, bald als Füllen oder Färse, bald wieder als ein anderes Thier; manchen Abend mischte sie sich unter die Kinder, und ließ es sich gefallen, daß sie mit ihr spielten, daß sich die Knäblein ihr auf den Rücken setzten — dann war sie plötzlich wie unter die Erde gesunken!

Wie die alten Leute jener Zeit erzählten, konnte man die Jungfrau in früheren Tagen fast jeden schönen Sommerabend am Meeresufer sehen, wo sie auf einem Steine sitzend ihr langes blondes Haar mit goldenem Kamme glättete, und so schöne Lieder sang, daß den Hörern das Herz hinschmolz. Die Annäherung der Menschen aber duldete sie nicht, sondern entschwand ihren Blicken, oder entwich in's Meer, wo sie als Schwan sich auf den Wellen schaukelte. Warum sie vor den Menschen floh, und nicht mehr das frühere Zutrauen zu ihnen hatte, darüber wollen wir jetzt das nähere melden.

In alten Tagen, lange vor der Schwedenzeit, lebte am Strande der Wiek ein wohlhabender Bauer mit seiner Frau und vier Söhnen; ihren täglichen Unterhalt gewannen sie mehr der See als dem Acker ab, weil der Fischfang zu ihrer Zeit gar reich gesegnet war. Ihr jüngster Sohn zeigte sich von klein auf in allen Stücken anders als seine Brüder, er mied die Gesellschaft der Menschen, schlenderte am Meeresufer und im Walde umher, sprach mit sich selbst, mit den Vögeln oder mit Wind und Wellen, aber wenn er unter die Leute kam, öffnete er den Mund nicht viel, sondern stand wie träumend. Wenn im Herbst die Stürme aus dem Meere tobten, die Wellen sich haushoch thürmten und sich schäumend am Ufer brachen, dann ließ es dem Knaben zu Hause keine Ruhe mehr, er lief wie besessen, oft halb nackend, an den Strand. Wind und Wetter scheute sein abgehärteter Körper nicht. Er sprang in den Kahn, ergriff die Ruder und fuhr, gleich einer wilden Gans, auf dem Kamme der tobenden Wellen weit in die See hinaus, ohne daß seine Verwegenheit ihm jemals Gefahr gebracht hätte. Am Morgen, wenn der Sturm ausgetobt hatte, fand man ihn am Meeresufer in süßem Schlafe. Schickte man ihn irgend wohin, um ein Geschäft zu besorgen, z. B. im Sommer das Vieh zu hüten, oder sonst kleine Arbeiten zu übernehmen, so machte er seinen Eltern nur Verdruß. Er warf sich irgendwo in den Schatten eines Busches, ohne der Thiere zu achten, die sich zerstreuten, Wiesen oder Kornfelder betraten, und sich auch theilweise verliefen, so daß die Brüder Stunden lang zu thun hatten, bis sie der verlorenen Thiere wieder habhaft wurden. Wohl hatte der Vater den Knaben die Ruthe bitter genug fühlen lassen, aber das wirkte nicht mehr, als Wasser auf eine Gans gegossen. Als der Knabe zum Jüngling herangewachsen war, ging es auch nicht besser, keine Arbeit gedieh unter seinen lässigen Händen; er zerschlug und zerbrach das Arbeitsgerät, mattete die Arbeitsthiere ab, und schaffte doch nichts Rechtes.

Der Vater gab ihn nun auf fremde Bauerhöfe in Dienst, weil er hoffte, daß vielleicht die fremde Peitsche den Lotterer bessern und zum ordentlichen Menschen machen möchte; aber wer den Burschen eine Woche lang auf Probe gehabt hatte, schickte ihn auch in der nächsten Woche wieder zurück. Die Eltern schalten ihn einen Tagedieb, und die Brüder hießen ihn »S c h l a f - T ö n n i s ;« binnen kurzem war dieser Spitzname in aller Munde, wiewohl er auf den Namen J ü r g e n getauft war. Weil nun der Schlaf-Tönnis keinem Menschen Nutzen brachte, vielmehr Eltern und Geschwistern nur zur Last fiel und im Wege war, so hätten sie gern ein Stück Geld hingegeben, wenn jemand sie von dem Faullenzer befreit hätte. Als der Schlaf-Tönnis nirgends mehr aushielt, und auch Niemand ihn behalten wollte, verdingte ihn endlich der Vater bei einem fremden Schiffer als Knecht, weil er doch auf der See nicht davon laufen konnte, und weil der Bursche auch das Meer von klein auf geliebt hatte. Trotzdem war er nach einigen Wochen, ich weiß nicht wie? von dem Schiffe entkommen, und hatte seine trägen Füße wieder auf den heimischen Boden gesetzt. Nur schämte er sich, das Haus seiner Eltern zu betreten, wo er auf keinen freundlichen Empfang hoffen durfte, er trieb sich von einem Orte zum andern herum, und suchte sein Leben zu fristen, wie es ging, ohne zu arbeiten. Er war ein hübscher starker Bursche, und konnte ganz angenehm sprechen, wenn er wollte, obschon er im elterlichen Hause seinen Mund nie viel zum Reden gebraucht hatte. Jetzt mußten ihn sein schmuckes Aussehen und seine glatte Rede erhalten, denn er wußte sich damit bei Frauen und Mädchen einzuschmeicheln.

Da geschah es, als er an einem schönen Sommerabend nach Sonnenuntergang allein am Strande sich erging, daß der Meermaid holder Gesang an sein Ohr drang. Schlaf-Tönnis dachte alsbald: »Sie ist auch ein Weib, und wird mir nichts zu Leide thun!« Er zögerte also nicht, dem Gesange nachzugehen, um den schönen Vogel in Augenschein zu nehmen. Er bestieg den höchsten Hügel, und gewahrte von da über einige Felder weg die Meermaid, die auf einem Steine saß, wo sie mit goldenem Kamme ihr Haar glättete und ein herrliches Lied sang. Der Jüngling hätte sich mehr Ohren gewünscht, um den Gesang zu hören, der ihm in's Herz schlug wie eine Flamme; als er aber näher kam, sah er, daß hier eben so viele Augen Noth thäten, die Schönheit der Jungfrau zu fassen. Gewiß hatte die Meermaid den Kommenden bemerkt, aber sie floh nicht vor ihm, was sie doch sonst immer that, wenn sich Menschen ihr näherten. Schlaf-Tönnis mochte etwa noch zehn Schritte von ihr sein, als er plötzlich still stand, unentschlossen, ob er warten oder näher treten solle. Und wunderbar! Die Meermaid erhob sich vom Steine und kam ihm mit freundlicher Miene entgegen. Grüßend bot sie dem Jüngling die Hand und sagte: »Ich habe dich hier schon manchen Tag erwartet, weil ein bedeutsamer Traum mir deine Ankunft kündete. Du hast unter den Menschen nirgends Haus noch Heim, wohin du gehen könntest, oder wo Leute deines Schlages taugten. Warum solltest du auch von Fremden abhängig sein, wenn die Eltern dir in ihrem Hause keine Stätte bieten? Ich kenne dich von klein auf und besser, als die Menschen dich kennen, weil ich ungesehen oft um dich war und dich schützte, wenn dein verwegener Uebermuth dich hätte verderben können. Ja, meine Hände haben oft dein schwankes Boot gehütet, daß es nicht in die Tiefe sank! Komm mit mir, du sollst Herrentage haben, und es soll dir an nichts mangeln, was dein Herz nur begehrt, sollst du kosten. Ich will dich warten und hüten wie meinen Augapfel, daß weder Wind noch Regen noch Frost dir etwas anhaben sollen.« Schlaf-Tönnis stand noch immer im Zweifel, er kratzte sich hinter den Ohren und überlegte, was er antworten solle; obgleich jedes Wort der Jungfrau ihm wie ein Feuerpfeil in's Herz gedrungen war. Endlich fragte er schüchtern, ob ihre Behausung weit von hier sei. »Wir können mit Windesschnelle dahin kommen, wenn du festes Vertrauen zu mir hast,« erwiederte die Meermaid. Da fielen dem Schlaf-Tönnis plötzlich mancherlei Reden ein, die er früher von den Leuten über die Meermaid gehört hatte, das Herz bangte ihm, und er bat sich drei Tage Bedenkzeit aus. »Ich will deinen Wunsch erfüllen,« sagte die Meermaid, »aber damit du nicht wieder unsicher werdest, will ich dir, bevor wir scheiden, meinen goldenen Ring an deinen Finger stecken, auf daß du das Wiederkommen nicht vergessest. Wenn wir dann näher mit einander bekannt werden, so kann vielleicht aus diesem Pfande ein Verlobungsring werden.« Mit diesen Worten zog sie den Ring ab, steckte ihn dem Jüngling an den kleinen Finger und verschwand dann, als wäre sie in Luft zerflossen. Schlaf-Tönnis blieb mit offenen Augen stehen, und hätte das Vorgefallene für einen Traum gehalten, wenn nicht der glänzende Ring an seinem Finger das Gegentheil dargethan hätte. – Aber mit diesem Ringe schien wie ein fremder Geist in ihn gefahren zu sein, der ihm nirgends mehr Rast noch Ruhe ließ. Er streifte die ganze Nacht unstet am Strande umher und kam immer wieder zu dem Steine zurück, auf welchem die Jungfrau gesessen hatte – aber der Stein war kalt und leer. Am Morgen legte er sich ein wenig nieder, aber unruhige Träume störten seinen Schlaf. Als er erwachte, fühlte er weder Hunger noch Durst, all sein Sinnen stand nur auf den Abend, da hoffte er die Meermaid wieder zu sehen. Der Tag neigte sich endlich, es wurde Abend, der Wind legte sich, die Vögel im Erlenbusch hörten auf zu singen, und steckten die müden Schnäbel unter die Flügel – aber die Meermaid sah er an dem Abend nirgends.

Sorge und Leid preßten ihm schwere Thränen aus, in seinem Unmuth hätte er sich die bitterste Qual anthun mögen – warum hatte er am gestrigen Abend das dargebotene Glück verschmäht und sich eine Bedenkzeit ausbedungen, wo ein klügerer als er das Glück mit beiden Händen bei den Hörnern gepackt haben würde. Nun half keine Reue noch Klage. Nicht minder trübselig verstrich ihm die Nacht und der folgende Tag; unter der Last des Kummers fühlte er nicht einmal den Hunger. Gegen Sonnenuntergang setzte er sich zerknirschten Herzens auf eben den Stein, auf welchem die Meermaid vorgestern gesessen hatte, fing an bitterlich zu weinen und sagte ächzend: »Wenn sie heute nicht kommt, so will ich nicht länger mehr leben, sondern entweder hier auf dem Steine Hungers sterben, oder mich jählings in die Wellen stürzen und in der Tiefe des Meeres mein elendes Leben enden!« – Ich weiß nicht, wie lange er so in Gram versunken gesessen hatte, als er eine weiche warme Hand auf seiner Stirne fühlte. Als er die Augen aufschlug, sah er die Jungfrau vor sich, die ihn liebreich anredete: »Ich sah deine herbe Qual, hörte dein sehnsüchtiges Seufzen und mochte nicht länger zögern, obgleich deine Bedenkzeit erst morgen Abend abläuft.«

»Vergebt mir, vergebt mir, theure Jungfrau!« bat Schlaf-Tönnis schluchzend. »Vergebt mir! ich war ein sinnloser Thor, daß ich das unverhoffte Glück nicht festzuhalten wußte. Der Teufel weiß, was für eine Tollheit mir vorgestern in den Kopf kam. Bringt mich, wohin ihr wollt, ich widerstrebe nicht, ja ich würde mit Freuden mein Leben für euch hingeben.«

Die Meermaid erwiederte lachend: »Mich verlangt nicht nach deinem Tode, sondern ich will dich lebend als lieben Genossen zu mir nehmen.« Dann nahm sie den Jüngling bei der Hand, führte ihn einige Schritte näher an's Meer, verband ihm mit einem seidenen Tuche die Augen, und in demselben Augenblicke fühlte sich Schlaf-Tönnis von zwei starken Armen umfaßt, welche ihn wie im Fluge emporhoben und dann jählings in die Flut stürzten. Als die kalte Flut seinen Leib berührte, verlor er das Bewußtsein, so daß er nicht mehr wußte, was mit ihm und um ihn vorging. Er konnte also späterhin auch nicht sagen, wie lange seine Ohnmacht gedauert hatte.

Als er erwachte, sollte er noch Seltsameres erfahren.

Er fand sich auf weichem Kissen in seidenem Bette, das in einem prächtigen Gemache stand, dessen Wände von Glas und von innen mit rothen Sammetdecken verhüllt waren, damit das grelle Licht den Schläfer nicht wecke. Eine Zeit lang wußte er selbst nicht recht, ob er noch lebe oder sich nach dem Tode an einem unbekannten Orte befinde. Er reckte seine Glieder hin und her, nahm seine Nasenspitze zwischen die Finger, und siehe! – es war Alles, wie es sein mußte. Angethan war er mit einem feinen weißen Hemde, und schöne Kleider lagen auf einem Stuhl vor seinem Bette. Nachdem er sich eine Zeit lang im Bette gedehnt und sich handgreiflich überzeugt hatte, daß er wirklich am Leben sei, stand er endlich auf und zog sich an. – Zufällig hustete er, und augenblicklich traten zwei Mädchen ein, grüßten ehrerbietig und baten, der »g n ä d i g e H e r r« möge ihnen sagen, was er frühstücken wolle. Während die eine den Tisch deckte, ging die andere die Speisen zu bereiten. Es dauerte nicht lange, so standen Schüsseln mit Schweinefleisch, Wurst, Blutklößen und Scheibenhonig, nebst Bier- und Methkannen auf dem Tische – gerade als ob eine prächtige Hochzeit gefeiert würde. Schlaf-Tönnis, der mehrere Tage ohne Nahrung geblieben war, setzte seine Kinnladen in Bewegung und aß, was der Magen fassen wollte, dann streckte er sich aufs Bett, um zu verdauen. Als er wieder aufstand, kamen die Dienerinnen zurück und baten den »gnädigen Herrn«, im Garten spazieren zu gehen, während die gnädige Frau sich ankleiden lasse. Es wurden ihm von allen Seiten so viel »gnädige Herren« an den Hals geworfen, daß er schon anfing, sich für einen solchen zu halten, und seines früheren Standes vergaß.

Ich Garten fand er auf Schritt und Tritt Schönheit und Zierde; im grünen Laube glänzten goldene und silberne Aepfel, sogar die Fichten- und Tannenzapfen waren golden und goldgefiederte Vögel hüpften in den Wipfeln und auf den Zweigen. Zwei Mädchen traten hinter einem Gebüsche hervor, sie hatten Auftrag, den »gnädigen Herrn« im Garten herum zu führen und ihm alle Schönheiten desselben zu zeigen. Weiter gehend gelangten sie an den Rand eines Teiches, auf welchem silbergefiederte Gänse und Schwäne schwammen. Ueberall schimmerte Morgenroth, doch nirgends sah man die Sonne. Die mit Blüthen bedeckten Gebüsche hauchten süßen Duft aus, und Bienen, groß wie Bremsen, flogen um die Blüthen herum. Alles, was unser Freund hier von Bäumen und Gewächsen erblickte, war viel herrlicher, als wir es jemals schauen. Sodann erschienen zwei prächtig gekleidete Mädchen, um den »gnädigen Herrn« zur gnädigen Frau einzuladen, welche ihn erwarte. Ehe man ihn zu ihr führte, wurde ihm noch ein blauseidener Shawl [76] um die Schultern gelegt. Wer hätte in diesem Aufzuge den früheren Schlaf-Tönnis wieder erkannt?

In einer prächtigen Halle, die so groß wie eine Kirche und auch, wie das Schlafgemach, aus Glas gegossen war, saßen zwölf scheue Jungfrauen auf silbernen Stühlen. Hinter ihnen auf einer Erhöhung unweit der Wand standen zwei goldene Stühle, auf deren einem die hehre Königin saß, während der andere noch leer war. Als Schlaf-Tönnis über die Schwelle trat, erhoben sich alle Jungfrauen von ihren Sitzen und grüßten den Ankömmling ehrerbietig, setzen sich auch nicht eher wieder, als bis es ihnen geheißen worden. Die Herrin selber blieb auf ihrem Stuhle sitzen, nickte dem Jünglinge ihren Gruß zu und winkte befehlend mit dem Finger, worauf die Führerinnen den Schlaf-Tönnis in die Mitte nahmen und zur Herrin geleiteten. Der Jüngling ging schüchternen Schrittes vorwärts, und wagte nicht die Augen aufzuschlagen, denn all' die unerwartete Pracht und Herrlichkeit blendete ihn. Man wies ihm seinen Platz auf dem goldenen Stuhle neben der Herrin an, und diese sagte: »Dieser Jüngling ist mein lieber Bräutigam, dem ich mich verlobt und den ich mir zu meinem Gemahl erkoren habe. Ihr müßt ihm jegliche Ehre erweisen und ihm eben so gehorchen wie mir. Jedes Mal, daß ich das Haus verlasse, müßt ihr ihm die Zeit vertreiben und ihn pflegen und hüten wie meinen Augapfel. Schwere Strafe würde den treffen, der meinen Willen nicht pünktlich erfüllt.«

Schlaf-Tönnis sah wie verbrüht drein, weil er gar nicht wuß-

te, was er von der Sache halten solle; die Erlebnisse dieser Nacht
schienen wunderbarer als Wunder. Er mußte sich in Gedanken
immer wieder fragen, ob er wache oder träume. Die Herrin er-
rieth, was in ihm vorging, erhob sich von ihrem Stuhle, nahm ihn
bei der Hand und führte ihn aus einem Zimmer in's andere; alle
waren menschenleer. So waren sie in das zwölfte Gemach gelangt, das etwas kleiner aber noch prächtiger war, als die andern.
Hier nahm die Herrin ihre Krone vom Haupte, warf den goldver-
brämten seidenen Mantel ab, und als Schlaf-Tönnis jetzt die Augen aufzuschlagen wagte, sah er keine fremde Herrin, sondern
die Meermaid an seiner Seite. O du liebe Zeit! jetzt wuchs ihm
plötzlich der Muth und seine Hoffnung erblühte. Freudig rief er:
»O theure Meermaid!« – aber in demselben Augenblick schloß
die Hand der Jungfrau ihm den Mund; sie sprach in ernstem Tone: »Wenn dir mein und dein eigenes Glück lieb ist, so nenne nie
mehr diesen Namen, den man mir zum Schimpf beigelegt hat. Ich
bin der Wasser-Mutter [77] Tochter, und unserer sind viele
Schwestern, wenn wir auch alle einsam, jede an ihrem Ort, im
Meere, in Seeen und Flüssen wohnen, und uns nur selten einmal
durch einen glücklichen Zufall zu sehen bekommen.« Dann erklärte sie ihm, sie habe bis jetzt jungfräulich gelebt, müsse aber
als verordnete Herrscherin Namen und Würde einer königlichen
Frau aufrecht erhalten. Schlaf-Tönnis war durch sein unverhofftes
Glück wie von Sinnen gekommen, er wußte nicht, was er in seiner Freude beginnen sollte, aber die Zunge war ihm wie gebun-
den, und er brachte nicht viel mehr heraus als J a oder N e i n .
Als er sich aber beim Mittagsmahl die leckeren Speisen schmecken ließ, und als die köstlichen Getränke ihm warm machten, da
löste sich auch seine Zunge, und er wußte sich nicht bloß wie
sonst gut zu unterhalten, sondern auch manchen artigen Scherz
anzubringen.

Am folgenden und am dritten Tage ging dieses glückliche
Leben eben so fröhlich weiter; Schlaf-Tönnis glaubte sich bei lebendigem Leibe in den Himmel versetzt. Vor Schlafengehen sagte
die Meermaid zu ihm: »Morgen haben wir Donnerstag, [78] und
allwöchentlich muß ich, einem Gelübde gemäß an diesem Tage
fasten und einsam von allen Andern getrennt leben. Donnerstags
kannst du mich nicht früher sehen, als bis der Hahn Abends drei

Mal gekräht hat. Meine Dienerinnen werden inzwischen für dich sorgen, daß dir die Zeit nicht lang werde, und es dir an Nichts fehle.«

Am andern Morgen fand Schlaf-Tönnis seine Genossin nirgends — er gedachte dessen, was sie ihm am Abend zuvor angekündigt hatte, nämlich, daß er heute und jeden künftigen Donnerstag ohne seine Gemahlin zubringen müsse. Die Dienerinnen bemühten sich, ihm auf alle Weise die Zeit zu vertreiben, sie sangen, spielten und führten heitere Tänze auf; dann setzten sie ihm wieder Speise und Trank vor, wie ein geborener Königssohn sie nicht besser haben konnte, und der Tag verging ihm schneller als er geglaubt hatte. Nach dem Abendessen begab er sich zur Ruhe, und als der Hahn das dritte Mal gekräht hatte, kam die Schöne wieder zu ihm. Ebenso ging es an jedem folgenden Donnerstage. Oft zwar hatte er die Geliebte gebeten, am Donnerstage mit ihr zusammen zu fasten zu dürfen, aber vergebens. Als er nun einst wieder an einem Mittwoch seine Gemahlin mit dieser Bitte quälte und ihr keine Ruhe ließ, sagte die Meermaid mit thränenden Augen: »Nimm mein Leben, wenn du willst, ich gebe es gerne hin, aber deinen Wunsch, dich zu meinem Fasttage mitzunehmen, kann und darf ich nicht erfüllen.«

Ein Jahr oder darüber mochte ihnen so verflossen sein, als sich Zweifel im Herzen des Schlaf-Tönnis regten, die immer quälender wurden, so daß er keine Ruhe mehr fand. Das Essen wollte ihm nicht munden, und der Schlaf erquickte ihn nicht. Er fürchtete nämlich, daß die Meermaid außer ihm noch einen heimlichen Geliebten habe, in dessen Armen sie jeden Donnerstag ruhe, während er die Zeit mit ihren Dienerinnen hinbringen müsse. Die Kammer, in welcher die Meermaid sich Donnerstags verborgen hielt, kannte er längst, aber was half es? Die Thür war immer verschlossen und die Fenster waren von innen durch doppelte Vorhänge so dicht verhüllt, daß nirgends eine Oeffnung wenn auch nur von der Breite eines Nadelöhrs blieb, durch welche ein Sonnenstrahl, geschweige denn ein menschliches Auge, hätte eindringen können. Aber je unmöglicher die Aufhellung dieses Geheimnisses schien, desto heftiger wurde sein Verlangen, der Sache auf den Grund zu kommen. Wenngleich er von dem, was

ihm auf dem Herzen lastete, der Meermaid kein Wörtchen verrieth, so merkte sie doch an seinem unsteten Wesen, daß die Sachen nicht mehr standen wie sie sollten. Wiederholt bat sie ihn
mit Thränen in den Augen, er möge sie und sich selbst doch nicht
mit verkehrten Gedanken plagen. »Ich bin,« sagte sie, »frei von
aller Schuld gegen dich, ich habe keine heimliche Liebe noch irgend eine andere Sünde gegen dich auf dem Gewissen. Aber dein
falscher Argwohn macht uns Beide unglücklich, und wird unsern
Herzensfrieden zerstören. Mit Freuden würde ich jeden Augenblick mein Leben für dich hingeben, wenn du es wünschen würdest, aber an meinem Fasttage kann ich dich nicht in meine Nähe
lassen. Es darf nicht sein, und würde unserer Liebe und unserem
Glücke für immer den Untergang bringen. Wir leben ja sechs
Tage in der Woche in ruhigem Glücke mit einander, wie kann
uns die Trennung e i n e s Tages so schwer fallen, daß du sie
nicht ertragen solltest.«

Sechs Tage hielt solch' ein verständiger Zuspruch immer
wieder vor, aber wenn der nächste Donnerstag kam, und die
Meermaid nicht erschien, dann verlor er den Kopf und geberdete
sich wie ein halb Verrückter. Er hatte keine Ruhe mehr, zuletzt
wollte er am Donnerstage Niemand um sich haben, die Dienerinnen durften nur die Speisen und Getränke auftragen und mußten
sich dann gleich entfernen, damit er allein hausen könne wie ein
Gespenst.

Diese gänzliche Verwandlung nahm Alle Wunder, und als
die Meermaid die Sache erfuhr, wollte sie sich die Augen aus
dem Kopfe weinen; doch überließ sie sich ihrem Schmerze nur,
wenn Niemand dabei war. Schlaf-Tönnis hoffte, wenn er allein
gelassen würde, bessere Gelegenheit zur Untersuchung der geheimnißvollen Fastenkammer zu finden — vielleicht entdeckte er
doch irgendwo ein Spältchen, durch welches er spähen und beobachten könnte, was dort vorginge. Je mehr er sich aber abquälte,
desto unmuthiger wurde auch die Meermaid, und wenn sie noch
ein freundliches Antlitz zeigte, so kam ihr doch die Freundlich-
keit nicht mehr von Herzen wie sonst.

So vergingen einige Wochen, und die Sache wurde nicht
besser und nicht schlechter; da fand Schlaf-Tönnis eines Donners-

tags neben dem Fenster eine kleine Stelle, wo die Vorhänge sich zufällig verschoben hatten, so daß der Blick in die Kammer dringen konnte. Was er da sah, machte sein Herz ärger als Februarkälte gerinnen. Das geheimnißvolle Gemach hatte keinen Fußboden, sondern sah aus wie ein großer viereckiger Kübel, der viele Fuß hoch mit Wasser gefüllt war. Darin schwamm seine geliebte Meermaid. Vom Kopf bis zum Bauch hatte sie noch die Schönheit des weiblichen Körpers, aber die untere Hälfte vom Nabel abwärts war ganz Fisch, mit Schuppen bedeckt und mit Flossen versehen. Mit dem breiten Fischschwanz plätscherte sie zuweilen im Wasser, daß es hoch aufspritzte. — Der Späher wich wie betäubt zurück, und ging betrübt hinweg. Wie viel hätte er darum gegeben, wenn er diesen Anblick aus seinem Gedächtnisse hätte auslöschen können! Er dachte hin und her, wußte aber nicht, was er anfangen sollte.

Der Hahn hatte am Abend wie gewöhnlich drei Mal gekräht, aber die Meermaid kam nicht zu ihm zurück. Er durchwachte die ganze Nacht, aber die Schöne erschien immer noch nicht. Erst am Margen kam sie in schwarzen Trauerkleidern, das Gesicht mit einem dünnen Seidentuch verhüllt, und sprach mit weinender Stimme: »O, du Unseliger, der du durch deine Torheit unserem glücklichen Leben ein Ende gemacht hast! Du siehst mich heute zum letzten Male und mußt nun wieder in deinen früheren Zustand zurückkehren, was du dir selber zuzuschreiben hast. Leb' wohl zum letzten Male!«

Ein plötzlicher Krach und ein starkes Getöse, als ob der Boden unter den Füßen weg rollte, warf den Schlaf-Tönnis nieder, und in seiner Betäubung hörte und sah er nicht mehr, was mit ihm und um ihn her vorging.

Als er endlich, wer weiß wie lange nachher, aus seiner Ohnmacht erwachte, fand er sich am Meeresstrande, dicht bei demselben Steine, auf welchem die schöne Meermaid gesessen hatte, als sie den Freundschaftsbund mit ihm schloß. Statt der prächtigen Kleider, die er in der Behausung der Meermaid täglich getragen hatte, fand er seinen alten Anzug, der aber viel älter und zerlumpter aussah, als es nach seiner Annahme der Fall sein konnte. Die Glückstage unseres guten Freundes waren vorüber, und keine noch so bittere Reue konnte sie zurückbringen.

Als er weiter ging, stieß er auf die ersten Gehöfte seines Dorfs. Sie standen wohl an der alten Stelle, aber sahen doch anders aus. Was ihm aber, als er sich umsah, noch viel wunderbarer dünkte, war, daß die Menschen ihm ganz fremd waren, und nicht ein einziges bekanntes Gesicht ihm begegnete.

Auch ihn sahen Alle befremdet an, als ob sie ein Wunderthier vor sich hätten. Schlaf-Tönnis ging nun zum Hofe seiner Eltern; auch hier kamen ihm fremde Menschen entgegen, die ihn nicht kannten, und die er nicht kannte. Erstaunt fragte er nach seinem Vater und seinen Brüdern, aber Niemand konnte ihm Bescheid geben. Endlich kam ein gebrechlicher Alter auf einen Stock gestützt aus dem Hause und sagte: »Bauer, der Wirth, nach welchem du dich erkundigst, schläft schon über dreißig Jahre in der Erde; auch seine Söhne müssen todt sein. Wo kommst du denn her, Alterchen, um solchen vergessenen Dingen nachzuforschen?« Das Wort »Alterchen« hatte den Schlaf-Tönnis dermaßen erschreckt, daß er nichts weiter fragen konnte. Er fühlte seine Glieder zittern, wandte den fremden Menschen den Rücken, und eilte zur Pforte hinaus. Die Anrede »Alterchen« ließ ihm keine Ruhe; dies Wort war ihm centnerschwer auf die Seele gefallen – die Füße versagten ihm den Dienst.

An der nächsten Quelle besah er seine Gestalt im Wasserspiegel: die bleichen zusammengeschrumpften Wangen, die eingefallenen Augen, der lange graue Bart und die grauen Haare bestätigten, was er vernommen hatte. Diese vergilbte, verwelkte Gestalt hatte keine Aehnlichkeit mehr mit dem Jüngling, den die Meermaid sich zum Bräutigam erkoren hatte. Jetzt erst ward der Unglückliche inne, daß die vermeintlichen paar Jahre ihm den größten Theil seines Lebens hinweggenommen hatten, denn als blühender Jüngling war er in das Haus der Meermaid eingezogen, und als gespenstischer Alter war er zurückgekommen. Dort hatte er weder den Fluß der Zeit noch das Hinschwinden des Körpers gespürt, und er konnte es sich nicht erklären, wie die Bürde des Alters ihm so plötzlich, gleich einer Vogelschlinge, über den Hals gekommen war. Was sollte er jetzt beginnen, da er als Fremder unter Fremde verschneit war? – Einige Tage lang streifte er am Strande von einem Bauerhofe zum andern umher, und gute Menschen gaben ihm aus Barmherzigkeit ein Stück Brot. Da traf er einst mit einem munteren Burschen zusammen, dem er seinen Lebenslauf ausführlich erzählte, aber in derselben Nacht war er auch verschwunden. Nach einigen Tagen wälzten die Wellen seinen Leichnam an's Ufer. Ob er vorsätzlich oder zufällig im Meere ertrunken war, ist nicht bekannt geworden.

Von dieser Zeit an hat sich das Wesen der Meermaid den Menschen gegenüber gänzlich verändert; nur Kindern erscheint sie zuweilen, fast immer in anderer Gestalt, erwachsene Menschen aber läßt sie nicht an sich heran kommen, sondern scheut sie wie das Feuer.

17. Die Unterirdischen. [79]

In einer stürmigen Nacht zwischen Weihnacht und Neujahr war ein Mann vom Wege abgekommen; während er sich durch die tiefen Schneetriften durchzuarbeiten suchte, erlahmte seine Kraft, so daß er von Glück sagen konnte, als er unter einem dichten Wachholderbusch Schutz vor dem Winde fand. Hier wollte er übernachten, in der Hoffnung, am hellen Morgen den Weg leichter zu finden. Er zog seine Glieder zusammen wie ein Igel, wickelte sich in seinen warmen Pelz und schlief bald ein. Ich weiß nicht, wie lange er so gelegen hatte, als er fühlte, daß Jemand ihn rüttele. Als er aus dem Schlafe auffuhr, schlug eine fremde Stimme an sein Ohr: »Bauer, ohe! steh auf! sonst begräbt dich der Schnee, und du kommst nicht wieder heraus.« Der Schläfer steckte den Kopf aus dem Pelze hervor und sperrte die noch schlaftrunkenen Augen weit auf. Da sah er einen Mann von langem schlanken Wuchse vor sich; der Mann trug als Stock einen jungen Tannenbaum, der doppelt so hoch war wie sein Träger. »Komm mit mir,« sagte der Mann mit dem Tannenstock − »für uns ist im Walde unter Bäumen ein Feuer gemacht, wo sich's besser ruht, als hier auf freiem Felde.« Ein so freundliches Anerbieten mochte der Mann nicht ausschlagen, vielmehr stand er sogleich auf, und schritt rüstig mit dem fremden Manne vorwärts. Der Schneesturm tobte so heftig, daß man auf drei Schritt nicht sehen konnte, aber wenn der fremde Mann seinen Tannenstock aufhob und mit strenger Stimme rief: »Hoho! Stümesmutter! [80] mach' Platz!« so bildete sich vor ihnen ein breiter Pfad, wohin auch kein Schneeflöckchen drang. Zu beiden Seiten und im Rücken tobte wildes Schneegestöber, aber die Wanderer focht es nicht an. Es war, als ob auf beiden Seiten eine unsichtbare Wand das Gestüm abwehrte. Bald kamen die Männer an den Wald, aus dem schon von fern der Schein eines Feuers ihnen entgegen leuchtete. »Wie heißt du?« fragte der Mann mit dem Tannenstock, und der Bauer erwiederte: »Des langen Hans Sohn Hans.«

Am Feuer saßen drei Männer mit weißen leinenen Kleidern angethan, als wäre es mitten im Sommer. Auch sah man in einem Umkreise von dreißig oder mehr Schritten nur Sommerschöne:

das Moos war trocken, die Pflanzen grün, und der Rasen wimmelte von Ameisen und Käferchen. Von fern aber hörte des langen Hans Sohn den Wind sausen und den Schnee brausen. Noch verwunderlicher war das brennende Feuer, welches hellen Glanz verbreitete, ohne daß ein Rauchwölkchen aufstieg.»Was meinst du, Sohn des langen Hans, ist dies nicht ein besserer Ruheplatz für die Nacht, als da auf freiem Felde unter dem Wachholderbusch?« Hans mußte dies zugeben, und dem fremden Manne dafür danken, daß er ihn so gut geführt hatte. Dann warf er seinen Pelz ab, wickelte ihn zu einem Kopfkissen zusammen, und legte sich im Scheine des Feuers nieder. Der Mann mit dem Tannenstock nahm sein Fäßchen aus einem Busche und bot Hansen einen Labetrunk, der schmeckte vortrefflich und erfreute ihm das Herz. Der Mann mit dem Tannenstock streckte sich nun auch auf den Boden hin und redete mit seinen Genossen in einer fremden Sprache, von der unser Hans kein Wörtchen verstand; er schlief darum bald ein.

Als er aufwachte, fand er sich allein an einem fremden Orte, wo weder Wald noch Feuer mehr war. Er rieb sich die Augen und rief sich das Erlebniß der Nacht zurück, meinte aber geträumt zu haben; doch konnte er nicht begreifen, wie er denn hierher an einen ganz fremden Ort gerathen war. Aus der Ferne drang ein starkes Geräusch an sein Ohr, und er fuhlte den Boden unter seinen Füßen zittern. Hans horchte eine Zeit lang, von wo der Lärm komme, und beschloß dann, dem Schalle nachzugehen, weil er hoffte, auf Menschen zu treffen. So kam er an die Mündung einer Felsengrotte, aus welcher der Lärm erscholl, und ein Feuer hervorschien. Als er in die Grotte trat, sah er eine ungeheure Schmiede vor sich mit einer Menge von Blasebälgen und Ambosen; an jedem Ambos standen sieben Arbeiter. Närrischere Schmiede konnten auf der Welt nicht zu finden sein. Die einem Manne bis zum Knie reichenden Männlein hatten Köpfe, die größer waren als ihre winzigen Leiber, und führten Hämmer, die mehr als doppelt so groß waren, als ihre Träger. Aber sie hämmerten mit ihren schweren Eisenkeulen so wacker auf den Ambos los, daß die kräftigsten Männer keine wuchtigeren Schläge hätten führen können. Bekleidet waren die kleinen Schmiede nur mit Lederschürzen, die vom Halse bis zu den Füßen reichten; auf der Rückseite waren die Körper nackend, wie Gott sie geschaffen hatte. Im Hintergrund an der Wand saß der Hansen wohlbekannte Mann mit dem Tannenstocke auf einem hohen Block, und gab scharf Acht auf die Arbeit der kleinen Gesellen. Zu seinen Füßen stand eine große Kanne, aus welcher die Arbeiter ab und zu einen Trunk thaten. Der Herr der Schmiede hatte nicht mehr die weißen Kleider von gestern an, sondern trug einen schwarzen rußigen Rock und um die Hüften einen Ledergürtel mit großer Schnalle; mit seinem Tannenstocke gab er den Gesellen von Zeit zu Zeit einen Wink, denn das Menschenwort wäre bei dem Getöse unvernehmlich gewesen. Ob Jemand den Hans bemerkt hatte, blieb diesem unklar, sintemal Meister und Gesellen ihre Arbeit hurtig förderten, ohne den fremden Mann zu beachten. Nach einigen Stunden wurde den kleinen Schmieden eine Rast gegönnt; die Bälge wurden angehalten, und die schweren Hämmer zu Boden geworfen. Jetzt, da die Arbeiter die Grotte verließen, erhob sich der Wirth vom Blocke und rief den Hans zu sich:»Ich habe deine Ankunft wohl bemerkt,« sagte er,»aber da die Arbeit drängte, konnte ich nicht früher mit dir reden. Heute mußt du mein Gast sein, um meine Lebensweise und Haushaltung kennen zu lernen. Verweile hier so lange, bis ich die schwarzen Kleider ablege.« Mit diesen Worten zog er einen Schlüssel aus der Tasche, schloß eine Thür in der Grottenwand auf, und ließ Hans hineintreten.

O was für Schätze und Reichthümer Hans hier erblickte! Ringsum lagen Gold- und Silberbarren aufgestapelt und schimmerten und flimmerten ihm vor den Augen. Hans wollte zum Spaße die Goldbarren eines Haufens überzählen und war gerade bis fünfhundert und siebzig gekommen, als der Wirth zurückkehrte und lachend rief:»Laß nur das Zählen, es würde dir zu viel Zeit kosten. Nimm dir lieber einige Barren vom Haufen, ich will sie dir zum Andenken verehren.« Natürlich ließ sich Hans so etwas nicht zweimal sagen; mit beiden Händen erfaßte er einen Goldbarren, konnte ihn aber nicht einmal von der Stelle rühren, geschweige denn aufheben. Der Wirth lachte und sagte:»Du winziger Floh vermagst nicht das kleinste meiner Geschenke fortzubringen, begnüge dich denn mit der Augenweide.« Mit diesen Worten führte er Hans in eine andere Kammer, von da in eine dritte, vierte und so fort, bis sie endlich in die siebente Grottenkammer kamen, die von der Größe einer großen Kirche und gleich den anderen vom Fußboden bis zur Decke mit Gold- und Silberhaufen angefüllt war. Hans wunderte sich über die unermeßlichen Schätze, womit man sämmtliche Königreiche der Welt hätte zu erb und eigen kaufen können, und die hier nutzlos unter der Erde lagen. Er fragte den Wirth: »Weßwegen häuft ihr hier einen so ungeheuren Schatz an, wenn doch kein lebendes Wesen von dem Gold und Silber Vortheil zieht? Käme dieser Schatz in die Hände der Menschen, so würden sie alle reich werden, und Niemand brauchte zu arbeiten oder Noth zu leiden.« »Gerade deßhalb,« erwiderte der Wirth — »darf ich den Schatz nicht an die Menschen überliefern; die ganze Welt würde vor Faulheit zu Grunde gehen, wenn Niemand mehr für das tägliche Brot zu sorgen brauchte. Der Mensch ist dazu geschaffen, daß er sich durch Arbeit und Sorgfalt erhalten soll.« Hans wollte das durchaus nicht wahr haben und bestritt nachdrücklich die Ansicht des Wirths. Endlich bat er, ihm doch zu erklären was es fromme, daß hier all' das Gold und Silber als Besitzthum eines Mannes lagere und schimmele, und daß der Herr des Goldes unablässig bemüht sei, seinen Schatz zu vergrößern, da er schon einen so üerschwenglichen Ueberfluß habe? Der Wirth gab zur Antwort: »Ich bin kein Mensch, wenn ich gleich Gestalt und Gesicht eines solchen habe, sondern eines jener höheren Geschöpfe, welche nach der Anordnung des Allvaters geschaffen sind, der Welt zu walten. Nach seinem Gebot muß ich mit meinen kleinen Gesellen ohne Unterlaß hier unter der Erde Gold und Silber bereiten, von welchem alljährlich ein kleiner Theil zum Bedarf der Menschen herausgegeben wird, nur knapp soviel als sie brauchen, um ihre Angelegenheiten zu betreiben. Aber Niemand soll sich die Gabe ohne Mühe zueignen. Wir müssen deßhalb das Gold erst fein stampfen, und dann die Körnlein mit Erde, Lehm und Sand vermischen; später werden sie, wo das Glück will, in diesem Grant gefunden, und müssen mühsam herausgesucht werden. Aber, Freund, wir müssen unsere Unterhaltung abbrechen, denn die Mittagsstunde naht heran. Hast du Lust, meinen Schatz noch länger zu betrachten, so bleib hier, erfreue dein Herz an dem Glanze des Goldes, bis ich komme dich zum Essen zu rufen.«

Damit trennte er sich von Hans.

Hans schlenderte nun wieder aus einer Schatzkammer in die andere, und versuchte hie und da ein kleineres Stück Gold aufzuheben, aber es war ihm ganz unmöglich. Er hatte zwar schon früher von klugen Leuten sagen hören, wie schwer Gold sei, aber er hatte es niemals glauben wollen – jetzt lehrten es ihn seine eigenen Versuche. Nach einer Weile kam der Wirth zurück, aber so verwandelt, daß Hans ihn im ersten Augenblick nicht erkannte. Er trug rothe feuerfarbene Seidengewänder, reich verziert mit goldenen Tressen und goldenen Franzen, ein breiter goldener Gürtel umschloß seine Hüften und auf seinem Kopfe schimmerte eine goldene Krone, aus welcher Edelsteine funkelten, wie Sterne in einer klaren Winternacht. Statt des Tannenstockes hielt er ein kleines aus feinem Golde gearbeitetes Stäbchen in der Hand, an welchem sich Verästelungen befanden, so daß das Stäbchen aussah wie ein Sproß des großen Tannenstockes.

Nachdem der königliche Besitzer des Schatzes die Thüren der Schatzkammern verschlossen und die Schlüssel in die Tasche gesteckt hatte, nahm er Hans bei der Hand und führte ihn aus der Schmiedewerkstatt in ein anderes Gemach, wo für sie das Mittagsmahl angerichtet war. Tische und Sitze waren von Silber; in der Mitte der Stube stand ein prächtiger Eßtisch, zu beiden Seiten desselben ein silberner Stuhl. Eß- und Trinkgeschirr, als da sind Schalen, Schüsseln, Teller, Kannen und Becher, waren von Gold. Nachdem sich der Wirth mit seinem Gaste am Tische niedergelassen hatte, wurden zwölf Gerichte nach einander aufgetragen; die Diener waren ganz wie die Männlein in der Schmiede, nur daß sie nicht nackt gingen sondern helle reine Kleider trugen. Sehr wunderbar kam Hansen ihre Behendigkeit und Geschicklichkeit vor; denn obgleich man keine Flügel an ihnen wahrnahm, so bewegten sie sich doch so leicht, als wären sie gefedert. Da sie nämlich nicht bis zur Höhe des Tisches hinanreichten, so mußten sie wie die Flöhe immer vom Boden auf den Tisch hüpfen. Dabei hielten sie die großen mit Speisen angefüllten Schalen und Schüsseln in der Hand, und wußten sich doch so in Acht zu nehmen, daß nicht ein Tropfen verschüttet ward. Während des Essens gossen die kleinen Diener Meth und köstlichen Wein aus den

Kannnen in die Becher und reichten diese den Speisenden. Der Wirth unterhielt sich freundlich und erläuterte Hansen mancherlei Geheimnisse. So sagte er, als auf sein nächtliches Zusammentreffen mit Hans die Rede kam:»Zwischen Weihnacht und Neujahr streife ich oft zum Vergnügen auf der Erde umher, um das Treiben der Menschen zu beobachten und einige von ihnen kennen zu lernen. Von dem, was ich bis jetzt gesehen und erfahren habe, kann ich nicht viel Rühmens machen. Die Mehrzahl der Menschen lebt einander zum Schaden und zum Verdruß. Jeder klagt mehr oder weniger über den Andern, Niemand sieht seine eigene Schuld und Verfehlung, sondern wälzt auf Andere, was er sich selbst zugezogen hat.« Hans suchte nach Möglichkeit die Wahrheit dieser Worte abzuleugnen, aber der freundliche Wirth ließ ihm reichlich einschenken, so daß ihm endlich die Zunge so schwer wurde, daß er kein Wort mehr entgegnen, und auch nicht verstehen konnte, was der Hausherr sagte. Binnen kurzem schlief er auf seinem Stuhle ein, und wußte nicht mehr, was mit ihm vorging.

In seinem schlaftrunkenen Zustande hatte er wunderbare bunte Träume, in welchen ihm unaufhörlich die Goldbarren vorschwebten. Da er sich im Traume viel stärker fühlte, nahm er ein paar Goldbarren auf den Rücken und trug sie mit Leichtigkeit davon. Endlich ging ihm aber doch unter der schweren Last die Kraft aus, er mußte sich niedersetzen und Athem schöpfen. Da hörte er schäkernde Stimmen, er hielt es für den Gesang der kleinen Schmiede; auch das helle Feuer von ihren Blasebälgen traf sein Auge. Als er blinzelnd aufschaute, sah er um sich her grünen Wald, er lag auf blumigem Rasen und kein Feuer von Blasebälgen, sondern der Sonnenstrahl war es, was ihm freundlich in's Gesicht schien. Er riß sich nun vollends aus den Banden des Schlafes los, aber es dauerte eine Zeit lang, ehe er sich auf das besinnen konnte, was ihm in der Zwischenzeit begegnet war.

Als endlich seine Erinnerungen wieder wach wurden, schien ihm Alles so seltsam und so wunderbar, daß er es mit dem natürlichen Lauf der Dinge nicht zu reimen wußte. Hans besann sich, wie er im Winter einige Tage nach Weihnacht in einer stürmigen Nacht vom Wege abgekommen war, und auch was sich später zugetragen hatte, tauchte wieder in seiner Erinnerung auf. Er hatte die Nacht mit einem fremden Manne an einem Feuer geschlafen, war am andern Tage zu diesem Manne, der einen Tannenstock führte, zu Gast gegangen, hatte dort zu Mittag gegessen und sehr viel getrunken – kurz er hatte ein paar Tage in Saus und Braus verlebt. Aber jetzt war doch rings um ihn her vollständiger Sommer, es konnte also nur Zauberei im Spiele sein. Als er sich erhob, fand er ganz in der Nähe eine alte Feuerstelle, welche in der Sonne wunderbar glänzte. Als er die Stätte schärfer in's Auge faßte, sah er, daß der vermeintliche Aschenhaufe feiner Silberstaub und die übrig gebliebenen Brände lichtes Gold waren. O dieses Glück. Woher nun einen Sack nehmen, um den Schatz nach Hause zu tragen? Die Noth macht erfinderisch. Hans zog seinen Winterpelz aus, fegte die Silberasche zusammen, daß auch kein Stäubchen übrig blieb, that die Goldbrände und das Zusammengefegte in den Pelz und band dann die Zipfel desselben mit seinem Gürtel zusammen, so daß nichts herausfallen konnte. Obwohl die Bürde nicht groß war, so wurde sie ihm doch gehörig schwer, so daß er wie ein Mann zu schleppen hatte, ehe er einen passenden Platz fand, um seinen Schatz zu verstecken.

Auf diese Weise war Hans durch ein unverhofftes Glück plötzlich zum reichen Manne geworden, der sich wohl ein Landgut hätte kaufen können. Als er aber mit sich zu Rathe ging, hielt er es zuletzt für das Beste, seinen alten Wohnort zu verlassen, und sich weiter weg einen neuen auszusuchen, wo die Leute ihn nicht kannten. Dort kaufte er sich denn ein hübsches Grundstück, und es blieb ihm noch ein gut Stück Geld übrig. Dann nahm er eine Frau und lebte als reicher Mann glücklich bis an sein Ende. Vor seinem Tode hatte er seinen Kindern das Geheimniß entdeckt, wie es der Unterirdischen Wirth gewesen, der ihn reich gemacht. Aus dem Munde der Kinder und Kindeskinder verbreitete sich dann die Geschichte weiter.

18. Der Nordlands-Drache.

Vormals lebte, der Erzählung alter Leute zufolge, ein gräuliches Unthier, das aus Nordland gekommen war, schon große Landstriche von Menschen und Thieren entblößt hatte, und allmählich, wenn Niemand Abhülfe gebracht hätte, alles Lebendige vom Erdboden vertilgt haben würde.

Es hatte einen Leib wie ein Ochs und Beine wie ein Frosch, nämlich zwei kurze vorn und zwei lange hinten, ferner einen schlangenartigen zehn Klafter langen Schweif; es bewegte sich wie ein Frosch, legte aber mit jedem Sprunge eine halbe Meile zurück. Zum Glücke blieb es an dem Orte, wo es sich einmal niedergelassen hatte, mehrere Jahre, und zog nicht eher weiter, als bis die ganze Umgegend kahl gefressen war. Der Leib war über und über mit Schuppen bedeckt, welche fester waren als Stein und Erz, so daß Nichts ihn beschädigen konnte. Die beiden großen Augen funkelten bei Nacht und bei Tage wie die hellsten Kerzen, und wer einmal das Unglück hatte, in ihren Glanz hinein zu blicken, der war wie bezaubert, und mußte von selbst dem Ungeheuer in den Rachen laufen. So kam es, daß sich ihm Thiere und Menschen selber zum Fraße lieferten, ohne daß es sich von der Stelle zu rühren brauchte. Die Könige der Umgegend hatten demjenigen überaus reichen Lohn verheißen, der durch Zauber oder durch andere Gewalt das Ungeheuer vertilgen könnte, und Viele hatten schon ihr Heil versucht, aber ihre Unternehmungen waren alle gescheitert. So wurde einst ein großer Wald, in welchem das Ungeheuer hauste, in Brand gesteckt; der Wald brannte nieder, aber dem schädlichen Thiere konnte das Feuer nicht das Mindeste anhaben. Allerdings sagten Ueberlieferungen, die im Munde alter Leute waren, daß Niemand auf andere Weise des Ungeheuers Herr werden könne, als durch des Königs Salomo Siegelring; auf diesem sei eine Geheimschrift eingegraben, aus welcher man erfahre, wie das Unthier umgebracht werden könne. Allein Niemand wisse zu melden, wo jetzt der Ring verborgen sei, und eben so wenig sei ein Zauberer zu finden, der die Schrift deuten könne.

Endlich entschloß sich ein junger Mann, der Herz und Kopf

auf dem rechten Flecke hatte, auf gut Glück den Spuren des Ringes nachzuforschen. Er schlug den Weg gen Morgen ein, allwo vornehmlich die Weisheit der Vorzeit zu finden ist. Erst nach einigen Jahren traf er mit einem berühmten Zauberer des Ostens zusammen und fragte ihn um Rath. Der Zauberer erwiederte: »Das Bischen Klugheit der Menschen kann dir hier nichts helfen, aber Gottes Vögel unter dem Himmel werden dir die besten Führer sein, wenn du ihre Sprache erlernen willst. Ich kann dir dazu verhelfen, wenn du einige Tage bei mir bleiben willst.« Der Jüngling nahm das freundliche Anerbieten mit Dank an und sagte: »Für jetzt bin ich freilich nicht im Stande, dich für deine Wohlthat zu beschenken, fällt aber mein Unternehmen glücklich aus, so werde ich dir deine Mühe reichlich vergelten.« Nun kochte der Zauberer aus neunerlei Kräutern, die er heimlich bei Mondenschein gesammelt hatte, einen kräftigen Trank und gab davon dem Jünglinge drei Tage hintereinander neun Löffel täglich zu trinken, was zur Folge hatte, daß ihm die Vogelsprache verständlich wurde. Beim Abschiede sagte der Zauberer: »Solltest du das Glück haben, Salomonis Ring zu entdecken und desselben habhaft zu werden, so komm zu mir zurück, damit ich dir die Schrift auf dem Ringe deute, denn es lebt jetzt außer mir Keiner, der das vermöchte.«

Schon am nächsten Tage fand der Jüngling die Welt wie verwandelt, er ging nirgends mehr allein, sondern hatte überall Gesellschaft, weil er die Vogelsprache verstand, durch welche ihm Vieles offenbar wurde, was menschliche Einsicht ihn nicht hätte lehren können. Aber geraume Zeit verfloß, ohne daß er von dem Ringe etwas gehört hätte. Da geschah es eines Abends, als er vom Gang und der Hitze ermüdet, sich zeitig im Walde unter einem Baume niedergelassen hatte, um sein Abendbrot zu verzehren, daß auf hohem Wipfel zwei buntgefiederte fremde Vögel ein Gespräch mit einander führten, welches ihn betraf. Der erste Vogel sagte: »Ich kenne den windigen Herumtreiber unter dem Baume da, der schon so lange wandert, ohne die Spur zu finden. Er sucht den verlorenen Ring des Königs Salomo.« Der andere Vogel erwiederte: »Ich glaube, er müßte bei der Höllenjungfrau Hülfe suchen, die wäre gewiß im Stande ihm auf die Spur zu helfen. Wenn sie den Ring auch nicht selbst hat, so weiß sie doch ganz genau, wer das Kleinod jetzt besitzt.« Der erste Vogel versetzte: »Das wäre schon recht, aber wo soll er die Höllenjungfrau auffinden, die nirgends eine bleibende Stätte hat, sondern heute hier und morgen dort wohnt: eben so gut könnte er die Luft fest halten!« Der andere Vogel erwiederte: »Ihren gegenwärtigen Aufenthalt weiß ich zwar nicht anzugeben, aber heute binnen drei Tagen kommt sie zur Quelle, ihr Gesicht zu waschen, wie sie jeden Monat in der Nacht des Vollmonds thut, damit die Jugendschöne nie von ihren Wangen schwinde und die Runzeln des Alters ihr Antlitz nicht zusammenziehen.« Der erste Vogel sagte: »Nun, die Quelle ist nicht weit von hier; wollen wir des Spaßes halber ihr Treiben mit ansehen?« »Meinethalben, wenn du willst,« gab der andere Vogel zur Antwort. – Der Jüngling war gleich entschlossen, den Vögeln zu folgen und die Quelle aufzusuchen, doch machte ihn zweierlei besorgt, erstens, daß er die Zeit verschlafen könne, wo die Vögel aufbrächen, und zweitens, daß er keine Flügel hatte, um dicht hinter ihnen zu bleiben. Er war zu sehr ermüdet, um die ganze Nacht wach zu bleiben, die Augen fielen ihm zu. Aber die Sorge ließ ihn doch nicht ruhig schlafen, er wachte öfters auf, um den Aufbruch der Vögel nicht zu verpassen. Darum freute er sich sehr, als er bei Sonnenaufgang zum Wipfel hinauf blickte und die buntgefiederten Gesellen noch sah, wie sie unbeweglich saßen, mit den Schnäbeln unter den Federn. Er verzehrte sein Frühstück und wartete dann, daß die Vögel aufbrechen sollten. Aber sie schienen diesen Morgen nirgends hin zu wollen, sie flatterten, wie zur Kurzweil oder um Nahrung zu suchen, von einem Wipfel zum andern und trieben das so fort bis zum Abend, wo sie sich an der alten Stelle zur Ruhe begaben. Eben so ging es noch den folgenden Tag. Erst am Mitmorgen des dritten Tages sagte der eine Vogel zum andern. »Heute müssen wir zur Quelle, um zu sehen, wie sich die Höllenjungfrau ihr Antlitz wäscht.« Bis Mittag blieben sie noch, dann flogen sie davon und nahmen ihren Weg gerade gen Süden. Dem Jüngling klopfte das Herz vor Furcht, seine Führer aus dem Gesicht zu verlieren. Aber die Vögel waren nicht weiter geflogen, als sein Gesichtskreis reichte, und hatten sich dann auf einem Baumwipfel niedergelassen. Der Jüngling rannte ihnen nach, daß seine Haut dampfte und ihm der Athem zu stocken drohte. Nach dreimaligem Ausruhen kamen die Vögel auf eine kleine Fläche, an deren Rande sie sich auf einem hohen Baumwipfel niederließen. Als der Jüngling nach ihnen dort anlangte, gewahrte er mitten in der Fläche eine Quelle; er setzte sich nun unter denselben Baum, auf dessen Wipfel die Vögel sich aufhielten. Dann spitzte er seine Ohren, um zu vernehmen, was die gefiederten Geschöpfe miteinander redeten.

»Die Sonne ist noch nicht unter« — sagte der eine Vogel — »wir müssen noch eine Weile warten, bis der Mond aufgeht, und die Jungfrau zur Quelle kommt. Wollen doch sehen, ob sie den Jüngling unter dem Baume bemerkt?« Der andere Vogel erwiderte: »Ihrem Auge entgeht wohl Nichts, was nach einem jungen Manne riecht, Sollte der Jüngling verschlagen genug sein, um nicht in ihr Garn zu gehen?« Worauf der erste Vogel sagte: »Wir werden ja sehen, wie sie miteinander fertig werden.«

Der Abend war schon vorgerückt, der Vollmond stand schon hoch über dem Walde, da hörte der Jüngling ein leises Geräusch: nach einigen Augenblicken trat aus dem Walde eine Maid hervor, und schritt flüchtigen Fußes, so daß ihre Sohlen den Boden nicht zu berühren schienen, über den Rasen zur Quelle. Der Jüngling mußte sich gestehen, daß er in seinem Leben noch kein schöneres Weib gesehen habe, und mochte kein Auge mehr von der Jungfrau verwenden.

Diese ging, ohne seiner zu achten, zur Quelle, hob die Augen zum Monde empor, fiel auf die Knie, tauchte neun Mal ihr Antlitz in die Quelle, blickte nach jedem Male den Mond an und rief: »Vollwangig und hell, wie du jetzt bist, möge auch meine Schönheit blühen unvergänglich!« Dann ging sie neun Mal um die Quelle und sang nach jedem Gange:

»Nicht der Jungfrau Antlitz welke,
Nie der Wangen Roth erbleiche,
Ob der Mond auch wieder schwinde,
Möge ich doch immer wachsen,
Mir das Glück stets neu erblühen!«

Darauf trocknete sie sich mit ihren langen Haaren das Gesicht ab, und wollte von dannen gehen, als ihre Augen plötzlich auf die Stelle fielen, wo der Jüngling unter dem Baume saß. Sogleich wandte sie ihre Schritte dahin. Der junge Mann erhob sich und blieb in Erwartung stehen. Die schöne Maid kam näher und sagte: »Eigentlich müßtest du einer schweren Strafe verfallen, daß du der Jungfrau heimliches Thun im Mondschein belauscht hast; aber da du fremd bist und zufällig herkamst, so will ich dir verzeihen. Doch mußt du mir wahrheitsgetreu bekennen, woher du bist und wie du hierher kamst, wohin bisher noch kein Sterblicher seinen Fuß gesetzt hat?« Der Jüngling antwortete mit vielem Anstande: »Vergebet, theure Jungfrau, wenn ich ohne Wissen und Willen gegen euch gefehlt habe. Da ich nach langer Wanderung hierher gerieth, fand ich den schönen Platz unter dem Baume, und wollte da mein Nachtlager nehmen. Eure Ankunft ließ mich zögern, so blieb ich sitzen, weil ich glaubte, daß stilles Schauen euch nicht nachtheilig werden könne.« Die Jungfrau versetzte liebreich: »Komm zur Nacht zu uns! Auf Kissen ruht es sich besser als hier auf kühlem Moose.« Der Jüngling stand ein Weilchen zweifelnd, und wußte nicht, was er thun solle, ob das freundliche Anerbieten annehmen oder zurückweisen. Da sprach auf dem Baumwipfel ein Vogel zum andern. »Er wäre ein Thor, wenn er sich das Anerbieten nicht gefallen ließe.« Die Jungfrau, die der Vogelsprache wohl nicht kundig war, sagte mit freundlicher Mahnung: »Fürchte nichts, mein Freund! ich lade dich nicht in böser Absicht ein, ich wünsche dir von ganzem Herzen Gutes.« Die Vögel sagten hinterdrein: »geh', wohin man dich ruft, aber hüte dich, Blut zu geben, um deine Seele nicht zu verkaufen.«

Nun ging der Jüngling mit ihr. Nicht weit von der Quelle kamen sie in einen schönen Garten, in welchem ein prächtiges Wohnhaus stand, das im Mondschein schimmerte, als wären Dach und Wände aus Gold und Silber gegossen. Als der Jüngling hineintrat, fand er viele prachtvolle Gemächer, eins immer schöner als das andere; viele hundert Kerzen brannten auf goldenen Leuchtern und verbreiteten überall eine Helligkeit wie die des Tages. Darauf gelangten sie in ein Gemach, wo eine mit köstlichen Speisen besetzte Tafel sich befand; an der Tafel standen zwei Stühle, der eine von Silber, der andere von Gold; die Jungfrau ließ sich auf den goldenen Stuhl nieder, und bat den Jüngling, sich auf den silbernen zu setzen. Weißgekleidete Mädchen trugen die Speisen auf und räumten sie wieder ab, wobei aber kein Wort gesprochen wurde, auch traten die Mädchen so leise auf, als gingen sie auf Katzenpfoten. Nach Tisch, als der Jüngling mit der königlichen Jungfrau allein geblieben war, wurde ein anmuthiges Gespräch geführt, bis endlich ein Frauenzimmer in rother Kleidung erschien, um zu erinnern, daß es Zeit sei, sich schlafen zu legen.

Da führte die Jungfrau den Jüngling in eine andere Kammer, wo ein seidenes Bett mit Daunenkissen stand; sie wies es ihm und entfernte sich. Der Jüngling meinte bei lebendigem Leibe im Himmel zu sein, auf Erden sei solch' ein Leben nicht zu finden. Nur darüber wußte er später keine Rechenschaft zu geben, ob ihn Träume getäuscht, oder ob er wirklich Stimmen an seinem Bette vernommen hätte, welche ihm ein Wort zuriefen, das sein Herz erschreckte: »Gieb kein Blut!«

Am andern Morgen fragte ihn die Jungfrau, ob er nicht Lust habe hier zu bleiben, wo die ganze Woche aus lauter Feiertagen bestehe. Und als der Jüngling auf die Frage nicht gleich Antwort gab, setzte sie hinzu: »Ich bin, wie du selbst siehst, jung und blühend, und ich stehe unter Niemandes Botmäßigkeit, sondern kann thun, was mir beliebt. Bisher ist es mir noch nie in den Sinn gekommen zu heiraten, aber von dem Augenblicke an, wo ich dich erblickte, stiegen mir plötzlich andere Gedanken auf, denn du gefällst mir. Sollten nun unsere Gedanken übereinstimmen, so könnte ein Paar aus uns werden. Hab' und Gut besitze ich unendlich viel, wie du dich selber auf Schritt und Tritt überzeugen kannst, und so kann ich Tag für Tag königlich leben. Was dein Herz nur begehrt, kann ich dir gewähren.« Wohl drohte die Schmeichelrede der schönen Maid des Jünglings Sinn zu verwirren, aber zu seinem Glücke fiel ihm ein, daß die Vögel sie die Höllenjungfrau genannt und ihn gewarnt hatten, daß er ihr Blut gebe, und daß er auch in der Nacht, sei es träumend oder wachend, dieselbe Warnung vernommen habe. Darum erwiederte er: »Theure Jungfrau, verargt es mir nicht, wenn ich euch ganz aufrichtig gestehe, daß man das Freien nicht abmachen kann wie einen Roßkauf, sondern daß es dazu längerer Ueberlegung bedarf. Vergönnt mir deshalb einige Tage Bedenkzeit, dann wollen wir uns darüber verständigen.«»Warum nicht,« erwiederte die schöne Maid – meinethalben kannst du dich einige Wochen bedenken und mit deinem Herzen zu Rathe gehen.«

Damit nun dem Jünglinge inzwischen die Zeit nicht lang würde, führte ihn die Jungfrau von einer Stelle ihres prächtigen Hauses zur andern, und zeigte ihm all' die reichen Schatzkammern und Truhen, welche sein Herz erweichen sollten. All' diese Schätze waren aber durch Zauberei entstanden, denn die Jungfrau konnte mit Hülfe des Salomonischen Siegelringes alle Tage und an jedem Orte eine solche Wohnung nebst allem Zubehör hervorbringen, aber das Alles hatte keine Dauer, es war vom Winde hergeweht, und ging auch wieder in den Wind, ohne eine Spur zurückzulassen. [81] Da der Jüngling das aber nicht wußte, so hielt er das Blendwerk für Wirklichkeit. Eines Tages führte ihn die Jungfrau in eine verborgene Kammer, wo auf einem silbernen Tische ein goldenes Schächtelchen stand. Auf das Schächtelchen zeigend sagte sie:»Hier steht mein theuerster Schatz, dessen Gleichen auf der ganzen Welt nicht zu finden ist, es ist ein kostbarer goldener Ring. Wenn du mich freien solltest, so würde ich dir diesen Ring zum Mahlschatz geben, und er würde dich zum glücklichsten aller Menschen machen. Damit aber das Band unserer Liebe ewige Dauer erhalte, mußt du mir dann für den Ring drei Tropfen Blut von dem kleinen Finger deiner linken Hand geben.«

Als der Jüngling diese Rede hörte, überlief es ihn kalt; daß sie sich Blut ausbedang, erinnerte ihn daran, daß er seine Seele aufs Spiel setze. Er war aber schlau genug, sich nichts merken zu lassen, und auch keine Einwendung zu machen, vielmehr fragte er, wie beiläufig, was es für eine Bewandniß mit dem Ringe habe. Die Jungfrau erwiederte:»Kein Lebendiger ist bis jetzt im Stande gewesen, die Kraft dieses Ringes ganz zu ergründen, weil keiner die geheimen Zeichen desselben vollständig zu deuten wußte. Aber schon mit dem halben Verständniß vermag ich Wunder zu verrichten, welche mir kein anderes Wesen nachmachen kann. Stecke ich den Ring auf den kleinen Finger meiner linken Hand, so kann ich mich wie ein Vogel in die Luft schwingen, und hinfliegen wohin ich will. Stecke ich den Ring auf den Ringfinger meiner linken Hand, so bin ich sogleich für Alle unsichtbar, mich selbst und Alles, was mich umgiebt, sehe ich, aber die Andern sehen mich nicht. Stecke ich den Ring an den Mittelfinger meiner linken Hand, dann kann mir kein scharfes Werkzeug, noch Wasser und Feuer etwas anhaben. Stecke ich den Ring an den Zeigefinger meiner linken Hand, dann kann ich mir mit seiner Hülfe alle Dinge schaffen, die ich begehre; ich kann in einem Augenblicke Häuser aufbauen und sonstige Gegenstände hervorbringen. So lange endlich der Ring am Daumen der linken Hand sitzt, ist die Hand so stark, daß sie Felsen und Mauern brechen kann. [82] Außerdem trägt der Ring noch andere geheime Zeichen, welche, wie gesagt, bis heute noch Niemand zu deuten wußte; doch läßt sich denken, daß sie noch viele wichtige Geheimnisse enthalten. Der Ring war vor Alters Eigenthum des Königs Salomo, des weisesten der Könige, unter dessen Regierung die weisesten Männer lebten. Doch ist es bis auf den heutigen Tag nicht kund geworden, ob der Ring durch göttliche Kraft oder durch Menschenhände entstanden ist; es wird behauptet, daß ein Engel dem weisen Könige den Ring geschenkt habe.« Als der Jüngling die Schöne so reden hörte, war sein erster Gedanke, sich des Ringes durch List zu bemächtigen, er that deshalb, als ob er das Gehörte durchaus nicht für wahr halten könne. So hoffte er die Jungfrau zu bewegen, daß sie den Ring aus dem Schächtelchen nehme und ihm zeige – wobei er dann vielleicht Gelegenheit fände, sich des Wunderringes zu bemächtigen. Er wagte aber nicht, die Jungfrau geradezu darum zu bitten, daß sie ihm den Ring zeige. Er umschmeichelte sie und geberdete sich zärtlich, aber sein Herz sann nur darauf, in den Besitz des Ringes zu gelangen. Schon nahm die Jungfrau den Schlüssel zum Kästchen aus dem Busen, um es aufzuschließen, aber sie steckte ihn wieder zu sich und sagte: »Dazu haben wir künftig noch Zeit genug.« Ein Paar Tage darauf kam die Rede wieder auf den Wunderring, und der Jüngling sagte: »Nach meinem Dafürhalten sind solche Dinge, wie ihr sie mir von der Kraft eures Ringes erzählt, schlechterdings nicht möglich.« Da öffnete die Jungfrau das Schächtelchen und nahm den Ring heraus, der zwischen ihren Fingern blitzte wie der hellste Sonnenstrahl. Dann steckte sie ihn zum Spaße an den Mittelfinger ihrer linken Hand und sagte dem Jüngling, er solle ein Messer nehmen und damit auf sie losstechen wohin er wolle, denn es könne ihr doch nicht schaden. Der Jüngling sträubte sich gegen dies bedenkliche Beginnen, als aber die Jungfrau nicht abließ, mußte er sich fügen. Obwohl er nun, anfangs mehr spielend, dann aber ernsthaft, auf alle Weise die Jungfrau mit dem Messer zu treffen suchte, so war es doch, als ob eine unsichtbare Wand von Eisen zwischen Beiden stünde; die Schneide konnte nicht eindringen, und die Jungfrau stand lachend und unbewegt vor ihm. Darauf steckte sie den Ring an ihren Ringfinger, und war im Nu den Blicken des Jünglings entschwunden, so daß dieser durchaus nicht begreifen konnte, wohin sie gekommen war. Bald stand sie wieder lachend vor ihm auf der alten Stelle, den Ring zwischen den Fingern haltend. »Laßt doch sehen« – bat der Jüngling – »ob es mir auch möglich ist, so seltsame Dinge mit dem Ringe zu machen?« Die Jungfrau, welche keinen Betrug ahndete, gab ihm den Wunderring.

Der Jüngling that, als wisse er noch nicht recht Bescheid, und fragte: »An welchen Finger muß ich den Ring stecken, damit mir ein scharfes Werkzeug nicht schaden könne?« – Worauf die Jungfrau lachend erwiederte: »An den Mittelfinger der linken Hand!« Sie nahm dann selbst das Messer und suchte damit zu stoßen, konnte aber dem Jüngling keinen Schaden thun. Darauf nahm dieser das Messer und versuchte sich selber zu beschädigen, aber es war auch ihm unmöglich. Darauf bat er die Jungfrau, ihm zu zeigen, wie er mit dem Ringe Steine und Felsen spalten könne. Sie führte ihn in den Hof, wo ein klafterhoher Kiesel lag. »Jetzt stecke den Ring« – so unterwies ihn die Jungfrau – »an den Daumen deiner linken Hand, und schlage dann mit der Faust auf den Stein, und du wirst sehen, welche Kraft in deiner Hand liegt.« Der Jüngling that es und sah zu seinem Erstaunen, wie der Stein unter dem Schlage seiner Hand in tausend Trümmer barst. Da dachte der Jüngling, wer das Glück nicht bei den Hörnern zu fassen weiß, der ist ein Thor, denn einmal entflohen, kehrt es nicht zurück. Während er noch über die Zertrümmerung des Steines scherzte, steckte er wie spielend den Ring an den Ringfinger seiner linken Hand. Da rief die Jungfrau: »Jetzt bist du für mich so lange unsichtbar, bis du den Ring abziehst.« Aber das zu thun war der Jüngling nicht gesonnen, vielmehr ging er rasch einige Schritte weiter, steckte dann den Ring an den kleinen Finger der linken Hand, und schwang sich in die Höhe wie ein Vogel. Als die Jungfrau ihn davon fliegen sah, hielt sie Anfangs auch diesen Versuch für bloßen Scherz, und rief:»Komm zurück, mein Freund! Jetzt hast du gesehen, daß ich dir die Wahrheit gesagt habe!« Aber wer nicht zurückkam, war der Jüngling; da merkte die Jungfrau den Betrug, und brach in bittere Klagen aus über ihr Unglück.

Der Jüngling hielt seinen Flug nicht eher an, als bis er nach einigen Tagen wieder zu dem berühmten Zauberer gekommen war, bei welchem er die Vogelsprache gelernt hatte. Der Zauberer war außerordentlich froh, daß des Mannes Wanderung so guten Erfolg gehabt hatte. Er machte sich sogleich daran, die geheime Schrift auf dem Ringe zu deuten, er brauchte aber sieben Wochen ehe er damit zu Stande kam. Darauf gab er dem Jünglinge folgende Auskunft, wie der Nordlands-Drache zu vertilgen sei:»Du mußt dir ein eisernes Pferd gießen lassen, das unter jedem Fuße kleine Räder hat, so daß man es vorwärts und rückwärts schieben kann. Dann mußt du aufsitzen und dich mit einem eisernen zwei Klafter langen Speere bewaffnen, den du freilich nur führen kannst, wenn der Wunderring am Daumen deiner linken Hand steckt. Der Speer muß in der Mitte die Dicke einer mäßigen Birke haben und seine beiden Enden müssen gleich scharf sein. In der Mitte des Speeres mußt du zwei starke zehn Klafter lange Ketten befestigen, die stark genug sind, den Drachen zu halten. Sobald der Drache sich in den Speer fest gebissen hat, so daß dieser ihm die Kinnlade durchbohrt, mußt du wie der Wind vom Eisenroß herunter springen, um dem Unthier nicht in den Rachen zu fallen, und mußt die Enden der Ketten mit eisernen Pflöcken dergestalt in die Erde rammen, daß keine Gewalt sie herausziehen kann. Nach drei oder vier Tagen ist die Kraft des Unthiers so weit erschöpft, daß du dich ihm nähern kannst, dann stecke Salomos Kraftring an den Daumen deiner linken Hand, und schlage es vollends todt. Bis du aber herangekommen bist, muß der Ring am Ringfinger deiner linken Hand stecken, damit das Unthier dich nicht sehen kann, sonst würde es dich mit seinem langen Schwanze todt schlagen. Wenn du Alles vollbracht hast, trage

Sorge, daß du den Ring nicht verlierst, und daß dir auch Niemand mit List das Kleinod entwende.«

Unser Freund dankte dem Zauberer für die Belehrung und versprach, ihn später für seine Mühe zu belohnen. Aber der Zauberer erwiederte: »Ich habe aus der Entzifferung der Geheimschrift des Ringes so viel Zauberweisheit geschöpft, daß ich keines anderen Gutes weiter bedarf.« So trennten sie sich, und der Jüngling eilte nach Hause, was ihm nicht mehr schwer wurde, da er wie ein Vogel fliegen konnte wohin er wollte.

Als er nach einigen Wochen in der Heimath anlangte, hörte er von den Leuten, daß der gräuliche Nordlands-Drache schon in der Nähe sei, so daß er jeden Tag über die Grenze kommen könne. Der König ließ überall bekannt machen, daß er demjenigen, der dem Unthier das Garaus machen würde, nicht nur einen Theil seines Königreiches schenken, sondern auch seine Tochter zur Frau geben wolle. Nach einigen Tagen trat unser Jüngling vor den König und erklärte, er hoffe das Unthier zu vernichten, wenn der König Alles wolle anfertigen lassen, was dazu erforderlich sei. Der König ging mit Freuden darauf ein. Es wurden nun sämmtliche geschickte Meister aus der Umgegend zusammenberufen, die mußten erst das Eisenpferd gießen, dann den großen Speer schmieden, und endlich auch die eisernen Ketten, deren Ringe zwei Zoll Dicke hatten. Als aber Alles fertig war, fand es sich, daß das eiserne Pferd so schwer war, daß hundert Männer es nicht von der Stelle bringen konnten. Da blieb dem Jüngling nichts übrig, als mit Hülfe seines Kraftringes das Pferd allein fort zu bewegen.

Der Drache war keine Meile mehr entfernt, so daß er mit ein Paar Sprüngen über die Grenze setzen konnte. Der Jüngling überlegte nun, wie er allein mit dem Unthier fertig werden solle, denn da er das schwere Eisenpferd von hinten her schieben mußte, so konnte er sich nicht aufsetzen, wie es der Zauberer vorgeschrieben hatte. Da belehrte ihn unerwartet eines Raben Schnabel: »Setze dich auf das Eisenpferd, und stemme den Speer gegen den Boden, als wolltest du einen Kahn vom Ufer abstoßen.« Der Jüngling machte es so und fand, daß er auf diese Weise vorwärts kommen könne. Das Ungeheuer sperrte schon von Weitem den

Rachen auf, um die erwartete Beute zu vertilgen. Noch einige Klafter, so wären Mann und Eisenroß im Rachen des Unthiers gewesen. Der Jüngling bebte vor Entsetzen und das Herz erstarrte ihm zu Eis, allein er ließ sich nicht verwirren, sondern stieß mit aller Kraft zu, so daß der eiserne Speer, den er aufrecht in der Hand hielt, den Rachen des Unthiers durchbohrte. Dann sprang er vom Eisenroß und wandte sich schnell wie der Blitz, als das Unthier die Kinnladen zusammenklappte. Ein gräßliches Gebrüll, das viele Meilen weit erscholl, gab den Beweis, daß der Nordlands-Drache sich festgebissen hatte. Als der Jüngling sich umwandte, sah er eine Spitze des Speers Fuß lang aus der oberen Kinnlade hervorragen, und schloß daraus, daß die andere im Boden fest steckte. Das Eisenroß aber hatte der Drache mit seinen Zähnen zermalmt. Jetzt eilte der Jüngling, die Ketten am Boden zu befestigen, wozu starke Eisenpflöcke von mehreren Klaftern Länge in Bereitschaft gesetzt waren.

Der Todeskampf des Ungeheuers dauerte drei Tage und drei Nächte: wenn es sich bäumte, schlug es so gewaltig mit dem Schwanze gegen den Boden, daß die Erde auf zehn Meilen weit bebte. Als es endlich den Schwanz nicht mehr rühren konnte, hob der Jüngling mit Hülfe des Ringes einen Stein auf, den zwanzig Männer nicht hätten bewegen können, und schlug damit dem Thiere so lange auf den Kopf, bis es kein Lebenszeichen mehr von sich gab.

Grenzenlos war überall der Jubel, als die Botschaft kam, daß der schlimme Feind sein Ende gefunden. – Der Sieger wurde in der Königsstadt mit großen Ehrenbezeugungen empfangen, als wäre er der mächtigste König. Der alte König brauchte auch seine Tochter nicht zur Heirath zu zwingen, sondern diese verlangte selber, sich dem starken Manne zu vermählen, der allein ausgerichtet hatte, was die Andern auch mit einer ganzen Armee nicht vermochten. Nach einigen Tagen wurde eine prachtvolle Hochzeit gefeiert, welche vier Wochen lang dauerte, und zu welcher alle Könige der Nachbarländer sich versammelt hatten, um dem Manne zu danken, der die Welt von ihrem schlimmsten Feinde befreit hatte. Allein über dem Hochzeitsjubel und der allgemeinen Freude hatte man vergessen, daß des Ungeheuers Leichnam unbegraben liegen geblieben war, und da er jetzt in Verwesung überging, so verbreitete er einen solchen Gestank, daß Niemand sich in die Nähe wagte. Es entstanden Seuchen, welche viele Menschen hinrafften. Deshalb beschloß der Schwiegersohn des Königs, Hülfe bei dem Zauberer im Osten zu suchen, was ihm mit seinem Ringe nicht schwer fiel, weil er auf Vogelschwingen hin fliegen konnte.

Aber das Sprichwort sagt, unrecht Gut gedeiht nicht, und wie gewonnen, so zerronnen. Diese Erfahrung sollte auch des Königs Schwiegersohn mit dem entwendeten Ringe machen. Der Höllenjungfrau ließ es weder Tag noch Nacht Ruhe, ihrem Ringe wieder auf die Spur zu kommen. Als sie mit Hülfe von Zauberkünsten erfahren hatte, daß des Königs Schwiegersohn sich in Vogelgestalt zu dem Zauberer aufmache, verwandelte sie sich in einen Adler, und kreiste so lange in den Lüften, bis ihr der Vogel, auf den sie wartete, zu Gesicht kam – sie erkannte ihn sogleich an dem Ringe, der ihm an einem Bande um den Hals hing. Da schoß der Adler auf den Vogel nieder und in demselben Augenblick, wo seine Klauen ihn packten, hatte er ihm auch mit dem Schnabel den Ring vom Halse gerissen, ehe noch der Mann in Vogelgestalt etwas dagegen thun konnte. Jetzt ließ der Adler sich mit seiner Beute zur Erde nieder, und beide standen in ihrer früheren Menschengestalt neben einander. »Jetzt bist du in meiner Hand, Frevler!« rief die Höllenjungfrau. – »Ich nahm dich als meinen Geliebten auf, und du übtest Betrug und Diebstahl: ist das mein Lohn? Du nahmst mir mein kostbarstes Kleinod durch List, und hofftest, als Schwiegersohn des Königs ein glückliches Leben zu führen, aber jetzt hat sich das Blatt gewandt. Du bist in meiner Gewalt und sollst mir für allen Frevel büßen.« »Vergebt, vergebt,« bat des Königs Schwiegersohn, ich weiß wohl, daß ich mich schwer gegen euch vergangen habe, und bereue meine Schuld von ganzem Herren.« Die Jungfrau erwiederte: »Deine Bitten und deine Reue kommen zu spät, und Nichts kann dir mehr helfen. Ich darf dich nicht schonen, das brächte mir Schande und machte mich zum Gespött der Leute. Zwiefach hast du dich an mir versündigt, erst hast du meine Liebe verschmäht, und dann meinen Ring entwendet, dafür mußt du Strafe leiden.« Mit diesen Worten steckte sie den Ring an den Daumen ihrer linken

Hand, nahm den Mann wie eine Hedekunkel auf den Arm und ging mit ihm von dannen. Diesmal führte ihr Weg nicht in jene prächtige Behausung, sondern in eine Felsenhöhle, wo Ketten von der Wand herunter hingen. Die Jungfrau ergriff die Enden der Ketten, und fesselte damit dem Manne Hände und Füße, so daß Entkommen unmöglich war; dann sagte sie mit Zorn: »Hier sollst du bis an dein Ende gefangen bleiben. Ich werde dir täglich so viel Nahrung bringen lassen, daß du nicht Hungers sterben kannst, aber auf Befreiung darfst du nimmer hoffen.« Damit verließ sie ihn.

Der König und seine Tochter verlebten eine schwere Zeit des Kummers, als Woche auf Woche verging, und der Schwiegersohn weder zurück kam, noch auch Nachricht von sich gab. Oftmals träumte der Königstochter, daß ihr Gemahl schwere Pein leiden müsse, sie bat deßhalb ihren Vater, von allen Seiten her Zauberer zusammenrufen zu lassen, damit sie vielleicht Auskunft darüber gäben, wo der Verschwundene lebe, und wie er zu befreien sei. Aber sämmtliche Zauberer konnten nichts weiter berichten, als daß er noch lebe und schwere Pein leide, keiner wußte den Ort zu nennen, wo er sich befinde, noch anzugeben, wie man ihn auffinden könne. Endlich wurde ein berühmter Zauberer aus Finnland vor den König geführt, der den weiteren Bescheid ertheilen konnte, daß des Königs Schwiegersohn im Ostlande gefangen gehalten werde, und zwar nicht durch Menschen, sondern durch ein mächtigeres Wesen. Also schickte der König seine Boten in der genannten Richtung aus, um den verlorenen Schwiegersohn aufzusuchen. Glücklicherweise kamen sie zu dem alten Zauberer, der die Schrift auf Salomonis Siegelring gedeutet und daraus eine Weisheit geschöpft hatte, die allen Uebrigen verborgen blieb. Dieser Zauberer fand bald heraus, was er wissen wollte, und sagte: »Den Mann hält man durch Zaubermacht da und da gefangen, aber ohne meine Hülfe könnt ihr ihn nicht befreien, ich muß selbst mit euch gehen.«

Sie machten sich also auf und kamen, von Vögeln geführt, nach einigen Tagen in die Felsenhöhle, wo des Königs Schwiegersohn jetzt schon beinah sieben Jahre die schwere Kerkerhaft erduldet hatte. Er erkannte den Zauberer augenblicklich, dieser

aber erkannte ihn nicht, weil er sehr abgemagert war. Der Zauberer löste durch seine Kunst die Ketten, nahm den Befreiten zu
sich, und pflegte und heilte ihn, bis er wieder kräftig genug war,
um die Reise anzutreten. Er langte an demselben Tage an, wo der
alte König gestorben war, und wurde nun zum Könige erhoben.
Jetzt kamen nach langen Leidenstagen die Freudentage, welche
bis an sein Ende währten; den Wunderring aber erhielt er nicht
wieder, – auch hat ihn nachmals keines Menschen Auge mehr
gesehen.

19. Das Glücksei.

Einmal lebte in einem großen Walde ein armer Mann mit seinem Weibe; Gott hatte ihnen acht Kinder gegeben, von denen die ältesten schon ihr Brod bei fremden Leuten verdienten, und so machte es den Eltern gerade nicht viel Freude, als ihnen im späten Alter noch ein neuntes Söhnlein geboren wurde. Aber Gott hatte es ihnen einmal geschenkt, und so mußten sie es nehmen, und ihm nach Christenbrauch die Taufe geben lassen. Nun wollte aber Niemand zu dem Kinde Gevatter stehen, weil Jeder besorgte: wenn die Eltern sterben, so fällt mir das Kind zur Last. Da dachte der Vater: ich nehme das Kind, und trage es am Sonntag in die Kirche, und sage, daß ich nirgends Gevattern habe finden können, mag dann der Prediger thun, was er will, mag er das Kind taufen oder nicht, auf meine Seele kann keine Sünde fallen. Als er sich am Sonntag aufmachte, fand er nicht weit von seinem Hause einen Bettler am Wege sitzen, der ihn um ein Almosen bat. Der Mann sagte: »Ich habe dir nichts zu geben, Brüderchen, die wenigen Kopeken, die ich in der Tasche habe, muß ich für die Kindtaufe ausgeben; willst du mir aber einen Gefallen thun, so komm und steh bei meinem Kinde Gevatter, nachher gehen wir nach Hause und nehmen vorlieb mit dem, was uns die Hausfrau zum Taufschmaus beschert hat.« Der Bettler, den bis dahin noch niemand zu Gevatter gebeten hatte, erfüllte mit Freuden die Bitte des Mannes, und ging mit ihm zur Kirche. Als sie eben dort angekommen waren, fuhr eine prächtige Kutsche mit vier Pferden vor, und eine junge vornehme Dame stieg aus. Der arme Mann dachte, hier will ich zum letzten Male mein Glück versuchen, trat mit demüthigem Gruße vor die Frau oder das Fräulein, was sie nun sein mochte, und sagte: »Geehrtes Fräulein, oder was ihr sonst sein mögt! würdet ihr euch nicht der Mühe unterziehen, bei meinem Kinde Gevatter zu stehen?« Das Fräulein sagte zu.

Als nun nach der Predigt das Kind zur Taufe gebracht wurde, verwunderten sich Prediger und Gemeinde sehr darüber, daß ein armseliger Bettelmann und eine stolze vornehme Dame zusammen bei dem Kinde Gevatter standen. Das Kind erhielt in der Taufe den Namen Pärtel. Die reiche Pathe bezahlte das Taufgeld und machte noch ein Pathengeschenk von drei Rubeln, worüber der Vater des Kindes höchlich erfreut war. Der Bettler ging dann mit zum Taufschmause. Ehe er am Abend fortging, nahm er ein in einen kleinen Lappen gewickeltes Schächtelchen aus der Tasche, gab es der Mutter des Kindes, und sagte:»Mein Pathengeschenk ist zwar unbedeutend, aber verschmähet es dennoch nicht, vielleicht erwächst eurem Söhnlein einmal Glück daraus. Ich hatte eine sehr kluge Tante, die sich auf vielerlei Zauberkünste verstand, die gab mir vor ihrem Tode das Vogelei in diesem Schächtelchen, indem sie sagte:»Wenn dir einmal etwas ganz Unerwartetes begegnet, was du niemals ahnden konntest, dann entäußere dich dieses Eies; wenn es demjenigen zu Theil wird, für den es bestimmt ist, so kann es ihm großes Glück bringen. Aber hüte das Ei wie deinen Augapfel, damit es nicht zerbricht, denn die Glücksschale ist zart.« Nun ist mir bis auf den heutigen Tag, obwohl ich nahe an sechzig Jahre alt bin, noch nichts so Unerwartetes begegnet, als daß ich heute morgen zu Gevatter gebeten wurde, und es war gleich mein erster Gedanke: Du mußt dem Kinde das Ei zum Pathengeschenk geben.«

Der kleine Pärtel gedieh vortrefflich, und wuchs seinen Eltern zur Freude auf, bis er im Alter von zehn Jahren in ein anderes Dorf zu einem wohlhabenden Wirthe als Hüterknabe kam. Alle im Hause waren mit dem Hüterknaben sehr zufrieden, da er ein frommer stiller Bursche war, der seiner Brotherrschaft niemals Verdruß machte. Die Mutter hatte ihm beim Abschied das Pathengeschenk in die Tasche gesteckt, und ihm empfohlen, es sorgsamlich zu hüten, wie seinen Augapfel, was Pärtel auch befolgte. Auf dem Weideplatz stand ein alter Lindenbaum, und unter diesem lag ein großer Kieselstein; diesen Ort hatte der Knabe sehr lieb, so daß den Sommer über kein Tag verging, an dem er nicht unter der Linde auf dem Steine gesessen hätte. Auf diesem Steine verzehrte er auch gewöhnlich das Brot, welches ihm alle Morgen mitgegeben wurde, und seinen Durst stillte eine kleine Quelle in der Nähe des Steines. Mit den anderen Hirtenknaben, die viel Muthwillen trieben, hielt Pärtel keine Freundschaft. Wunderbar war es, daß ringsum nirgends so schönes Gras anzutreffen war, als zwischen dem Stein und der Quelle; obwohl die Herde jeden Tag hier weidete, so hatte doch am andern Morgen der Rasen mehr das Ansehen einer geschonten Wiese als das einer Weide.

Wenn Pärtel zuweilen an einem heißen Tage auf dem Steine ein wenig einschlummerte, so erfreuten ihn jedesmal wunderbare Träume, und noch beim Erwachen klangen ihm Spiel und Gesang in den Ohren, so daß er mit offenen Augen weiter träumte. Der Stein war ihm wie ein theurer Freund, von dem er täglich mit schwerem Herzen schied, und zu dem er den andern Morgen voll Sehnsucht zurückeilte. So war Pärtel funfzehn Jahre alt geworden, und sollte nun nicht länger mehr Hüterknabe bleiben. Der Wirth nahm ihn zum Knecht, ohne ihm jedoch schwerere Arbeit aufzulegen, als er zu leisten vermochte. Am Sonntage oder an Sommerabenden, wenn die anderen Bursche mit den Dirnen schäkerten, gesellte sich Pärtel nicht zu ihnen, sondern ging still sinnend auf den Weideplatz an seinen lieben Lindenbaum, unter welchem er nicht selten die halbe Nacht zubrachte. So saß er einmal wieder an einem Sonntag Abend auf dem Steine und schlug die Maultrommel, da kroch eine milchweiße Schlange unter dem Steine hervor, hob den Kopf, als wollte sie zuhören, und blickte den Pärtel mit ihren klaren Augen an, die wie feurige Funken glänzten. Dies wiederholte sich in der Folge, weßhalb Pärtel, sobald er nur freie Zeit hatte, immer nach seinem Steine eilte, um die schöne weiße Schlange zu sehen, die sich zuletzt so an ihn gewöhnt hatte, daß sie sich oftmals um seine Beine wand.

Pärtel war nun in das Jünglingsalter getreten, seine beide Eltern waren gestorben, und seine Brüder und Schwestern lebten alle weit entfernt, so daß sie nicht viel von einander hörten, geschweige denn einander sahen. Aber lieber als Brüder und Schwestern war ihm die weiße Schlange geworden; bei Tage waren seine Gedanken auf sie gerichtet, und fast jede Nacht träumte er von ihr. Deßhalb wurde ihm die Winterzeit sehr lange, wo tiefer Schnee lag und der Boden gefroren war. Als im Frühling die Sonnenstrahlen den Schnee geschmolzen und den Boden aufgethaut hatten, war Pärtels erster Gang wieder zum Steine unter der Linde, obwohl noch kein Blättchen am Baume zu sehen war. O die Freude! Sobald er seine Sehnsucht in den Tönen der Maultrommel ausgehaucht hatte, kroch die weiße Schlange unter dem

Stein hervor und spielte zu seinen Füßen, aber dem Pärtel schien es heute, als wenn die Schlange Thränen vergossen hätte, und das that seinem Herzen weh. Er ließ nun keinen Abend mehr hingehen, ohne zum Steine zu kommen, und die Schlange wurde immer dreister, so daß sie sich schon streicheln ließ, aber wenn Pärtel sie festhalten wollte, schlüpfte sie ihm durch die Finger und kroch wieder unter den Stein.

Am Abend des Johannistages, da alle Dorfbewohner, alt und jung, mit einander zum Johannisfeuer gingen, durfte doch auch Pärtel nicht zurückbleiben, obwohl sein Herz ihn auf einen andern Weg lockte. Aber mitten in der Lustbarkeit, als die andern sangen, tanzten und andere Kurzweil trieben, schlich er sich von ihnen fort zum Lindenbaum, denn das war der einzige Ort, wo sein Herz Ruhe fand. Als er näher kam, glänzte ihm vom Steine her ein helles kleines Feuer entgegen, was ihn sehr in Verwunderung setzte, da, so viel er wußte, Menschen sich um diese Zeit dort nicht aufhielten. Als er ankam, war das Feuer erloschen, und hatte weder Asche noch Funken zurückgelassen. Er setzte sich auf den Stein und fing an, wie gewöhnlich, die Maultrommel zu rühren. Mit einem Male tauchte das Feuer wieder auf, und es war nichts anderes als das funkelnde Augenpaar der weißen Schlange. Diese spielte wieder zu seinen Füßen, ließ sich streicheln, und sah ihn so durchdringend an, als wollte sie sprechen. Mitternacht konnte nicht weit sein, als die Schlange unter den Stein in ihr Nest schlüpfte, und auch auf Bartels Spiel nicht wieder zum Vorschein kam. Als er sein Instrument vom Munde nahm, in die Tasche steckte, und sich anschickte, nach Hause zu gehen, da säuselte das Laub der Linde im Hauch des Windes so wunderbar, daß es wie eine Menschenstimme an sein Ohr schlug, und er mehrmals die Worte zu hören glaubte:

»Zarte Schale hat das Glücksei,
Zähen Kernes ist die Trübsal; [83]
Zaudre nicht das Glück zu haschen.«

Da fühlte er ein so schmerzliches Verlangen, daß ihm das Herz zu brechen drohte, und doch wußte er selber nicht, wonach er sich sehnte. Bittre Thränen rannen ihm von den Wangen, und er klagte: »Was hilft mir Unglücklichem das Glücksei, da mir auf

dieser Welt doch kein Glück beschieden ist! Von klein auf fühle
ich, daß ich für die Menschen nicht passe, sie verstehen mich
nicht, und ich sie nicht: was ihnen Freude macht, das schafft mir
Qual, was mich aber glücklich machen könnte, das weiß ich selbst
nicht, wie sollten es Andere wissen. Der Reichthum und die Armuth haben beide bei mir zu Gevatter gestanden, darum habe ich
auch zu nichts Rechtem kommen können.« Da wurde es plötzlich
so hell um ihn her, als ob Linde und Stein von der vollen Sonne
beschienen würden, so daß er eine Weile die Augen nicht öffnen
konnte, sondern sich erst an die Helligkeit gewöhnen mußte. Da
sah er neben sich auf dem Steine ein schönes Frauenbild stehen,
in schneeweißen Kleidern, wie wenn ein Engel vom Himmel herunter gestiegen wäre. Aus dem Munde der Jungfrau aber tönte
eine Stimme, die ihm süßer klang, als der Gesang der Nachtigall,
und die Stimme sprach: »Lieber Jüngling, fürchte dich nicht, sondern erhöre die Bitte eines unglücklichen Mädchens! Ich Arme
lebe in einem trübseligen Kerker, und wenn du dich meiner nicht
erbarmst, so habe ich nimmer Hoffnung auf Erlösung. O, lieber
Jüngling, habe Mitleid mit mir, und weise mich nicht ab. Ich bin
eines mächtigen Königs Tochter aus dem Ostlande, unendlich
reich an Gold und Schätzen, aber das kann mir nichts helfen, weil
ein Zauber mich zwang, in Gestalt einer Schlange hier unter dem
Felsen zu leben, wo ich schon viele hundert Jahre weile, ohne je
älter zu werden. Obwohl ich noch nie einem Menschenkinde
Böses zugefügt habe, so fliehen doch Alle vor meiner Gestalt, so
wie sie mich erblicken. Du bist das einzige lebende Wesen, das
meine Annäherung nicht scheute; ja, ich durfte zu deinen Füßen
spielen, und deine Hand hat mich oftmals freundlich gestreichelt.
Darum erwachte in meinem Herzen die Hoffnung, daß du mein
Retter werden könntest. Dein Herz ist rein, wie das eines Kindes,
in welchem Lug und Trug noch nicht wohnen. Auch trifft bei dir
Alles zu, was zu meiner Rettung erforderlich ist: eine vornehme
Dame und ein Bettler standen zusammen Gevatter bei dir, und
das Glücksei wurde dein Pathengeschenk. Nur einmal nach je
fünf und zwanzig Jahren in der Johannisnacht ist es mir vergönnt, in Menschengestalt eine Stunde lang auf der Erde zu wan-
deln, und wenn dann ein Jüngling reinen Herzens, der diese be-
sonderen Gaben besitzt, kommen und meine Bitte erhören wür-

de, so könnte ich aus meiner langen Gefangenschaft erlöst werden. Rette, o rette mich aus der endlosen Kerkerhaft, ich bitte dich
in aller Engel Namen.« So sprechend fiel sie dem Pärtel zu Füßen,
umfaßte seine Knie und weinte bitterlich.

Dem Pärtel schmolz das Herz bei diesem Anblick und bei
dieser Rede, er bat die Jungfrau aufzustehen und ihm zu sagen,
wie die Rettung möglich sei. »Ich würde ja ohne Zögern durch
Feuer und Wasser gehen,« sagte er, »wenn dadurch deine Rettung möglich würde, und hätte ich zehn Leben zu verlieren, ich
würde sie alle für deine Rettung hingeben! Eine nie gekannte
Sehnsucht läßt mir keine Ruhe mehr, aber wonach ich mich sehne, weiß ich selbst nicht.«

Die Jungfrau sagte: »Komm morgen Abend gegen Sonnenuntergang wieder hierher, und wenn ich dir dann als Schlange
entgegen komme, und mich wie einen Gürtel um deinen Leib
winde, und dich dreimal küsse, so erschrick nicht, und bebe nicht
zurück, sonst muß ich wieder weiter seufzen unter dem Fluche
der Verzauberung, und wer weiß auf wie viel hundert Jahre.« Mit
diesen Worten war die Jungfrau den Blicken des Jünglings entschwunden, und wieder säuselte es aus dem Laube der Linde:

»Zarte Schale hat das Glücksei,
Zähen Kernes ist die Trübsal;
Zaudre nicht das Glück zu haschen!«

Pärtel war nach Hause gekommen und hatte sich vor Tages
Anbruch schlafen gelegt, aber wunderbar bunte Träume, theils
freundliche, theils häßliche, scheuchten die Ruhe von seinem
Lager. Mit einem Schrei sprang er auf, weil ein Traum ihm vorge-
spiegelt hatte, daß die weiße Schlange sich um seine Brust
schlang und ihn erstickte. Zwar achtete er nicht weiter auf dieses
Schreckbild, vielmehr war er fest entschlossen, die Königstochter
aus den Banden der Verzauberung zu erlösen, und wenn er selber darüber zu Grunde gehen sollte — aber dennoch wurde ihm
das Herz immer schwerer, je näher die Sonne dem Horizonte
kam. Zur festgesetzten Zeit stand er am Steine unter der Linde,
und blickte seufzend zum Himmel empor, den er um Muth und
Kraft anflehte, damit er nicht vor Schwäche zittere, wenn sich die

Schlange um seinen Leib winden und ihn küssen werde. Da fiel ihm plötzlich das Glücksei ein; er zog das Schächtelchen aus der Tasche, wickelte es los, und nahm das kleine Ei, das nicht größer war, als das Ei einer Grasmücke, zwischen die Finger.

In demselben Augenblicke war die schneeweiße Schlange unter dem Steine hervorgeschlüpft, hatte sich um seinen Leib gewunden, und richtete eben ihren Kopf empor, um ihn zu küssen, da — der Mann wußte selbst nicht wie es geschah — hatte er der Schlange das Glücksei in den Mund gesteckt. Er stand, ob auch mit frierendem Herzen, ohne zu beben, bis die Schlange ihn dreimal geküßt hatte. Jetzt erfolgte ein Krachen und Leuchten, als hätte der Blitz in den Stein geschlagen, und schwerer Donner machte die Erde erzittern, so daß Pärtel wie todt zu Boden fiel, und nicht mehr wußte, was mit ihm oder um ihn her geschah.

Aber in diesem furchtbaren Augenblicke waren die Bande des Zaubers gebrochen, und die königliche Jungfrau war aus ihrer langen Haft erlöst. Als Pärtel aus seiner schweren Ohnmacht erwachte, fand er sich auf weichen Seidenkissen, in einem prächtigen Glasgemach von himmelblauer Farbe. Das schöne Mädchen kniete vor seinem Bette, streichelte seine Wangen, und rief, als er die Augen aufschlug: »Dank dem himmlischen Vater, der mein Gebet erhört hat! und tausend, tausend Dank auch dir, theurer Jüngling, der du mich aus der langen Verzauberung erlöst hast. Nimm jetzt zum Lohne mein Reich, dieses prachtvolle Königsschloß mit allen seinen Schätzen, und wenn du willst, auch mich als Gemahlin mit in den Kauf. Du sollst fortan hier glücklich leben, wie es dem Herrn des Glücksei's gebührt. Bis heute war dein Loos wie das deines T a u f v a t e r s , jetzt harrt deiner ein besseres Loos, ein solches, wie es deiner T a u f m u t - t e r zugefallen war.«

Pärtel's Glück und Freude vermöchte wohl Niemand zu schildern; alle unbegriffene Sehnsucht seines Herzens, die ihn ruhelos immer wieder unter die Linde trieb, war jetzt gestillt. Von der Welt geschieden lebte er mit seiner theuren Gemahlin im Schooße des Glückes bis an sein Ende. — In dem Dorfe aber und auf dem Bauerhofe, wo er gedient hatte, und wo man ihn um seines frommen Wesens willen lieb hatte, erregte sein Verschwinden große Betrübniß. Darum machten sich Alle auf, ihn zu suchen, und ihr erster Gang war zur Linde, welche Pärtel so häufig zu besuchen pflegte, und wohin man ihn auch Abends zuvor noch hatte gehen sehn. Groß war das Erstaunen der Leute, als sie dort weder den Pärtel, noch die Linde, noch den Stein mehr vorfanden; auch die kleine Quelle in der Nähe war vertrocknet, und keines Menschen Auge hat selbige Dinge jemals wieder erblickt.

20. Der Frauenmörder.

Es lebte einmal ein reicher hochadliger Gutsherr, unter dessen Botmäßigkeit ausgedehnte Gebiete, Landgüter und eine Unzahl von Leuten standen. Seinen Wohnsitz hatte er auf einem einsamen festen Schlosse, das hinter Wäldern und Sümpfen versteckt lag wie eine Bärenhöhle, und rings mit Mauern und Gräben umgeben war, so daß Feinde nicht leicht eindringen konnten. Man meinte, der große Herr habe den einsamen Ort deßwegen zu seinem Wohnsitz gewählt, damit seine unermeßliche Habe den Leuten nicht in die Augen steche und ihre Habsucht reize. Es sollten da nämlich große Felsenkeller mit Gold und Silber angefüllt sein, womit der Besitzer, wenn er gewollt hätte, ganze Königreiche hätte kaufen können. An Geld und Schätzen hatte er also Ueberfluß, aber mit seinen Frauen hatte er kein Glück. Sie starben ihm alle binnen kurzer Frist, eine nach der andern; doch hielt sich der Wittwer nie mit langem Trauern auf, sondern ritt jedesmal ohne Zeitverlust von neuem auf die Freite. Obschon er noch im mittleren Mannesalter stand, sollte er doch schon eilf Frauen auf der Bahre gesehen haben, als er auszog, um die zwölfte zu freien. Man weiß, daß es einem reichen Manne nie schwer wird, zu einer Frau zu kommen, denn mit dem Goldnetze kann man die Mädchen zu Dutzenden fangen. Trotzdem stellten sich unserem reichen Freier, als er jetzt die zwölfte Frau nehmen wollte, Hindernisse in den Weg, so daß er wie ein geringer Mann an mancher Thüre anklopfen mußte, ehe er eine Braut unter die Haube bringen konnte. Das rasche Wegsterben seiner vielen Frauen hatte den jungen Damen der Umgegend Schrecken eingeflößt; es konnte doch wohl nicht mit rechten Dingen zugehen, daß die jungen blühenden Frauen so rasch dahin welkten. Ein Geheimniß mußte hier obwalten – aber es blieb Allen ein Räthsel.

Als nun der stolze reiche Freier lange Zeit vergebliche Wege gemacht hatte, beschloß er endlich, sein Glück auf einem Edelhofe zu versuchen, wo ein armer Edelmann mit seinen drei blühenden Töchtern lebte. Sie waren alle drei schön und glichen köstlichen Aepfeln, aber die jüngste überstrahlte die beiden andern, so daß sie recht gut auch die Gemahlin eines Königs hätte werden können. Der vornehme Freier hatte sein Auge alsbald auf das jüngste Fräulein geworfen; zwar schien des Fräuleins Herz anfangs kalt gegen ihn zu sein, aber seine reichen Geschenke, seidene Kleider, goldene Ketten und sonstiger Schmuck, übten eine so erwärmende Wirkung, daß es dem Vater und den beiden Schwestern gelang, das Mädchen zu überreden. Der Vater hoffte an dem reichen Schwiegersohne eine Stütze zu finden, und auch die Töchter erwarteten, daß ihnen der Schwager nützlich sein werde, der schon versprochen hatte, ihnen auf seine Kosten prächtige Hochzeitskleider machen zu lassen. Da die Schwestern sich sehr lieb hatten, so waren die älteren nicht im mindesten neidisch darüber, daß die jüngste zuerst heirathen sollte. Der Bräutigam hatte seinen künftigen Schwiegervater darum gebeten, die Hochzeit nicht auszurichten, da er sie auf seinem Schlosse zu feiern und alle Kosten selbst zu tragen wünsche.

So weit war es mit der Werbung gut gegangen, und der Bräutigam war schon wieder abgereist, um sein Haus für die Hochzeit herzurichten, und hatte auch schon den Tag für die Hochzeit angesetzt. Da ereignete sich ein Vorfall, der dem alten Herrn Verdruß bereitete, und das Herz der Braut mit Betrübniß erfüllte. Auf dem Edelhofe lebte ein armer Knabe, den die Herrschaft nach dem Tode seiner Eltern, als er erst zwei Jahr alt war, zu sich genommen hatte; man hatte ihn später zum Gänsejungen gebraucht, seit länger als einem Jahre aber war er Aufwärter. Die Gutsleute nannten ihn immer noch den Gänse-Tönnis. Er war ein halbes Jahr jünger als das jüngste Fräulein, und hatte als Kind mit ihr gespielt; dadurch war eine Freundschaft zwischen ihnen entstanden, und das Fräulein war immer sehr liebreich gegen den Tönnis gewesen. Tönnis verehrte auf der ganzen Welt kein lebendes Wesen so sehr, wie sein theures Fräulein. Was er dem Fräulein nur an den Augen absehen konnte, das that er ungeheißen, und er wäre ohne Zagen durch Feuer und Wasser gegangen, wenn das Fräulein es befohlen hätte. Als er hörte, daß das Fräulein sich mit einem Wittwer vermählen würde, erschrack er so heftig, daß er verzweifeln wollte; mehrere Tage nahm er keine Nahrung zu sich, noch kam Nachts Schlaf in sein Auge. Er ging umher wie eine wandelnde Leiche, und Alle glaubten, daß er schwer krank sei. Als Tönnis den Bräutigam zum erstenmal gesehen hatte, war ihm dieser Anblick wie ein schneidendes Schwert durchs Herz gegangen. »Mein theures Fräulein rennt in ihr Verderben,« dachte er. Er wartete jetzt immer nur auf einen Augenblick, wo er mit dem Fräulein sprechen könnte. Als sie nun eines Tages in den Gemüsegarten gegangen war, trat ihr Tönnis demüthig entgegen: »Gnädiges theures Fräulein, höret auf meine Bitte! Werdet nicht die Gattin eines Mörders, der euch ebenso umbringen würde, wie die eilf, die ihn vor euch geheirathet haben.« Das Fräulein erschrack, als sie diese Rede hörte, und fragte, woher er denn wissen könne, daß die früheren Frauen dieses Herrn einen gewaltsamen Tod gefunden. Tönnis antwortete: »Mein Herz sagte es mir, als ich den Bräutigam zum erstenmale erblickte, und mein Herz hat mich noch niemals betrogen.« Als das Fräulein ihren Schwestern und ihrem Vater erzählte, was sie vernommen, gerieth der alte Herr in so heftigen Zorn, daß er drohte, den Tönnis halb todt zu schlagen, und dann mit den Hunden vom Hofe jagen zu lassen. Wer weiß, ob er die Drohung nicht ausgeführt hätte, wenn die Fräulein sich nicht mit Bitten dazwischen gelegt und sich bemüht hätten, seinen Zorn zu besänftigen. Die Fräulein sagten: »Der Bursche hat es ja doch nicht böse gemeint, vielmehr wünscht er uns nur Gutes.« Nach einigen Tagen ließ der alte Herr den Tönnis rufen, schalt ihn wegen seines thörichten Geschwätzes und sagte endlich: »Wenn du dem Fräulein noch einmal mit solchem leeren Gerede in den Ohren liegst, so lasse ich dich wie einen tollen Hund niederschießen.« Um seine Töchter zu beruhigen, sagte ihnen der alte Herr, daß der Tönnis durch eine Krankheit schwachsinnig geworden sei. Gleichwohl waren im Herzen des jüngsten Fräuleins Zweifel aufgestiegen, und sie hätte sich gern von ihrem Bräutigam losgemacht, wenn sich nur irgend eine Möglichkeit gezeigt hätte. Aber Vater und Schwestern widersetzten sich diesem Vorhaben einmüthig, indem sie sagten: »Stoße dein Glück nicht leichtsinnig von dir. Du wirst eines reichen Mannes Frau, wirst dort ein Leben haben wie im Himmel, und auch uns helfen können.« Je näher der Hochzeitstag heranrückte, desto schwerer wurde dem Fräulein das Herz, ihr schmeckte kein Essen mehr und kein Schlaf kam Nachts in ihr Auge. Endlich ließ sie eines Tages heimlich den Tönnis rufen, und fragte ihn, was sie thun solle, da der alte Herr von einem Zurücktreten durchaus nichts wissen wolle. Darauf antwortete Tönnis mit der Bitte, ihn mitzunehmen: »So lange ich euch nahe bin,« — sagte er, — »soll Niemand es wagen, Hand an euch zu legen.« Darauf bat das Fräulein ihren Vater um Erlaubniß, den Tönnis mitzunehmen. »Meinethalben,« — sagte der alte Herr, — »wenn dein Bräutigam nichts dagegen einzuwenden hat.« Der Bräutigam verzog zwar ein wenig das Gesicht, als er den Wunsch seiner Braut vernahm, aber da er die Braut nicht fahren lassen wollte, so mußte er ihrem Begehren willfahren.

Der Hochzeitstag wurde im Hause des Bräutigams mit Jubel und großer Pracht begangen, über eine Woche blieben sämmtliche Hochzeitsgäste, und jeder mußte, als er heimkehrte, bekennen, daß er in seinem Leben noch keine schönere Hochzeit gesehen habe. Der Schwiegervater und die Schwägerinnen blieben noch einige Wochen länger, und führten ein Leben wie im Himmel. Beim Abschiede hatte ihnen der Schwiegersohn noch viele kostbare Geschenke mitgegeben, und das junge Paar war allein auf dem stolzen Edelhofe zurückgeblieben.

Einige Wochen später sagte der Herr zu seiner Gemahlin: »Ich muß nun, mein Herzchen, auf drei Wochen verreisen, um meine entlegeneren Güter und Besitzungen zu besichtigen, deßhalb habe ich eine Botschaft nach dem Hause deines Vaters abgefertigt, um eine deiner Schwestern herzubescheiden, die dir Gesellschaft leisten soll, bis ich wiederkomme. Die Schwester kann heute Abend oder morgen Mittag hier eintreffen. Während meiner Abwesenheit wird hier das Ganze unter deiner Leitung stehen, sorge dafür, daß Alles so fortgeht, wie ich es angeordnet habe. Hier sind meine Schlüssel, vertraue sie Niemanden an; du selbst hast überall Zutritt. Nur in diesem Kästchen hier liegt ein einzelner goldener Schlüssel; in dasjenige Zimmer, welches er aufschließt, darfst du deinen Fuß nicht setzen, noch auch die Thür öffnen, um hineinzusehen. Ich bitte dich, Liebchen, hüte dich vor solchem Vorwitz, denn dein und mein Glück würde zerstört, sobald du mein Verbot übertrittst. Solltest du absichtlich oder von ungefähr die verbotene Kammer betreten — und mir würde das nicht unbekannt bleiben —, so müßte ich dir mit eigener Hand das Haupt vom Rumpfe abschlagen.« Die Frau weigerte sich, den unheimlichen Schlüssel in Verwahrung zu nehmen, aber der Herr ließ nicht ab, sondern drang so lange in sie, bis sie den goldenen Schlüssel empfing. Beim Abschiede sprach sie noch zum Schloßherrn: »Meinetwegen kannst du unbesorgt sein, ich will deine Geheimnisse nicht sehen, wenn du sie mir nicht selbst zeigen magst.«

Am Tage nach der Abreise des Herrn traf die mittlere Schwester ein, um der jungen Frau die Zeit zu vertreiben. Die Schwestern unterhielten sich, und scherzten mit einander, und manches Mal kam auch die Rede darauf, daß des Tönnis böse Ahnung ihnen ganz unnütze Angst eingeflößt habe. Dennoch wurde die junge Frau wieder unruhiger, als ihr eines Morgens gemeldet wurde, daß Tönnis in der Nacht verschwunden sei, und Niemand wisse, wo er hingekommen. Den Abend zuvor hatte er zur Frau gesagt: »Ich weiß nicht, wie es kommt, daß ich euretwegen in schwerer Sorge bin, es könne euch irgend ein Unglück zustoßen. Jede Nacht träume ich von euch, wie wenn ein böser Mensch hinter euch steht, der euch das Garaus machen will. Und des Morgens weckt mich gewöhnlich ein häßlicher Traum, wo ihr mit blutigem Kopfe vor meinem Bette steht.« Die Frau hatte sich jeder Besorgniß vor diesen Träumen als einer leeren Furcht zu erwehren gesucht, aber als sie des Burschen Verschwinden erfuhr, fiel ihr dessen Rede von gestern Abend doch schwer auf's Herz. Sie schickte Leute nach allen Richtungen aus, um ihn aufzusuchen; die Leute kehrten am Abend zurück, aber keiner von ihnen hatte eine Spur des Verschwundenen gefunden. Der Frau kam es vor, als wäre mit Tönnis ihr bester Beschützer und ihr treuester Freund von ihr geschieden. Wiewohl das Fräulein sich auf alle Weise bemühte, den Kummer der Schwester zu mildern, so fand die arme Frau doch keinen Trost.

Eines Tages wollte sie ihrer Schwester alle Räume und Schatzkammern des Schlosses zeigen, sie gingen von einem Gemach zum andern, musterten Alles, und befriedigten ihre Schaulust. Zuletzt kamen sie auch vor die Thür, welche der goldene Schlüssel öffnete, allein das war die Kammer, welche die Frau nicht betreten durfte — sollte sie doch nicht einmal an der Schwelle nach den Geheimnissen dieser Kammer spähen. Das Fräulein hatte große Lust, sich diese geheimnißvolle Kammer anzusehen, und bat ihre Schwester, die Thür aufzuschließen. Die Frau mochte wohl kein geringeres Verlangen danach empfinden, allein sie rief sich das Verbot ihres Gemahls in's Gedächtniß zurück, und sagte, es sei ihr nicht erlaubt, diese Kammer zu betreten. Die Schwester spottete ihrer Furcht: »Schlüssel und Schloß« — meinte sie — »haben keine Zunge, mit der sie dem Herrn verrathen könnten, daß sich Jemand ihrer bedient hat. Was kann hier auch weiter versteckt sein, als allerlei Kostbarkeiten, die er dir, wer weiß aus welcher Laune, nicht zeigen will. Wenn die Männer aus Laune vor ihren Frauen etwas verbergen, so dürfen auch die Frauen aus Laune dem Verbote der Männer zuwider handeln. Wenn du dich fürchtest zu öffnen, so gieb mir den Schlüssel, ich werde dir die Thür aufschließen.« Obwohl die Frau sich mit dem Munde noch gegen das Verlangen der Schwester sträubte, so war sie doch im Herzen schon längst eines Sinnes mit ihr. Sie nahm den Schlüssel aus dem Kästchen und steckte ihn in's Schloß. Noch ehe sie Zeit gehabt hatte, den Schlüssel im Schlosse umzudrehen, sprang die Thür mit großem Geräusch auf, wobei Zauberkünste im Spiele gewesen sein mußten. Aber wer vermöchte das Entsetzen zu beschreiben, welches jetzt die Beiden überfiel, als ihr Blick über die Schwelle in das Innere der geheimnißvollen Kammer drang. In der Mitte derselben stand ein Eichenblock, und auf diesem lag ein breites Beil; der ganze Fußboden war mit geronnenem Blute bedeckt! Was aber das Gräßlichste war, und den letzten Blutstropfen in ihren Herzen erstarren machte: hinten an der Wand standen in einer Reihe auf einem langen Tische die blutigen Köpfe der früheren eilf Frauen! Diese unglücklichen Geschöpfe hatten alle in dieser Mordkammer den Tod gefunden — wahrscheinlich weil auch sie in ihrem Vorwitze des Mannes Verbot übertreten hatten.

Derselbe gräßliche Tod drohte auch jetzt der zwölften Frau, denn sie sagte sich sogleich, daß der teuflische Mann, der die andern umgebracht habe, ihr auch keine Barmherzigkeit schenken werde. Schon sah sie ihren Hals auf dem blutigen Blocke, fühlte die Schneide des Beils in ihrem Nacken, als sie voll Entsetzen über die Schwelle zurückschwankte. Den Schlüssel hatte sie beim Einstecken auf den Boden fallen lassen; als sie ihn jetzt aufhob, fand sie blutige Rostflecken daran, die kein Wischen und kein Scheuern vertilgen konnte. Als sie dann versuchten, die Thür zuzuschließen, fanden sie es unmöglich; die Thür klaffte eine Hand breit auseinander, als ob zwischen Thür und Pfosten ein unsichtbarer Keil sich befände. Jetzt fehlte es nicht an Jammer und Reue, aber was konnte es fruchten? Zum Glück hatten sie noch eine Woche bis zur Rückkehr des Herrn, während dieser Frist wollten sie auf Mittel sinnen, die Sache wo möglich wieder gut zu machen.

Schlaflos verging den Schwestern die Nacht; so oft ihnen die Augen zufielen, stand gleich der blutige Block mit dem Beile wieder vor ihnen, und scheuchte allen Schlummer. Am Morgen trat die Kammerjungfer bei der Frau ein und meldete, der Herr halte schon vor der Pforte. Die Frau erbebte am ganzen Leibe, und war unfähig, sich von ihrem Sitze zu erheben. Kaum war der Herr vom Pferde gestiegen, so fragte er nach der Frau, und ging rasch die Treppe hinauf. Als er in's Zimmer trat, brannten seine Augen wie zwei Feuer; die vor Angst erbleichende Frau wollte aufstehen, sank aber wieder auf ihren Stuhl zurück. Der Herr sah augenblicklich, was hier vorgegangen war, und fragte, wo der goldene Schlüssel sei. Mit zitternder Hand zog die Frau das Kästchen aus ihrer Tasche, und überreichte es dem Herrn, der beim Oeffnen sogleich die Rostflecke am Schlüssel fand. Da schwoll sein Gesicht blauroth an, und seine Augen rollten wie Feuerräder, so daß die Frau ihn nicht ansehen konnte. »Ruchloses Geschöpf!« — schrie er mit fürchterlicher Stimme — »du mußt ohne Gnade von meiner Hand sterben, weil du mein Gebot übertreten hast. Gott im Himmel mag dir vergeben, ich kann deinen Vorwitz nicht ungestraft lassen. Hatte ich dir doch das Regiment und alle meine Habe anvertraut, und du hast mich betrogen! Mit den Reichthümern, die ich dir gegeben, konntest du wie eine Königin in Glück und Freude leben! Warum hast du mein Gebot übertreten?! Bereite dich zum Tode, denn deine Tage sind zu Ende!«

Die Frau versuchte einige Worte zu ihrer Entschuldigung vorzubringen, aber der Herr tobte noch ärger: »Bereite dich zum Tode, denn deine Augenblicke sind gezählt!« Die Schwester der Frau hatte sich gleich, als der Lärm begann, geflüchtet, und wagte nicht mehr sich zu zeigen, denn sie war bange, sich ebenfalls den Tod zuzuziehen. Die Frau fiel vor dem Herrn auf die Knie, betete zu Gott, und versuchte dazwischen wieder ihres Gatten Herz zu erweichen.

»Des Geschwätzes ist genug!« schrie der Herr. »Lege deinen Kopf auf den Block!« Als die Frau diesem Befehle nicht gleich Folge leistete, schleppte er sie bei den Haaren an den Block, drückte mit der linken Hand den Kopf nieder und ergriff mit der rechten das Beil, um sie zu tödten.

Aber in demselben Augenblicke, wo er das Beil emporhob, fiel von hinten ein schwerer Knüttel auf seinen Kopf, so daß ihm das Beil aus der Hand fiel, und er selbst hinstürzte. In seiner Wuth hatte der Mörder nicht bemerkt, daß ein Mann mit einem Knüttel hinter ihm her schritt, als er die Frau in die Mordkammer schleppte. Dieser Mann war Tönnis. Die Frau war vor Angst und Schrecken in Ohnmacht gefallen, so daß sie nichts mehr von dem wußte, was um sie her vorging. Tönnis band dem Herrn Hände und Füße mit starken Stricken, und als derselbe sich wieder von seiner Betäubung erholte, konnte er sich nicht mehr los machen, und Niemanden Böses zufügen. Dann eilte Tönnis der ohnmächtigen Frau zu Hülfe, die erst nach einigen Stunden aus ihrer Ohnmacht erwachte.

Jetzt setzte man das Gericht in Kenntniß, und schickte sogleich eine Botschaft an den Vater der Frau, daß er her käme. Die Untersuchung brachte an den Tag, daß der Mörder eilf Frauen umgebracht hatte, und auch die letzte gemordet haben würde, wenn Tönnis nicht zu Hülfe gekommen wäre; der Mörder wurde deshalb vor das peinliche Gericht gestellt, und zum Tode verurtheilt. Da er keine näheren Verwandten hatte, denen ein Erbrecht zustand, so wurden alle Edelhöfe und Besitzungen der Wittwe zugesprochen; nur ein Theil des Vermögens wurde unter die Armen vertheilt.

Bei der reichen Wittwe meldeten sich Freier von allen Seiten, aber sie heirathete keinen derselben, sondern nahm nach einem Jahre den Tönnis zum Gemahl, und Beide führten ein glückliches Leben bis an ihr Ende.

21. Der herzhafte Riegenaufseher. [84]

Einmal lebte ein Riegenaufseher, der an Herzhaftigkeit nicht viele seines Gleichen hatte. Von ihm hatte der »alte Bursche« selber gerühmt, ein herzhafterer Mann sei ihm auf der ganzen Welt noch nicht vorgekommen. Der Alte ging deßhalb häufig an den Abenden, wo die Drescher nicht in der Scheune waren, zum Aufseher zu Gast, und unter angenehmen Gesprächen wurde ihnen die Zeit niemals lang. Der alte Bursche meinte zwar, der Aufseher kenne ihn nicht, sondern halte ihn für einen einfachen Bauer, allein der Aufseher kannte ihn recht gut, wenn er sich auch nichts merken ließ, und hatte sich vorgenommen, den (alten Hörnerträger) Teufel wo möglich einmal über's Ohr zu hauen. Als der alte Bursche eines Abends über sein Junggesellen-Leben klagte, und daß er Niemanden habe, der ihm einen Strumpf stricke oder einen Handschuh nähe, fragte der Aufseher: »Warum gehst du denn nicht auf die Freite, Brüderchen?« Der alte Bursche erwiederte: »Ich habe schon manchmal mein Heil versucht, aber die Mädchen wollen mich nicht. Je jünger und blühender sie waren, desto ärger spotteten sie meiner.« Der Aufseher rieth ihm, um ältere Mädchen oder Wittwen zu freien, die viel eher kirre zu machen seien, und nicht leicht einen Freier verschmähen würden. Nach einigen Wochen heirathete denn auch der alte Bursche ein bejahrtes Mädchen; es dauerte aber nicht gar lange, so kam er wieder zum Riegenaufseher, ihm seine Noth zu klagen, daß die junge Frau voller Tücke sei; sie lasse ihm weder bei Nacht noch bei Tage Ruhe, sondern quäle ihn ohne Unterlaß. »Was bist du denn für ein Mann,« lachte der Aufseher, »daß dein Weib die Hosen hat anziehen dürfen! Nahmst du einmal ein Weib, so mußtest du auch deines Weibes Herr werden!« Der alte Bursche erwiederte: »Ich werde mit ihr nicht fertig. Hole sie der und jener, ich setze meinen Fuß nicht mehr in's Haus.« Der Riegenaufseher suchte ihm Trost einzusprechen, und sagte, er solle sein Heil noch einmal versuchen, aber der alte Bursche meinte, es sei an der ersten Probe genug, und hatte nicht Lust, seinen Nacken zum zweiten Male in das Joch eines Weibes zu legen.

Im Herbste des nächsten Jahres, als das Dreschen wieder begonnen hatte, machte der alte Bekannte dem Aufseher einen neuen Besuch. Der Aufseher merkte gleich, daß dem Bauer etwas auf dem Herzen brannte, er fragte aber nicht, sondern wollte abwarten, daß der Andere selber mit der Sache herauskäme. Er erfuhr denn auch bald des alten Burschen Mißgeschick. Im Sommer hatte derselbe die Bekanntschaft einer jungen Wittwe gemacht, die wie ein Täubchen girrte, so daß dem Männlein abermals Freiersgedanken aufstiegen. Er heirathete sie auch, fand aber später, daß sie der ärgste Hausdrache war, den es geben konnte, und daß sie ihm gern die Augen aus dem Kopfe gerissen hätte, so daß er endlich seinem Glücke dankte, als er sich von der bösen Sieben losgemacht hatte. Der Riegenaufseher sagte: »Ich sehe wohl, daß du zum Ehemann nicht taugst, denn du bist ein Hasenfuß, und verstehst nicht, ein Weib zu regieren.« Darin mußte ihm denn der alte Bursche Recht geben. Nachdem sie dann noch eine Weile über Weiber und Heirathen geplaudert hatten, sagte der alte Bursche: »Wenn du denn wirklich ein so herzhafter Mann bist, daß du dir getraust, den schlimmsten Höllendrachen unter dem Weibervolk zahm zu machen, so will ich dir eine Bahn zeigen, auf welcher deine Herzhaftigkeit bessern Lohn finden wird, als bei der Zähmung eines bösen Weibes. Du kennst doch die Ruinen des alten Schlosses auf dem Berge? dort liegt ein großer Schatz aus alten Zeiten, der noch Niemandem zu Theil geworden ist, weil eben noch keiner Muth genug hatte, ihn zu heben.« Der Riegenaufseher gab lachend zur Antwort: »Wenn hier nichts weiter nöthig ist, als Muth, so habe ich den Schatz schon so gut wie in der Tasche!« Darauf theilte der alte Bursche dem Aufseher mit, daß er in künftiger Donnerstags-Nacht, wo der Mond voll werde, hingehen müsse, um den vergrabenen Schatz zu heben, und fügte hinzu: »Hüte dich aber, daß nicht die geringste Furcht dich anwandle, denn wenn dir das Herz bangen, oder auch nur eine Faser an deinem Leibe zittern sollte, so verlierst du nicht nur den gehofften Schatz, sondern kannst auch dein Leben einbüßen, wie viele Andere, die vor dir ihr Glück versuchten. Wenn du mir nicht glaubst, so gehe nur in irgend einen Bauerhof und laß die Leute erzählen, was sie über das Gemäuer des alten Schlosses gehört — Manche auch wohl mit eigenen Augen gesehen haben. Noch einmal: wenn dir dein Leben lieb ist, und du des Schatzes habhaft werden willst, so hüte dich vor aller Furcht.«

Am Morgen des bezeichneten Donnerstags machte sich der
Riegenaufseher auf den Weg, und obgleich er nicht die geringste
Furcht empfand, so kehrte er doch in der Dorfschenke ein, in der
Hoffnung, dort auf Menschen zu stoßen, die ihm Eins oder das
Andere über die alten Schloßmauern berichten könnten. Er fragte
den Wirth, was das für alte Mauern wären auf dem Berge, und ob
die Leute noch etwas darüber wüßten, wer sie aufgeführt, und
wer sie dann wieder zerstört habe. Ein alter Bauer, der die Frage
des Riegenaufsehers gehört hatte, gab folgenden Bescheid: »Der
Sage nach hat vor vielen hundert Jahren ein steinreicher Gutsherr
dort gewohnt, der über weite Ländereien und zahlreiches Volk
gebot. Dieser Herr führte ein eisernes Regiment, und behandelte
seine Unterthanen grausam, aber mit dem Schweiß und Blut derselben hatte er unermeßlichen Reichthum zusammengescharrt, so
daß Gold und Silber fuderweise von allen Seiten her auf's Schloß
kam, wo es in tiefen Kellern vor Dieben und Räubern verwahrt
wurde. Auf welche Weise der reiche Bösewicht zuletzt seinen
Tod fand, hat Niemand erfahren. Die Diener fanden eines Morgens sein Bett leer, drei Blutstropfen auf dem Boden, und eine
große schwarze Katze zu Häupten des Bettes, die man vorher nie
gesehen hatte und nachher nie wieder sah. Man meinte daher, die
Katze sei der böse Geist selber gewesen, der in dieser Gestalt den
Herrn in seinem Bette erwürgt, und dann zur Hölle gebracht
habe, wo er für seine Frevel büßen müsse. — Als später auf die
Nachricht von dem Todesfall die Verwandten des Schloßherrn
sich einfanden, um dessen Schatz in Besitz zu nehmen, fand sich
nirgends ein Kopek Geld vor. Anfangs hielt man die Diener für
die Diebe, und stellte sie vor Gericht; allein da sie sich ihrer Un-
schuld bewußt waren, so bekannten sie auch auf der Folter
Nichts. Inzwischen hatten viele Menschen Nachts ein Geklapper,
wie mit Geld, tief unter der Erde, vernommen, und machten dem
Gericht davon Anzeige, und als dieses eine Untersuchung anstell-
te und die Aussage bestätigt fand, wurden die Diener freigelas-
sen. Das seltsame nächtliche Geldgeklapper wurde später noch
oft gehört, auch fanden sich Manche, die dem Schatze nachgru-
ben, aber es kam nichts zu Tage, und von den Schatzgräbern
kehrte keiner zurück; sicher hatte eben Der sie geholt, der dem

Herrn des Geldes ein so gräßliches Ende bereitet hatte. Soviel sah Jeder, daß hier Etwas nicht geheuer war, – darum getraute sich auch Niemand in dem alten Schlosse zu wohnen, bis endlich das Dach und die Wände durch Wind und Regen verfielen, und nichts weiter übrig blieb, als die alten Ruinen. Kein Mensch wagt sich bei nächtlicher Weile in die Nähe, noch weniger erkühnt sich Einer, dort nach alten Schätzen zu suchen.« – So sprach der alte Bauer.

Als der Riegenaufseher seine Erzählung vernommen hatte, äußerte er wie halb im Scherze: »Ich hätte Lust, mein Heil zu versuchen! Wer geht künftige Nacht mit mir?« Die Männer schlugen ein Kreuz und betheuerten einhellig, daß ihnen ihr Leben viel lieber sei, als alle Schätze der Welt, die doch Niemand erlangen könne, ohne seine Seele zu verderben. Dann baten sie den Fremden, er möge den eitlen Gedanken fahren lassen, und sein Leben nicht dem Teufel überantworten. Allein der kühne Riegenaufseher achtete weder Bitten noch Einschüchterungen, sondern war entschlossen, sein Heil auf eigene Hand zu versuchen. Er bat sich am Abend von dem Schenkwirth ein Bund Keinspan aus, um nicht im Dunkeln zu bleiben, und erkundigte sich dann nach dem kürzesten Wege zu den alten Schloßruinen.

Einer der Bauern, der etwas mehr Muth zu haben schien als die Andern, ging ihm eine Strecke weit mit einer brennenden Laterne als Führer voran, kehrte aber um, als sie noch über eine halbe Werst weit von dem Gemäuer entfernt waren. Da der bewölkte Nachthimmel Nichts erkennen ließ, so mußte der Riegenaufseher seinen Weg tastend verfolgen. Das Pfeifen des Windes und das Geschrei der Nachteulen schlug schauerlich an sein Ohr, konnte aber sein tapferes Herz nicht schrecken. Sobald er im Stande war, unter dem Schutze des Mauerwerks Feuer zu machen, zündete er einen Span an, und spähte nach einer Thür oder einer Oeffnung umher, durch die er unter die Erde hinabsteigen könnte. Nachdem er eine Weile vergebens gesucht hatte, sah er endlich am Fuße der Mauer ein Loch, welches abwärts führte. Er steckte den brennenden Span in eine Mauerspalte, und räumte mit den Händen soviel Geröll und Schutt fort, daß er hineinkriechen konnte. Nachdem er eine Strecke weit gekommen war, fand er eine steinerne Treppe, und der Raum wurde weit genug, daß er aufrecht gehen konnte. Das Kienspan-Bund auf der Schulter und einen brennenden Span in der Hand, stieg er die Stufen hinunter, und kam endlich an eine eiserne Thür, die nicht verschlossen war. Er stieß die schwere Thür auf und wollte eben eintreten, als eine große schwarze Katze mit feurigen Augen windschnell durch die Thür und zur Treppe hinauf schoß. Der Riegenaufseher dachte: die hat gewiß den Herrn des Geldes erwürgt, stieß die Thür zu, warf das Kienspan-Bund zu Boden, und sah sich dann den Ort näher an. Es war ein großer breiter Saal, an dessen Wänden überall Thüren angebracht waren; er zählte deren zwölf, und überlegte, welche von ihnen er zuerst versuchen sollte. »Sieben ist doch eine Glückszahl!« sagte er, und zählte dann von der Eingangsthür bis zur siebenten; aber diese war verschlossen und wollte nicht aufgehen. Als er sich indeß mit aller Leibeskraft gegen die Thür stemmte, gab das verrostete Schloß nach, und die Thür sprang auf. Als der Riegenaufseher hineintrat, fand er ein Gemach von mittlerer Größe, welches an einer Wand einen langen Tisch nebst einer Bank, an der andern Wand einen Ofen und vor demselben einen Herd enthielt; neben dem Herde lagen auch Scheite Holz am Boden. Der Mann machte nun Feuer an, und sah beim Scheine desselben, daß ein kleiner Grapen und eine Schale mit Mehl auf dem Ofen standen, auch fand er etwas Salz im Salzfaß. »Sieh' doch!« rief der Aufseher. »Hier finde ich ja unerwartet Mundvorrath, Wasser habe ich mir im Fäßchen mitgebracht, jetzt kann ich mir eine warme Suppe kochen.« Damit stellte er den Grapen auf's Feuer, that Mehl und Wasser hinein, streute Salz darauf, rührte mit einem Splitter um, und kochte die Suppe gar; dann goß er sie in die Schale, und setzte sie auf den Tisch. Das helle Feuer des Herdes erleuchtete die Stube, so daß er keinen Span anzuzünden brauchte. Der muthige Riegenaufseher setzte sich nun an den Tisch, nahm den Löffel und fing an, sich mit der warmen Suppe den leeren Magen zu füllen. Plötzlich sah er, als er aufblickte, die schwarze Katze mit den feurigen Augen auf dem Ofen sitzen; er konnte nicht begreifen, wie das Thier dahin gekommen sei, da er doch mit eigenen Augen gesehen hatte, wie die Katze die Treppe hinauf gerannt war. Darauf wurden draußen drei laute Schläge an die Thür gethan, so daß Wände und

Fußboden schütterten, aber der Riegenaufseher verlor den Muth nicht, sondern rief mit strenger Stimme: »Wer einen Kopf auf dem Rumpfe hat, soll eintreten!« Augenblicklich prallte die Thür weit auf, die schwarze Katze sprang vom Ofen herunter und schoß durch die Thür, wobei ihr aus Maul und Augen Feuerfunken sprühten. Als die Katze davon gelaufen war, traten vier lange Männer ein in langen weißen Röcken und mit feuerrothen Mützen, welche dermaßen funkelten, daß sich Tageshelle im Gemach verbreitete. Die Männer trugen eine Bahre auf den Schultern, und auf der Bahre stand ein Sarg; das flößte aber dem beherzten Riegenaufseher keine Furcht ein. Ohne ein Wort zu sagen, stellten die Männer den Sarg auf den Boden, gingen dann einer nach dem andern zur Thür hinaus und zogen sie hinter sich zu. Die Katze miaute und kratzte an der Thür, als ob sie herein wollte, aber der Riegenaufseher kümmerte sich nicht darum, sondern verzehrte ruhig seine warme Suppe. Als er satt war, stand er auf und besah sich den Sarg; er brach den Deckel auf und erblickte einen kleinen Mann mit langem weißen Barte. Der Riegenaufseher hob ihn heraus, und brachte ihn zum Herde an's Feuer, um ihn zu erwärmen. Es dauerte auch nicht lange, so fing das alte Männchen an, sich zu erholen und Hände und Füße zu regen. Der muthige Riegenaufseher hatte nicht die geringste Furcht; er nahm die Suppenschüssel und den Löffel vom Tische, und fing an, den Alten zu füttern. Diesem aber dauerte das zu lange, drum faßte er die Schüssel mit beiden Händen und schlürfte hastig alle Suppe hinunter. Dann sagte er: »Dank dir, Söhnchen! daß du dich über mich Armen erbarmt, und meinen von Hunger und Kälte erstarrten Leib wieder aufgerichtet hast. Für diese Wohlthat will ich dir so fürstlichen Lohn spenden, daß du mich Zeit Lebens nicht vergessen sollst. — Da hinter dem Ofen findest du Pechfackeln, zünde eine derselben an, und komm mit mir. Vorher aber mach die Thür fest zu, damit die wüthige Katze nicht herein kann, die dir den Hals brechen würde. Später wollen wir sie so kirre machen, daß sie Niemanden mehr Schaden zufügen kann.«

Mit diesen Worten hob der Alte eine viereckige Fliese von der Breite einer halben Klafter aus dem Boden, und es zeigte sich, daß der Stein den Eingang zu einem Keller bedeckt hatte. Der Alte stieg zuerst die Stufen hinunter, und furchtlos folgte ihm der

Riegenaufseher mit der brennenden Pechfackel auf dem Fuße, bis sie in eine schauerliche tiefe Höhle gelangten.

In dieser großen kellerartig gewölbten Höhle lag ein gewaltiger Geldhaufe, so hoch wie der größte Heuschober, halb Silber, halb Gold. Das alte Männchen nahm jetzt aus einem Wandschranke eine Handvoll Wachslichter, drei Flaschen Wein, einen geräucherten Schinken und ein Brotlaib heraus, und sagte dann zum Riegenaufseher: »Ich gebe dir drei Tage Zeit, diesen Geldklumpen zu zählen und zu sondern. Du mußt den Haufen in zwei Theile theilen, so daß beide ganz gleich werden und kein Rest bleibt. Während du mit dieser Theilung dich beschäftigst, will ich mich an der Wand schlafen legen, aber hüte dich, daß du dabei nicht das geringste Versehen machst, sonst erwürge ich dich.« Der Riegenaufseher machte sich sogleich an die Arbeit, und der Alte streckte sich nieder. Damit kein Versehen vorkommen könne, theilte der Riegenaufseher so, daß er immer zwei gleichartige Geldstücke nahm, es mochten Thaler oder Rubel, Gold- oder Silbermünzen sein; das eine Geldstück legte er dann links und das andere rechts, so daß zwei Haufen entstanden. Wenn ihm die Kraft auszugehen drohte, so erquickte er sich durch einen Schluck aus der Flasche, genoß etwas Brot und Fleisch, und setzte dann neugestärkt seine Arbeit fort. Weil er sich die Nacht nur einen kurzen Schlaf gönnte, um die Arbeit rasch zu fördern, wurde er schon am Abend des zweiten Tages mit der Theilung fertig, aber ein kleines Silberstück war übrig geblieben. Was jetzt thun? Das machte dem braven Riegenaufseher keine Noth, er zog sein Messer aus der Tasche, legte die Schneide auf die Mitte des Geldstücks, und schlug dann mit einem Steine so kräftig auf des Messers Rücken, daß das Geldstück in zwei Hälften gespalten wurde. Die eine Hälfte legte er dann zu dem Haufen rechts, und die andere zu dem Haufen links; darauf weckte er den Alten auf und lud ihn ein, die Arbeit in Augenschein zu nehmen. Als der Alte die beiden Hälften des übrig gebliebenen Geldstücks je rechts und links erblickte, fiel er mit einem Freudengeschrei dem Riegenaufseher um den Hals, streichelte lange seine Wangen und sagte endlich: »Tausend und aber tausend Dank dir, kühner Jüngling, der du mich aus meiner langen, langen Gefangenschaft erlöst hast. Ich habe schon viele hundert Jahre meinen Schatz hier bewachen müssen, weil sich kein Mensch fand, der Muth oder Verstand genug hatte, das Geld so zu theilen, daß Nichts übrig blieb. Ich mußte deshalb, einem eidlichen Gelöbnisse zufolge, Einen nach dem Andern erwürgen, und da Keiner wiederkehrte, so wagte in den letzten zweihundert Jahren Niemand mehr her zu kommen, obgleich ich keine Nacht verstreichen ließ, ohne mit dem Gelde zu klappern. Dir, du Glückskind! war es beschieden, mein Retter zu werden, als mir schon alle Hoffnung schwinden wollte, und ich ewige Gefangenschaft fürchten mußte. Dank, tausend Dank dir für deine Wohlthat! Den einen Geldhaufen bekommst du jetzt zum Lohn für deine Mühe, den andern aber mußt du unter die Armen vertheilen, zur Sühne für meine schweren Sünden; denn ich war, als ich auf Erden lebte und diesen Schatz anhäufte, ein großer Frevler und Bösewicht. Noch eine Arbeit hast du zu meinem und deinem Nutzen zu vollbringen. Wenn du wieder hinaufgehst, und die große schwarze Katze dir auf der Treppe entgegenkommt, dann packe sie und hänge sie auf. Hier ist eine Schlinge, aus der sie sich nicht wieder herausziehen soll.« Damit zog er eine aus feinem Golddraht geflochtene Schnur von der Dicke eines Schuhbandes aus dem Busen, gab sie dem Riegenaufseher und verschwand, als wäre er in den Boden gesunken. Aber in demselben Augenblicke entstand ein Gekrach, als ob die Erde unter den Füßen des Riegenaufsehers bersten wollte. Das Licht erlosch, und um ihn her herrschte tiefe Finsterniß, allein auch dieses unerwartete Ereigniß machte ihn nicht muthlos. Er suchte tappend seinen Weg, bis er an die Treppe kam, kletterte die Stufen hinan, und kam in die erste Stube, wo er sich die Suppe gekocht hatte. Das Feuer auf dem Herde war längst ausgegangen, aber er fand in der Asche noch Funken, die er zur Flamme anblasen konnte. Der Sarg stand noch auf der Bahre, aber statt des Alten schlief die große schwarze Katze darin. Der Riegenaufseher packte sie am Kopfe, schlang die Goldschnur um ihren Hals, hing sie an einem starken eisernen Nagel in der Wand auf, und legte sich auf den Boden zur Ruhe.

Erst am andern Morgen kam er aus dem Gemäuer heraus, und nahm den nächsten Weg zur Schenke, in der er vorher eingekehrt war. Als der Wirth sah, daß der Fremde unversehrt entronnen sei, kannten seine Freude und sein Erstaunen keine Grenzen. Der Riegenaufseher aber sagte: »Besorge mir für gute Bezahlung ein paar Dutzend Säcke von Tonnengehalt und miethe Pferde, damit ich meinen Schatz wegführen kann.« Daran merkte der Schenkwirth, daß des Fremden Gang kein fruchtloser gewesen war, und erfüllte sogleich des reichen Mannes Verlangen. Als darauf der Riegenaufseher von den Leuten erkundet hatte, was für Gebiete vor Alters unter der Herrschaft des damaligen Schloßbesitzers gestanden hatten, wies er den dritten Theil des den Armen bestimmten Geldes jenen Gebieten zu, übergab die beiden andern Drittel dem Gericht zur Vertheilung und siedelte sich mit seinem eigenen Gelde in einem fernen Lande an, wo ihn Niemand kannte. Dort müssen noch heutigen Tags seine Verwandten als reiche Leute leben, und die Kühnheit ihres Ahnherrn preisen, der diesen Schatz errungen hatte.

22. Wie ein Königssohn als Hüterknabe aufwuchs.

Es war einmal ein König, der seine Unterthanen milde und liebreich regierte, so daß Niemand im Königreiche war, der ihn nicht gesegnet, und den himmlischen Vater um die Verlängerung seiner Lebenstage angefleht hätte.

Der König lebte schon manches Jahr in glücklicher Ehe, aber kein Kind war den Ehegatten geschenkt worden. Groß war daher seine und sämmtlicher Unterthanen Freude, als die Königin ein Söhnlein zur Welt brachte, aber die Mutter sollte dieses Glück nicht lange genießen. Drei Tage nach des Sohnes Geburt schlossen sich ihre Augen für immer – der Sohn war Waise, und der König Wittwer. Schweren Kummer empfand der König über den Tod seiner theuren Gemahlin, und mit ihm trauerten die Unterthanen; man sah nirgends mehr ein fröhliches Antlitz. Zwar nahm der König, auf Andringen seiner Unterthanen, drei Jahre später eine andere Gemahlin, aber bei der neuen Wahl war ihm das Glück nicht wieder günstig: ein Täubchen hatte er begraben, und einen Habicht dafür bekommen; es geht leider vielen Wittwern so. Die junge Frau war ein böses, hartherziges Weib, das weder dem Könige noch den Unterthanen Gutes erwies. Den Sohn der vorigen Königin konnte sie nicht vor Augen leiden, da sie besorgen mußte, die Regierung werde an diesen Stiefsohn fallen, den die Unterthanen um seiner hingeschiedenen Mutter willen liebten. Die tückische Königin faßte darum den bösen Vorsatz, das Knäblein heimlich an einen Ort zu schaffen, wo der König es nicht wiederfinden könne; es umzubringen, dazu hatte sie nicht den Muth. Ein nichtswürdiges altes Weib half für gute Bezahlung der Königin die böse That auszuführen. Bei nächtlicher Weile wurde das Kind dem gottlosen Weibe überliefert, und von diesem auf Schleichwegen weit weg gebracht, und armen Leuten als Pflegkind übergeben. Unterwegs zog die Alte dem Kinde seine guten Kleider aus, und hüllte es in Lumpen, damit Niemand den Betrug merke. Der Königin hatte sie mit einem schweren Eide gelobt, keinem Menschen den Ort zu nennen, wohin der Königssohn geschafft worden. Am Tage wagte die Kindesdiebin nicht zu wandern, weil sie Verfolgung fürchtete; darum dauerte es lange, bis sie einen verborgenen Ort fand, der sich zum Aufenthalte für das königliche Kind eignete. In ein einsames Waldgehöft, das fremder Menschen Fuß selten betreten hatte, wurde der gestohlene Königssohn als Pflegling gethan, und der Wirth erhielt für das Aufziehen des Kindes die Summe von hundert Rubeln. Es war ein Glück für den Königssohn, daß er zu guten Menschen gekommen war, die für ihn sorgten, als wäre er ihr leibliches Kind. Der muntere Knabe machte ihnen oft Spaß, besonders wenn er sich einen Königssohn nannte. Sie sahen wohl aus der reichlichen Bezahlung, die sie erhalten hatten, daß das Knäblein kein rechtmäßiger Sprößling sei, und vom Vater oder von der Mutter her vornehmer Abkunft sein mochte, allein so hoch verstiegen sich ihre Gedanken nicht, daß sie für wahr gehalten hätten, wessen das Kind in seinem einfältigen Sinne sich rühmte.

Man kann sich leicht vorstellen, wie groß der Schrecken im Hause des Königs war an dem Morgen, wo man entdeckte, daß das Söhnchen in der Nacht gestohlen war, und zwar auf so wunderbare Weise, daß Niemand es gehört hatte, und daß nicht die leiseste Spur des Diebes zurückgeblieben war. Der König weinte Tage lang bitterlich um den Sohn, den er im Andenken an dessen Mutter um so zärtlicher liebte, je weniger er mit seiner neuen Gemahlin glücklich war. Zwar wurden lange Zeit hindurch aller Orten Nachforschungen angestellt, um dem verschwundenen Kinde auf die Spur zu kommen, auch wurde Jedem eine große Belohnung verheißen, der irgend eine Auskunft darüber geben könnte, aber Alles blieb vergeblich, das Knäblein schien wie weggeblasen. Kein Mensch konnte das Geheimniß aufklären, und Manche glaubten, das Kind sei durch einen bösen Geist oder durch Hexerei entführt. In das einsame Waldgehöft, wo der Königssohn lebte, hatte keiner der Suchenden seine Schritte gelenkt, und ebensowenig konnten die Bekanntmachungen dahin dringen. – Während nun der Königssohn daheim als Todter beweint wurde, wuchs er im stillen Walde auf und gedieh fröhlich, bis er in das Alter trat, daß er schon Geschäfte besorgen konnte. Da legte er denn eine wunderbare Klugheit an den Tag, so daß seine Pflegeeltern sich oft genug gestehen mußten, daß hier das Ei viel klüger sei als die Henne.

Der Königssohn hatte schon über zehn Jahre in dem Wald-gehöfte gelebt, als er ein Verlangen empfand, unter die Leute zu kommen. Er bat seine Pflegeeltern um Erlaubniß, sich auf eigene Hand sein Brot zu verdienen, indem er sagte: »Ich habe Verstand und Kraft genug, um mich ohne eure Hülfe zu ernähren. Bei dem einsamen Leben hier wird mir die Zeit sehr lang.« Die Pflegeel-tern sträubten sich anfangs sehr dagegen, mußten aber endlich nachgeben, und den Wunsch des jungen Burschen erfüllen. Der Wirth ging selbst mit, um ihn zu begleiten, und eine passende Stelle für ihn ausfindig zu machen. In einem Dorfe fand er einen wohlhabenden Bauerwirth, der einen Hüterknaben brauchte, und da sich der Pflegesohn gerade einen solchen Dienst wünschte, so wurde man bald einig. Der Vertrag lautete auf ein Jahr, allein es wurde ausdrücklich bedungen, daß es dem Knaben zu jeder Zeit gestattet sein solle, den Dienst zu verlassen und zu seinen Pflege-eltern zurückzukehren. Ebenso konnte der Wirth, wenn er mit dem Knaben nicht zufrieden war, ihn noch vor Ablauf des Jahres entlassen, jedoch nicht ohne Vorwissen der Pflegeeltern. Das Dorf, wo der Königssohn diesen Dienst gefunden hatte, lag un-weit einer großen Landstraße, auf welcher täglich viele Menschen vorbeikamen, Hohe wie Niedere. Der königliche Hüterknabe saß häufig dicht an der Landstraße, und unterhielt sich mit den Vo-rübergehenden, von denen er Manches erfuhr, was ihm bis dahin unbekannt geblieben war. Da geschah es eines Tages, daß ein alter Mann mit grauen Haaren und langem weißen Barte des Weges kam, als der Königssohn auf einem Steine sitzend die Maultrommel schlug; die Thiere grasten indeß, und wenn eines derselben sich zu weit von den übrigen entfernen wollte, so trieb des Knaben Hund es zurück. Der Alte betrachtete ein Weilchen den Knaben und seine Herde, trat dann einige Schritte näher und sagte: »Du scheinst mir nicht zum Hüterknaben geboren zu sein.« Der Knabe erwiederte: »Mag sein, ich weiß nur soviel, daß ich zum Herrscher geboren bin, und hier vorerst das Geschäft des Herrschens erlerne. Geht es mit den Vierfüßlern gut, so versuche ich weiterhin mein Glück auch wohl mit den Zweifüßlern.« Der Alte schüttelte wie verwundert den Kopf und ging seiner Wege. Ein anderes Mal fuhr eine prächtige Kutsche vorbei, in der ein

Frauenzimmer mit zwei Kindern saß: auf dem Bocke der Kutscher und hinten auf ein Lakai. Der Königssohn hatte gerade ein Körbchen mit frischgepflückten Erdbeeren in der Hand, welches der stolzen deutschen Frau in die Augen fiel, und ihren Appetit reizte. Sie befahl dem Kutscher zu halten, und rief gebieterisch zum Kutschenfenster hinaus: »Du Rotzlöffel! bring die Beeren her, ich will dir ein paar Kopeken zu Weißbrot dafür geben!« Der königliche Hüterknabe that, als ob er nichts hörte, und auch nicht glaubte, daß ihm der Befehl gelte, so daß die Frau ein zweites und ein drittes Mal rufen mußte, was aber auch nur in den Wind gesprochen war. Da rief sie dem Lakaien hinter der Kutsche zu: »Geh und ohrfeige diesen Rotzlöffel, damit er gehorcht.« Der Lakai stürzte hin, um den erhaltenen Befehl auszuführen. Noch ehe er ankam, war der Hüterknabe aufgesprungen, hatte einen tüchtigen Knüppel ergriffen, und schrie dem Lakai zu: »Wenn dich nicht nach einem blutigen Kopf gelüstet, so thue keinen Schritt weiter, oder ich zerschlage dir das Gesicht!« Der Lakai ging zurück, und meldete, was ihm begegnet war. Da rief die Dame zornig: »Schlingel! willst du dich vor dem Rotzlöffel von Jungen fürchten? Geh und nimm ihm den Korb mit Gewalt weg, ich will ihm zeigen, wer ich bin, und werde auch noch seine Eltern bestrafen lassen, die ihn nicht besser zu erziehen verstanden.« — »Hoho!« rief der Hüterknabe, der den Befehl gehört hatte, »so lange noch Leben in meinen Gliedern sich regt, soll Niemand mir mit Gewalt nehmen, was mein rechtmäßiges Eigenthum ist. Ich stampfe Jeden zu Brei, der mir meine Erdbeeren rauben will!« So sprechend spuckte er in die Hand, und schwang den Knüppel um den Kopf, daß es sauste. Als der Lakai das sah, hatte er nicht die geringste Lust, die Sache zu probiren; die Frau aber fuhr unter schweren Drohungen davon, versichernd, daß sie diesen Schimpf nicht ungeahndet lassen werde. Andere Hüterknaben, welche den Vorfall von Weitem mit angesehen und angehört hatten, erzählten ihn am Abend ihren Hausgenossen. Da geriethen Alle in Furcht, daß man auch ihnen zu nahe thun könnte, wenn die vornehme Frau sich vor Gericht über die thörichte Widerspenstigkeit des Burschen beklagte, und es zur Untersuchung käme. Den Königssohn schalt sein Wirth und sagte: »Ich werde nicht für dich sprechen; was du dir eingebrockt hast,

kannst du auch ausessen.« Der Königssohn erwiederte: »Damit
will ich schon zurecht kommen, das ist meine Sache. Gott hat mir
selber einen Mund in den Kopf, und eine Zunge in den Mund
gesetzt, ich kann selber für mich sprechen, wenn es noth thut,
und werde euch nicht bitten, mein Fürsprecher zu sein. Hätte die
Frau auf geziemende Weise die Erdbeeren verlangt, ich hätte sie
ihr gegeben, aber wie durfte sie mich Rotzlöffel schimpfen? Meine Nase ist noch immer eben so rein von Rotz gewesen wie die
ihrige.«

Die Frau war in die Stadt des Königs gefahren, wo sie nichts
Eiligeres zu thun hatte, als sich bei Gericht über das unverschäm-
te Benehmen des Hüterknaben zu beschweren. Man schritt auch
ungesäumt zur Untersuchung, und es wurde Befehl gegeben, das
Bürschlein sammt seinem Wirthe vor's Gericht zu bringen. Als
die Gerichtsdiener in's Dorf kamen, um den Befehl auszuführen,
sagte der Königssohn: »Mein Wirth hat mit dieser Sache nichts zu
schaffen; was ich gethan habe, das muß ich auch verantworten.«
Jetzt wollte man ihm die Hände auf den Rücken binden, und ihn
als Gefangenen vor Gericht führen, aber er zog ein scharfes Messer aus der Tasche, trat rasch einige Schritte zurück, richtete die
Spitze des Messers auf sein Herz, und rief aus: »Lebend soll mich
Niemand binden! Ehe eure Hand mich bindet, stoße ich mir das
Messer in's Herz! Meinen Leichnam mögt ihr dann binden, und
damit machen, was ihr wollt; so lange ich noch Athem habe, soll
kein Mensch mir einen Strick oder eine Fessel anlegen! Vor Gericht will ich gern erscheinen, und Auskunft geben, als Gefangenen lasse ich mich nicht fortführen.« Seine Kühnheit setzte die
Gerichtsdiener dermaßen in Schrecken, daß sie nicht wagten, ihm
nahe zu kommen; sie fürchteten, es möchte ihnen zur Last fallen,
wenn der Knabe in seinem Trotze sich umbrächte. Und da er
ihnen gutwillig folgen wollte, so mußten sie sich zufrieden geben.
Unterwegs wunderten sich die Gerichtsdiener täglich mehr über
den Verstand und die Klugheit ihres Gefangenen, denn dieser
wußte in allen Dingen besser Bescheid als sie selber. Noch viel
größer war die Verwunderung der Richter, als sie den Hergang
der Sache aus dem Munde des Knaben vernahmen; er sprach so
klar und bündig, daß man ihm Recht geben und ihn von aller
Schuld frei sprechen mußte. Auch der König, an den sich die

vornehme Frau jetzt wandte, und der sich auf ihre Bitten die ganze Sache auseinander setzen ließ, mußte den Richtern beistimmen, und den Burschen straflos lassen. Jetzt wollte die vornehme Frau bersten vor Zorn, sie geberdete sich wie eine Katze, die wüthend auf einen Hund schnaubt, so ein Rotzlöffel von Bauerjungen sollte ihr gegenüber Recht behalten! Sie klagte ihre Noth der Königin, von der sie wußte, daß sie ungleich härter war als der König. »Mein Gemahl,« sagte die Königin, »ist eine alte Nachtmütze, und seine Richter sind all' zusammen Schafsköpfe! Schade, daß ihr eure Sache vor Gericht brachtet, und nicht lieber gleich zu mir kamt; ich hätte euren Handel anders geschlichtet und euch Recht gegeben. Jetzt, da die Sache durchs Gericht entschieden und vom Könige bestätigt ist, bin ich nicht mehr im Stande, der Sache öffentlich eine bessere Wendung zu geben, aber wir müssen sehen, wie wir ohne Aufsehen über den Burschen eine Züchtigung verhängen können.« Da fiel es der Frau zur rechten Zeit ein, daß auf ihrem Gebiete eine sehr böse Bauerwirthin angesessen war, bei der kein Knecht mehr bleiben wollte; auch gab der Wirth selber zu, daß es bei ihnen ärger hergehe als in der Hölle. Wenn man das naseweise Bürschlein auf diesen Hof als Hüterknaben geben könnte, so würde ihm das gewiß eine schwerere Züchtigung sein, als irgend ein Richterspruch ihm zuerkennen könnte. »Ich will die Sache gleich so einrichten, wie ihr wünscht,« sagte die Königin, ließ einen zuverlässigen Diener rufen, und gab ihm an, was er zu thun habe. Hätte ihre Seele geahndet, daß der Hüterknabe der von ihr verstoßene Königssohn sei, so hätte sie ihn ohne weiters tödten lassen, ohne sich um König oder Richterspruch zu kümmern.

Der Bauerwirth hatte kaum den Befehl der Königin erhalten, als er auch den Hüterknaben seines Dienstes entließ. Er dankte seinem Glücke, daß er noch so leichten Kaufes davon gekommen war. Der Königin Diener führte nun den Burschen selber auf den Bauerhof, auf welchen sie ihn wider seinen Willen verdungen hatte. Die tückische Wirthin jauchzte auf vor Freude, daß die Königin ihr einen Hüterknaben geschafft, und ihr zugleich frei gestellt hatte, mit ihm zu machen was sie wollte, weil das Bürschlein sehr halsstarrig und in Gutem nicht zu lenken sei. Sie kannte des neuen Mühlsteins Härte noch nicht, und hoffte, in ihrer alten Weise mit ihm zu mahlen. Bald aber sollte das höllische Weib inne werden, daß ihr dieser Zaun denn doch zu hoch war, um hinüber zu kommen, sintemal das Bürschlein einen gar zähen Sinn hatte, und kein Haar breit von seinem Rechte vergab. Wenn ihm die Wirthin ohne Grund ein böses Wort gab, so erhielt sie deren gleich ein Dutzend zurück; wenn sie die Hand gegen den Knaben aufhob, so raffte dieser einen Stein oder ein Holzscheit, oder was ihm gerade zur Hand war, auf und rief: »Wage es nicht, einen Schritt näher zu kommen, oder ich schlage dir das Gesicht entzwei, und stampfe deinen Leib zu Brei!« Solche Reden hatte die Hausfrau in ihrem Leben noch von Niemanden, am wenigsten aber von ihren Knechten gehört; der Wirth aber freute sich im Stillen, wenn er ihren Hader mit anhörte, und stand auch seiner Frau nicht bei, da der Knabe seine Pflicht nicht versäumte. Die Wirthin suchte nun den Hüterknaben durch Hunger zu zähmen, und weigerte ihm die Nahrung, aber der Knabe nahm das Laib mit Gewalt, wo er es fand, und melkte sich dazu Milch von der Kuh, so daß sein Magen kein Nagen des Hungers verspürte. Je weniger die Wirthin mit dem Hüterknaben fertig werden konnte, desto mehr suchte sie ihr Müthchen am Manne und dem Gesinde zu kühlen. Als der Königssohn sich dieses heillose Leben, das einen Tag wie den andern war, einige Wochen lang mit angesehen hatte, beschloß er, der Wirthin alle ihre Schlechtigkeit heimzuzahlen, und zwar in der Weise, daß die Welt den Drachen gänzlich los würde. Um seinen Vorsatz auszuführen, fing er ein Dutzend Wölfe ein, und sperrte sie in eine Höhle, wo er ihnen alle Tage ein Thier von seiner Herde vorwarf, damit sie nicht verhungerten. Wer vermöchte der Wirthin Wuth zu beschreiben, als sie ihr Eigenthum dahin schwinden sah, denn der Knabe brachte alle Abende ein Stück Vieh weniger nach Hause, als er am Morgen auf die Weide getrieben hatte, und antwortete auf alle Fragen nichts weiter als: »Die Wölfe haben's zerrissen!« Die Wirthin schrie wie eine Rasende, und drohte, das Bürschlein den wilden Thieren zum Fraß vorzuwerfen, aber der Knabe entgegnete lachend: »Da wird ihnen dein wüthiges Fleisch besser munden!« Darauf ließ er seine Wölfe in der Höhle drei Tage lang ohne Futter, trieb dann in der Nacht, als Alles schlief, die Herde aus dem Stalle und statt derselben die zwölf Wölfe hinein, worauf er die Thür fest verschloß, so daß die wilden Bestien nicht heraus konnten. Als die Sache soweit in Ordnung war, machte er sich auf die Socken, da ihm der Hirtendienst schon längst zuwider geworden war, und er jetzt auch Kraft genug in sich fühlte, um größere Arbeiten zu unternehmen.

O du liebe Zeit! was begab sich da am Morgen, als die Wirthin in den Stall ging, um die Thiere herauszulassen und die Kühe zu melken. Die vom Hunger wüthend gewordenen Wölfe sprangen auf sie los, rissen sie nieder und verschlangen sie sammt ihren Kleidern mit Haut und Haar, so daß nichts weiter von ihr übrig blieb, als Zunge und Herz, diese beiden taugten nicht einmal den wilden Bestien, weil sie zu giftig waren. Weder Wirth noch Gesinde betrübten sich über dieses Unglück, vielmehr war Jeder dem Geschicke dankbar, das ihn von dem Höllenweibe befreit hatte.

Der Königssohn hatte einige Jahre die Welt durchstreift, und bald dies bald jenes Gewerbe versucht, er hielt aber an keinem Orte lange aus, weil ihn die Erinnerungen seiner Kindheit, die ihm wie lebhafte Träume vorschwebten, stets daran mahnten, daß er durch seine Geburt einem höheren Stande angehöre. Von Zeit zu Zeit traf er wieder mit dem alten Manne zusammen, der ihn schon damals in's Auge gefaßt hatte, als er noch Hüterknabe war. Als der Königssohn achtzehn Jahr alt war, trat er bei einem Gärtner in Dienst, um die Gärtnerei zu erlernen. Gerade zu der Zeit ereignete sich etwas, was seinem Leben eine andere Wendung geben sollte. Die ruchlose Alte, welche ihn auf Befehl der Königin geraubt und als Pflegkind in das Waldgehöft gebracht hatte, beichtete auf ihrem Todbette dem Geistlichen den von ihr verübten Frevel, denn ihre unter der Last der Sünde seufzende Seele fand nicht eher Ruhe, als bis sie die böse That aufgedeckt hatte. Sie nannte auch den Bauerhof, auf welchen sie das Kind gebracht hatte, konnte aber nichts weiter darüber sagen, ob das Kind am Leben geblieben oder gestorben sei. Der Geistliche machte sich eilig auf, dem Könige die Freudenbotschaft zu bringen, daß eine Spur seines verschwundenen Sohnes gefunden sei. Der König verrieth Niemanden, was er erfahren, ließ augenblicklich ein Pferd satteln und machte sich mit drei treuen Dienern auf den Weg. Nach einigen Tagen erreichten sie das Waldgehöft; Wirth und Wirthin bekannten der Wahrheit gemäß, daß ihnen vor so und so langer Zeit ein Kind männlichen Geschlechts als Pflegling übergeben worden, und daß sie gleichzeitig hundert Rubel für das Aufziehen desselben erhalten hatten. Daraus hatten sie freilich gleich geschlossen, daß das Kind von vornehmer Geburt sein könne, aber das sei ihnen niemals in den Sinn gekommen, daß das Kind von königlichem Geblüte sei, vielmehr hätten sie immer nur ihren Spaß daran gehabt, wenn das Kind sich selbst einen Königssohn genannt hätte. Darauf führte der Wirth selbst den König in das Dorf, wohin er den Knaben als Hirtenjungen gebracht hatte, wiewohl nicht aus eigenem Antriebe, sondern auf Verlangen des Knaben, der an dem einsamen Orte nicht länger hatte leben mögen. Wie erschrack der Wirth, und noch mehr der König, als sich in dem Dorfe der Knabe, der zum Jüngling herangewachsen sein mußte, nicht fand, und man auch keine nähere Auskunft über ihn erhalten konnte. Die Leute wußten nur soviel zu sagen, daß der Knabe auf die Klage einer vornehmen Dame vor Gericht gestellt, von diesem aber freigesprochen und losgelassen worden sei. Später aber sei ein Diener der Königin erschienen, der den Knaben fortgeführt und in einem andern Gebiete in Dienst gegeben habe. Der König eilte dahin, und fand auch das Gesinde, in welchem sein Sohn eine kurze Zeit gewesen war, darnach aber war er entflohen, und man hatte nichts weiter von ihm gehört. Wie sollte man jetzt aufs Geratewohl weiter suchen, und wer war im Stande, den rechten Weg zu weisen?

Während der König noch voller Kümmerniß war, daß sich hier alle Spuren verloren, trat ein alter Mann vor ihn hin – derselbe, der schon mehrere Mal mit dem Königssohne zusammen getroffen war – und sagte, er sei einem jungen Manne, wie man ihn suche, dann und wann begegnet, und habe ihn anfangs als Hirten und später in mancherlei anderen Handthierungen gesehen; und er hoffe, die Spur des Verschwundenen zu finden. Der König sicherte dem Alten reiche Belohnung, wenn er ihn auf die Spur des Sohnes bringen könne, befahl einem der Diener, vom Pferde zu steigen, und hieß den Alten aufsitzen, damit sie rascher vorwärts kamen. Dieser aber sagte lächelnd: »So viel wie eure Pferde laufen können, leisten meine Beine auch noch; sie haben

ein größeres Stück Welt durchwandert, als irgend ein Pferd.«
Nach einer Woche kamen sie wirklich dem Königssohne auf die
Spur, und fanden ihn auf einem stattlichen Herrenhofe, wo er,
wie oben erzählt, die Gärtnerei erlernte. Grenzenlos war des Königs Freude, als er seinen Sohn wieder fand, den er schon so manches Jahr als todt beweint hatte. Freudenthränen rannen von
seinen Wangen, als er den Sohn umarmte, ihn an seine Brust
drückte und küßte. Doch sollte er aus des Sohnes Munde eine
Nachricht vernehmen, welche ihm die Freude des Wiederfindens
schmälerte und ihn in neue Betrübniß versetzte. Der Gärtner hatte eine junge blühende Tochter, welche scheuer war als alle Blumen in dem prachtvollen Garten, und so fromm und schuldlos
wie ein Engel. Diesem Mädchen hatte der Königssohn sein Herz
geschenkt, und er gestand seinem Vater ganz offen, daß er nie
eine Dame von edlerer Herkunft freien, sondern die Gärtnerstochter zu seiner Gemahlin machen wolle, sollte er auch sein
Königreich aufgeben müssen. »Komm nur erst nach Hause,« sagte der König, »dann wollen wir die Sache schon in Ordnung bringen.« Da bat sich der Sohn von seinem Vater einen kostbaren
goldenen Ring aus, steckte ihn vor Aller Augen der Jungfrau an
den Finger und sagte: »Mit diesem Ringe verlobe ich mich dir,
und über kurz oder lang komme ich wieder, um als Bräutigam
dich heim zu führen.« Der König aber sagte: »Nein, nicht so — auf
andere Weise soll die Sache vor sich gehen!« — zog den Ring
wieder vom Finger des Mädchens und hieb ihn mit seinem
Schwerte in zwei Stücke. Die eine Hälfte gab er seinem Sohne, die
andere der Gärtnerstochter, und sagte: »Hat Gott euch für einander geschaffen, so werden die beiden Hälften des Ringes zu rechter Zeit von selbst ineinander schmelzen, so daß kein Auge die
Stellen wird entdecken können, wo der Ring durchgehauen war.
Jetzt bewahre Jeder von euch seine Hälfte, bis die Zeit erfüllt sein
wird.«

Die Königin wollte vor Wuth bersten, als ihr Stiefsohn, den
sie für immer verschollen glaubte, plötzlich zurück kehrte, und
zwar als rechtmäßiger Thronerbe, da dem Könige aus seiner
zweiten Ehe nur zwei Töchter geboren waren. Als nach einigen
Jahren des Königs Augen sich geschlossen hatten, wurde sein
Sohn zum König erhoben. Wiewohl ihm die Stiefmutter schweres

Unrecht zugefügt hatte, wollte er doch nicht Böses mit Bösem vergelten, sondern überließ die Strafe dem Gerichte Gottes. Da nun die Stiefmutter keine Hoffnung mehr hatte, eine ihrer Töchter vermittelst eines Schwiegersohnes auf den Thron zu bringen, so wollte sie wenigstens eine fürstliche Jungfrau aus ihrer eigenen Sippschaft dem Könige vermählen, aber dieser entgegnete kurz: »Ich will nicht! ich habe meine Braut längst gewählt.« Als die verwittwete Königin dann erfuhr, daß der junge König ein Mädchen von niederer Herkunft zu freien gedenke, stachelte sie die höchsten Räthe des Reichs auf, sich einmüthig dagegen zu stemmen. Aber der König blieb fest und gab nicht nach. Nachdem man lange hin und her gestritten hatte, gab der König schließlich den Bescheid: »Wir wollen ein großes Fest geben und dazu alle Königstöchter und die andern vornehmen Jungfrauen einladen, so viel ihrer sind, und wenn ich eine unter ihnen finde, welche meine erwählte Braut an Schönheit und Züchten übertrifft, so will ich sie freien. Ist das aber nicht der Fall, so wird meine erwählte auch meine Gemahlin.«

Jetzt wurde im Königsschloß ein prächtiges Freudenfest hergerichtet, welches zwei Wochen dauern sollte, damit der König Zeit hätte, die Jungfrauen zu mustern, ob eine derselben den Vorzug vor der Gärtnerstochter verdiene. Alle fürstlichen Frauen der Umgegend waren mit ihren Töchtern zum Feste gebeten, und da der Zweck der Einladung allgemein bekannt war, hoffte jedes Mädchen, daß ihr das Glücksloos zufallen werde. Schon näherte sich das Fest seinem Ende, aber noch immer hatte der junge König Keine gefunden, die nach seinem Sinne war. Am letzten Tage des Festes erschienen in der Frühe die höchsten Räthe des Reichs wieder vor dem Könige und sagten – auf Eingebung der Königin-Wittwe – wenn der König nicht bis zum Abend eine Wahl getroffen habe, so könne ein Aufstand ausbrechen, weil alle Unterthanen wünschten, daß der König sich vermähle. Der König erwiederte: »Ich werde dem Wunsche meiner Unterthanen nachkommen und mich heute Abend erklären.« Dann schickte er ohne Vorwissen der Andern einen zuverlässigen Diener zur Gärtnerstochter, mit dem Auftrage, sie heimlich herzubringen, und hier bis zum Abend versteckt zu halten. Als nun am Abend des Königs Schloß von Lichtern strahlte, und alle fürstlichen Jungfrauen in ihrem Feststaat den Augenblick erwarteten, der ihnen Glück oder Unglück bringen sollte, trat der König mit einer jungen Dame in den Saal, deren Antlitz so verhüllt war, daß kaum die Nasenspitze heraus sah. Was Allen aber gleich auffiel, war der schlichte Anzug der Fremden: sie war in weißes feines Leinen gekleidet, und weder Seide, noch Sammet, noch Gold war an ihr zu finden, während alle Andern von Kopf bis zu Fuß in Sammet und Seide gehüllt waren. Einige verzogen spöttisch den Mund, andere rümpften unwillig die Nase, der König aber that, als bemerkte er es nicht, löste die Kopfhülle der Jungfrau, trat dann mit ihr vor die verwittwete Königin und sagte: »Hier ist meine erwählte Braut, die ich zur Gemahlin nehmen will, und ich lade euch und Alle, die hier versammelt sind, zu meiner Hochzeit ein.« Die verwittwete Königin rief zornig aus: »Was kann man auch Besseres erwarten von einem Manne, der bei der Herde aufgewachsen ist! Wenn ihr da wieder hin wollt, dann nehmt die Magd nur mit, die wohl verstehen mag, Schweine zu füttern, sich aber nicht zur Gemahlin eines Königs eignet — eine solche Bauerdirne kann den Thron eines Königs nur verunehren!« Diese Worte weckten des Königs Zorn, und streng entgegnete er: »Ich bin König und kann thun, was ich will; aber wehe euch, daß ihr mir jetzt meinen früheren Hirtenstand in's Gedächtniß zurückriefet; damit habt ihr mich zugleich daran erinnert, wer mich in diesen Stand verstoßen. Indeß, da kein vernünftiger Mensch die Katze im Sacke kauft, will ich noch vor meiner Trauung Allen deutlich machen, daß ich nirgends eine bessere Gemahlin hätte finden können, als gerade dieses Mädchen, das fromm und rein ist wie ein Engel vom Himmel.« Mit diesen Worten verließ er das Zimmer, und kam bald darauf mit eben dem Alten zurück, den er von seinem Hirtenstande her kannte, und der den König später auf die Spur seines Sohnes gebracht hatte. Dieser Alte war ein berühmter Zauberer Finnlands, der sich auf viele geheime Künste verstand. Der König sprach zu ihm: »Liebster Zauberer! offenbaret uns durch eure Kunst das innere Wesen der hier anwesenden Jungfrauen, damit wir erkennen, welche unter ihnen die würdigste ist, meine Gemahlin zu werden.« Der Zauberer nahm eine Flasche mit Wein, besprach ihn, bat die Jungfrauen, in der Mitte des Saales zusammenzutreten, und besprengte dann den Kopf einer

Jeden mit ein paar Tropfen des Zauberweins, worauf sie Alle stehenden Fußes einschliefen. O über das Wunder, welches sich jetzt aufthat! Nach kurzer Zeit sah man sie sämmtlich verwandelt, so daß keine mehr ihre menschliche Gestalt hatte, sondern statt ihrer allerlei wilde und gezähmte Thiere erschienen, einige waren in Schlangen, Wölfe, Baren, Kröten, Schweine, Katzen, andere wieder in Habichte und sonstige Raubvögel verwandelt. Mitten unter allen diesen Thiergestalten aber war ein herrlicher Rosenstock gewachsen, der mit Blüthen bedeckt war, und auf dessen Zweigen zwei Tauben saßen. Das war die vom Könige zur Gemahlin erwählte Gärtnerstochter. Darauf sagte der König: »Jetzt haben wir einer Jeglichen Kern gesehen, und ich lasse mich nicht durch die glänzende Schale blenden!« Die Königin-Wittwe wollte vor Zorn bersten, aber was konnte es ihr helfen, da die Sache so klar da lag. Darauf räucherte der Zauberer mit Zauberkräutern, bis alle Jungfrauen aus dem Schlafe erwachten, und wieder Menschengestalt erhielten. Der König erfaßte die aus dem Rosenstrauche hervorgegangene Geliebte, und fragte nach ihrem halben Ringe, und als die Jungfrau ihn aus dem Busen nahm, zog auch er seinen halben Ring hervor, und legte beide Hälften auf seine Handfläche; augenblicklich verschmolzen sie mit einander, so daß kein Auge einen Riß oder irgend ein Merkmal der Stellen entdeckte, wo die Schneide des Schwertes den Ring einst getrennt hatte. »Jetzt ist auch meines heimgegangenen Vaters Wille in Erfüllung gegangen!« sagte der junge König, und ließ sich noch an demselben Abend mit der Gärtnerstochter trauen. Dann lud er alle Anwesende zum Hochzeitsschmaus, aber die fürstlichen Jungfrauen hatten erfahren, welches Wunder sich während ihres Schlafes mit ihnen begeben, und gingen voller Scham nach Hause. Um so größer war der Unterthanen Freude, daß ihre Königin von Innen und von Außen ein untadelhaftes Menschenbild war.

Als das Hochzeitsfest zu Ende war, ließ der junge König eines Tages sämmtliche Oberrichter des Reiches versammeln und fragte sie, welche Strafe ein Frevler verdiene, der einen Königssohn heimlich habe wegstehlen, und in einem Bauerhofe als Hüterknaben aufziehen lassen, und der außerdem noch den Jüngling schnöde gelästert habe, nachdem ihn das Glück seinem früheren Stande zurückgegeben. Sämmtliche Richter erwiederten wie aus einem Munde: »Ein solcher Frevler muß den Tod am Galgen er-leiden.« Darauf sagte der König: »Nun wohl! Rufet die verwitt-wete Königin vor Gericht!« Die Königin-Wittwe wurde gerufen und das gefällte Urtheil ihr verkündet. Als sie es hörte, wurde sie bleich wie eine getünchte Wand, warf sich vor dem jungen Köni-ge auf die Knie und bat um Gnade. Der König sagte: »Ich schenke euch das Leben, und hätte euch niemals vor Gericht gestellt, wenn es euch nicht eingefallen wäre, mich noch hinterher mit eben dem Leiden zu schmähen, welches ich durch euren Frevel habe erdulden müssen; in meinem Königreiche aber ist eures Bleibens nicht mehr. Packet noch heute eure Sachen zusammen, um vor Sonnenuntergang meine Stadt zu verlassen. Diener wer-den euch bis über die Grenze begleiten. Hütet euch, jemals wie-der den Fuß auf mein Gebiet zu setzen, da es Jedermann, auch dem Geringsten, frei steht, euch wie einen tollen Hund todt zu schlagen. Eure Töchter, die auch meines heimgegangenen Vaters Töchter sind, dürfen hier bleiben, weil ihre Seele rein ist von dem Frevel, den ihr an mir verübt habt.«

Als die verwittwete Königin fortgebracht war, ließ der junge König in der Nähe seiner Stadt zwei hübsche Wohnhäuser auf-bauen, von denen das eine den Eltern seiner Frau, und das andere dem Wirthe des Bauerhofs geschenkt wurde, der den hülflosen Königssohn liebevoll aufgezogen hatte. Der als Hüterknabe auf-gewachsene Königssohn und seine aus niederem Geschlecht ent-sprossene Gemahlin lebten dann glücklich bis an ihr Ende, und regierten ihre Unterthanen so liebevoll wie Eltern ihre Kinder.

23. Dudelsack-Tiidu.

Es lebte einmal ein armer Käthner, den Gott mit Kindern reichlicher gesegnet hatte, als mit Brot. Töchter und Söhne wuchsen den Eltern zur Freude auf, und verdienten sich meist schon ihr Stück Brot bei Fremden — nur aus einem Sohne wollte nichts Rechtes werden. Ob der Bursche von Natur einfältig war, oder ob sonst ein Gebreste ihn drückte, oder ob er träges Blut unter den Nägeln hatte, das konnte Niemand mit Sicherheit sagen. Aber daß er faul und lotterig war und zu keinerlei Geschäft taugte, das mußten seine Eltern sowohl wie das ganze Dorf eingestehen. Es halfen auch weder gute Worte noch Ruthenstreiche, vielmehr wuchs die Faulheit des Burschen, je älter er wurde. Im Winter hinter dem Ofen liegen und im Sommer unter einem Busche schlafen, war sein Haupt-Tagewerk, dazwischen pfiff er oder blies die Weidenflöte, daß es eine Lust war anzuhören. So saß er eines Tages wieder hinter einem Busche und blies mit den Vögeln um die Wette, als ein fremder alter Mann des Weges daher kam. Er fragte mit freundlicher Stimme: »Sage mir, Söhnchen! was für ein Gewerbe möchtest du denn einst treiben?« Der Bursche erwiderte: »Das Gewerbe wäre meine geringste Sorge, könnte ich nur ein reicher Mann werden, daß ich nicht nöthig hätte zu arbeiten, und unter anderer Leute Zuchtruthe zu stehen.« Der alte Mann lachte und sagte: »Der Plan wäre gar nicht übel, aber ich sehe nicht ein, woher dir Reichthum kommen soll, wenn du gar nicht arbeiten willst? Läuft doch die Maus einer schlafenden Katze nicht in den Rachen. Wer Geld und Gut erwerben will, der muß seine Glieder rühren, arbeiten und sich Mühe geben, sonst« — Der Bursche fiel ihm in die Rede und bat: »Lassen wir diese Reden! das habe ich schon viele hundert Mal gehört, und es kommt mir vor, wie wenn man Wasser auf die Gans gießen wollte, denn aus mir kann doch nimmer ein Arbeiter werden.« Der alte Mann erwiederte milde: »Der Schöpfer hat dir eine Gabe verliehen, mit welcher du leicht das tägliche Brot und noch ein Stück Geld dazu verdienen könntest, wenn du dich auf's Dudelsackpfeifen legen würdest. Verschaffe dir einen guten Dudelsack, blase ihn eben so geschickt wie jetzt die Weidenflöte, und du findest Brot und Geld überall, wo fröhliche Menschen wohnen.« »Aber woher soll ich

den Dudelsack nehmen?« fragte der junge Bursche. Der Alte erwiederte: »Verdiene dir Geld und kaufe dir dann einen Dudelsack. Für den Anfang kannst du die Weidenflöte blasen und auf
dem Blatte pfeifen, auf beiden bist du schon ein kleiner Meister!
Ich hoffe auch künftig noch mit dir zusammen zu treffen, dann
wollen wir sehen, ob du meinen Rath benutzt hast, und welcher
Gewinn dir aus meiner Belehrung erwachsen ist.« Damit trennte
er sich von dem Burschen und ging seines Weges. T i i d u — so
hieß der Bursche — begann über des alten Mannes Rede nachzu-
denken, und je länger er sann, desto mehr mußte er dem Alten
Recht geben. Er entschloß sich, den von dem Alten angegebenen
Weg zum Glücke einzuschlagen; allein er verrieth Niemanden ein
Wort von seinem Vorhaben, sondern ging eines Morgens vom
Hause und — kam nicht wieder. Den Eltern machte sein Scheiden
keinen Kummer, der Vater dankte noch seinem Geschicke, daß er
den faulen Sohn los geworden war, und hoffte, daß die Welt mit
der Zeit dem Tiidu die faule Haut abstreifen und die Noth ihn
zum ordentlichen Menschen erziehen würde.

Tiidu strich einige Wochen von Dorf zu Dorf und von Gut
zu Gut umher; überall nahmen die Leute ihn freundlich auf, und
hörten gern zu, wenn er seine Weidenflöte blies, gaben ihm zu
essen, und schenkten ihm auch manchmal einige Kopeken. Diese
Kopeken sammelte der Bursche sorgfältig, bis er endlich soviel
beisammen hatte, um sich einen guten Dudelsack kaufen zu können. Jetzt fing sein Glück an zu blühen, denn weit und breit war
kein Dudelsackpfeifer zu finden, der so kunstgerecht und so
taktmäßig zu blasen verstand. Tiidu's Dudelsack setzte alle Beine
in Bewegung. Wo nur eine Hochzeit, ein Ernteschmaus, oder eine
andere Lustbarkeit begangen wurde, da durfte der D u d e l -
s a c k - T i i d u nicht mehr fehlen. Nach einigen Jahren war er ein
so berühmter Dudelsackpfeifer geworden, daß man ihn wie einen
Zauberkundigen von einem Orte zum andern, oft viele Meilen
weit, kommen ließ. So blies er einst auf einem Gute beim Ernteschmaus, wozu auch viele Gutsherren aus der Umgegend gekommen waren, um die Belustigung des Volkes mit anzusehen.
Alle mußten einmüthig bekennen, daß ihnen in ihrem Leben noch
kein geschickterer Dudelsackpfeifer vorgekommen war. Ein
Gutsherr nach dem andern lud den Dudelsack-Tiidu zu sich,

dann mußte er die Herrschaft durch sein Spiel ergötzen und erhielt dafür gute Kost und gutes Getränk, dazu noch Geld und mancherlei Geschenke. Einer der reichen Herren ließ ihn von Kopf zu Fuß neu kleiden, ein anderer schenkte ihm einen schönen Dudelsack mit messingener Röhre. Die Fräulein banden ihm seidene Bänder an den Hut, und die Frauen strickten ihm bunte Handschuhe. Jeder Andere wäre an Tiidu's Stelle mit diesem Glücke sehr zufrieden gewesen, aber seine Sehnsucht nach Reichthum ließ ihm keine Ruhe, sondern trieb ihn wie mit einer Feuergeißel immer weiter. Je mehr er einsah, daß der Dudelsack allein ihn nicht zum reichen Manne machen könne, desto stärker wurde seine Geldgier. Erzählungen, die im Munde des Volkes lebten, wußten viel zu berichten von dem Reichthume des Landes Kungla, [85] und Tiidu konnte das Tag und Nacht nicht aus dem Kopfe bringen. Wenn ich nur hinkommen könnte, dachte er, so würde ich schon den Weg zum Reichthum finden. Er wanderte nun am Strande hin, um vielleicht durch einen glücklichen Zufall ein Schiff oder ein Segelboot zu finden, das ihn über die See brächte. Endlich kam er in die Stadt Narwa, wo gerade viele fremde Kauffahrer im Hafen lagen. Einer derselben sollte nach einigen Tagen nach Land Kungla absegeln, und Tiidu suchte den Schiffer auf. Dieser wollte ihn mitnehmen, aber der geforderte Preis war dem kargen Dudelsackpfeifer zu hoch. Er suchte sich nun durch seinen Dudelsack bei dem Schiffsvolke einzuschmeicheln, und hoffte dadurch die Kosten der Fahrt zu verringern. Das Glück wollte, daß er einen jungen Matrosen fand, der ihm versprach, ihn heimlich hinter dem Rücken des Schiffers auf's Schiff zu bringen. In der letzten Nacht vor dem Abgange des Schiffes brachte der Matrose wirklich den Tiidu auf's Schiff und versteckte ihn in einem dunkeln Winkel zwischen Fässern, brachte ihm auch, ohne daß die Andern es merkten, Speise und Trank dahin, damit er in seinem Schlupfwinkel nicht Hunger leide. In der folgenden Nacht, als das Schiff schon auf hoher See war, und Tiidu's Freund auf dem Verdeck allein Wache hielt, holte er ihn aus seinem Schlupfwinkel hervor, band ihm ein Tau um den Leib, befestigte das andere Ende des Taues am Schiffe und sagte: »Ich werde dich jetzt an dem Taue in's Meer lassen, und wenn man dir zu Hülfe eilt, so mußt du das Tau von deinem Leibe losschneiden und ihnen weiß machen, du seiest vom Hafen her dem Schiffe nachgeschwommen.« Obwohl dem Tiidu ein wenig bange wurde, hoffte er doch mit Hülfe des Taues sich eine Zeit lang über Wasser zu halten, da er ein guter Schwimmer war. Sobald er in's Wasser gelassen worden, weckte sein Freund die anderen Matrosen und zeigte ihnen die menschliche Gestalt, die schwimmend dem Schiffe folgte. Die Leute sperrten Mund und Augen auf, als sie das seltsame Abenteuer erblickten, und weckten auch den Schiffer, damit er sich die Sache ansehe. Dieser schlug dreimal das Kreuz und fragte dann den Schwimmer: »Bekenne wahrhaft, wer du bist, ein Geist oder ein sterblicher Mensch?« Der Schwimmer antwortete: »Ein armer sterblicher Mensch, dessen Kraft bald erschöpft sein wird, wenn ihr euch seiner nicht erbarmt.« Der Schiffer ließ nun ein Tau in's Meer werfen, um den Schwimmenden daran heraufzuziehen. Als Tiidu das Ende des Taues gefaßt hatte, schnitt er erst mit einem Messer das um seinen Leib geschlungene Tau entzwei und bat sodann, man möge ihn heraufziehen. Als es geschehen war, fragte ihn der Schiffer: »Sage, woher du kommst und wie du bis hierher gelangtest.« Dudelsack-Tiidu erwiederte: »Ich schwamm eurem Schiffe nach, als ihr aus dem Hafen abfuhrt, und hielt mich von Zeit zu Zeit, wenn die Kraft mir auszugehen drohte, am Steuer fest. So hoffte ich nach Land Kungla zu kommen, weil ich nicht so viel Geld hatte, als ihr für die Ueberfahrt verlangtet.« Des Jünglings wunderbare Kühnheit rührte des Schiffer's Herz, und freundlich sagte er: »Danke dem himmlischen Vater, der dein Leben so wunderbar beschützt hat! Ich will dich unentgeltlich nach Kungla bringen.« Dann befahl er, dem Tiidu trockene Kleider anzuziehen, und ihn in der Schiffskajüte zu betten, damit er sich von der Anstrengung der langen Schwimmfahrt erhole. Tiidu aber und sein Freund waren froh, daß ihre List so glücklich abgelaufen war.

Am andern Morgen sah das Schiffsvolk auf den Tiidu wie auf ein Wunder, da er eine Strecke geschwommen war, wie es Keiner für möglich gehalten. Weiterhin machte ihnen sein schönes Dudelsackspiel große Freude, und der Schiffer gestand mehr als einmal, daß er noch nie einen so herrlichen Dudelsack gehört habe. Als das Schiff nach einigen Tagen in Land Kungla vor Anker gegangen war, verbreitete sich durch der Schiffsleute Mund mit Windesschnelle die Kunde von dem melodischen Fisch, den sie im Meere gefangen, und der Nacht und Tag dem Schiffe nachgeschwommen wäre. Natürlich durften Tiidu und sein Freund dieser Erzählung nicht widersprechen, da sie sich sonst selber in Gefahr gebracht hätten. Die wunderbare Mär verschaffte dem Tiidu an der fremden Küste viele Freunde, weil Jeder die wunderbare Schwimmfahrt aus seinem eigenen Munde hören wollte. Da mußte denn der Bursche aus der Noth eine Tugend machen, und den Leuten vorlügen, daß es pufte. Es wurde ihm mehr als ein Dienst angeboten, allein er lehnte alle ab, weil er fürchtete, als Lügner dazustehen, sobald sein Herr eine Probe seiner Schwimmkunst zu sehen wünschte. Lieber wollte er gerades Wegs in die Königsstadt gehen, wo weder er noch seine Schwimmkraft bekannt war, dort hoffte er am leichtesten einen Dienst zu finden, der ihn zum reichen Manne machte. Als er nach einigen Tagen ankam, schwindelte ihm der Kopf bei dem Anblicke der Pracht und Herrlichkeit, die überall verbreitet waren. Für zwei Augen war es schlechterdings unmöglich, das Alles ordentlich zu betrachten, dazu hätte er einiger Dutzend Augen bedurft. Je mehr er sich in die Anschauung dieses Glanzes und Reichthums vertiefte, desto kläglicher kam ihm seine eigene Armuth vor. Noch unerträglicher war es ihm, daß keiner von den stolzen Leuten seiner achtete, sondern daß man ihn wie einen Lump aus dem Wege stieß, als hätte er gar nicht das Recht, sich in den Strahlen von Gottes Sonne zu wärmen. – Seinen Dudelsack wagte er gar nicht sehen zu lassen, denn er dachte mit Zagen: wer von diesen stolzen Leuten wird auf meinen armen Dudelsack hören! – So irrte er viele Tage in den Straßen der Stadt umher und trachtete nach einem Dienste, fand aber keinen, bei dem er hoffen konnte, in kurzer Zeit reich zu werden. Endlich, als er schon die Flügel hängen ließ, fand er einen Dienst im Hause eines reichen Kaufmannes, dessen Koch gerade einen Küchenjungen brauchte. Hier konnte nun Tiidu den Reichthum von Land Kungla gründlich kennen lernen, der in der That größer war, als man sich vorstellen konnte. Alle Geräthe für's tägliche Leben, die bei uns zu Lande aus Eisen, Kupfer, Zinn, Holz oder Lehm verfertigt werden, waren hier von reinem Silber oder Gold; in silbernen Grapen wurden die Speisen gekocht, in silbernen Pfannen wurden die Kuchen gebacken, und in goldenen Schalen und goldenen Schüsseln wurde aufgetragen. Selbst die Schweine fraßen nicht aus Trögen, sondern aus silbernen Kübeln. Man kann sich hiernach leicht denken, daß es dem Tiidu an nichts gebrach, er führte als Küchenjunge ein Herrenleben; aber sein habsüchtiges Gemüth hatte doch keine Ruhe. Unaufhörlich quälte ihn der eine Gedanke: was hilft mir all' der Reichthum, den ich vor Augen habe, wenn die Schätze nicht mein sind; mein Dienst als Küchenjunge kann mich doch niemals zum reichen Manne machen. Und doch betrug sein Monatslohn mehr als bei uns ein Jahreslohn, so daß er durch Ansammlung desselben nach Jahren, wenn nicht reich, doch wohlhabend geworden wäre.

Er hatte schon ein Paar Jahre als Küchenjunge im Dienst gestanden, und ein gut Stück Geld zurückgelegt, aber das hatte seine Geldgier nur noch erhöht. Er war zugleich ein solcher Filz geworden, daß er sich keinen neuen Anzug besorgen mochte, doch mußte er es thun auf Geheiß des Herrn, der schlechte Kleider in seinem Hause nicht duldete. Als der Kaufherr dann einen großen Kindtaufschmaus gab, ließ er allen seinen Dienern auf seine Kosten schöne Anzüge machen. Den ersten Sonntag nach dieser Kindtaufe legte Tiidu seinen neuen stattlichen Anzug an, und ging zur Stadt hinaus in einen Lustgarten, in welchem sich an Sonntagen die Einwohner der Stadt zu ergehen pflegten. Als er eine Zeit lang unter den fremden Leuten gewandelt war, von denen er Niemand kannte, und Niemand ihn, traf sein Blick zufällig auf eine Gestalt, die ihm wie bekannt vorkam, obwohl er sich nicht darauf besinnen konnte, wo er den Mann früher gesehen habe. Während er sein Gedächtniß noch anstrengte, verlor sich der vermeintliche Bekannte in dem Gewühl. Tiidu strich hin und her, und spähte nach ihm aus, aber alles Suchen war umsonst. Erst gegen Abend sah er seinen Mann unter einer mächtigen Linde allein auf einer Rasenbank sitzen. Tiidu war im Zweifel, ob er hinzu treten oder warten sollte, bis der fremde Mann ihn erblicken und sich merken lassen würde, ob er ihn, den Tiidu, kenne oder nicht? Ein paar Mal hustete Tiidu, aber der fremde Mann beachtete es nicht, sondern heftete wie in tiefen Gedanken die Augen auf den Boden. Ich trete näher —dachte Tiidu — und wecke ihn aus seinen Gedanken, dann wird es sich schon zeigen, ob wir einander kennen oder nicht. Sachte vorwärts gehend, hielt er den Blick scharf auf den fremden Mann gerichtet. Jetzt schlug dieser die Augen auf und es war klar, daß er ihn sogleich erkannte, denn er stand auf, ging auf Tiidu zu und reichte ihm zum Gruße die Hand, dann fragte er: »Wo hast du deinen Dudelsack gelassen?« Da erst überzeugte sich Tiidu, daß der Fragende derselbe alte Mann war, der ihm früher empfohlen hatte, Dudelsackpfeifer zu werden. Er ging nun mit dem Alten aus der Volksmenge heraus an einen abgelegenen Ort, und erzählte ihm seine bisherigen Erlebnisse. Der Alte runzelte die Stirn, schüttelte wiederholt den Kopf und sagte, als Tiidu seinen Bericht beendigt hatte: »Ein Thor bist du und ein Thor bleibst du! Was war das für ein verrückter Einfall, daß du den Dudelsack aufgabst und Küchenjunge wurdest? Mit dem Dudelsack hättest du hier in einem Tage mehr verdienen können, als durch deinen Dienst in einem halben Jahre. Eile nach Hause, hole deinen Dudelsack her und blase, so wirst du mit eigenen Augen sehen, daß ich die Wahrheit gesagt habe.« Tiidu sträubte sich freilich, weil er das Gespötte der stolzen Leute fürchtete, auch meinte er, er habe in der langen Zeit das Spielen verlernt. Aber der Alte ließ nicht ab, sondern setzte dem Tiidu so lange zu, bis er nach Hause ging und seinen Dudelsack herbrachte. Der Alte hatte so lange unter der Linde gesessen und gewartet; als Tiidu mit dem Dudelsack wieder kam, sagte er: »Setze dich neben mich auf die Rasenbank und fang' an zu blasen, dann wirst du schon sehen, wie sich die Leute um uns her versammeln werden.« Tiidu that es, wenn auch mit Widerstreben — aber als er anfing zu spielen, kam es ihm vor, als wäre heute ein neuer Geist in den Dudelsack gefahren, denn noch niemals hatte er dem Instrumente einen so schönen Ton entlocken können. Bald sammelte sich eine dichte Menge um die Linde, angezogen von dem schönen Spiele. Je zahlreicher die Menge wurde, desto lieblicher ertönten die Weisen des Dudelsacks. Als die Leute eine Zeitlang zugehört hatten, nahm der Alte seinen Hut ab und trat unter sie, um die Gaben für den Spieler einzusammeln. Da wurden von allen Seiten Thaler, halbe Thaler und kleine Silbermünzen hineingeworfen, dann und wann fiel auch ein blinkendes Goldstück in den Hut. Tiidu spielte dann noch zum Danke manche schöne Weise auf, ehe er sich anschickte, nach Hause zu gehen. Als er durch den dichten Haufen schritt, hörte er vielfach sagen: »Kunstreicher Meister! komm nächsten Sonntag wieder, uns zu erfreuen!« – Als sie an's Thor gekommen waren, sagte der Alte: »Nun, was meinst du, ist die heutige Arbeit von ein paar Stunden nicht angenehmer, als die Handthierung eines Küchenjungen? – Zum zweitenmale habe ich dir den Weg gezeigt, packe nun, wie ein vernünftiger Mann, den Ochsen bei beiden Hörnern, damit das Glück dir nicht wieder entschlüpfe! Meine Zeit erlaubt mir nicht, hier länger dein Führer zu sein, drum merke dir, was ich sage, und handle darnach. Jeden Sonntag Nachmittag setze dich mit deinem Dudelsack unter die Linde und blase, daß die Leute sich ergötzen. Kaufe dir aber einen Filzhut mit tiefem Boden, und stelle ihn zu deinen Füßen hin, damit die Hörer ihre Spenden hineinlegen können. Ruft man dich zu einem Feste, um den Dudelsack zu spielen, so bedinge niemals einen Preis, sondern versprich mit dem zufrieden zu sein, was man dir freiwillig geben werde. Du wirst so von den reichen Bürgern mehr erhalten, als du selbst gewagt hättest zu verlangen, und kommt es auch zuweilen vor, daß irgend ein Filz dir zu wenig giebt, so wird es dir durch die reichere Gabe der Uebrigen zehnfach ersetzt, und du hast noch den Vortheil, daß Niemand dich geldgierig nennen darf. Vor allen Dingen hüte dich vor dem Geiz! – Vielleicht treffen wir künftig noch einmal wieder zusammen, dann werde ich ja hören, wie du meiner Weisung nachgekommen bist. Für dies Mal Gott befohlen!« So schieden sie von einander.

Dudelsack-Tiidu war sehr erfreut, als er zu Hause sein Geld zählte und fand, daß ihm das Spiel von einigen Stunden mehr eingebracht hatte, als sein Dienst in einem halben Jahre. Da dauerte ihn die falsch angewandte Zeit; doch konnte er seinen Dienst nicht sogleich verlassen, weil er erst einen Stellvertreter schaffen mußte. Nach einigen Tagen fand er einen solchen und wurde entlassen. Dann ließ er sich schöne farbige Kleider machen, band einen Gürtel mit silberner Schnalle um die Hüften, und ging den nächsten Sonntag Nachmittag unter die Linde, um den Dudelsack zu blasen. Es hatten sich noch viel mehr Leute eingefunden, als das erste Mal, denn das Gerücht von dem geschickten Dudelsackpfeifer hatte sich in der Stadt verbreitet, und Jedermann wünschte ihn zu hören. Als er am Abend sein Geld zählte, fand er fast doppelt so viel als am ersten Sonntage. Ebenso günstig war ihm das Glück fast jeden Sonntag, so daß er sich im Herbst eine Wohnung in einem stattlichen Gasthof miethen konnte. An den Abenden, wo die Bürger den Gasthof besuchten, wurde der geschickte Meister oft gebeten, die Gäste durch seinen Dudelsack zu ergötzen, wofür er dann doppelte Bezahlung erhielt, einmal vom Wirth, und sodann noch von den Gästen. Als der Wirth später sah, wie der Künstler jeden Abend immer mehr Gäste in's Haus zog, gab er ihm Kost und Wohnung frei. Gegen den Frühling ließ Tiidu an seinen Dudelsack silberne Röhren machen, die von innen und von außen vergoldet waren, so daß sie in der Sonne und am Feuer funkelten. Als es wieder Sommer wurde, kamen auch die Städter wieder zu ihrer Erholung in's Freie, und Sonntag für Sonntag spielte Tiidu und sah seinen Reichthum anwachsen. Da kam einstmals auch der König, um die Lustbarkeit des Volkes mit anzusehen, und hörte schon von fern das schöne Dudelsackspiel. Der König ließ den Spielenden zu sich rufen, und schenkte ihm einen Beutel voll Gold. Als die andern Großen das sahen, ließen sie einer nach dem andern den Dudelsackpfeifer in ihre Häuser kommen, wo er ihnen vorspielen mußte. Tiidu beobachtete pünktlich die Vorschrift des Alten, indem er sich nie einen Lohn ausbedang, sondern Jedem überließ, nach Gutbefinden zu geben, und es fand sich, daß er fast immer viel mehr erhielt, als er selber zu fordern gewagt hätte.

Nach einigen Jahren war Dudelsack-Tiidu im Lande Kungla zum reichen Manne geworden, und beschloß nun, in seine Heimath zurückzukehren, um sich dort ein Gut zu kaufen, und das Blasen aufzugeben. Die Geschenke des Königs und der anderen hohen Herren hatten sein Vermögen beträchtlich vergrößert, und des alten Mannes Prophezeiung wahr gemacht. Er brauchte jetzt nicht mehr heimlich in einen Schiffswinkel zu kriechen, sondern war reich genug, um für sich allein ein Schiff zu miethen, das ihn mit allen seinen Schätzen in's Vaterland führen sollte. Er hatte sich, wie das im Lande Kungla üblich war, viele goldene und silberne Geräthe gekauft, welche jetzt in Kisten gepackt und an Bord gebracht wurden; wieder andere Kisten waren mit baarem Gelde angefüllt. Zuletzt bestieg der Herr dieser Schätze selbst das Schiff, und dieses segelte ab. Ein günstiger frischer Wind trieb sie bald auf die hohe See, wo nur Himmel und Wasser zu sehen waren. Zur Nacht aber drehte sich der Wind und trieb das Schiff gegen Süden. Von Stunde zu Stunde wuchs die Gewalt des Sturms, und der Schiffer konnte keinen festen Curs mehr halten, weil Wind und Wellen jetzt die einzigen Herren des Schiffes waren, nach deren Willen es sich bewegen mußte. Als das Schiff einen Tag und zwei Nächte auf diese Weise hin und hergeschleudert worden, krachte der Kiel gegen einen Felsen, und das Schiff begann zu sinken. Die Böte wurden in's Meer gelassen, damit die Menschen dem Tode entrinnen möchten — allein was konnte gegen die tobenden Wellen Stand halten? Bald warf eine hohe Welle das kleine Boot um, in welchem Tiidu mit drei Matrosen saß, und das feuchte Bett umschloß die Männer. Zum Glück schwamm nicht weit von Tiidu eine Ruderbank; es gelang ihm, sie zu ergreifen und sich mit Hülfe derselben auf der Oberfläche zu halten. Als darauf der Wind sich legte und das Wetter sich aufklärte, sah er das Ufer, das gar nicht weit zu sein schien. Er nahm seine letzte Kraft zusammen und suchte das Ufer zu erreichen, fand aber, daß es viel weiter entfernt war, als es den Anschein gehabt hatte. Auch hätte ihn die eigene Kraft nicht mehr an's Ziel gebracht, nur mit Hülfe der Brandung, die ihn vorwärts schleuderte, erreichte er endlich die Küste. Ganz erschöpft, mehr todt als lebendig, sank er auf das felsige Ufer und schlief ein. Wie lange sein Schlaf gedauert hatte, darüber konnte er sich keine Rechenschaft geben, er hatte aber die traumhafte Erinnerung, als habe jener alte Mann ihn besucht und ihm aus seinem Schlauche zu trinken gegeben, was ihn wunderbar gestärkt und ihm gleichsam neue Lebensgeister eingeflößt habe. Als er nach dem langen Schlafe vollends munter wurde, fand er sich allein auf dem bemoosten Felsen, und sah nun wohl, daß die Ankunft des Alten nur ein Traum gewesen war. Doch hatte der Schlaf ihn wieder so weit gestärkt, daß er sich ohne Mühe erheben und eine Wanderung antreten konnte, auf welcher er Menschen zu finden hoffte. Er ging eine Weile am Ufer entlang, und spähte nach einem Fußsteige oder sonst einer Spur, die zu Menschen leiten könnte. Aber soweit sein Auge reichte, war von Fußstapfen nichts zu entdecken. Moos, Sand und Rasen hatten ein so friedliches Ansehen, als ob noch niemals die Füße von Menschen oder Thieren darüber hin geschritten wären. Was jetzt beginnen? Er mochte überlegen, soviel er wollte, er wußte nichts Besseres, als der Nase nach weiter zu gehen, in der Hoffnung, daß ein glücklicher Zufall ihn einen Weg finden lasse, der zu Menschen führe. Eine halbe Meile weiter fand er schöne üppige Laubwälder, aber die Bäume hatten alle ein fremdartiges Ansehen, und nicht ein einziger war ihm bekannt. Im Walde fand er weder Fußtritte von Herden noch von Menschen, sondern je weiter er vordrang, desto dichter wurde der Wald, und das Weiterkommen wurde immer schwieriger. Er setzte sich nieder, um seinen müden Beinen Ruhe zu gönnen. Da wurde ihm plötzlich das Herz schwer, Wehmuth überfiel ihn und bittre Reue; zum ersten Male kam ihm der Gedanke, er habe unrecht gethan ohne Wissen und Willen der Eltern von zu Hause fortzulaufen, die Seinigen zu verlassen, und wie ein Landstreicher umher zu schweifen. »Wenn ich hier unter wilden Thieren umkomme,« — schluchzte er — »so wird mir der gebührende Lohn für meinen Leichtsinn. Meinen Schatz, der in's Meer sank, würde ich nicht bedauern — wie gewonnen, so zerronnen! wenn mir nur der Dudelsack geblieben wäre, womit ich mein trauerndes Herz beschwichtigen und meine Sorgenlast erleichtern könnte!« Als er weiter schritt, erblickte er einen Apfelbaum mit seinem wohlbekannten Laube, und durch das Laub schimmerten große rothe Aepfel, welche seine Eßlust reizten. Er eilte hin und — welch' ein Glück! noch nie hatte er schmackhafteres Obst gekostet. Er aß sich satt und legte sich dann unter den Apfelbaum zur Ruhe, indem er dachte: wenn es hier viele solche Apfelbäume giebt, so ist mir vor Hunger nicht bange. Als er erwachte, verzehrte er noch einige Aepfel, stopfte sich dann Taschen und Rockbusen voll und wanderte weiter. Das dunkle Waldesdickicht zwang ihn langsam zu gehen, und machte an vielen Stellen das Durchkommen schwierig, so daß die Nacht hereinbrach, ohne daß freies Feld oder Menschenspuren sichtbar wurden. Tiidu streckte sich auf das weiche Moos und schlief, als ob er auf den schönsten Kissen läge. Am andern Morgen frühstückte er einige Aepfel, und suchte dann mit frischer Kraft weiter vorzudringen, bis er nach einiger Zeit an eine Lichtung kam, die wie eine kleine Insel mitten im Walde lag. Ein kleiner Bach, der aus einer nahen Quelle entsprang, ergoß sein klares frisches Wasser über die Lichtung. Als Tiidu an den Rand des Baches kam, erblickte er zufällig im Wasser sein Bild, was ihn dermaßen erschreckte, daß er einige Schritte zurücksprang und an allen Gliedern zitterte wie Espenlaub. Aber auch Beherztere als er wären hier wohl erschrocken. Sein Bild im Wasserspiegel zeigte ihm nämlich, daß seine Nasenspitze wie der Fleischzapfen eines Puters aussah und bis zum Nabel reichte. Die tastende Hand bestätigte, was das Auge gesehen. Was jetzt beginnen? So konnte er schlechterdings nicht unter die Leute gehen, die ihn wohl gar wie ein wildes Thier todt geschlagen hätten. War es nun das Gefühl der Angst, was die Nase zusehends wachsen ließ, oder reckte sie sich wirklich immer weiter aus — genug es war dem Eigenthümer der Nase so gräulich zu Muthe, als ob sie immer länger und länger würde, so daß er keinen Schritt thun konnte, ohne zu fürchten, seine Nase würde an die Beine stoßen. Er setzte sich nieder und beklagte sein Unglück bitterlich: »O wenn nur jetzt Niemand käme, und mich so fände! Lieber will ich im Walde verhungern, als mich mit einer so abscheulichen Nase zeigen.« Hätte er jetzt schon gewußt, was er später erfuhr, daß diese Waldinsel unbewohnt war, so hätte er sich darüber trösten können. Je mehr ihn aber jetzt sein Unglück verdroß, desto dicker schwoll seine Nase an, und desto bläulicher wurde sie, wie bei einem zornigen Puterhahn. Da sieht er nahebei an einem Strauche sehr schöne Nüsse, und es gelüstet ihn, sich damit zu laben; er pflückt eine Handvoll, beißt eine Nuß auf und findet einen süßen Kern in der Schale. Er verschluckt noch einige Kerne und bemerkt zu seinem Erstaunen, daß die scheußliche Länge seiner Nase sichtlich abnimmt. Nach kurzer Zeit erblickt er im Wasser seine Nasenspitze wieder an ihrer natürlichen Stelle, ja noch etwas höher über dem Munde, als sie vorher stand. Jetzt löste sich sein Kummer in Frohlocken auf, und er verfiel darauf, den wunderbaren Vorfall näher zu ergründen, um zu erfahren, was denn eigentlich seine Nase erst lang und dann wieder kurz gemacht habe. Sollten es die schönen Aepfel gewesen sein — fragte er sich in Gedanken, nahm einen Apfel aus der Tasche, und begann davon zu essen. Sowie er ein Stück gekaut und verschluckt hat, nimmt er im Wasser deutlich wahr, wie die Nasenspitze sich zusehends in die Länge dehnt. Spaßes halber ißt er den Apfel ganz auf, und findet jetzt die Nase spannenlang; dann nimmt er einige Nußkerne, zerkaut und verschluckt sie, und sieh', o Wunder! die lange Nase schrumpft zusammen, bis sie auf ihr natürliches Maaß zurückgegangen ist. Jetzt wußte der Mann, woran er war. Er denkt: was ich für ein großes Unglück hielt, kann mir vielleicht noch Glück bringen, wenn ich wieder unter Menschen kommen sollte; pflückt eine Tasche voll Nüsse und eilt, in seine eigenen Fußstapfen tretend, zurück, um den Baum mit den nasenvergrößernden Aepfeln aufzusuchen. Da hier nun keine anderen Spuren liefen, als die, welche er selbst zurückgelassen hatte, fand er den Apfelbaum ohne Mühe wieder. Er schälte nun erst einige junge Bäume ab und machte sich aus der Rinde einen Korb, den er dann mit Aepfeln füllte. Da aber die Nacht schon hereinbrach, wollte er heute nicht weiter gehen, sondern hier sein Nachtlager halten. Wiederum hatte er das seltsame Traumgesicht, daß der wohlbekannte Alte ihm aus seinem Fäßchen zu trinken gab und ihm den Rath ertheilte, auf demselben Wege, den er gekommen, an den Strand zurückzugehen, wo er gewiß Hülfe finden würde. Zuletzt hatte der Alte gesagt: »Weil du deinen in's Meer gesunkenen Schatz nicht bedauert hast, sondern nur deinen Dudelsack, so will ich dir einen neuen zum Andenken verehren.« Am Morgen erinnerte er sich seines Traumes; aber wer vermöchte seine Freude und sein Glück zu beschreiben, als er den im Traum ihm verheißenen Dudelsack neben dem Korbe am Boden liegen sah. Tiidu nahm den Dudelsack und begann nach Herzenslust zu blasen, daß der Wald davon wiederhallte. Nachdem er sich satt gespielt hatte, nahm er den Weg unter die Füße und schlug die Richtung nach der See ein.

Es war schon etwas über Mittag, als er die Küste erreichte, in deren Nähe er ein Schiff liegen sah, an welchem das Schiffsvolk eben Ausbesserungen vornahm. Die Leute wunderten sich, auf dieser Insel, die sie für unbewohnt gehalten, einen Menschen zu erblicken. Der Schiffer ließ ein Boot herunter, und schickte mit demselben zwei Männer an's Ufer. Tiidu erzählte ihnen sein Unglück, wie das Schiff untergegangen sei, und Gottes Gnade ihn wunderbarer Weise aus Todesgefahr errettet habe. Der Schiffer versprach ihn unentgeltlich mitzunehmen und nach Land Kungla zurückzubringen, wohin das Schiff bestimmt war. Unterwegs erfreute Tiidu den Schiffer und das Schifsvolk durch sein schönes Spiel; nach einigen Tagen hatten sie die Küste von Land Kungla erreicht. Mit nassen Augen dankte Tiidu dem Schiffer, der ihn erlöst hatte, und versprach, das Ueberfahrtsgeld redlich nachzuzahlen, sobald es ihm wieder gut gehe. Als er nach einigen Tagen wieder in des Königs Stadt angekommen war, spielte er gleich den ersten Abend öffentlich, und nahm dafür so viel Geld ein, daß er sich neue Kleider nach ausländischem Schnitt machen lassen konnte. Darauf that er einige rothe Aepfel in ein Körbchen und ging mit seiner Waare an das Thor des Königshauses, wo er sie am leichtesten los zu werden hoffte. Es dauerte auch nicht gar lange, so kam ein königlicher Diener, kaufte die schönen Aepfel, bezahlte mehr als gefordert war, und hieß den Verkäufer am nächsten Tage wiederkommen. Tiidu aber machte sich eilig davon, als ob er Feuer in der Tasche hätte, und dachte nicht daran, mit seiner Waare wiederzukommen, denn er wußte ja recht gut, daß der Genuß der Aepfel ein Wachsen der Nasen hervorbringen würde. Er ließ sich dann noch an demselben Tage einen andern Anzug machen, und kaufte sich einen langen schwarzen Bart, den er sich an's Kinn klebte; dadurch veränderte er sein Aussehen dermaßen, daß selbst seine nächsten Bekannten ihn nicht wieder erkannt hätten. Daraus nahm er in einem Wirthshause in einer entlegenen Vorstadt seine Wohnung und nannte sich einen ausländischen Zauberkünstler, der alle Gebrechen zu heilen wisse.

Am andern Tage war die ganze Stadt voll Bestürzung über das Unglück, welches sich im Hause des Königs zugetragen hatte. Der König, seine Gemahlin und seine Kinder hatten gestern Aepfel genossen, die man von einem Fremden gekauft hatte, und waren darnach Alle erkrankt. Worin ihre Krankheit bestand, das wurde nicht verrathen. Alle Doctoren, Aerzte und Zauberkünstler der Stadt wurden zusammen gerufen, aber keiner konnte helfen, weil sie eine solche Krankheit noch niemals bei Menschen gesehen hatten. Später verlautete über die Krankheit, es sei ein Nasenübel. Als eines Tages alle Aerzte und Zauberkünstler zur Berathung versammelt waren, hielten einige es für nothwendig, die überflüssige Verlängerung der Nasen wegzuschneiden; aber der König und seine Familie wollten sich einer so schmerzhaften Kur nicht unterziehen. Da wurde gemeldet, daß bei einem Gastwirth in der Vorstadt ein ausländischer Zauberkünstler sich aufhalte, der alle Gebrechen heilen könne. Der König schickte sogleich seine mit vier Pferden bespannte Kutsche hin, und ließ den Zauberkünstler zu sich bescheiden. Tiidu hatte über die halbe Nacht daran gearbeitet, sich ganz unkenntlich zu machen, und es war ihm so gut gelungen, daß weder von dem Dudelsackpfeifer noch von dem Aepfelverkäufer eine Spur nachgeblieben war. Auch seine Ausdrucksweise war so gebrochen, daß er Manches erst mit den Fingern andeuten mußte, ehe die Andern daraus klug wurden. Als er zum Könige kam, besah er das seltsame Gebrechen, nannte es die Puterseuche, und versprach, es ohne Schneiden zu curiren. Dem Könige und seiner Gemahlin waren die Nasen schon über eine Elle lang gewachsen, und dehnten sich noch immer weiter. Dudelsack-Tiidu hatte feines Pulver von seinen Nüssen in eine kleine Dose gethan, gab jedem Kranken eine Messerspitze voll ein, und ordnete an, daß die Kranken sich in ein finsteres Gemach verfügten, wo sie sich zu Bette legen und in Kissen hüllen mußten, damit starker Schweiß erfolge, und den Krankheitsstoff zum Körper heraustreibe. Als sie nach einigen Stunden wieder an's Licht traten, hatten alle ihre vorigen Nasen wieder.

Der König hätte in seiner Freude gern die Hälfte seines Königreiches für diese Cur hingegeben, die ihn und die Seinigen von der greulichen Nasenkrankheit befreit hatte. Allein durch die Noth, welche Dudelsack-Tiidu beim Schiffbruch erlebt hatte, war seine Geldgier schwächer geworden, und er verlangte nicht mehr, als hinreichte um sich ein Gut zu kaufen, auf welchem er seine Lebenstage friedlich zu beendigen wünschte. Der König ließ ihm jedoch eine dreimal größere Summe auszahlen, mit welcher Tiidu zum Hafen eilte und ein Schiff bestieg, das ihn in seine Heimath zurückbringen sollte. Vor seiner Abfahrt hatte er seinen falschen Bart abgenommen, und die fremdartigen Kleider mit anderen vertauscht. Dem Schiffer, der ihn von der wüsten Insel gerettet hatte, erstattete er das Geld, welches er ihm für die Ueberfahrt schuldete. Nachdem er an seiner heimischen Küste gelandet war, begab er sich nach seinem Geburtsorte, und fand seinen Vater, zwei Brüder und drei Schwestern noch am Leben; die Mutter und drei Brüder waren gestorben. Tiidu gab sich den Seinigen nicht eher zu erkennen, als bis er das Gut gekauft hatte. Dann ließ er ein prächtiges Gastmahl anrichten, und seine ganze Familie dazu einladen. Bei Tische gab er sich zu erkennen und sagte: »Ich bin T i i d u , euer fauler Sohn und Bruder, der zu Nichts zu gebrauchen war, seinen Eltern Kummer machte, und endlich heimlich davon lief. Mein Glück war mir holder als ich selbst, und darum komme ich jetzt als reicher Mann zurück. Jetzt müsset ihr Alle kommen und auf meiner Besitzung wohnen, und der Vater muß bis an seinen Tod in meinem Hause bleiben.« – Später freite er ein tugendsames Mädchen, das nichts weiter besaß, als ein hübsches Gesicht und ein gutes Herz. Als er am Abend des Hochzeitstages mit seiner jungen Frau das Schlafgemach betrat, fand er große Kisten und Kasten vor demselben, welche alle seine in's Meer gesunkenen Schätze enthielten. In einem der Kasten lag ein Blatt, worauf die Worte geschrieben waren: »Einem guten Sohne, der für Eltern und Verwandte sorgt, giebt auch die Meerestiefe den geraubten Schatz heraus.« Wer aber der zauberkräftige Alte gewesen, der ihn auf den Weg des Glückes geführt, ihn aus der Seegefahr gerettet und Gier und Geiz aus seinem Herzen getilgt hatte: das hat er niemals erfahren.

Ob gegenwärtig noch von Dudelsack-Tiidu's Nachkommen Jemand lebt, ist mir nicht bekannt, sollte man aber einige von ihnen ausfindig machen, dann sind es gewiß so feine Herrschaften, daß bei ihnen weder bäuerlicher Rauchgeruch noch Riegenstaub mehr anzutreffen ist.

24. Die aus dem Ei entsprossene Königstochter.

Einmal lebte ein König, dessen Gemahlin keine Kinder hatte, was Beide sehr bekümmerte, besonders wenn sie sahen, wie niedriger stehende Menschen in dieser Hinsicht viel reicher waren als sie selber. Trauriger als gewöhnlich war die Königin immer, wenn der König einmal nicht zu Hause war; dann saß sie fast immer im Garten unter einer breiten Linde, senkte den Kopf und hatte die Augen voll Thränen. Da saß sie auch wieder eines Tages, als der König auf einige Wochen verreist war, um die Kriegsmacht zu besichtigen, welche an der Grenze des Reiches stand, einen drohenden feindlichen Einbruch abzuwehren. Der Königin war das Herz so beklommen, als stehe ihr ein unerwartetes Unglück bevor, und ihre Augen füllten sich mit bitteren Thränen. Als sie das Antlitz emporhob, sah sie ein altes Mütterchen, welches auf Krücken einher hinkte, sich an der Quelle bückte, um zu trinken, und nachdem sie ihren Durst gestillt hatte, gerade auf die Linde zu humpelte, wo die Königin weilte. Das Mütterchen neigte ihr Haupt und sagte: »Nehmt es nicht übel, geehrtes hohes Frauchen, daß ich es wage, vor euch zu erscheinen, und fürchtet euch nicht vor mir, denn es wäre leicht möglich, daß ich zur guten Stunde gekommen bin und euch Glück bringe.« Die Königin betrachtete sie zweifelhaft und antwortete: »Du selber scheinst mir an Glück keinen Ueberfluß zu haben, was kannst du Andern davon gewähren?« Die Alte ließ sich aber nicht irre machen, sondern sagte: »Unter rauher Schale steckt oft glattes Holz und süßer Kern. Zeiget mir eure Hand, damit ich erfahre, wie es mit euch werden wird.« Die Königin streckte ihr die Hand hin, damit die Alte darin lesen könne. Als diese die Linien und Striche eine Weile genau betrachtet hatte, ließ sie sich folgendermaßen vernehmen: »Euer Herz ist jetzt mit zwei Sorgen beladen, einer alten und einer neuen. Die neue Sorge, die euch quält, ist die um euren Gemahl, der jetzt weit von euch ist; — aber glaubet meinem Worte, er ist gesund und munter und wird binnen zwei Wochen zurück kommen und euch frohe Zeitung bringen. Eure alte Sorge aber, welche eurer Hand tiefere Striche eingedrückt hat, rührt daher, daß Gott euch keine Leibesfrucht geschenkt hat!« Die Königin erröthete und wollte ihre Hand aus der Hand der Alten losmachen, aber die Alte bat: »Habt noch ein wenig Geduld, so bringen wir Alles auf einmal in's Reine.« Die Königin fragte: »Sage mir, Mütterchen, wer du bist, daß du mir aus der Handfläche meine Herzensgedanken kund thun kannst?« Die Alte erwiederte: »Um meinen Namen ist es hier nicht zu thun, und ebenso wenig darum, welche Kraft mir eures Herzens geheime Wünsche kund macht; ich freue mich nur, daß es mir vergönnt ist, euch auf die rechte Bahn zu bringen, und eures Herzens Kummer zu mindern. Durch Zaubermacht ist euer Leib verschlossen, so daß ihr nicht eher Kinder zur Welt bringen könnt, bis die Bänder des Verschlusses gelöst sind, und die natürliche Beschaffenheit wieder hergestellt ist. Ich kann dies bewirken, jedoch nur dann, wenn ihr Alles befolgt, was ich euch sagen werde.« »Alles will ich ja gern thun, und dich auch für deine Mühe königlich belohnen, wenn du deine Versprechungen wahr machst,« sagte die Königin. — Die Alte stand eine Zeitlang in Gedanken und fuhr dann fort: »Heute über's Jahr sollt ihr sehen, daß meine Prophezeiungen eintreffen.« Mit diesen Worten zog sie ein in viele Lappen gewickeltes Bündel aus dem Busen, und als die Lappen abgenommen waren, kam ein kleines Körbchen von Birkenrinde zum Vorschein; sie gab es der Königin und sagte: »In dem Körbchen findet ihr ein Vogelei; [86] dieses brütet drei Monate in eurem Schooße aus, bis ein lebendiges Püppchen herauskommt, das einem menschlichen Kinde gleicht. Das Püppchen legt in einen Wollkorb, und lasset es so lange wachsen, bis es die Größe eines neugeborenen Kindes hat; Speise oder Trank braucht es nicht, das Körbchen aber muß immer an einem warmen Orte stehen. Neun Monate nach der Geburt des Püppchens werdet ihr einen Sohn zur Welt bringen. An demselben Tage hat auch das Püppchen die Größe eines neugeborenen Kindes erreicht, nehmet es dann heraus, leget es neben den neugeborenen Sohn in's Bette und lasset dem Könige melden, daß Gott euch Zwillinge geschenkt habe, einen Sohn und eine Tochter. Den Sohn säuget an eurer Brust, für die Tochter aber müßt ihr eine Amme nehmen. An dem Tage, wo beide Kinder zur Taufe gebracht werden, bittet mich, bei der Tochter Pathenstelle zu vertreten. Das macht ihr so: Auf dem Boden des Körbchens findet ihr unter der Wolle einen Flederwisch, den blaset zum Fenster hinaus, dann erhalte ich augenblicklich die Botschaft und komme, bei eurem Töchterchen Gevatter zu stehen. Von dem, was euch jetzt begegnet ist, dürft ihr Niemanden etwas sagen.« Ehe noch die Königin ein Wort erwiedern konnte, eilte die hinkende Alte davon, und nachdem sie zehn Schritte gemacht hatte, war von einer Alten keine Spur mehr, sondern statt derselben schritt ein junges Weib in aufrechter Haltung so rasch dahin, daß sie mehr zu fliegen als zu gehen schien. Die Königin aber konnte sich von ihrer Verwunderung noch nicht erholen, und würde Alles für einen Traum gehalten haben, wenn nicht das Körbchen in ihrer Hand bezeugt hätte, daß die Sache wirklich vorgefallen war. Sie fühlte ihr Herz mit einem Male wunderbar erleichtert. Sie trat in ihr Gemach, wickelte das Körbchen, in welchem ein kleines Ei in feiner Wolle lag, in seidene Tücher und steckte es in ihren Busen, wie das Mütterchen vorgeschrieben hatte. Auch alles Uebrige gelobte sie sich zu erfüllen und das Geheimniß zu bewahren.

Gerade als der letzte Tag der zweiten Woche nach dem Besuche der Alten zu Ende ging, kehrte der König zurück und rief schon von fern der Frau die frohe Nachricht zu: »Mein Heer hat einen vollständigen Sieg davon getragen und den Feind mit blutigen Köpfen heimgeschickt, so daß unsere Unterthanen für's erste Ruhe haben werden.« So war die erste Prophezeiung der Alten vollständig eingetroffen, und dadurch befestigte sich im Herzen der Königin die Hoffnung, daß auch die übrigen Prophezeiungen in Erfüllung gehen würden. Sie hütete das Körbchen mit dem Ei in ihrem Busen wie ein Kleinod, und ließ ein goldenes Kästchen machen, in welches sie das Körbchen legte, damit das Eichen nicht etwa beschädigt würde. Nach drei Monaten schlüpfte aus dem Ei ein lebendiges Püppchen von halber Fingerlänge, welches der Vorschrift gemäß in den Wollkorb gelegt wurde, um zu wachsen. So war auch die zweite Prophezeiung wahr geworden, und die Königin harrte nun mit Spannung der Zeit, wo ihr Herz zum ersten Male Mutterfreuden schmecken sollte. Und in der That brachte sie nach Jahresfrist ein Söhnlein zur Welt, wie das alte Mütterchen vorhergesagt hatte. Da nahm sie das Mägdlein aus dem Wollkasten, legte es neben den Sohn in die Wiege, und ließ dem Könige sagen, daß sie Zwillinge geboren habe, einen Sohn und eine Tochter. Die Freude des Königs und seiner Unterthanen kannte keine Grenzen. – Alle glaubten fest daran, daß die Königin mit Zwillingen niedergekommen sei. An dem Tage, wo die Kinder getauft werden sollten, öffnete die Königin ein wenig das Fenster und ließ den Flederwisch fliegen, um die Taufmutter für die Tochter herbeizuschaffen, denn sie war überzeugt, die Gevatterin würde zur rechten Zeit da sein. Als die eingeladenen Taufgäste schon alle beisammen waren, fuhr eine prächtige Kutsche mit sechs dotterfarbigen Rossen vor, und aus der Kutsche stieg eine junge Frau in rosenrothen goldgestickten seidenen Gewändern, die einen Glanz verbreiteten, der mit dem Glanze der Sonne wetteiferte; das Antlitz hatte sie mit einem feinen Schleier verhüllt. Als sie eintrat, nahm sie den Schleier ab, und Alle mußten staunend bekennen, daß sie in ihrem Leben noch keine schönere Jungfrau gesehen hätten. Die schöne Jungfrau nahm nun das Töchterchen auf ihre Arme und trug es zur Taufe, in welcher dem Kinde der Name D o t t e r i n e beigelegt wurde, was freilich Niemanden verständlich war, als der Königin, da ja das Kind wie ein Vogeljunges aus einem Eidotter geboren war. Taufvater des Sohnes war ein vornehmer Herr, und das Knäblein erhielt den Namen W i l l e m . Nach vollzogener Taufe ließ sich die Taufmutter von der Königin das Körbchen mit den Eierschalen geben, legte das Kind in die Wiege und sagte heimlich zur Königin: »So lange die Kleine in der Wiege schläft, muß das Körbchen neben ihr liegen, damit ihr nichts Uebles zustoßen kann, denn in dem Körbchen ruht ihr Glück. Darum hütet diesen Schatz wie euren Augapfel, und schärfet auch eurem Töchterchen, wenn es anfängt zu begreifen, ein, daß es dieses unscheinbare Ding sorgfältig in Acht nehmen muß.« Sie sprach dann noch Manches mit der Mutter über die Erziehung ihrer Pathe, küßte diese drei Mal, nahm Abschied, stieg in die Kutsche und fuhr davon. Niemand wußte, woher sie gekommen war und wohin sie ging; auch die Königin gab auf Befragen keinen weiteren Bescheid als: es ist eine mir bekannte Königstochter aus fernem Lande.

Die Kinder gediehen fröhlich, Willem bei der Muttermilch und Dotterine an der Brust der Amme. Diese liebte das Mägdlein so zärtlich, als wäre es ihr leibliches Kind gewesen, und die Königin behielt sie deßhalb nach der Entwöhnung als Kinderwärterin. Die kleine Dotterine wurde von Tage zu Tage hübscher, so daß die älteren Leute meinten, sie würde einmal ihrer Taufmutter ähnlich werden. Die Amme hatte zuweilen bemerkt, daß in der Nacht, wenn Alles schlief, eine fremde schöne Frau erschien, um den Säugling zu betrachten; als sie dies der Königin entdeckte, schärfte ihr diese ein, gegen Niemanden von dem nächtlichen Gaste etwas verlauten zu lassen. Als die Zwillinge zwei Jahr alt waren, wurde die Königin plötzlich schwer krank; zwar wurden Aerzte von nah und fern herbeigerufen, aber sie konnten nicht helfen, denn für den Tod ist kein Kraut gewachsen. Die Königin fühlte selbst, daß sie von Stunde zu Stunde dem Grabe immer näher kam, und ließ deßhalb die Wärterin und vormalige Amme der Dotterine rufen. Ihr, als der treuesten ihrer Dienerinnen, übergab sie das Glückskörbchen mit den Eierschalen und schärfte ihr ein, das verwunderliche Ding sorgfältig in Acht zu nehmen. »Wenn mein Töchterchen,« so sagte die Königin, »zehn Jahr alt ist, dann händige ihr das Kleinod ein, und ermahne sie, es zu hüten, weil es das Glück ihrer Zukunft birgt. Um meinen Sohn sorge ich nicht, ihn, als des Reiches Erben, wird der König unter seine Obhut nehmen.« Die Wärterin mußte ihr dann eidlich versprechen, das Geheimniß vor jedermann zu bewahren. Darauf ließ sie den König an ihr Bett rufen und bat ihn, er möge die gewesene Amme Dotterinen's ihr als Wärterin und Dienerin lassen, so lange als Dotterine es wünschen würde. Der König versprach es; noch denselben Abend gab seine Gemahlin ihren Geist auf.

Nach einigen Jahren freite der verwittwete König wieder, und brachte eine junge Frau in's Haus, die sich aus dem gealterten Gemahl nichts machte, sondern ihn nur aus Ehrgeiz genommen hatte. Die Kinder der ersten Frau konnte sie nicht vor Augen sehen, weßhalb der König sie an einem abgesonderten Orte aufziehen ließ, wo Dotterinen's frühere Amme mütterlich für sie sorgte. Kamen die Kinder einmal zufällig der Stiefmutter zu Gesicht, so stieß sie dieselben wie junge Hunde mit dem Fuße fort, so daß die Kinder sie scheuten wie das Feuer. Als Dotterine das Alter von zehn Jahren erreicht hatte, händigte ihr die Amme das Pathengeschenk ein, und ermahnte sie, dasselbe wohl in Acht zu nehmen. Da das Geschenk aber dem Kinde so gar unansehnlich vorkam, so gab es nicht viel darauf, legte es zu den übrigen von der Mutter geerbten Sachen in den Kasten, und dachte nicht weiter daran. Darüber waren wieder ein Paar Jahre hingegangen, als eines Tages, da der König sich entfernt hatte, die Stiefmutter Dotterine im Garten unter einer Linde sitzen fand: wie ein Habicht fuhr sie auf das Kind los, riß es an den Ohren und schlug es, daß Blut aus Mund und Nase floß. Weinend lief das Mädchen in ihr Gemach, und als sie die Amme dort nicht fand, fiel ihr mit einem Male das Pathengeschenk ein. Sie nahm es aus dem Kasten und wollte nun zu ihrer Zerstreuung sehen, was denn wohl darin wäre. Aber sie fand im Körbchen keinen größeren Schatz als eine Handvoll feine Schafwolle und ein paar leere Eierschalen. Unter der Wolle auf dem Grunde des Körbchens lag ein Flederwisch. Als nun das Mädchen am geöffneten Fenster die wertlosen Sachen betrachtete, verursachte es einen Luftzug, der den Flederwisch fort blies. Augenblicklich stand eine fremde schöne Frau neben Dotterinen, streichelte ihr Kopf und Wangen und sagte freundlich: »Fürchte dich nicht, liebes Kind, ich bin deine Taufmutter, und bin hergekommen, dich zu sehen. Deine vom Weinen angeschwollenen Augen sagen mir, daß du traurig bist. Ich weiß, daß das Leben, welches du unter dem Joche deiner Stiefmutter führst, nicht leicht ist, allein halte aus und bleibe brav in allen Anfechtungen, dann werden einst bessere Tage für dich anbrechen. Wenn du erwachsen bist, hat deine Stiefmutter keine Gewalt mehr über dich, und eben so wenig können andere böse Menschen dir schaden, wenn du dein Körbchen nicht verloren gehen lässest; auch die Eierschalen darfst du nicht abhanden kommen lassen, zu rechter Zeit werden sie sich wieder zu einem Eichen zusammenfügen, und dann wird dein Glück erblühen. Nähe dir ein seidenes Säckchen, stecke das Körbchen hinein und verwahre es Tag und Nacht im Busen, so können dir weder deine Stiefmutter noch andere Menschen etwas Böses anhaben. Sollte dir aber irgend etwas zustoßen, wobei du ohne meinen Rath nicht durchkommen zu können glaubst, so nimm den Flederwisch aus dem Körbchen und blase ihn in's Freie; dann werde ich augenblicklich da sein, dir zu helfen. Komm jetzt in den Garten, da können wir uns unter der Linde weiter unterhalten, ohne daß ein Anderer es hört.« Unter der Linde setzten sie sich auf eine Rasenbank und die Taufmutter wußte der Kleinen durch anmuthiges Gespräch die Zeit so gut zu verkürzen, daß sie nicht merkte, wie die Sonne schon längst untergegangen war und die Nacht hereinbrach. Da sagte die Taufmutter:»Reiche mir das Körbchen, ich will etwas Abendbrot besorgen, damit du nicht mit leerem Magen schlafen zu gehen brauchst.« Sie sprach dann heimliche Worte über das Körbchen, worauf ein Tisch mit wohlschmeckenden Speisen aus dem Boden stieg. Beide aßen sich satt, dann begleitete die Taufmutter Dotterinen wieder zum Hause des Königs, und lehrte ihr während dieses Ganges die geheimen Worte, welche sie dem Körbchen zuflüstern müsse, wenn sie etwas zu begehren hätte. Seltsam war es, daß von da an die Stiefmutter ihrer Stieftochter kein böses Wort mehr gab, sondern fast immer freundlich gegen sie war.

Nach einigen Jahren war Dotterine zur reifen Jungfrau herangewachsen, und ihre Schönheit und Wohlgestalt war so blendend, daß man glaubte, es gebe ihres Gleichen nicht auf der Welt. Da brach ein schwerer Krieg aus, der von Tag zu Tage schlimmer wurde, bis zuletzt der Feind vor die Königsstadt zog und sie mit Heeresmacht einschloß, so daß keine Seele heraus noch herein kommen konnte. Der Hunger begann die Einwohner zu quälen, und auch in des Königs Hause drohte binnen wenigen Tagen der Mundvorrath auszugehen. – Da ließ Dotterine eines Tages ihren Flederwisch fliegen, und siehe da! augenblicklich war die Taufmutter bei ihr. Als die Königstochter ihr die Noth und das Elend geklagt hatte, sagte die Taufmutter:»Dich, liebes Kind, kann ich wohl aus dieser Gefahr erretten, für die andern aber reicht meine Hülfe nicht aus, sie müssen selber sehen, wie sie durchkommen.« Darauf nahm sie Dotterinen bei der Hand und führte sie aus der Stadt mitten durch das Heer der Feinde, deren Augen sie so verblendet hatte, daß Niemand die Flüchtlinge sehen konnte. Am folgenden Tage fiel die Stadt in die Hand der Feinde, und der König mit seinem ganzen Hause wurde gefangen genommen, sein Sohn Willem aber war glücklich entronnen. Die Königin hatte durch einen feindlichen Speer den Tod gefunden. Für Dotterine hatte die Taufmutter Bauernkleider besorgt, und ihr Antlitz so verändert, daß Niemand sie erkennen konnte. »Wenn einst wieder eine bessere Zeit kommt,« sagte die Taufmutter, »und du dich sehnst, in deiner früheren Gestalt vor die Leute zu treten, dann flüstere dem Körbchen die geheimen Worte zu und gebiete ihm, dich in deine eigene Gestalt zurück zu verwandeln; und es wird so geschehen. Jetzt ertrage eine Zeitlang geduldig schwere Tage, bis die Lage sich bessert.« Scheidend ermahnte sie noch das Mädchen, das Körbchen gut in Acht zu nehmen, und entfernte sich dann. Dotterine wanderte mehrere Tage von einem Orte zum andern umher, da aber der Feind die ganze Umgegend verwüstet hatte, so fand sie anfangs weder Obdach noch Dienst. Zwar bot ihr das Körbchen ihre tägliche Nahrung, aber sie wollte doch nicht so auf eigene Hand weiter leben, und nahm deßhalb mit Freuden einen Dienst als Magd in einem Bauerhofe an, wo sie so lange zu bleiben gedachte, bis die Dinge sich wenden würden. Anfangs wurde die ungewohnte grobe Arbeit Dotterinen sehr schwer, weil sie sich eben noch niemals damit abgegeben hatte. Aber war es nun, daß ihre Gliedmaßen sich wirklich so schnell abhärteten, oder daß das Wunderkörbchen ihr heimlich half — nach drei Tagen ging ihr Alles so gut von der Hand, als wäre sie von Kindesbeinen an dabei aufgewachsen. An ihr wurde das alte Wort zu Schanden, welches sagt: »Man kann wohl aus einem Bauern eine Herrschaft, aber aus einer Herrschaft keinen Bauern machen.« Da traf es sich, daß eines Tages eine Edelfrau durchs Dorf fuhr, als Dotterine gerade auf dem Hofe Holzgefäße scheuerte. Des Mädchens flinkes Thun und anmuthiges Wesen fesselte die Frau; sie ließ halten, rief das Mädchen heran und fragte: »Hast du nicht Lust bei mir auf dem Gute in Dienst zu treten?« »Gern,« antwortete die Königstochter, »wenn meine jetzige Brotherrschaft mir Erlaubniß giebt.« Die Frau versprach die Sache mit dem Wirthe in Ordnung zu bringen, ließ das Mädchen den Sitz hinter der Kutsche einnehmen und fuhr mit ihr auf's Gut. Hier hatte es Dotterine wieder leichter, denn ihre ganze Arbeit bestand darin, die Zimmer aufzuräumen und der Frau und den Fräulein beim Ankleiden behülflich zu sein. Nach einem halben Jahre kam die fröhliche Kunde, daß des alten Königs Sohn, der den Feinden glücklich entkommen war, in der Fremde ein Heer gesammelt, mit welchem er sein Königreich dem Feinde wieder abgenommen habe, und daß er nun selber zum Könige erhoben worden sei. Die Freudenbotschaft war aber zugleich von einer Todesbotschaft begleitet: der alte König war im Gefängniß gestorben. Da nun Dotterine Anderen ihren Kummer nicht zeigen durfte, so weinte sie heimlich bittere Thränen über ihres Vaters Tod, denn ein anderer als ihr Vater konnte ja doch der verstorbene König nicht sein.

Nach Ablauf des Trauerjahres ließ der junge König verkünden, daß er entschlossen sei, sich zu vermählen. Es wurden deswegen von nah und fern alle Jungfrauen vornehmer Herkunft zu einem Feste in das Haus des Königs geladen, damit derselbe sich aus ihrer Mitte eine junge Frau wählen könne, wie Auge und Herz sie begehrten. Auch die Töchter der Dame, bei welcher Dotterine diente, und die alle drei jung und blühend waren, rüsteten sich zum Feste. Dotterine hatte jetzt einige Wochen vom Morgen bis zum Abend vollauf mit dem Putze der Fräulein zu thun. In dieser Zeit träumte ihr jede Nacht, ihre Taufmutter käme an ihr Bett und sagte: »Schmücke erst deine Fräulein zum Feste, und dann folge selber nach. Keine kann dort so schmuck und so schön sein wie du!« Je näher der Tag des Festes heranrückte, desto unruhiger wurde Dotterinen zu Muthe, und als die Frau mit ihren Töchtern davon gefahren war, warf sie sich mit dem Gesicht auf's Bett und vergoß bittere Thränen. Da war's, als ob ihr eine Stimme zurief: »Nimm dein Körbchen zur Hand, dann wirst du Alles finden, was du brauchst.« Dotterine sprang auf, nahm das Körbchen aus dem Busen, sprach darüber die geheimen Worte, welche sie gelernt hatte, und siehe das Wunder! augenblicklich lagen prachtvolle goldgewirkte Gewänder auf dem Bette. Als sie sich dann das Gesicht wusch, erhielt sie ihr früheres Ansehen wieder, und als sie die prächtigen Kleider angelegt hatte, und dann vor den Spiegel trat, erschrack sie selber über ihre Schönheit. Als sie die Treppe hinunter kam, fand sie vor der Thür eine stattliche Kutsche mit vier dotterfarbigen Pferden bespannt. Sie setzte sich ein und fuhr mit Windesschnelle fort, so daß sie in weniger als einer Stunde vor der Pforte des Königshauses angelangt war. Als sie eben aussteigen wollte, fand sie zu ihrem Schrecken, daß sie beim raschen Ankleiden das Glückskörbchen zu Hause vergessen hatte. Was jetzt beginnen? Schon entschloß sie sich zurückzufahren, als eine kleine Schwalbe mit dem Körbchen im Schnabel an's Kutschfenster geflogen kam. Erfreut nahm ihr Dotterine das

Körbchen aus dem Schnabel, steckte es in den Busen und hüpfte leicht wie ein Eichhörnchen die Treppe hinauf.

Im Festgemach funkelte Alles von Pracht und Schönheit, die vornehmen Fräulein hatten ihren kostbarsten Schmuck angelegt, jede in der Hoffnung, daß des jungen Königs Auge auf sie fallen würde. Als aber plötzlich die Thür sich öffnete und Dotterine eintrat, da erbleichte der Andern Glanz wie der der Sterne beim Aufgang der Sonne, so daß der Königssohn nur noch diese Jungfrau sah. Einige ältere Personen, die sich noch dessen erinnerten, was vorgefallen war, als der König mit seiner später verschwundenen Schwester die Taufe erhielt, sprachen zu einander: »Diese Jungfrau kann gar wohl die Tochter jener unbekannten Dame sein, welche bei unseres alten Königs Tochter Gevatter stand.« Der König kam Dotterinen nicht mehr von der Seite, und kümmerte sich nicht um die übrigen Gäste. Um Mitternacht geschah etwas Wunderbares: das Gemach war plötzlich wie in Wolken gehüllt, so daß man weder den Glanz der Lichter noch die Menschen sah. Nach einer kleinen Weile entwickelte sich aus dem Nebel wieder Helligkeit und es erschien eine Frau, die keine andere war, als Dotterinens Taufmutter. Sie sprach zum jungen Könige: »Das Mädchen, welches neben dir steht, ist deine vermeintliche Schwester, welche mit dir zusammen getauft wurde, und an dem Tage verschwand, wo die Stadt in die Hände der Feinde fiel. Die Jungfrau ist aber nicht deine Schwester, sondern eines weit entfernten Königs Tochter, welche ich aus der Verzauberung erlöste, und deiner verstorbenen Mutter zur Pflege übergab.« Dann krachte es, daß die Wände zitterten, und in demselben Augenblick war die Taufmutter verschwunden, ohne daß jemand sah, wo sie hingekommen war. Der junge König ließ sich am folgenden Tage mit Dotterinen trauen, worauf eine prächtige Hochzeitsfeier folgte. Der König lebte mit seiner Gemahlin sehr glücklich bis an sein Ende, aber Niemand hat je gehört, wohin das Glückskörbchen gekommen ist. Man meint, die Taufmutter habe es heimlich mitgenommen, als sie ihre Pathe das letzte Mal gesehen.

Anmerkungen

von

Reinhold Köhler und Anton Schiefner.

1. Die Goldspinnerinnen.

Wie in Märchen 1 eine Handvoll aus n e u n e r l e i Arten gemischter Hexenkräuter zur Verfertigung des Hexenknäuels gebraucht wird, so kömmt in Märchen 18 ein Trank aus n e u - n e r l e i Kräutern vor, wovon ein Jüngling drei Tage hinter ein- ander n e u n Löffel täglich erhält. Auch wäscht sich die Höllen- jungfrau n e u n mal ihr Gesicht in der Quelle und umwandelt sie n e u n mal. Ebenso Märchen 19: n e u n Kinder. Die Heiligkeit und die häufige Anwendung der Neunzahl ist bekanntlich uralt und weit verbreitet, namentlich auch bei den finnisch-tatarischen Völkern. Vgl. Ph. J. v. Strahlenberg Das Nord- und Ostliche Theil von Europa und Asia, Stockholm 1730, S. 75-82, und Schiefner Die Heldensagen der Minussinschen Tataren S. XXIX. Auch in den in neuster Zeit von W. Radloff gesammelten Proben der Volksliteratur der türkischen Stämme Süd-Sibiriens begegnet die Neunzahl sehr oft. Was insbesondere die n e u n e r l e i K r ä u - t e r betrifft, so erwähnt Strahlenberg in Märchen 5, daß die Bau- ern in Liefland »gemeiniglich neunerlei Kräuter zu ihren Arzenei- Getränken gebrauchen.« Auch im deutschen Aberglauben spielen die neunerlei Kräuter eine wichtige Rolle (A. Wuttke Der deut- sche Volksaberglaube der Gegenwart, 2. völlig neue Bearbeitung, Berlin 1869, §. 120, vgl. auch §§. 74, 85, 92, 253, 495, 528, 683). K.

3. Schnellfuß, Flinkhand und Scharfauge.

Märchen von Menschen mit derartigen wunderbaren Eigen- schaften sind zahlreich. Viele derselben hat Benfey in seinem Aufsatz »Das Märchen von den Menschen mit den wunderbaren Eigenschaften« im Ausland 1858, Nr. 41-45 zusammengestellt. Vgl. auch noch Jahrbuch für romanische und englische Literatur VII, 32. Das ehstnische Märchen ist eine durchaus eigenthümliche Gestaltung des Stoffes. K.

In Märchen 3 lese man »d r e i E i e r e i n e s s c h w a r -

z e n   H u h n s .« Wie hier ein s c h w a r z e s Huhn, so Märchen 4 ein s c h w a r z e r Hund, ebenda u. Märchen 21 eine s c h w a r z e Katze, Märchen ein s c h w a r z e s Pferd, ebenda s c h w a r z e Ochsen. Sch.

Der vorkommende G o l d a p f e l b a u m , von dem Goldäpfel entwendet werden und bei dem nachts gewacht wird, bis der Dieb entdeckt wird, ist einem vielverbreiteten Märchen entnommen, welches man »das Märchen von dem Goldapfelbaum und von den drei Königssöhnen« betiteln kann. Es findet sich bei Grimm Nr. 57, v. Hahn Griechische und albanesische Märchen Nr. 70, Schott Walachische M. Nr. 26, J. W. Wolf Zeitschrift für deutsche Mythologie II, 389 (aus der Bukowina), Wuk Serbische Volksmärchen Nr. 4, Waldau Böhmisches Märchenbuch S. 131, Glinski Bajarz polski I, 1, Vogl Die ältesten Volksmärchen der Russen Nr. 2 und nach Schiefners Mittheilung bei Afanasjew VII, 121 und Salmelainen IV, 45. In allen diesen Märchen sind es wunderbare Vögel, welche die Aepfel entwenden. Das masurische Märchen bei Töppen Aberglauben aus Masuren, 2. Aufl., S. 139, gehört nur dem Anfang nach her, verläuft aber dann in ein ganz andres Märchen. K.

Es wäre statt »der Hexenmeister P i i r i s i l l a « genauer zu übersetzen »der Hexenmeister von P i i r i s i l d « d. h. Gränzbrücke (Genitiv P i i r i s i l l a). Vielleicht steckt in dem Piirisild eine Erinnerung an den Zauberer Virgilius. Letzterer ist sogar noch in einem polnischen Kinderspiel bekannt, das dem englischen »Simon sagts« (s. Wagner Illustrirtes Spielbuch für Knaben, Leipzig O. Spamer, 2. Aufl., Nr. 714) zunächst kommt. Sch.

Es ist mit dem ehstnischen Texte übereinstimmend zu lesen »s c h w e d i s c h e Brüder«. Es zogen diese ja zu dem Könige im N o r d l a n d e . Wir haben zugleich einen Fingerzeig über die Quelle des Märchens. So finden wir auch den S c h w e d e n k ö - n i g genannt. Sch.

4. Der Tontlawald.

In dem russischen Märchen »die schöne Wasilissa« (Afanasjew IV, 44) wird die Stieftochter in den Wald geschickt, um von der dort wohnenden Hexe (Jagá babá) Feuer zu holen. Auf den

Rath der ihr von der Mutter auf dem Sterbebett übergebenen Puppe, mit der sie ihre Nahrung theilt, begiebt sie sich in den Wald und besteht dort alle Gefahren. Die Hexe giebt ihr einen Todtenkopf mit funkelnden Augen mit, welcher ihre Stiefschwestern zu Asche verbrennt.

Gute Kenner der ehstnischen Gebräuche bestätigen mir die hier und in Märchen 14 vorkommende Sitte, für die Todtenwächter zur Nacht Erbsen in Salz zu kochen. Sch.

5. Der Waise Handmühle.

Außer dem von Herrn Löwe in der Angeführten verweise ich auf den Aufsatz »Ueber das Wort Sampo im finnischen Epos« im Bulletin der Petersburger Akademie III, 497-506 = Mélanges russes IV, 195-209, in welchem ich verschiedene auf Wundermühlen bezügliche russische Märchen vorführe. Sch.

7. Wie eine Waise unverhofft ihr Glück fand.

Dieses Märchen ist früher von Herrn Kreutzwald mir mitgetheilt und von mir im Bulletin XVI, 448-56 und 562-63 (= Mélanges russes IV, 7-18) in dem Aufsatz »Zum Mythus vom Weltuntergange« veröffentlicht worden, wo auch das in finnischen Märchen Vorkommende verwandten Inhalts berührt ist. Sch.

Wie sich in diesem Märchen ein ins Wasser geworfenes Klettenblatt in einen Nachen verwandelt, so verwandeln sich in Ariostos Rasendem Roland (XXXIX, 26-28) die von Astolf ins Meer geworfenen verschiedenen Blätter in Schiffe. K.

8. Schlaukopf.

Dieses Märchen erinnert einigermaßen an die, welche ich im Jahrbuch für roman. und engl. Literatur VII, 137 f. zusammengestellt habe. Nach Schiefners Mittheilung gehört dazu noch ein finnisches (Salmelainen IV, 126), wo Helli dem Bergkobold (Wuoren peikko) Pferd, Geld und goldene Decke stiehlt. K.

11. Der Zwerge Streit.

Der Streit der Erben (Geister, Teufel, Riesen, Zwerge, Menschen) um Wunschdinge, welche dann der von den Streitenden erwählte Schiedsrichter sich aneignet, kömmt oft in den Märchen des Morgen- und Abendlandes vor. Näher darauf einzugehen ist hier nicht der Ort, nur folgendes sei bemerkt. Die Zahl der Wunschdinge ist häufig drei, und darunter befinden sich sehr oft ein Paar Schuhe oder Stiefeln und ein Hut oder eine Mütze. Erstere bringen den Besitzer entweder, wie hier, sofort an einen gewünschten Ort, oder er kann wenigstens in ihnen mit jedem Schritt Meilen (7-1000) zurücklegen. Der Hut oder die Mütze hat meistens die Eigenschaft unsichtbar zu machen: daß der Träger des Hutes aber alles, auch das fernste und den gewöhnlichen Menschen sonst unsichtbare, sehen kann, ist dem ehstnischen Märchen eigen, ebenso wie der Alles schmelzende Stock. Zwar kömmt unter den Wunschdingen in mehreren Märchen ein Stock oder eine Keule vor, aber nicht mit dieser Eigenschaft.

Was den Umstand betrifft, daß der Hut aus Nägelschnitzeln gemacht ist, so ist außer dem Bemerkten noch auf Schiefners Mittheilung im Bulletin II, 293 zu verweisen, daß die Lithauer in Samogitien ihre Nägelschnitzel nicht wegwerfen, sondern an ihrem Leibe verwahren, aus Furcht, der Teufel könne dieselben auflesen und sich einen Hut daraus machen. Schiefner erinnert auch an das aus Nägelschnitzeln Todter gebildete Todtenschiff Naglfari in der Edda.

Daß Zwerge bei Hochzeiten unsichtbar mitessen, kömmt öfters in deutschen Sagen vor, z. B. in Büschings Wöchentlichen Nachrichten I, 73, Müllenhoff Sagen, Märchen und Lieder aus Schleswig u. s. w. S. 280, Nr. 380, Kuhn und Schwartz Norddeutsche Sagen Nr. 189, 4; 270, 2; 291. K.

13. Wie eine Königstochter sieben Jahre geschlafen.

Man vgl. das finnische Märchen aus Salmelainens Sammlung in Ermans Archiv für wissenschaftliche Kunde von Rußland XIII, 483, das masurische bei Töppen Aberglauben aus Masuren S. 148, das von Chavannes in der Sammelschrift »Die Wissenschaften im 19. Jahrhundert« IX, 100 mitgetheilte russische, das polnische bei Glinski Bajarz polski I, 38, das tiroler bei Zingerle Tirols Volksdichtungen und Volksgebräuche II, 395. Alle diese Märchen gehen gleich dem ehstnischen davon aus, daß ein sterbender Vater seine drei Söhne auffordert, nach seinem Tode der

Reihe nach je eine Nacht auf seinem Grabe zuzubringen, welcher Aufforderung jedoch die beiden ältesten nicht nachkommen, während der jüngste, der als Dümmling gilt, alle drei Nächte auf dem väterlichen Grabe wacht. Die Hand der Königstochter soll im finnischen Märchen der erhalten, welcher sein Pferd bis ans dritte Stockwerk der Hofburg springen lassen und der da sitzenden Prinzessin einen Kuß geben kann; im masurischen, wer zu Pferde zweimal in das vierte Stockwerk des Schlosses zur Prinzessin gelangen kann; im russischen, wer zu Pferde der im dritten Stockwerk sitzenden Prinzessin einen Kuß geben, oder nach Varianten: wer über zwölf Glastafeln oder über so und so viel Balken zu ihr oder ihrem Bild zu Pferd gelangen kann; im tiroler, wer einen steilen Felsen empor reiten kann; im polnischen, wer in Ritterspielen siegt. In einigen der zahlreichen, sonst ähnlichen Märchen, in denen jedoch die Nachtwachen auf dem Grabe des Vaters fehlen, muß, wie im ehstnischen, der Bewerber um die Hand der Königstochter einen Glasberg hinaufreiten (Sommer Sagen, Märchen und Gebräuche aus Sachsen und Thüringen I, 96, Asbjörnsen und Moë Norske Folkeeventyr Nr. 52, Grundtvig Gamle danske Minder i Folkemunde I, 211, Müllenhoff Sagen, Märchen und Lieder aus Schleswig u. s. w. S. 437, Anmerk. zu Nr. XIII). In fast allen hierher gehörigen Märchen macht der Dümmling von seinem Siege zunächst keinen Gebrauch, begibt sich vielmehr unerkannt nach Hause und wird erst nach einiger Zeit, meist ohne sein Zuthun, als der gesuchte Sieger erkannt. In diesem Punkte ist das ehstnische Märchen entstellt. Durchaus eigentümlich dem ehstnischen Märchen sind der siebenjährige Schlaf der Königstochter und der Umstand, daß der Bauernsohn ein vertauschter Prinz ist. K.

Daß der Glaskasten, in dem die Königstochter ruht, und der Glasberg Nachklänge der altnordischen Brynhildr-Mythe sind, bemerke ich, indem ich kurz auf Mannhardt Germanische Mythen S. 333 verweise, woselbst man auch das hierher gehörige dänische Volkslied citiert findet, demzufolge Sigfrid den Glasberg hinaufreitet. Es ist sehr wahrscheinlich, daß der in der russischen Heldensage räthselhaft dastehende Swjatogor (ob nicht entstellt aus Sigurd?), der sein Weib in einem Krystall-Schrein auf den Schultern trägt (Rybnikow I, 37), hierher zu ziehen ist. Wie sehr Verunstaltungen im Laufe der Zeit entstehen können, erkennt man leicht, wenn man bedenkt, wie die dem Swjatogor vom Schicksal bestimmte Braut im Land am Meeresstrand dreißig Jahre auf einem Misthaufen ruht und ihr Leib wie Tannenrinde aussieht; vgl. meinen Aufsatz »Zur russischen Heldensage« im Bulletin IV, 273-85 = Mélanges russes IV, 230-48. In dem Märchen »der Krystallberg« bei Afanasjew VII, 209, kriecht der Königssohn Iwan in Gestalt einer Ameise in den Krystallberg, in welchen der zwölfköpfige Drache die Königstochter entführt hatte; er tödtet den Drachen und findet in dessen rechter Seite einen Kasten, in dem Kasten einen Hasen, in dem Hasen eine Ente, in der Ente ein Ei, in dem Ei ein Samenkorn; dieses zündet er an und bringt es zum Krystallberg, der alsbald zerschmilzt. Sch.

14. Der dankbare Königssohn.

Man vgl. die von mir in Benfeys Orient und Occident II, 103-114 zusammengestellten Märchen, denen man noch Haltrich Volksmärchen aus dem Sachsenlande in Siebenbürgen Nr. 26, v. Hahn Griechische und albanesische Märchen Nr. 54, Glinski Bajarz polski I, 109, Kletke Märchensaal II, 71, Schneller Märchen aus Wälschtirol Nr. 27 beifüge. In allen diesen Märchen geräth ein Jüngling — meistens in Folge eines erzwungenen oder erlisteten Versprechens seines Vaters — in die Gewalt eines feindlichen Wesens (Teufel, Dämon, Geist, Riese, Meerfrau, Zauberer, Hexe) und trifft da eine Jungfrau — in den meisten Märchen die Tochter jenes Wesens —, durch deren Hilfe er die ihm aufgegebenen schweren Arbeiten verrichtet und die dann mit ihm entflieht. Die meisten Märchen schließen aber nicht hiermit, sondern sie erzählen noch, wie der Jüngling seine Retterin in Folge der Uebertretung einer ihm von ihr gegebenen Vorschrift eine Zeitlang vergißt. — Wie im ehstnischen Märchen der verirrte König dem Teufel das versprechen muß, was ihm auf seinem Hof zuerst entgegen kömmt, so müssen in dem entsprechenden Märchen bei Müllenhoff Nr. 6 die verirrten Eltern dasselbe versprechen, und in dem parallelen schwedischen Märchen bei Cavallius Nr. XIV, A, muß der König in seinem Schiff dem Meerweib das versprechen, was ihm am Strande zuerst begegne. In andern der hierher gehörigen Märchen wird das verlangt und versprochen, was man zu

Hause habe, ohne es zu wissen (Glinski, Kletke), oder was die Königin unter dem Gürtel trägt (Cavallius Nr. XIV, B), oder der Sohn wird geradezu verlangt (Campbell, v. Hahn); bei Haltrich endlich wird »en noa Sil« verlangt, was ein neues Seil und eine neue Seele bedeutet. [87] — Dem ehstnischen Märchen ganz eigentümlich ist die Vertauschung des Königssohn mit der Bauerntochter. Auch die Aufgaben, die im ehstnischen Märchen der Teufel gibt, sind andere als in den übrigen Märchen. — Daß die Jungfrau sich und ihren Schützling auf der Flucht verwandelt, kömmt in mehreren der parallelen Märchen vor, insbesondere die Verwandlung in Rosenstrauch und Rose bei Grimm Nr. 113 und Müllenhoff Nr. 6, auch in den theilweis hierher gehörigen Märchen bei Wolf deutsche Hausmärchen S. 292 und Waldau Böhmisches Märchenbuch S. 268, die in Wasser und Fisch bei Grimm Nr. 113. K.

Wie in Märchen 14 der Königssohn statt seiner Hand eine glühende Schaufel reicht, so in einem russischen Heldenlied Ilja von Murom dem blinden Vater Swjatogors ein Stück erhitztes Eisen (Rybnikow III, 6). Sch.

15. Rõugatajas Tochter.

In dem finnischen Märchen »die wunderliche Birke (Salmelainen I, 76) hat die böse Syöjätär die vom Königssohne geheirathete Tuhkimus (Aschenbrödel) in eine Rennthierkuh verwandelt; in dieser Gestalt stillt sie ihr Kind; die Rennthierhaut wird vom Königssohn verbrannt; Syöjätär und ihre Tochter kommen in der Badstube um. Sch.

Insofern in beiden Märchen die abgelegte Thierhaut verbrannt wird, berühren sie sich mit den zahlreichen, übrigens anders verlaufenden Märchen von der verbrannten Thierhülle. Vgl. Benfey Pantschatantra I, 254 und meine Zusammenstellung im Jahrbuch für roman. und englische Literatur VII, 254 ff., die sich noch vermehren läßt. K.

16. Die Meermaid.

Die ehstnische Ueberschrift »N ä k i n e i t s i « d. i. buchstäblich »Näk-Mädchen« (Nixe) weist auf schwedischen Ursprung des Märchens hin. Sch.

Man vergleiche die bekannte französische, fast in ganz Europa, auch in S c h w e d e n zum Volksbuch gewordene Dichtung von der Melusine, die alle Sonnabende [88] vom Nabel abwärts zur Schlange wurde und welcher Graf Raimund vor seiner Vermählung mit ihr versprechen mußte, sie nie Sonnabends sehen zu wollen.

Wenn Schlaf-Tönnis aus dem Reich der Meermaid als Greis auf die Erde zurückkehrt, so beruht dies auf dem Glauben, daß Sterblichen im Elfen- oder Feen-Lande die Zeit, ihnen unbewußt, mit reißender Geschwindigkeit verfließt. So glaubt Thomas der Reimer bei der Elfenkönigin drei Tage gewesen zu sein, während doch drei Jahre verflossen sind. (W. Scott Border Minstrelsy, Edinburgh 1861, IV, 127). Ein schwedischer Ritter ist 40 Jahre im Elfenland gewesen und glaubt nur eine Stunde da verbracht zu haben (Afzelius Volkssagen und Volkslieder aus Schwedens älterer und neuerer Zeit, übersetzt von Ungewitter II, 297). Vgl. auch das Märchen aus Wales bei Rodenberg Ein Herbst in Wales S. 128 und die Kiffhäuser-Sagen bei A. Witzschel Sagen aus Thüringen Nr. 277 und 278. Legenden erzählen Gleiches von Menschen, die im Paradies gewesen sind. Vgl. Liebrechts Anmerkung zu Dunlop a. a. O. S. 543 und W. Menzel Christliche Symbolik II, 194 ff. K.

18. Der Nordlands-Drache.

Ueber den R i n g   S a l o m o n i s vgl. Eisenmenger Entdecktes Judenthum S. 351 ff., J. v. Hammer Rosenöl I, 171 ff., G. Weil Biblische Legenden der Muselmänner S. 231 und 271 ff., F. Liebrecht Des Gervasius von Tilbury Otia imperialia S. 77. In einem Märchen der 1001 Nacht (Der Tausend und Einen Nacht noch nicht übersetzte Mährchen u. s. w. in's Französische übersetzt von J. v. Hammer und aus dem Französischen in's Deutsche von A. E. Zinserling, I, 311) wird, wie im ehstnischen Märchen, der Ring Salomos, der mit diesem Ring am Finger in einer Insel der sieben Meere begraben liegt, gesucht. K.

19. Das Glücksei.

Daß in Schlangen, Kröten oder dergl. verwandelte Jungfrauen nur erlöst werden können, wenn ein Jüngling sie dreimal küßt oder sich küssen läßt, kömmt in deutschen Sagen öfters vor. S. Grimm Deutsche Mythologie S. 921, W. Menzel Die deutsche Dichtung I, 192, Curtze Volksüberlieferungen aus Waldeck S. 198. K.

20. Der Frauenmörder.

Eine Variante des bekannten Blaubart-Märchens. S. die Anmerkung zu Grimm Nr. 46 und Jahrbuch für romanische und englische Literatur VII, 151 f. K.

23. Dudelsack-Tiidu.

In Bezug auf die Aepfel, welche ein Wachsen der Nasen verursachen, und die Nüsse, durch welche die Nasen wieder klein werden, vergleiche man die Geschichte des Fortunatus und seiner Söhne (s. Zachers Artikel »Fortunatus« in der Encyklopädie von Ersch und Gruber) und Grimm Nr. 122, Zingerle Tirols Volksdichtungen II, 73, Curtze Volksüberlieferungen aus Waldeck S. 34, Campbell Popular tales of the West Highlands Nr. 10, das finnische Märchen aus Salmelainens Sammlung (I, 4.) bei Asbjörnsen und Gräße Nord und Süd S. 145, das rumänische im Ausland 1856, S. 716, Nr. 8. K.

Fußnoten

[1] Die Goldspinnerinnen erinnern an die Pflegetöchter der Hölle, die dort gefangen gehalten werden, arbeiten und auch spinnen müssen, s. K a l e w i p o ë g (myth. Heldensagen vom Kalew-Sohn) XIII. 521 ff. XIV. 470 ff. L.

[2] Donnerstag und Sonnabend galten den Ehsten in vorchristlicher Zeit für heilig. Im K a l e w i p o ë g , Gesang XIII, V. 423 kocht der Höllenkessel am Donnerstag stärkende Zauberspeise. Nach R u ß w u r m , Sagen aus Hapsal und der Umgegend, Reval 1856, S. 20, erhalten die Unterirdischen (vgl. Märchen 17), was am Sonnabend oder am Donnerstag A-bend ohne Licht gearbeitet wird. Vgl. K r e u t z w a l d zu B o e c l e r , der Ehsten abergläubische Gebräuche &c. (St. Petersburg 1854) S. 97-104. Wenn der oberste Gott der Ehsten, Taara, sich sachlich und lautlich an den germanischen Thor anschließt, so ist aus der jetzigen ehstnischen Bezeichnung des Thortags, Donnerstags, jede Erinnerung an Taara-Thor getilgt; der Donnerstag heißt ehstnisch einfach nelja-päew, d. i. der vierte Tag. (Montag der erste, Dienstag der zweite, Mittwoch der dritte oder auch Mittwoch, Freitag = Reede, corrumpirt aus plattd. Frêdag, Sonnabend = Badetag, Sonntag = heiliger Tag, Feiertag.) L.

[3] Der Sinn ist: Sie durften nicht für sich arbeiten, um den Kasten zu füllen, aus welchem die Braut am Hochzeitstage Geschenke vertheilt. Vgl. B o e c l e r , der Ehsten abergl. Gebräuche, ed. K r e u t z w a l d , p. 37. N e u s , Ehstn. Volkslieder, S. 284. L.

[4] Nicht zu verwechseln mit dem Kalew-S o h n (Kalewipoëg), dem Herkules des ehstnischen Festlandes. Auf der Insel Oesel heißt dieser Töll od. Töllus. Vgl. R u ß w u r m , Eibofolke oder die Schweden an den Küsten Ehstland's und auf Runö. Reval 1855. Th. 2, S. 273. N e u s in den Beiträgen zur Kunde Ehst-, Liv- und Kurlands, ed. Ed. Pabst. Reval 1866. Bd. I, Heft I, p. 111. L.

[5] wörtlich: fiel in das Ohr das Echo. Das Echo wird bildlich

»Schielauge« genannt. S. Kreutzwald zu Boecler, S. 146.

[6] Vgl. die folgende Anm. und die Nota S. 25 zu 2. »die im Mondschein badenden Jungfrauen.« L.

[7] Die alte Anschauung der Ehsten unterscheidet feindliche und günstige Winde und schreibt beiden den weitgreifendsten Einfluß zu. Die unaufhörlichen Windströmungen, welche an dem ehstnischen Küstenstrich ihr Spiel treiben und von der größten Bedeutung für das Naturleben sind, erklären dies vollkommen. In unserer Stelle ist die Krankheit nicht »von Gott, sondern vom Winde gekommen« und soll auch wieder (homöopathisch) durch den Wind vertrieben werden. Vergl. K r e u t z w a l d zu B o e c l e r , ehstn. Aberglaube, S. 105 ff. u. K r e u t z w a l d u. N e u s , Myth. u. mag. Lieder der Ehsten, S. 13. L.

[8] Ahti oder Ahto (sprich Achti, Achto) ist in der finnischen Mythologie der über alles Wasser herrschende Gott: ein alter ehrwürdiger Mann mit einem Grasbart und einem Schaumgewand. Er wird, characteristisch genug, als begehrlich nach fremdem Gut geschildert. Im ehstnischen Epos vom K a - l e w i - P o ë g Ges. XVI., V. 72 ist von Ahti's Sohn und seinen (Wasser) Gruben die Rede. L.

[9] Loch am Giebel des Hauses (zum Hinauslassen des Rauches). L.

[10] Mana ist in der finnischen Mythologie gleich Hades-Pluto; er wird als ein alter Mann mit drei Fingern und einem auf die Schulter herabhängenden Hute geschildert. In einer ehstnischen Gebetsformel aus dem Heidenthum ist von »Manas wahrem Bekenntnisse« die Rede. S. K r e u t z w a l d u. N e u s , Myth. u. mag. Lieder der Ehsten. S. 8. Die Mana-Zauberer kommen auch im K a l e w i p o ë g vor: XVI, 284. Der Kalewsohn nimmt sie mit, als er auf seinem Schiffe Lennok das Weltende aufsuchen will. – Der Mana-Zauberer ist der stärkste, und stärker als Spruch- und Wind-Zauberer – nur durch den Manazauber gelingt es dem Entführer der Linda, das Schwert von der Seite des Kalewsohnes hinwegzulocken. K a l e w i p o ë g , XI, 334. Mana's Hand hält den

nach dem Tode zum Höllenwächter bestellten, auf weißem Roß sitzenden Kalewsohn fest, so daß dieser seine im Felsen steckende Rechte nicht losreißen und davon reiten kann. S. den Schluß des Kalewipoëg. – Die Mana-Zauberer heißen ehstnisch Mana targad; das Wort tark, pl. targad, bedeutet eigentlich den Klugen, Weisen und zugleich den Heil-und Zauberkundigen. L.

[11] Nach dem estnischen Volksglauben findet immer in der Nacht des 25. April (des St. Markustages) ein allgemeiner Schlangenconvent statt: als die Localität wird der sirtsosoo (Heimchenmoor) westlich vom Peipussee genannt. S. Kreutzwald u. Neus, Mythische u. mag. Lieder der Ehsten, S. 77. L.

[12] Diese Krone ist von den unterirdischen Zwergen geschmiedet. S. die Anm. zu Märchen 17. L.

[13] S. die betreffende Nota zu dem Märchen 8 vom Schlaukopf. L.

[14] Die »Haube« steht für die Trägerin derselben verwaist, wie das lat. orba, ohne Kinder gehabt zu haben. Vgl. auch Neus, ehstn. Volkslieder, S. 276. F. Z. 4. L.

[15] Ueber Mana s. d. Anm. in dem Märchen von den im Mondschein badenden Jungfrauen. L.

[16] Vgl. Boecler, der Ehsten Gebräuche ed. Kreutzwald, S. 139. L.

[17] Der Text sagt Rootsi wennaksed d. h. schwedische Brüder. Das Colorit des Märchens ist aber ganz ehstnisch; Belege für meine Uebersetzung finde ich nicht. L.

[18] Dieser wird gebildet durch Klötzchen, die an einer Schnur hängen und mit Ringen wechseln. L.

[19] Ein Landstrich nördlich vom Peipus-See. L.

[20] Es haben sich also auch die Ehsten, gleich den Finnen, ganze Naturgebiete unter dem Schutze bestimmter Gottheiten, und dann wieder einzelne Naturindividuen von Schutzgeistern

oder Elfen (ehstnisch hallijas, finnisch haltia) beseelt gedacht. Was hier blutet und jammert, ist die Dryas, die sich der Ehste jedoch männlich denkt. L.

[21] Aus der Klage des verwaisten Hirtenknaben im K a l e w i - p o ë g (XII. 876). Auch bei N e u s , Volkslieder, passim. L.

[22] Vgl. über den Abscheu der Ehsten vor dem Hingeben ihres Blutes zu zauberischen Zwecken B o e c l e r u. K r e u t z - w a l d , der Ehsten abergläubische Gebräuche p. 145 und K r e u t z w a l d und N e u s , mythische und magische Lieder der Ehsten p. 111. In unserm 9. Märchen betrügt der Donnersohn den Teufel (den »alten Burschen«), indem er statt des eigenen Blutes Hahnenblut zur Besiegelung des Vertrages nimmt. L.

[23] »Heidnische Altäre haben sich unter den Ehsten einzeln bis in unsere Zeiten erhalten. Von einem solchen bei dem Land-gut Kawershof im Felliner Kreise berichtet H u p e l , »er ste-he unter einem heiligen Baume, in dessen Höhlung noch oft kleine Opfer gefunden würden; sei aus einem Granitblock kunstlos gehauen.« K r e u t z w a l d u. N e u s , mythische u. magische Lieder der Ehsten S. 17. L.

[24] Baltischer Provinzialismus für Vorratskammer oder Spei-cher. L.

[25] Hier möchte wohl ein schwacher Nachhall von der Sampo-Mythe anklingen, die in der Kalewala, dem finnischen Epos, eine so große Rolle spielt. Auch der Wunder wirkende Ta-lisman Sampo wird unter dem Bilde einer selbstmahlenden Mühle gedacht. Vgl. C a s t r é n ' s Vorlesungen über finn. Mythol. S. 264 ff. u. S c h i e f n e r im Bulletin hist. phil. der Petersb. Akad. d. Wiss. t. VIII. Nr. 5. L.

[26] Hausgeister, welche ihren Herren Schätze zutragen. Sie wer-den als feurige Lufterscheinungen, als Drachen gedacht. S. K r e u t z w a l d u. N e u s , myth. u. mag. Lieder der Ehsten. S. 81.

[27] Vgl. K r e u t z w a l d zu B o e c l e r p. 105. K r e u t z w a l d u. N e u s , Lieder, S. 84. 86. Nach ehstnischer Anschauung

fahren im Wirbelwinde die Hexen umher. L.

[28] Auf die Nacht vom 23. zum 24. Juni fällt der ehstnische Hexen-Sabbat. L.

[29] Diesen bietet nach ehstn. Sitte der den Freier begleitende Brautwerber an. L.

[30] Ehstnisch lähkre-kiwid d. i. Steinchen, die man zur Reinigung des Milchgefäßes (Milchfäßchens), Legel, schwed. tynnåla, ehstn. lähker (sprich lächker) braucht. Man führt ein solches Milchfäßchen auf Reisen nebst dem Brotsack mit sich. L.

[31] Identisch mit der Wassermutter, wete ema. Weibliche Personificationen scheinen in der ehstnischen Mythologie, soweit sie erhalten und bekannt ist, vorzuherrschen. Es giebt eine Erdmutter, die aber auch Gemahlin des Donnergottes ist, eine Feuermutter, Windesmutter, Rasenmutter (s. die betr. Anm. zu Märchen 8 vom Schlaukopf) und in unserem Märchen 17 die Unterirdischen, tritt sogar eine Mutter des »Stüms,« des Schneegestöbers, auf. — Eine Wetterjungfrau kennt der Kalewipoëg X, 889 als Tochter des Donnergottes (Kõu). Die Finnen haben eine »Windtochter.« L.

[32] Vergleiche das »See spielen« im Märchen 4 vom Tontlawald, und das Märchen 11, Der Zwerge Streit. L.

[33] Dieses Märchen lehnt sich an die beiden Höllenfahrten des Kalewsohnes, die im Kalewipoëg Ges. XIII-XV. XVII-XIX erzählt sind. Die Züge der Sage sind im Märchen wunderlich gebrochen und verschoben, und andre Märchenstoffe hineingewoben. L.

[34] Ein mythisches Wunderland. Im Kalewipoëg bewirbt sich des Kunglakönigs Sohn um Linda, nachmalige Gattin des Kalew, die ihn abweist, weil »der Kunglakönig böse Töchter hat, welche die Fremde hassen würden.« Doch lassen sich dieselben Töchter des Kunglakönigs durch den Gesang des ältesten Kalewsohnes zu Thränen rühren, Kalewipoëg III, 477. Ebendaselbst XIX, 400 werden vier Kunglamädchen genannt, welche goldene und silberne Gewebe wirken. Vgl.

auch über den Reichthum des Landes Kungla das Märchen 23 vom Dudelsack-Tiidu. L.

[35] Dieser Streich wird im Kalewipoëg nacheinander dem Alew-sohn, dem Olewsohn und dem Sulewsohn gespielt, welche die Warnung der am Kessel beschäftigten Alten verachteten, weil sie nicht glaubten, daß der winzige Knirps, der um Er-laubniß bat zu schmecken, solchen Schaden anrichten könne. Aber dieser reckt sich auf dem Rande des Suppenkessels ü-ber 70 Klafter hoch und verschwindet im Nebel, während der Kessel leer geworden. Als aber die Reihe, bei dem Kessel zu wachen, an den Kalewsohn kommt, verlangt dieser erst von dem als Zwerg erscheinenden Teufel das Glöcklein zum Pfande, welches er um den Hals hat und worin seine Kraft steckt. S. Kalewipoëg XVII, 327 ff. Da unser Märchen ein großes Festgelage für alles Volk fingirt, so läßt es auch über-treibend sämmtliche Vorräthe, Speisen und Getränke ver-schwinden. L.

[36] Die Rasenmutter ist es auch, welche im Kalewipoëg (I. 340) aus dem Küchlein die reine (oder Thau-?) Jungfrau Salme umgebildet hat. Nach K r e u t z w a l d zu der cit. Stelle ist die Rasenmutter eine Schutzgöttin des Hauses, deren Obhut besonders der Hofraum und Garten anvertraut war. Der ehstnische Mythus hat von ihr die liebliche Vorstellung, daß sie es ist, die aus dem geschmolzenen Schnee des Winters die weiße Anemone (Anemone nemorosa, ehstnisch Frost-blume) bildet. S. K r e u t z w a l d zu B o e c l e r S. 188. Vgl. unser Märchen 2 von den im Mondschein badenden Jung-frauen; diese heißen dort des Waldelfen und der Rasenmut-ter Töchter. Die Töchter der Rasenmutter sind es auch, wel-che im Kalewipoëg XVII, 777 ff. den nach der großen Schlacht bei Assamalla ruhenden Helden Traumgesichte weben. L.

[37] Es ist also von denjenigen Krebsthieren die Rede, deren Au-gen auf beweglichen Stielen stehen, nicht unmittelbar auf dem Kopfe. L.

[38] Vgl. Anm. zu Märchen 21, der beherzte Riegenaufseher. L.

[39] Sepik, mit Hefen gebackenes nicht gesäuertes Brot, das im südlichen Ehstland nur aus Weizenmehl gemacht wird. S. W i e d e m a n n, Ehstnisch-Deutsches Wörterb. s. v. L.

[40] Aus dem Glöckchen der Sage, K a l e w i p o ë g XVII, 633 ist im Märchen ein Ring geworden. Im Glöckchen dort, im Ringe hier steckt des Höllenfürsten Kraft. Vgl. das Märchen 18, vom Nordlands-Drachen, wo der Ring Salomonis, der im Besitz der Höllenjungfrau ist, Felsen zertrümmert, wenn er am Daumen der linken Hand steckt. L.

[41] Ein mit einem Deckel und unten mit einem Zapfen versehenes Tönnchen Dünnbier (Kofent), das in den Bauerstuben steht und woraus sich Bier abzapft, wer Durst hat. L.

[42] Hier fehlt also das Dritte, der Wünschelhut aus Nägelschnitzeln, den Kalewipoëg bei seinem ersten Höllenabenteuer benutzt und dann verbrennt. S. darüber die Anm. zum 11ten Märchen, von der Zwerge Streit. L.

[43] Kalewipoëg XV, 70 ff. Vers 217 heißt die Hexen- oder Wünschelruthe geradezu der Brückenfertiger (sillawalmistaja). L.

[44] Kalewipoëg XV, 108 ff. vgl. mit XVIII, 815 ff. In diesen Stellen thut »der Leere« (Tühi) oder wie er im 18. Gesang heißt, der Gehörnte (Sarwik) alle Fragen hintereinander, während unser Märchen sie auseinander legt und auf die verschiedenen Gänge Schlaukopfs vertheilt. Die Sage berichtet von einem Zweikampf des Kalewsohnes mit dem Höllenfürsten; bei dem zweiten Höllengang des Kalewipoëg endet dieser Zweikampf mit der Ueberwältigung und Fesselung des Gehörnten. Kalewipoëg XIX, 87 ff. L.

[45] Vgl. oben. L.

[46] Auch der Kalewsohn raubt die Schätze der Unterwelt. L.

[47] Erinnert an »das in verborgener Schmiede von unterirdischen Meistern« (Mä-alused, vgl. Märchen 17) gefertigte Schwert, welches der Kalewsohn zum Ersatz für sein von dem Finnenschmied geschmiedetes und von dem Zauberer des Peipus-Strandes entwendetes Schwert aus der Hölle

nimmt. L.

[48] Nota zu 9 u. 10. Beide Märchen behandeln einen und denselben Stoff: die Entwendung des Donnerwerkzeugs durch den dasselbe über Alles fürchtenden Teufel, welchem es der in einen Fischerknaben verwandelte Donnergott wieder abnimmt.

Was zunächst den Namen des Donnerwerkzeugs betrifft, so heißt es in beiden Märchen »pil«, womit zwar im Ehstnischen jedes Instrument bezeichnet wird, hier aber nur ein Blaseinstrument gemeint sein kann. Und zwar kein anderes als der bei den Ehsten seit uralter Zeit sehr beliebt gewesene Dudelsack, schwedisch dromm-pîp, drumm-pîpa. Drumm ist das Trompeten-Ende dieses Instruments, es brummt stets denselben Baßton und erweckt den Ehsten die Vorstellung des Donners. Im Inlande Jahrg. 1858, Nr. 6 ist eine Version unseres Märchens 10 abgedruckt, welche die Ueberschrift führt Müristaja mäng, was mit Donnertrommel übersetzt ist. Aber mäng bedeutet nicht Trommel, sondern Spiel, Spielzeug, und da es im »Inland« gegen den Schluß heißt: »er holt den »Himmelsbrummer« hervor und setzt die fünf Finger an denselben,« so deutet dies offenbar keine Trommel, sondern ein Blaseinstrument an, den Dudelsack, der speciell toru-pil, Röhreninstrument, heißt, aber auch pil schlechtweg, wie in unserm Märchen 23, Pilli-Tiidu, Dudelsack-Tiidu. Von Trommel und Pauke heißt es im Ehstnischen trummi löma, die Trommel oder Pauke schlagen, und weder an Schamanentrommel noch an ein Tambourin ist bei dem Ausdrucke pil oder müristaja mäng zu denken. Nach N e u s , myth. u. mag. Lieder der Ehsten S. 12. 13. vgl. mit 41. hängt das ehstnische müristamine, das Donnern, mit einem finnischen Verbum zusammen, welches vom Brummen des Bären gebraucht wird, und weist auch der ehstnische Name des Donnergotts, Kõu, auf ein finnisches Nomen für Bär zurück. Auch der nordische Donnergott, Thunar-Thor, führte den Beinamen des Bären. Also nicht der Schall einer Trommel, sondern das Gebrüll eines Thieres oder eines daran erinnernden Instruments wird dem Donner verglichen. Der ehstnische Donnergott entlockt dem Dudelsack furchtbare, aber auch liebliche Töne — schrecklichen Donner, aber auch sanft rieselnden Regen. Wenn die Vorstellung von dem Erregen des Gewitters durch ein Instrument wie die Sackpfeife eigentümlich ehstnisch ist (nach R u ß w u r m , Sagen, Reval 1861. S. 134, ist der Dudelsack Erfindung Tara's, und steht mit den altheidnischen Volkssitten und Götterdiensten in Zusammenhang, weßhalb christlicher Eifer das Instrument auf den Teufel zurückführte), so kennt die ehstnische Sage doch auch den Äike oder Pikker, der Donner und Blitz hervorbringt, indem er auf einem Wagen mit erzbeschlagenen Rädern über Eisenbrücken dahin rasselt, Kalewipoëg III, 12 ff. vgl. mit XX. 728 ff. Hier wird man sogleich an Thunar-Thor erinnert.

Was den »Donnersohn« betrifft, so theilt K r e u t z w a l d zu B o e c l e r auf S. 11 mit, er (Kreutzwald) habe in Wierland (dem nordöstlichen Uferdistrict Ehstlands) den Namen Pikse-käsepois, d. h. des Gewitters Befehlsknabe, gehört, aber nicht erfahren, wer damit gemeint sei. Nach ehstnischer Tradition ist der Lijonsengel, der in unserm Märchen 9 zum Fischer, und in 10 zum Fischer Lijon umgestaltet ist, Vermittler zwischen den Sterblichen und dem Tara oder Altvater, und »d e r G o t t a u f d e r E r d e , d e r m i t d e m G e-w i t t e r z u s a m m e n g e h t.« So liegt die Vermuthung nahe, daß der Lijons-Engel (stamme er nun von dem biblischen »Legion« oder von dem ebenfalls biblischen »Elias«, russisch »Iljá«), der oben angeführte Befehlsknabe des Gewitters, und unser Donnersohn — eine und dieselbe Hypostase des Donnergottes selber sind. Nach R u ß w u r m Sagen, 1861. S. 131 hat auch der ehstnische Teufel einen kleinen Sohn, Thomas, der dem eigenen Vater zuweilen Possen spielt. Wie in unseren Märchen, so entweichen auch im Kalewipoëg, vgl. die oben citirten Stellen und X, 198, die bösen Geister vor ihrem »Züchtiger« und seinen Pfeilen in die Flut — das Wasser macht den Blitzstrahl unschädlich. Daß der Donnergott sich in einen Fischerknaben verwandelt, erinnert einigermaßen an Thors Fischfang mit Hymir. M a n n - h a r d t , Götterwelt, I, 218. L.

[49] S. die Anm. zum Märchen vom Tontlawald. L.

[50] Castrén bemerkt in seinen Vorlesungen über finnische My-
thologie, daß man den Donner viel mehr fürchtete als den
Blitz, und daß man noch jetzt hie und da in Finnland beim
Donnerwetter nicht wagt den Namen Ukko (Beherrscher des
Himmels) zu nennen, oder irgend etwas Ungebührliches zu
reden oder zu thun. L.

[51] Kõu heißt der Donnergott; Pikne, Genitiv Pikse, war eigentlich der Blitzstrahl, wird aber auch für den Donnergott gebraucht. Auch die Formen Pitkne und Pikker kommen vor.
Der Kalewipoëg X, 889 kennt eine Wetterjungfrau als Kõu's
Tochter. L.

[52] Im Kalewipoëg wird diese Kraft einem aus Nägelschnitzeln
gemachten Hute zugeschrieben, den der Kalewsohn dem
Höllenfürsten entwendet und nach gemachtem Gebrauche
verbrennt. Vgl. die betr. Nota zu 11, der Zwerge Streit. L.

[53] Nach R u ß w u r m , Sagen aus Hapfal, der Wiek, Oesel und
Runö, Reval 1861, p. XVII, denken sich die Ehsten die Wolken als Gallert, und findet man nach Gewittern zuweilen
Wolkenstücke auf der Erde, was Rußwurm auf eine Flech-
tenart (Tremella Nostoc) beziehen möchte. L.

[54] Siehe die Märchen 9 L.

[55] Man bringt das Ferkel zum Quieken, um dadurch die Wölfe
anzulocken. L.

[56] Vgl. Märchen 8, Anm. 2. L.

[57] Wörtlich: Ochsenknieleute. L.

[58] S. die Nota auf der folgenden S. L.

[59] Dieser Hut stammt aus der Unterwelt. S. Kalewipoëg XIII,
831 ff. Er hat zehn Gewalten, unter andern die Kraft, den
Körper auszudehnen und zusammenzuziehen. Der Kalewsohn, der sich des Hutes bemächtigt hatte, beginnt den Ring-
kampf mit dem Höllenfürsten (Gehörnten, sarwik) in ver-
schrumpfter gewöhnlicher Mannslänge, als aber der Kampf

ihn schwächt, läßt er sich durch den Hut wieder zum Riesen machen, hebt den Gehörnten zehn Klafter hoch und stampft ihn in den Boden. XIV, 811 ff. Darauf muß der Hut, der auch Wunschhut heißt, ihn und die drei in der Hölle gefangen gehaltenen Schwestern sammt den Höllenschätzen auf die Oberwelt versetzen; im Uebermuthe verbrennt der Kalewsohn sodann den Schnitzel- oder Wünschelhut. Darüber klagen die Schwestern:

»Warum, starker Sohn des Kalew,
Hast den lieben Hut zerstört du?
Auf der Erden, in der Hölle
Flicht man nie mehr einen solchen.
Todt sind fortan alle Wünsche
Und vergeblich alles Sehnen« ibid. 909. ff.

Noch jetzt herrscht im Werroschen der Gebrauch, daß man nach dem Beschneiden der Nägel an Fingern und Zehen mit dem Messer ein Kreuz über die Abschnitzel zieht, ehe man sie wegwirft, sonst soll der Teufel sich Mützenschirme daraus machen. S. K r e u t z w a l d zu B o e c l e r S. 139. L.

[60] Vgl. im Märchen 4. vom Tontlawald. L.

[61] Diese ruhen auf Querbalken, ziehen sich unter der Zimmerdecke hin und haben in der Mitte eine Oeffnung, durch welche das geschnittene Korn nach beiden Seiten hin zum Dörren geschoben wird. L.

[62] Vgl. das Märchen 8. vom Schlaukopf, wo der Teufel sämmtliche Speisen und Getränke durch sein Kosten verschwinden läßt. L.

[63] Neun Uhr. L.

[64] Er denkt dabei an die ehstnische Redewendung: »die Tage gehen in der Richtung (zum Besten) des Wirths« – d. h. sie nehmen zu. Dagegen: »die Tage gehen in der Richtung des Knechts« – d. h. sie nehmen ab.

[65] Die Situation und die Verse erinnern an den Besuch, den Kalews Sohn dem Grabe seines Vaters macht in der Nacht

vor dem Tage, der darüber entscheiden sollte, welcher der drei Brüder einen Felsblock am weitesten schleudern und dadurch die Herrschaft über das Land erhalten werde. Kalewipoëg VII, 809 ff. L.

[66] Der Laut, den eine kleine Schnepfenart (Becassine) beim Fliegen hervorbringt, klingt dem ehstnischen Ohr wie das Meckern einer Ziege. L.

[67] S. Anm. zum Märchen vom Schlaukopf. L.

[68] S. unten die Anm. zu dem Märchen 15: Rõugutaja's Tochter. L.

[69] Ist wohl identisch mit dem mythischen Kungla-Lande. S. d. Anm. 2 zum Märchen 8, vom Schlaukopf. L.

[70] Külimit ist ein Getreidemaß von verschiedener Größe. Das Revalsche Loof von drei Külimit ist etwas weniger als ein viertel Scheffel Preußisch. L.

[71] Die Grundzüge dieser phantasievollen Schilderung finden sich im Kalewipoëg X, 378 ff. vgl. mit XIII, 491 ff. Auch dort scheinen auf der Straße zur Wohnung des höllischen Geistes weder Sonne, noch Mond und Sterne – nur von den Fackeln zu beiden Seiten des Höllenthors geht ein trüber Schimmer aus, der die Ankommenden leitet. L.

[72] Reminiscenz aus dem Kalewipoëg XIII, 401 ff., wo dem Kalewsohn über den in der Eingangshöhle zur Hölle kochenden Kessel Auskunft ertheilt wird. Erst kostet der Gehörnte, dann die alte Mutter, dann kommen Hund und Katze dran, in den Rest theilen sich Köche und Knechte. L.

[73] Die eine der in der Unterwelt gefangen gehaltenen drei Schwestern erzählt dem Kalewsohn, daß des Gehörnten Base die Höllenhündin, seine Großmutter die weiße Mähre sei. Kalewipoëg XIV, 428. – Auf einem weißen Rosse sitzt der Kalewsohn als Höllenwächter, ibid. XX, 1005. Vgl. eine von R u ß w u r m über Kalews Tod mitgetheilte Sage. R u ß - w u r m , Sagen aus Hapsal u. s. w. Reval 1861. S. 9-10. L.

[74] Vgl. das Glühendmachen der künstlichen Hand und das

Darreichen derselben an die Hexe im Pfortenriegel, in dem Märchen von Schnellfuß, Flinkhand und Scharfauge. L.

[75] Rõugataja, dessen Frau hier (wie im Märchen 13) eine so häßliche Rolle spielt, erscheint im Kalewipoëg II. 501 ff. als geburtshelfender Gott. Er und der Gott Ukko, welcher gleichbedeutend ist mit dem Fruchtbarkeit verleihenden O-bergotte Tãra treten an das Lager der kreißenden Wittwe Linda, welche ihre Hülfe angerufen hatte, und nachdem beide Götter eine Stunde bei ihr geweilt, kommt der Kalewsohn glücklich zur Welt. Nach C a s t r é n. Vorl. S. 45, wurde der finnische Ukko nur bei schweren Kindesnöthen in Anspruch genommen. Auch sonst kennt die ehstnische Ueberlieferung den Rõugataja als Schützer der Wöchnerinnen und Neugeborenen; auch bei Heirathen wurde ihm geopfert, damit der mütterliche Schooß nicht unfruchtbar bleibe. S. K r e u t z - w a l d zu B o e c l e r S. 18. 42. 43. Dann tritt Rõugataja mit abgeschwächter Bedeutung nur noch als Schutzgott der Neugeborenen auf, den die Wärterinnen beim ersten Bade eines Kindes, so wie beim Baden kranker Kinder anrufen. Ebend. S. 49. 53. 54. u. K r e u t z w a l d u. N e u s, myth. u. mag. Lieder S. 108. Zuletzt ist der Gott Rõugataja (etwa wie Knecht Ruprecht) zum Popanz entstellt, mit welchem man die Kinder erschreckt und beschwichtigt. – Der Name, der auch in der Form Raugutaja vorkommt, scheint mit dem finnischen Roggen- oder Saatengott Ronkoteus zusammenzuhängen. Daß ein Gott der Saaten mit dem Gebären des Weibes in Verbindung gesetzt wird, kann nicht auffallen, auch Thor ist Saatgott und zugleich Gott der Ehe, und der Mythus von der Persephone weist auf dieselbe Combination. Die griechische Braut betritt mit gerösteter Gerste das Haus des Bräutigams. Auffallend ist es, daß die ehstnische Mythologie, die doch sonst an weiblichen Personificationen reich ist, keine Gestalt wie die griechische Eileithyia, oder die römische Lucina aufzuweisen hat. L.

[76] Sfoba, »ein Stück des festlichen Anzuges, ein weißes wollenes Tuch mit bunt ausgenähten Kanten und mit Troddeln an den kurzen Rändern, auf der Brust mit einer Spange zusam-

mengehalten.« W i e d e m a n n , Wörterb. s. v. L.

[77] Vgl. Nota zu dem Märchen von den zwölf Töchtern. L.

[78] Vgl. Anm. zum Märchen 1, die Goldspinnerinnen. L.

[79] Die Unterirdischen (ma-alused) »die geheimen Schmiede Allvaters« schaffen bei nächtlicher Weile und ruhen am Tage. Legt man zwischen Weihnacht und Neujahr um Mitternacht das Ohr an die Erde, so hört man das Schmieden der als Zwerge gedachten Unterirdischen – ja man unterscheidet, ob Eisen, Silber oder Gold bearbeitet wird. In der Neujahrsnacht werden sie sichtbar und treiben mit dem nächtlichen Wanderer Schabernack. Da die Unterirdischen in der Weihnachts- und Neujahrsnacht auch in menschlicher Gestalt erscheinen, so ist man gastfrei gegen jeden Unbekannten; läßt auch den Tisch mit Speisen besetzt stehen und verschließt die Speisekammer nicht. Nach R u ß w u r m , Sagen aus Hapsal und der Umgegend, Reval 1846, S. 20, erhalten die Unterirdischen, was am Sonnabend Abend oder Donnerstag Abend ohne Licht gearbeitet wird. Die Unterirdischen verlieben sich zuweilen in schöne Mädchen, woraus beiden Theilen Leid und Unheil erwächst. Die verlassenen Bräute hören noch Wochenlang das nächtliche Wehklagen der Geister, und werden von diesen geplagt, wenn sie später Verbindungen mit ihres Gleichen eingehen.

Die Unterirdischen wollen nicht gestört sein; wer sich (erhitzt!) auf den feuchten Boden setzt, unter welchem sie gerade hausen, wird mit einem Hautausschlag bestraft, der Erdhauch (norweg. alvgust, Elb-, Elf-Hauch) oder Erdzorn heißt, und den man heilt, indem man die Urheber durch ein Opfer von geschabtem Silber besänftigt. (Nach K r e u t z w a l d und N e u s .)

Die finnischen maahīset, denen diese ehstnischen Unterirdischen (ma-alused) entsprechen, bezeichnen nach Castrén (finn. Mythol. S. 169) eine eigene Art von Naturgeistern, die sich in der Erde, unter Bäumen, Steinen und Schwellen aufhalten; es sind unsichtbare aber menschenähnliche Zwerge reizbarer Natur, die mit Hautkrankheit strafen. Man ehrt und nährt sie. – Mit den Haus- und Schutzgeistern hängen die finnischen und ehstnischen Unterirdischen nicht zusammen, wenn auch in ehstnischen Beschwörungsformeln die Schlange als Unterirdische bezeichnet wird, und wenn auch der Schlangencultus noch vor nicht gar langer Zeit geübt wurde. L.

[80] S. d. Anm. zum Märchen 6, die zwölf Töchter. L.

[81] Vgl. Anm. zu Märchen 1, die Goldspinnerinnen. L.

[82] Vgl. Anm. im Märchen 8. L.

[83] Aus Kalewipoëg XIX, 140, 141, wo aber der Gehörnte mit diesen Versen den Kalewsohn vor Uebermuth warnt. L.

[84] Riege ist baltischer Provinzialismus für Scheune, Dörr- und Dresch-Scheune. Die (steinerne) Gutsriege enthält auch Kornkammern, Flachsspeicher, Branntweinkeller. L.

[85] S. die Anm. 2. zu 8, »Schlaukopf«. L

[86] Aus dem von einem Hühnchen ausgebrüteten Ei eines Birkhuhns ist Linda, die Gattin des Kalew und die Mutter des Kalewsohnes, hervorgegangen. S. den Anfang des K a l e - w i p o ë g . L.

[87] Nicht diese letztere Form des Versprechens, aber die übrigen kommen auch in anderen, sonst nicht unmittelbar in diesen Kreis gehörigen Märchen vor, z. B. bei Grimm Nr. 92, Schott Walachische Märchen Nr. 2 (das zuerst Begegnende); Asbjörnsen Nr. 9 (das unterm Gürtel); Wolf S. 199, Waldau S. 26, v. Saal Märchen der Magyaren S. 129 (das nicht Gewußte zu Hause).

[88] Die Fee Manto in Ariosts Rasendem Roland (XLIII, 98) und die Sibylle im Roman »Guerino Meschino« (Dunlop Geschichte der Prosadichtungen, übersetzt von F. Liebrecht, S. 315) werden ebenfalls alle Sonnabende – aber nicht bloß vom Nabel an, sondern ganz – zu Schlangen.